金錢

L'Argent

Émile François Zola

埃米爾

左拉

Zola

李雪玲 譯

目次
Table Des Matières

第一章

金錢
L'Argent

當薩卡走進香玻餐廳時，證交所的鐘剛敲響十一下，白金大廳裡，有兩扇開向廣場的落地窗，他瞥眼朝一排排小桌掃視，忙碌的賓客觸肘緊挨；他似乎很驚訝沒看到想找的面孔。

忙亂上菜中，服務生端盤經過。

「喂，宇磊先生沒來嗎？」

「嗯，先生，還沒來。」

於是，薩卡決定坐在一張客人剛離去靠窗的桌子。他本以為遲到了，當服務生來換餐巾時，他將眼光投向窗外，留心人行道上過往的路人，甚至，餐盤擺好時，他沒立刻點菜，他的眼光還片刻停留在廣場上，看著五月初這晴朗愉悅的日子。此時，人們都在享用午餐，廣場上幾乎空無一人；栗樹下，新葉嫩綠，長凳沒人坐下；順著柵欄，直到馬車停泊站，出租車隊從一端延伸到另一端；巴士底公共馬車停在公園轉角的事務所前，既沒乘客下車，也沒乘客上車。烈日當空，宏偉建築物與其柱廊、兩尊雕塑、寬敞台階，最高處只有一大堆排列整齊的椅子，沉浸在這一片陽光中。

薩卡轉身，認出鄰桌的證券經紀人馬佐，他伸出手問好。

「嗨！是您。幸會！」

「您好！」馬佐回答，心不在焉地握手。

矮小、棕髮、敏捷、美男子、年紀輕輕三十二歲，剛從叔叔那兒繼承證券經紀人的職銜。他似乎相當慇懃款待其面前的賓客，一個臉色紅潤，剃光鬍子的胖先生，那是大名鼎鼎的亞馬迪爾，自從協勒矽礦場一舉成名後，他受到證交所人們的景仰。當股價跌到十五法郎時，他一口氣全部買進，人們視他為瘋子，他將二十萬法郎的財產全數投入這筆買賣，盲目、不算計、也不嗅聞，單憑未經思考的執拗運氣。今天證實了巨大礦脈的開採，使他的股票價值超過一千法郎的市價，他賺了一千五百萬；他的愚昧操作，昔日可能送他去坐牢，如今卻讓他身價高漲，名列金融巨擘。他受到景仰，尤其人們爭相咨詢。此外，他不再從事股票買賣，似乎心滿意足，從此在他唯一的傳奇天才之舉裡登上寶座。馬佐應該很渴望有他這位客戶。

薩卡，甚至沒贏得亞馬迪爾一個微笑，他朝對桌三個聚在一起，他認識的投機商致敬：畢冶侯、莫澤、和沙勒盟。

「大家好！近況如何？」

「還不錯啊……您好！」

從這些人身上，他感覺到冷漠、近乎敵意。高高瘦瘦的畢冶侯，揮舞著急促不連貫的手勢，他的刀鋒鼻，長在瘦骨嶙峋的流浪騎士臉上，有種證交所投機者自視甚高、不拘禮節的習性，他宣稱每次全神貫注時，就會引來災難破產。他是天生感情豐富，以多頭方式進行投機，總是邁向勝利的人。至於莫澤，正好相反，五短身材，面色蒼黃，被肝病折磨得憔悴不堪，為持續的災難受苦，不停地擔憂哀嘆。而沙勒盟，則相當優雅，一個抗拒進入五十歲的男人，梳理著漂亮的墨黑髭鬚，給人一種格外能幹的感覺。他從不說話，只回以微笑，人們從不知道他在證交所搞什麼投機買賣，甚至不曉得他是否下注；而他聽人說話的樣子，令莫澤印象深刻，以致經常在和他密商之後，趕緊去換證券委託書，被他高深莫測的沉默，感到不知所措。

在眾人對他的漠視裡，薩卡以依然狂熱和挑釁的眼神掃視大廳一周。他僅僅和坐在三桌遠的高大年輕人點頭致意，英俊的薩巴坦尼，地中海東岸人①，長臉、褐膚、閃著一雙極美的黑眼睛，但一張神經兮兮的壞嘴巴，損害了他的美觀。這男孩的慇懃終究激怒了他：國外某證交所執行，大受女性歡迎的神秘傢伙，從去年秋天來到後，似乎可以預知他是來作空頭投機的工作，此人靠自我多方調適及孜孜不倦的優雅，甚至對最差勁的人示好，逐漸贏得證交所場內和場外交易的信賴。

有位服務生站在薩卡面前。

「先生想點什麼菜？」

①地中海東岸人（Levantin）：起源於亞洲礦工，來自黎巴嫩或埃及，含貶義，經常意味著從事不正當交易的人。

「哦！好……隨便，來一客排骨和蘆筍。」

然後，他又問服務生：

「您確定宇磊先生沒在我之前來到，而且還沒離去？」

「哦！絕對確定！」

就這樣，薩卡落到今天這個下場，十月份會再次被迫清償財物而破產，拋售他在蒙梭公園的府邸，租下一間只有薩巴坦尼這種人才會對他致敬的公寓，今非昔比，當他進入從前他耀武揚威的餐館時，所有人不再轉頭看他，也不再和他握手。他曾是相當成功的證券交易家，在這起破產風波，賣掉土地後，最後只挽回自己一條命，他無怨無尤地留下來，但報復的狂熱在他內心燃燒；而確切答應他從十一點起就會在這兒的宇磊，如今失約，這讓他明白，他請宇磊到意氣風發的部長哥哥盧貢身邊遊說，可能無效，因而對盧貢心生怨怒。宇磊，一個聽話的眾議員，大人物的親信心腹，充其量只不過是個跑腿；然而，萬能的盧貢，有可能不顧兄弟之情，就這樣拋棄他嗎？破產之後，盧貢非常氣憤，公開斷絕和他的關係，以免受到牽連，這就說明了一切；但六個月來，盧貢不該祕密支援他，但如今，卻忍心拒絕透過第三者求他助以最關鍵的一臂之力，他不敢親自去見盧貢，怕盧貢對他動怒。薩卡只有一句話要說，他將把腳下這一切懦弱和大巴黎，站著交給他。

「先生想喝點什麼？」酒保問。

「你們店裡一般的波爾多酒。」

薩卡不餓，讓排骨放涼，全神貫注，忽地抬眼，看見一條影子從桌巾上掠過。那是麥西亞，一個臉色紅潤的胖男孩，整日操勞，卻僅賺得微薄報酬的證交所掮客，他手上拿著證券行情表，穿梭在餐桌間②。薩卡看到他從面前溜過，卻不停下來，直接將行情表伸向畢治侯和莫澤，心理很是受到刺傷。這兩位專注在他們的討論裡，心不在焉，只瞧一眼，不，他們沒股票要買，下回吧。麥西亞不敢兜售給俯首在龍蝦沙拉上，正低聲和馬佐交談、鼎鼎大名的亞馬迪爾，他回頭轉向沙勒盟，這位先生拿起行情表，研究很久，二話不說，再還回去。大廳開始沸騰起來，每分鐘都有別的掮客拍門進來。人們隔老遠地高聲闊談，隨著時間的推進，整個交易激昂高漲。薩卡的眼神不停地轉向外頭，看到廣場也逐漸人群聚集起來，車輛、行人川流不息；此時，證交所台階上，陽光燦爛，人群像黑點般，一一登場。

「我再對您重申一遍，」莫澤以抱歉的口吻說：「三月二十日③的補選是最令人擔憂的徵

---

② 證券商會派人拿行情表到處去兜售，有興趣者可把委託書交給掮客代為買賣。

③ 一八六四年三月二十日補選是繼一八六三年五、六月大選後而產生的，由於共和黨、自由黨、和某些贊同自由黨的天主教徒所組成的反對黨爭取，而使得立法議會更新。「金錢」的運轉始於第二帝國（1852-1870）關鍵時期，約於一八六四年，通常被定義為帝國的自由轉捩點：拿破崙三世因而放棄強大的波拿巴王朝主義，以順應愈來愈高漲的憤怒。

兆……今天，整個巴黎終於完全同意反對黨。」

然而，畢治侯聳聳肩，左派席位即使多了卡爾諾④和伽聶．巴傑⑤，又能起何作用？

「這猶如公爵領地的問題，」莫澤又說：「那麼，問題可真是錯綜複雜……當然囉！您別笑，我沒說咱們該發動對普魯士的戰爭，以阻止他從對丹麥的剝削中養肥自己；只是，有別的操作方式……是的，沒錯，當大吃小時，人們從不懂得適可而止……而，至於墨西哥……」

通常過著稱心如意日子的畢治羅，哈哈大笑，打斷他的話說：

「啊！不，敬愛的，請別再以您的墨西哥恐慌來煩我們……墨西哥將是這段統治的光榮一頁……見鬼呀，你們從哪兒打聽到帝國病了？難道一月份發行的三億法郎公債沒超過保證金的十五倍嗎？壓倒性的成功啊！……喏！我跟您相約在一八六七年，是的，三年後，世界博覽會將開幕，皇帝剛下的決定。」

「我告訴您，一切將會變得很慘！」莫澤絕望斷言說。

「哦！別煩我們了，一切安然無恙！」

沙勒盟一一看著他們，現出深沉的微笑。而聽著他們說話的薩卡，似乎再回到個人因帝國侵入危機而引起的困境。他，再次一敗塗地，是否就是這帝國所造成的？讓他如此垮台，命運從最高點瞬間跌落到最悲慘的谷底呢？啊！十一年來，他愛戴並捍衛的帝國政體，如樹根紮入適合其生長的肥沃土壤似地，讓他感到活躍、激進和充沛。然而，假使他的兄長想拔除他，假使那些耗盡肥土的享樂者想切割他，那麼這一切將在慶功宴的終結大崩潰裡，被席捲而去！

眼前，他等待他的蘆荀，在熙熙攘攘的大廳裡，心不在焉地回想。從對面的大鏡子裡，他吃驚看到自己的形象。歲月沒啃蝕他這號小人物，五十歲的他看起來只像三十八歲，他保持了年輕人的清瘦和機敏。甚至，隨著歲月，他的黑臉及如木偶般凹陷的兩腮，在尖挺的鼻子和發亮的細眼上，如同安排好似地，抓住這如此柔軟、活力、依然滿頭濃密黑髮，展現沒有一絲白髮的持久青春魅力。他，忍不住回憶起剛到巴黎時的情景，政變隔一天，他倒在砌石路上，口袋空空，飢腸轆轆的冬夜。啊！這穿越街道的第一回奔波，甚至在打開箱子之前，即有與城市融為一體的需求，以鞋跟磨損的長筒靴、油垢的外套，用慾望征服這座城市！從這一夜起，他經常攀登得很高，百萬法郎之數在他手中流轉，但他從不成為守財奴，不把錢當作他的私人物品，活生生地鎖起來

④ 卡爾諾：Lazare hippolyte Carnot（1801-1888），一八六四年被選為立法議員，共和黨一員，參與一八三〇年革命，一八四八年二月革命後當了議員，繼而擔任部長。
⑤ 伽聶・巴傑：Louis Antoine Garnier-Pagès（1803-1878），一八三〇年大享盛譽，一八四八年四月被選為制憲議員，在帝國時代是共和反對黨的一名傑出代表。

保管。放進他錢櫃的總是謊言和虛擬，無名的漏洞似乎流光了他們的黃金。就這樣，他流落到砌石路上，彷彿如剛出道時的光景，如此年輕，如此饑餓，總吃不飽，被享樂和征服的需求所折磨著。他嚐盡人間一切滋味，卻從不滿足，他認為，在一些人事物上，他沒機會、也沒時間咬得夠狠、夠深。此刻，他覺得存在於砌石路上的悲慘狀況，比起初出茅廬時微不足道，尚可支撐幻覺和希望。突然，他心生狂熱，慾望重新征服一切，攀上前所未有的巔峰，終於把腳踩在可被征服的城市上。不再虛有其表，而是紮紮實實的錢財，真正端坐在滿袋黃金寶座上的王國！

莫澤尖酸刻薄的聲音，再度提高，瞬間將薩卡從沉思中抽離。

「墨西哥出征每個月要耗資一千四百萬法郎，這經過了狄瞱思的證實……必須瞎了眼才看不見，議院裡，多數黨被動搖，左派現有三十多席次。皇帝自己很清楚，既然他自稱為自由倡導者，絕對權力就變得不可能了。」

畢治侯不再答話，只回以輕蔑的冷笑。

「是的，我知道，您覺得市場平穩，買賣順暢。但請等候結局……在巴黎，人們拆毀太多，也重建太多，您瞧！那些大工程將儲備金消耗殆盡。至於您覺得興旺強勢的房屋信貸，等到其中一家出了差錯，您將目睹一家緊接著一家、全部垮台破產……這還不算付出勞力的人民，那為改善勞工條件而剛成立的國際勞工協會，讓我驚恐萬分。在法國，改革運動與日俱增，抗議不斷……我告訴您，蟲已在果實裡，一切將會腐敗。」

這是場吵雜的爭辯，該死的莫澤有危機意識，但他自己說話時，眼睛卻從沒離開過鄰桌在吵鬧中繼續輕聲交談的馬佐和亞馬迪爾。逐漸地，整個大廳的人為這長長的密談擔憂起來。他們究竟在竊竊私議些什麼？何以如此這般嘰咕？無疑地，亞馬迪爾在下指令，準備出擊。三天以來，有關蘇伊士運河工程的謠言在到處流竄，莫澤眨眨眼，也壓低聲音說：

「知道嗎，英國人想阻止人們到那兒工作，很有可能會引爆戰爭。」

這一次，畢治侯被此駭人聽聞的消息給震憾住。不可思議地，這話從一桌立刻飛越到另一桌，傳說英國確定可獲得武力，將發出要求工程立即停止的最後通牒。顯然，亞馬迪爾只和他下指令出售其所有蘇伊士股票的馬佐談論此事。一陣上升的恐慌在充滿油膩味的空間裡嗡嗡作響，碗碟在愈來愈吵雜之中騷動。而此刻令他激動至極的是一個證券經紀行的職員突然進來，小伙子符洛立，面容柔和，被一臉濃密褐色鬍鬚所吞沒。他手裡拿著一包證交所買賣記錄卡，倉促交給老闆，並在其耳邊私語。

「好！」馬佐簡潔回覆，將記錄卡納進他的小冊子裡。然後，取出懷錶說：

「快中午了！叫貝棣業等我，您本人也要在那兒，上去拿電報。」

當符洛立離去後，他和亞馬迪爾重新交談，從口袋抽出其它記錄卡，放在他盤子旁邊的桌巾上；而每分鐘、每個客人離去經過時，會俯身對他說話，他就在兩口飯之間，匆匆記錄在一張紙上。無中生有的假消息，不知打從哪兒來，像雪球似地愈滾愈大。

「您賣出，不是嗎？」莫澤問沙勒盟。

但後者無聲的笑是如此磨尖微妙，使莫澤處於一種焦慮狀態，便對英國這道最後通牒起疑，甚至不知它是否經過捏造。

「我啊，只要人們想要的，我就買，」畢治侯以其沒厘頭的自負魯莽玩法下結論。

被投機買賣熱昏的太陽穴，在窄小廳堂裡，鞭打這頓在嘈雜中結束的午餐，薩卡決定吃他的蘆筍，再次對宇磊心生怨懟，不再信任他。幾個星期以來，如此決絕敏捷的他，卻在不明確的鬥爭中猶疑，他迫切感受到脫胎換骨的必要性，期待他先前夢想能在高層行政或政黨工作的全新生活。為何立法院沒召喚他到部長議會工作，像他的兄長一樣？他所指責的投機機會仍持續不穩，龐大金額的輸贏極為快速：他從未在真正擁有百萬金錢下安然睡覺，沒超越過任何人。此時，他檢視良心，覺得自己也許太熱衷於必須相當冷靜的金錢戰役。這可解釋這十年來如何在新巴黎土地上從事巨大交易，像這麼多有身分的人一樣，積攢龐大財富，在極度奢華和拮据的生活過後，被掏空、燒盡、而離開。是的，或許他搞錯他真正的才幹，或許在政治鬥爭中，以他的活躍和熾熱信仰，他會一舉得勝。一切全憑兄長的回應，若兄長拒絕，棄他於投機深淵的話，那麼無疑地，他和其他人就活該倒霉。因此他將冒險犯難，他尚未和任何人提及，他夢想了好幾個禮拜，被自己的野心驚嚇到，這買賣是如此龐大，不論成功或垮台，都會顛覆世界。

畢治侯提高聲音問：

「馬佐，史羅則的強制執行了結了嗎？」

「了結了，」證券經紀人回說：「布告今天張貼……您想怎樣？這很煩，但我收到最令人擔憂的情報，所以提前先交割了，必須如此，不時清理一下。」

「有人跟我確認，」莫澤說：「您的同僚，賈格比和德拉洛克，贊成來筆大宗買賣。」

經紀人比了個曖昧手勢。

「這嘛！棄車保帥……這史羅則大概是詐騙集團的成員，為了掠奪柏林或維也納證交所，他會一清兩訖。」

薩卡的眼睛投向薩巴坦尼，後者偶然間對薩卡揭露他和史羅則之間祕密合作的消息：他倆都從事眾所周知的投機買賣，在同一證券上，一個搞多頭，另一個搞空頭，輸的那一方償清款項後，得以分享另一方的營利，然後消失。薩巴坦尼平靜地付了他剛吃的精美午餐的帳單，接著，以義大利人東方混血的溫柔優雅，過來和他的經紀人馬佐握手，他俯身下指令，馬佐則記錄在一張卡上。

「他出售他的蘇伊士，」莫澤竊竊私語。

然後，出於病態懷疑的需求，大聲喊說：

「欸？您對蘇伊士的看法如何？」

譁然中突然靜寂下來，鄰桌所有人的頭都掉轉過來。這問題囊括了愈來愈大的焦慮不安。然而，亞馬迪爾邀請馬佐只是為了向他推薦自己的侄子，亞馬迪爾的背影令人捉摸不透，他什麼也沒說；至於經紀人收到出售指令時，先是大吃一驚，但基於職業保密，只是搖頭不語。

「蘇伊士，很好啊！」薩巴坦尼以其悅耳嗓音宣告，出去之前，特地慇懃繞過來和薩卡握手。

薩卡片刻握住這如此柔軟、易溶、幾乎是女性化的手……在他要步上的道路，和即將要過的不確定日子裡，他視那兒的人全是騙子。啊！倘若人們逼他，他就反擊搜刮這些膽小如莫澤之輩、吹噓如畢治侯之輩、懦弱如沙勒盟之輩，及成功造就天才如亞馬迪爾之輩！杯盤交錯的聲音再度響起，嘶啞的嗓子再次吼叫，門被更用力地拍打，若蘇伊士真的發生大崩盤的話，便會倉猝吞噬掉那兒所有的投機者。從窗戶望出去，他看見廣場中央來來往往的出租馬車、擁擠的行人、證交所陽光普照的台階布滿斑點，現在，人群有如同昆蟲般持續上升，穿著正確黑禮服的男士，逐漸點綴柱廊；柵欄後面，出現幾條女士的身影，曖昧、悠閒地在栗樹下閒晃。

突然，在他切開剛點來的乳酪時，一個大嗓門讓他抬起頭。

「請原諒，敬愛的，恕我無法早一點到。」

終於，宇磊來了，卡爾瓦多斯省（Calvados）的諾曼第人，一副狡猾鄉下佬厚寬的臉，扮演著純樸人的模樣。他立刻要服務生隨便給他上些當日特餐加蔬菜。

「怎麼樣？」薩卡耐著性子，生硬地問。

但這位先生不疾不徐，以詭計多端、謹慎兮兮的神態看著他。然後吃將起來，臉向前，壓低聲音說：

「好吧，我見到大人物了……是的，在他家，今早……哦！他非常親切，對您非常好。」

他停下來，喝一大杯酒，將一個馬鈴薯塞進嘴裡。

「到底怎麼樣？」

「是這樣，我敬愛的，這會兒……他很願意為您做他能力所及的事，他將幫您安插一份極好的職位，但不在法國……比如，咱們的殖民地之一，良好殖民地的總督，您將是那兒的主子，一位真正小王子。」

薩卡臉色大白。

「唉，開玩笑，耍人呀！……何不立刻把我終生流放！……喝！想擺脫我，小心點，到時候我真的給他鬧個雞犬不寧！」

宇磊吃得滿嘴都是，力求和解。

「瞧瞧您，人家都是為您好，聽我們的安排吧。」

「那我不就得任人宰割嗎？……哦！剛剛，這兒有人說，帝國將沒機會犯錯了。是的，義大利戰爭，墨西哥面對普魯士的態度。我保證，這是事實！……你們幹了這麼多瘋狂蠢事，整個法國將團結起來將你們甩到外頭。」

結果，眾議員，部長的忠實親信，擔心起來，臉色逐漸變得蒼白，看了看他四周。

「啊！抱歉，恕我沒聽懂您的話……盧貢是個正直人士，只要他在，就沒危險……不，別再多說了，您不了解他，我必須這麼說。」

把聲音壓抑在咬牙切齒間，薩卡粗暴打斷話說：

「算了，去愛他吧，一道玩你們的花樣吧……在巴黎，他到底想不想助我一臂之力？」

「在巴黎，絕不！」

不多說一句話，他站起來叫服務生，付了錢。至於宇磊，很冷靜，了解他的脾氣，繼續大口大口吞下麵包，隨他去，以免他大吵大鬧出醜。但此時，大廳起了一陣大騷動。

昆德曼，銀行家大王，證交所和世界的主宰，剛走進餐廳。他，六十來歲、頂個大禿頭、厚鼻子、圓凸凸眼睛，顯現出固執和極度疲憊的模樣。他從不到證交所，甚至假裝不派官方代表上那兒，也從不在公共場所用餐。只是，隔很長一段時日，他會像這天一樣，出現在香玻餐廳。他在其中一桌坐下，只讓人為他倒一杯維奇礦泉水，放在盤子上。二十年來，苦於胃病，他絕對只能進食牛奶。

服務生立刻慌張地端來一杯水，所有在場賓客都對他卑躬屈膝。莫澤，一臉沮喪，注視著這位握有祕密，如天神打雷，可任意漲價或降價的重要人物。只對百萬富豪不可抗拒的權勢產生信念的畢治侯，也向他致敬。時間是十二點半，偶而幸運接到昆德曼交易指令的馬佐，匆匆甩掉亞馬迪爾，趕到銀行家面前鞠躬。眾多證交所職員也如此禮敬告退，那些站立的人，圍繞著神尊，在潰亂的沾污桌巾之間，奉承迎合他；他們崇拜地看著他以顫抖的手，端起水杯，放到他發白的嘴唇上。

從前，在蒙梭平原的土地投機買賣裡，薩卡和昆德曼有過爭執，甚至破裂不和，他們無法相互了解，一個激情，追求享樂；另一個樸實，冷靜邏輯。而當薩卡被他這種進門的優越感激怒、氣憤難消，正要離開時，昆德曼叫住他。

「喂，我的好友，這可是真的？您那樁買賣……肯定了不起，現在應該更值錢了吧。」

對薩卡而言，這像臉上被狠狠抽了一鞭似地。他挺起他的五短身材，以如劍般的銳利嗓音，直截了當反駁：

「我將成立一家資本額兩千五百萬法郎的信貸銀行，正打算近期內去拜訪您呢。」

然後，為了不錯過證交所開市，他轉身離去，留下身後大廳熾熱的嘈雜聲。啊！終於成功地把腳跟踩在這些背棄他的人之上，並和這位金主對抗較勁，也許有一天能打倒他！其實，他尚未決定要投入這樁大事業，他很驚訝剛剛為反駁而脫口拋出的話。如今他的兄長棄他不顧，他大可到別的地方力圖財富，但這兒的人和事傷害他，他像血淋淋的牛被追趕到鬥牛場去拚命搏鬥。

瞬間，他在人行道邊上打哆嗦。這是活躍的時刻，巴黎的生命似乎大量湧向這中央廣場，在蒙馬特（Montmartre）和里奇利耳（Rue Richelieu）街，這兩條運輸人群的梗塞動脈之間。十字路四條街，開向廣場的四個角落，車輛川流不息，在砌石路上來來往往，在擁擠嘈雜的人行道中騷動。雙線道旁有出租馬車停泊站，沿著柵欄，不停地自個兒解散，自個兒重新整隊；至於，維威安街（Rue Vivienne）上，揹客的四輪敞篷馬車緊靠著長隊伍排成一列，馬車伕居高臨下，手握韁繩，準備好在第一聲號令下鞭策。台階和列柱廊被麇集的男仕禮服侵入而烏黑一片；證券場外的交易，已經在大時鐘下準備好啟動運轉，供與求的哄抬、投機的潮漲、和城市轟隆的勝利叫喊。過路人轉頭，充滿嚮往又害怕裡頭所發生的一切，這神秘的金融操作，鮮少滲入法國人的腦裡，這一夕之間的破產和致富，在指手畫腳和粗野叫喊之中，讓人們不明就裡。而他，在墮落邊緣，被遠方的聲音所震聾，被急促擁擠的人所肘撞，他再次想像著黃金的利益，在這全然狂熱的證交所裡，從一點到三點鐘，一顆巨大的心，在裡頭衝撞。

但自從他破產後，他不敢再回證交所；這一天，他懷著痛苦的虛榮心，猶如被情婦趕出密室的情夫，致命地回到那兒。他的妄想症更嚴重，甚至相信憎惡他的人，會以失敗者看待他，阻擾他踏上台階。他假裝繞柱廊一周，穿越花園，以閒晃的腳步走在栗樹蔭下。在這滿是灰塵，中間有小公園的廣場，沒草坪、也沒花圃、長凳上、小便所、和賣報亭間，夾雜竄動著一群鬼鬼祟祟的投機者，和地方上不戴帽出門的女人正在餵嬰兒吃奶。他假裝漫不經心的閒晃，抬眼窺視，狂怒想像，他將在此宏偉建築物中擁有一席之位，用小圈子將它團團圍住，有朝一日以勝利者的姿態回到那兒。他轉入右邊角落，在銀行街對面的樹下，不期然遇上販賣貶值證券的小證交所，「濕腳」是人們以嘲諷口吻對這些操弄無價值證券者的暱稱，他們在泥濘的陰霾日子裡，光天化日下招標倒閉公司的證券。那兒聚集著嘈雜的人群，全都在進行榨取暴利的骯髒交易、臉孔油膩發亮、側面貪婪乾癟、鼻子典型奇特，個個見獵心喜，齊撲而上掠取獵物，咽喉叫喊之中猛烈追擊，相互吞食。薩卡經過時，發現稍遠處有個胖子，在太陽下將一顆紅寶石舉在空中，在他骯髒巨大指縫間中細細地瞧。

「喂，布希！……您讓我想起，我得上您那兒一趟。」

布希在費垛街（Rue Feydeau）和維威安街的轉角，經營一家交易事務所，好幾次，在經濟處境艱困時，發揮了它的功能。他依然出神地檢視寶石的成分，以他扭曲的大扁臉，和像被強光熄滅的灰色大眼睛；人們看到他總是繫著像捲成繩索的白領帶；至於他的廉價禮服，老舊磨損得很，且沾有污漬，直到他的蒼髮裡，稀疏幾根髮綹垂下來，在他光禿頭頂上叛亂。而他的帽子，被太陽烤焦，被驟雨沖洗，再也看不出歲月。

終於，他決定腳踏實地再出發。

「啊！薩卡先生，您來這兒蹓躂。」

「是……我有一封俄文信，是君士坦丁堡一家俄國銀行寄來的信。所以，我想請令弟幫忙翻譯。」

布希溫柔無意識地將紅寶石拿在右手裡轉個不停，再遞到左手，說，今晚即可送出翻譯。然而，薩卡解釋這只是十行字而已。

「我這就上樓去，令弟可立刻幫我翻……」

這時，來了一個高大女人打斷他的話。辣媚千太太，證交所出名的常客，瘋狂又悲慘的投機者之一，她油膩滑溜的手伸進各式各樣鬼祟勾當裡搞花招。她那如滿月的圓臉，浮腫紅潤，搭配藍色小眼睛，鼻子被擠不見；發出孩童笛音般的小嘴巴，似乎被一頂淡紫色舊帽給蓋住，歪斜打結著石榴紅帽帶；巨大的喉嚨，患水腫的肚子，繃開了被污泥腐蝕而變黃的綠色毛葛連衫裙。她的手臂上掛著一只從不離手的黑色老皮袋，大大的，跟箱子一樣深。這一天，皮袋鼓得漲漲地，滿得就要爆開，讓她像棵樹般地往右傾倒。

「您來啦，」應該在等她的布希說。

「是的，而且我收到了旺多姆（Vendôme）來的文件，順便把它們給帶過來。」

「好！上我家去……今天這兒沒啥事可幹。」

薩卡閃爍不定的眼神朝大皮袋上瞧，他知道那些沒行情的貶值證券、被宣告破產公司的股票將致命地掉入其中，「濕腳」們仍在上頭投機操作，五百法郎的股票經過討價還價後降為二十或十蘇[6]，在不太可能漲價的曖昧希望裡，或更實際地像一種罪惡商品，他們將利潤出讓給慾望膨脹的負債破產者。在致命的金融戰場上，辣媚千是追隨行軍部隊的烏鴉；沒有一家公司行號或信貸銀行的成立，不會沒有她和其皮袋的出現，即使在發送勝利的繁榮時刻裡，她仍在空中嗅聞，等待屍體；因為她很清楚垮台是致命的，大屠殺的日子即將來臨，屆時泥濘裡將有死屍可噬，血流裡將有不花多少錢即可撿拾的證券。而他，推動銀行大事業計畫的他，起了一陣輕微寒顫，突然閃過慾望，想一探這袋子的究竟，這不被看好證券的堆屍袋，裡頭流通著所有在證交所被掃除的汙穢紙張。

由於布希帶走老女人，薩卡叫住他。

「怎麼樣，我可以上去嗎，我一定可找到令弟吧？」

猶太人的眼睛變柔和，現出不安和驚訝。

「我弟弟，哦，當然囉！不然，您要他在哪兒？」

「很好，待會兒見！」

薩卡等他們離去後，繼續他緩緩的步行，沿著樹，往勝利聖母街（Rue Notre-Dame des Victoires）走。廣場這一邊出入的人較多，商家林立，工業公會的金色招牌在陽光下發亮，遮簾在陽台上拍打，來自外地的一家人站在附家具旅館的窗前看得目瞪口呆。他機械性地抬頭，看著這些令他發笑的人的驚愕，同時對外地也有股東的想法感到安慰。在他背後，證交所的喧譁，遠方潮汐的聲音，即將來臨的狼吞虎嚥的威脅，繼續糾纏著他。

但，偶然遇見一個人，讓他停下來。

「怎麼，卓丹，您來證交所？」他嚷嚷，同時和一個高大、棕髮、小鬍子、外表意志堅定的年輕人握手。

卓丹的父親是馬賽銀行家，在一次不幸的投機失敗後，自殺身亡。十年來，熱衷文學的卓丹，勇敢奮鬥對抗陰霾悲慘，走遍巴黎砌石路。他有一位堂兄，住在普拉桑，認識薩卡一家人，從前當薩卡在他蒙梭公園府邸接待整個巴黎時，曾將卓丹推薦給他。

「噢！證交所，絕不！」年輕人以粗野手勢回答，如同想揮去對父親的悲劇回憶一般。

然後，再微笑說：

「您知道我結婚了……是的，和一位童年女伴。家人還有錢時幫我們訂了婚，如今我變成窮鬼，她仍執意要和我結婚。」

⑥蘇：法國輔幣名，相當於舊時的二十分之一法朗，即五分錢。

「太美滿了，我有收到結婚喜帖，」薩卡說：「從前您丈人，莫罔特，在維萊特（Villette）經營篷布工廠時，我們曾有往來，如今他該賺一大筆錢了吧。」

他們在一張長凳旁交談，卓丹打斷他的話，為了介紹一個外表長得像軍人、坐在長凳上的矮胖先生給他認識，大家一見如故，聊了起來。

「沙夫隊長，我妻子的母舅……我的丈母娘，莫罔特夫人，姓沙夫，馬賽人。」

隊長起立，薩卡則致意。這張中風的臉他曾照過面，因頸部的轉動，脖子顯得僵硬，這些是典型微不足道的現金投機者，每天一點到三點，都可在那兒遇見他們。這收入低微的投機買賣，幾乎確保可賺十五到二十法郎，但必須在同一證交所貼現⑦。

卓丹親切大笑，補充說明他來此的原因：

「我舅舅是證交所買賣的識途老馬，我只是偶而經過時來握個手。」

「天啊！」隊長只是說：「不得不下注呀，政府的撫恤金讓我挨餓、吃不飽。」

接著，薩卡對年輕人活著的勇氣感到好奇，問他的文學計畫是否有所進展。卓丹則開玩笑地述說他們安頓在克立喜大道（Avenue Clichy）六樓的可憐夫妻生活；由於莫罔特夫婦不信任寒酸詩人，覺得同意婚事就已經很了不起了，所以什麼也不給，藉口女兒在他們死後將全盤繼承其一生的豐碩積蓄。不，文學養不活人，他有寫小說的計畫，卻找不出時間下筆，他得進入報社打雜，無所不寫，從專欄到法庭彙報，甚至社會新聞。

「那麼，」薩卡說：「若我的買賣計畫成立的話，可能須借重您，來找我吧。」

行過禮後，他轉到證交所後面。那兒，遠方的喧譁、投機的窮途末路，終於停止，不再是消失在廣場上轟隆嘈雜聲裡的曖昧謠傳。這一頭台階也布滿人群，人們從高高的窗戶上可見到證券經紀人事務所的紅色帷幔，隔離了柱廊大廳的嘈雜。投機者、吹毛求疵者、有錢人，舒適地坐在樹蔭下，各自獨處，或三兩成群，讓開放整個天空的巨大列柱廊，變成一種俱樂部。宏偉建築物之後，是一處有點像劇場後台的藝人出入口，整條勝利聖母街被酒吧、咖啡館、啤酒屋、和餐廳佔據，竄動麇集，龍蛇混雜，相對起來曖昧且寧靜。招牌也衍生臭味，滋長在鄰近大垃圾堆的邊緣：聲名狼藉的保險公司、敲詐勒索的金融報社、公司、銀行、事務所、商號，一系列的卑賤危險場所，像一隻手似地伸進商店或中二樓夾層裡。人行道上、堤道之中、及樹林突出一角，到處有不懷好意的人在徘徊、伺機行事。

薩卡在柵欄內側停下來，抬眼望向證券經紀人事務所大門，以軍隊將領的銳利眼光，檢視廣場的每一面，並嘗試突擊，此時一個高大壯漢從餐廳出來，穿越街道，過來對他深深一鞠躬。

⑦ 貼現：指民眾把未到期的商業票據，向商業銀行請求變現，銀行通常會向民眾收取額外的變現費用。

「啊！薩卡先生，您有沒有一官半職可賞給我？我最後還是決定離開有價證券銀行，另謀出路。」

姜圖從前是個教授，在一樁仍曖昧不明的事故之後，從波爾多來到巴黎。他被迫離開大學，失去社會地位，雖有扇形的黑鬍及早熟的禿髮，但還算是美男子一個。此外他有學識、聰明、親切，約在二十八歲時突然來到證交所，十年來被帶壞、玷污為掮客，只賺到夠他墮落的微薄小錢。今日，他的頭禿光，如同被滿臉皺紋威脅生計而憂傷悲痛的女孩一樣，他一直在等待把自己投入成功和財富的機會裡。

看到他如此謙卑，薩卡苦澀地想起薩巴坦尼在香玻餐廳對他的致敬：老天爺顯然只留給他有瑕疵和一事無成的人。但他對姜圖的機敏才智並非不器重，而且他很清楚，和那些義無反顧的絕望者，可組成一支最英勇的團隊，會擁有致勝的一切條件。他表現出好好先生的模樣，說：

「一個職位，」他停頓又說：「哦！也許有，來找我吧。」

「您目前住在聖拉扎爾街（Rue Saint-Lazare），是吧？」

「是的，聖拉扎爾街。早上來。」

他們交談著。姜圖對證交所感到非常氣憤，他以身為一個噩運連連，不斷被騙之人怨恨著，一再說：必須是個滑頭才能在那兒獲得成功。罷了，他似乎想嘗試別的事，幸虧他的大學教育程度及對世界的認知，讓他得以在政府部門謀得一樁好差事。薩卡點頭贊同，他們從柵欄出去，沿著人行道，直到布朗尼亞街（Rue Brongniart），兩人對一輛詭異雙座小馬車感到好奇。一輛非常正派的套車，停在這條街上，馬兒轉向蒙馬特街，至於馬車伕臨高倨上的背，像石頭般靜立。他們注意到一個女人的頭，快速閃現兩次，繼而消失在車門，突然，頭垂下，忘我地以不耐的長長眼神往後邊的證交所看。

「桑朵芙男爵夫人，」薩卡悄悄說。

這是個很奇特的棕髮頭，眼皮下靈動的黑眼睛閃爍著，那熱情的臉上有一張血紅的嘴唇，可惜被一條太長的鼻子糟蹋掉了。二十五歲的她，被獨斷的女大裁縫師打扮得像奢華貴婦的模樣，看起來非常漂亮、早熟。

「正是男爵夫人，」姜圖又說：「我認識她，當她還是小女孩時，在拉提谷伯爵，她父親家中。哦！一個瘋狂、令人反感的粗暴投機者。每天早上，我去他家拿委託書，有一回差點兒挨揍。當拉提谷伯爵繼一連串悲慘債務清償後……死於中風、破產，我沒為他哭泣。小女孩自己決定嫁給桑朵芙男爵，奧地利使館顧問，大她三十五歲，她火辣辣的眼神，讓他為之瘋狂。」

「我知道，」薩卡簡單回說。

男爵夫人的頭再次埋進她的小馬車。但，幾乎立刻更激動地再出現，她在廣場上引頸翹盼遠方。

「她投機，是吧？」

「哦！像一個輸家！每天可看到她在馬車裡發作，窺伺市價行情，在本子上瘋狂做筆記、下指令……。誒！瞧！她等待的人，麥西亞，來跟她會合了。」

的確，麥西亞手持牌價，正以他的短腿全速跑來。他們看到他的肘靠在馬車門上，然後把頭鑽進去，和男爵夫人商議。為了不讓人撞見他倆的偷窺，他們退到稍遠的地方。當掮客再度奔跑過來時，他們叫住他。他先朝兩旁看，確保被街角擋住；再氣喘吁吁地停下來，他臉色紅潤，容光煥發，以孩童般的藍色清澈大眼睛，開心的說：

「到底怎麼啦？」他大叫：「蘇伊士暴跌。有人傳言說我們要和英國開戰，徹底改變了他們的主意，也不知道這消息打從哪兒來……我想問問你們，戰爭！誰最有可能捏造此事？除非它會自個兒捏造出來……終於，一場真正暴風雨將席捲而來。」

姜圖眨了眨眼睛。

「夫人一直上鉤，死咬不放？」

「哦！發瘋似地！我帶她的委託給納唐索。」

薩卡聽著，陷入沉思。

「誒！此事當真，有人告訴我納唐索打入了證券交易外場。」

「納唐索，一個和藹可親的男孩，」姜圖宣稱：「他值得成功。我們曾在有價證券銀行一起工作……他將有所成就，因為他是猶太人。他父親是奧地利人，在貝桑松（Besançon）經營鐘錶店，我想……如您所知，他在有價證券銀行那兒，看到人們如何運籌帷幄，有一天突然興起，說這沒啥困難，只要有間房，開個戶；於是他就開了個戶……這下子，高興了吧，麥西亞？」

「嗯！高興！您也是過來人，您說得對，必須是猶太人，否則啥也甭想，我們在那兒沒幫手；這是倒霉的黑運……多骯髒的行業！但既來之，則安之。況且，我還有一雙好腿，但願如此。」

然後，他笑著跑開。有人說，他是里昂一個法官的兒子，受到侮辱打擊，自己墮落到證交所，父親去世後，不想繼續法律學業。

薩卡和姜圖，併肩慢走，再回到布朗尼亞街；那兒，他們再次遇見男爵夫人的雙座馬車；但車窗玻璃升起，神秘馬車看起來空蕩蕩，至於馬車伕，在這經常要延宕到證交所收盤的漫長等待裡，似乎更是紋風不動。

「她實在令人興奮，」薩卡粗野地說：「我了解老男爵。」

姜圖發出詭異微笑。

「哦！男爵，我想，很久以前就受夠她了。有人說，他非常吝嗇……而且，您可知道，她正在和誰鬼混，誰在支付她的開銷？唉，玩股票，開銷永遠不夠。」

「不知道。」

「戴坎卜洱。」

「戴坎卜洱，總檢察長！這位乾癟的大人物，面色如此蠟黃，性情如此刻板！……啊！我真想看他們纏在一塊兒的模樣！」

他倆非常開心、興奮，強而有勁地握手道別，一方提醒另一方近期內將前往拜訪。

當他獨處時，薩卡再次被證交所的高聲喧譁吸引住，回轉時，聲浪以洶湧起伏的波濤沖擊他。他在角落轉彎，往維威安街走下去，從缺乏咖啡館的廣場這一邊看，讓人感覺樸實蒼涼。他沿著商會、郵局、廣告社走著，當他再回到大門前時，聲浪愈來愈小，心情卻愈來愈激盪；他斜眼穿越列柱廊，再次停下來，好似不願結束他那激情投資似的列柱繞行一週。生命在這拓寬的砌石路上展開：一群消費者侵入咖啡館，糕點舖總是顧客滿堂，櫥窗前人群聚集，尤其是燒製著大件銀器的金銀珠寶店。而，從十字路四條街道延伸，來自四面八方的出租馬車和川流不息的行人之河，錯綜複雜地亂成一團；至於公共馬車辦事處，交通阻塞得更嚴重，掮客們的車輛，似乎從柵欄的一端排到另一端，阻擋了人行道。他的眼睛盯著台階高處看，那兒，黑禮服在大太陽底下，散開成一長列。然後，再登上列柱，擠在像一團黑麋的密集人群裡，藉由那些蒼白臉色才稍微有點亮光。所有人都在大時鐘的下方站著，沒看到椅子，在交易外場圍成一圈，狂熱地比手畫腳，高聲叫喊，搗得空氣微顫，疑似沸騰。往左，一群忙著套外匯的銀行家，比較冷靜持守，不停地穿越人群隊伍到電報局，操縱外匯交易和英國匯票。隊伍的尾巴一直拉到側邊長廊下，到處都是投機者，擁擠不堪；在列柱之間，倚著鐵樓梯扶手，突現肚子或背部的人，猶如在自家似地，靠著絲絨包廂。在蒸汽下，機器的震動和轟隆聲，讓整個證交所像是在火焰搖曳般擴大騷動。突然間，他看到掮客麥西亞匆匆跑下台階，跳進車裡，馬車伕立即策鞭奔馳。

當時，薩卡感覺拳頭緊握。他猛然掙脫，轉入維威安街，穿越堤道，抵達布希座落在費埰街角的房子。他剛想起那封要翻譯的俄文信，但當他進入時，一個年輕人站在一樓文具店前向他致意；他認出那是古斯塔夫．塞迪爾，一個駐在守齋者街（Rue Jeûneurs）絲織商的兒子，為了讓他研習金融交易的機制，他父親將他安插在馬佐那兒。他對這位優雅大男孩展現長輩似的微笑，清楚感覺到他守在那兒的目的。文具商寇南供應小冊子給整個證交所，自從寇南小夫人幫先生看店以來，胖寇南則從不離開店鋪後間，只負責生產，至於她，總是來往於櫃檯服務和外頭採買之間。她豐腴、金髮、喜悅，真像隻小捲毛羊，有著蒼白如絲的頭髮，非常優雅溫存及充滿永恆的喜悅。她愛她的丈夫，但據說，當證交所顧客討她歡心時，這並不妨礙她對證交所的顧客表現溫情；然而，這並非為了錢，只是為了喜悅，而且僅只一次，在臨近的朋友家中。總之，那些受過她恩寵的幸福者都守口如瓶和滿心感激，因為她很討人喜愛，受到熱烈歡迎，在她周遭從沒出現過醜陋的閒言閒語，而且文具店生意興隆，是一個真正幸福的角落。經過時，薩卡發現寇南太太隔著窗玻璃在對古斯塔夫微笑。多迷人的小綿羊！他也產生被愛撫的美好快感。終於，他上樓。

二十年來，布希都住在最頂樓，六樓，由兩個房間和一間廚房組成的窄小住所。布希出生於楠西（Nancy），父母親是德國人，從出生城市來到這兒，從事透過特殊糾紛從中獲取利益的行業，逐漸拓展他的買賣圈子，他覺得事務所不需要更大，就分給弟弟席濟孟靠街那間房，自己則住在靠院子的小房，那兒廢紙、檔案、各式各樣包裹，堆積如山，只能靠著辦公桌、擺一張椅子備用。他的大買賣之一就是操控貶值證券；他在「濕腳」小交易場和填補資產負債的破產者之間，收購貶值證券；他有時也依市價直接買進，供應囤貨。然而，除了高利貸和珠寶玉石的祕密交易外，他尤其負責債券的收購。正是這業務將他事務所的牆頭充塞到快爆裂，讓他投入巴黎各個角落，以其才智在眾人之中嗅聞、窺伺。當他獲悉破產消息時，會立刻趕到，不懷好意地在破產債權法定代表團周遭兜轉，最後立即買下再也榨不出任何油水的所有權債。他監視公證事務所的業務，等待繼承糾紛開庭，出席絕望債權的法定拍賣。他也發布通告，吸引那些寧願立即領取幾塊錢，而不願冒險追逐債務的債權人，並從眾多消息管道，收集一籮筐真正紙張，不斷拓展一大堆破爛債務的買賣：未付票據、未執行合同、未兌現借據、未履行契約。然後，從中挑揀，在這七拼八湊腐爛堆裡碰運氣，這需要一個相當靈敏的特殊嗅覺。在這消失於茫茫大海或無力清償債務的人中，必須有所選擇，才不至於力氣分散。原則上，他主張所有債權，即使是最折衷的，也可以有轉機，而他擁有一系列令人讚賞、相當於姓名索引的分類檔案，他不時再三檢閱，以保持記憶清新。但，在無力清償者之間，自然地，他更進一步注意到那些他覺得未來有機會成為有錢的人：他的調查把人剝光、刺探家庭秘密、記錄富有親戚、生存方式、尤其是新工作，好啟動抗辯異議。他經常讓一個債務人數年慢慢成熟發跡，以便在他首次成功時強行勒索。至於那些消失不見的債務人，他更感興趣，狂熱的投入持續搜索，眼睛盯著招牌和印在報上的名字，如一條獵狗似地尋覓地址，一旦他逮到無力清償而消失的人時，則變得凶猛，生吞活剝、吸光他們的血，抽取只花了他十蘇的一百法郎，粗暴解釋投機者所冒的險，一定得在那些曾在他指尖，如煙消雲散般溜走，如今被他逮到的人身上討回。

在這抓捕債務人的團隊裡，辣媚千是布希最喜歡僱用的助手之一；因為，雖然他有這麼一個掮客小團隊供他使喚，但這群雇員聲名狼籍且貪婪多疑；至於辣媚千，她在街上有一幢臨街的房屋，在蒙馬特小丘後擁有一整個拿波里舊城，一大片土地上矗立著她月租給人的搖晃茅屋：一個極端悲慘的角落，一整群餓死在垃圾堆裡的人，爭吵搶奪的髒鬼窟洞，而一旦他們不再付房租，她就無情掃除租戶和其渣滓。然而，吞噬掉她舊城利益的就是她可憐的狂熱賭注，而她也有金錢掠奪、使人破產、縱火搶劫，從中竊取熔化珠寶的幸災樂禍嗜好。當布希派她調查消息，攆走一個債務人時，她有時會當作自己的事，躬親辦理，只為一己的喜樂賣力幹。她自稱是寡婦，但沒人認識她的丈夫，人們不知她來自何方，她以小女孩的輕聲細音和精力充沛，讓她看起來像是只有五十歲的模樣。

這一天，辣媚千坐在唯一一張椅子上，事務所人滿為患，猶如廣場上掉落最後一包肉而引來饑荒者的圍堵似地。布希好像被藏匿在他的辦公桌之後，只在如海的檔案上，露出其囚犯似的方頭。

「就是這，」她邊說邊掏空她鼓漲著一大堆紙的老皮袋：「菲鄂從旺多姆寄來給我……照您的指示，叫他去處理夏丕治的破產……他以一千法郎為您全買下了。」

她自稱菲鄂是她的表弟，剛在旺多姆成立一家地租稅收事務所。他承認為了交易而收取地方上食小利者的息票，他再以這些受託的息票和金錢瘋狂地投機下賭注。

「外省息票，不值幾個錢，」布希埋怨說：「但仍可從中創出新點子。」

他嗅聞紙張，已經以一隻專家的手挑出票據，再憑氣味，依據預估粗略分類。他的扁臉變得陰沉，現出失望的撇嘴。

「哼！不肥，沒什麼好咬的。幸虧，這不貴……記名期票……又是記名期票……假如這些是年輕人，又都來自巴黎的話，還可能從他們身上撈點肥水……」

突然，他發出一聲輕微驚呼。

「咦！這是啥呀？」

他剛在一份貼印花的文件下方看到博威立業伯爵的簽署，紙張上以衰老的大字體只寫了三行字：「我擔保支付一萬法郎給蕾歐妮．柯容小姐，在她成年之日。」

「博威立業伯爵，」他自言自語慢慢重複：「對了，他在旺多姆地區有農場和一大片產業……他在一次狩獵中意外死亡，留下一個妻子和兩個孩子，過著拮据的生活。從前我有張記名期票，他們很艱辛地付清……鬧劇一場，重大發現……」

突然，他爆笑一聲，重新組合故事。

「哈！老騙子，就是他把小女孩蹧蹋成這下場！……她不肯，於是就以這張輕薄不值錢的破舊紙片逼她束手就範。然後，他死了……瞧，這上頭日期標的是一八五四，十年前，女孩應該已長大成人，該死！這借據如何會落在夏丕冶手中？……這夏丕冶，放短期高利貸的買賣惡棍，毫無疑問地，將這張紙交由他保管的女孩肯定是為了幾蘇錢；或可能是他負責討債的對象……」

「這，」辣媚千打斷說：「太好了，真正妙招！」

布希輕蔑地聳聳肩。

「啊！不，我告訴您，法律上這一文不值……如果我將這呈給繼承人看的話，他們大可將我轟走，因為必須證明這筆錢真的是欠債……而，假如咱們能夠找到女孩的話，也許能讓他們乖點兒，和咱們好好合作，以免產生不愉快的吵吵鬧鬧……懂了吧？去找這位蕾歐妮·柯容，寫信給菲鄂讓他在那兒幫咱們查出來。然後，就有好戲可看。」

他將紙張分成兩堆，答應獨處時再徹查，但卻待著不動，張開兩隻手，各搭在每堆文件上。

沉寂過後，辣媚千又說：

「我留意了卓丹的票據……我想我找到了咱們要的人。他受僱於某報社，目前在寫文章。但報社的櫃檯人員很惡劣，拒絕提供住址，而且，我相信他不是以真實姓名發表文章。」

布希一言不發，按字母順序排列，伸手取出卓丹的文件。這是六張五十法郎的票據，日期已是五年前，按月分期付款，總金額達三百法郎，年輕人在悲慘歲月裡簽給裁縫師的借據。出示借據時，他付不出錢，借據以因高額利息不斷擴增，使得卷宗的數量泛濫成浩繁的訴訟。至今，債務高達七百三十法郎十五生丁[⑧]。

「如果這是個有未來的男孩，」布希低聲說：「咱們就永遠逮住他。」

然後，有了一個主意，無疑出自他本人的主意，大叫說：

「喂，席卡度訴訟案，咱們就放手不管了嗎？」

辣媚千對著蒼天高舉哀怨的胖手臂，原本殘酷無情的人變得激動絕望。

「啊！天哪！」她以笛音般的呻吟說：「這真要我的命呀！」

席卡度案件是她最愛敘述的一段故事。她的小表妹蘿莎莉．霞瓦怡，是她父親的妹妹晚年生下的女兒，她和母親住在豎琴街（Rue de la Harpe）一幢房子的七樓小房間裡，十六歲的某一天夜晚，她在樓梯台階上被強暴。最慘的是，這位先生是個結了婚的男人，抵達豎琴街才八天，和他

---

⑧生丁：法國輔幣名，相當於百分之一法郎。

妻子分租三樓太太的一個小房間，一副恩愛模樣。可憐的蘿莎莉，被一隻太急躁的手往後壓倒在樓梯角，以致肩膀脫臼。從那時起，她母親理所當然地非常氣憤，差點兒鬧出可憎的風波，然而小女孩卻哭哭啼啼，承認她是心甘情願，事情純屬意外，如果將先生送進監獄的話，她必定會傷心至極。於是，母親不作聲，滿足於對這位先生要求六百法郎，分成十二張票據，每個月付五十法郎，一年內還清，這算不上一筆醜陋的交易，這甚至是最微薄的了，因為她女兒，裁縫學徒出師後，賺不到一毛錢，臥病在床，耗費頗高，此外因照料不周，導致手臂肌肉攣縮，變成殘廢。第一個月底前，先生消失了，未留下地址。然後噩運接連不斷，如冰雹般濃密地下：蘿莎莉生下一個小男孩，同時失去了他的母親，因此掉落到骯髒黑暗的悲慘生活裡。在求助於拿波里舊城表姐家失敗受挫後，她在街上閒蕩到二十六歲，手臂無法使用，有時在巴黎中央菜市場賣檸檬，和男人們消失幾個禮拜，常在醉酒後被揍得烏青，然後驅逐出門。前年，在一連串失心瘋大罵特罵之後，終於得幸死亡。而辣媚千就負起照顧嬰兒維克多的責任；在這一整齣故事裡，只剩下十二張未付票據，署名席卡度，人們無從多知：只曉得先生叫席卡度。

揮揮手，布希拿起席卡度灰色文件薄檔案，一筆費用也沒付，那裡頭只有十二張票據。

「如果維克多還乖巧的話！」老女人悲傷解釋：「但您想像不出，他是一個壞透了的孩子……

啊！這樣一筆繼承遺產多難辦呀，一個將上斷頭台了結的孩子，而這幾張紙，我絕對抽不到任何好處！」

布希睜開他蒼白大眼睛固執地盯在票據上。他一次又一次檢視它們，希望從中找出蛛絲馬跡，從信的樣式，直到印花公文紙紋，試著找跡象！他斷言對此尖細字體並不陌生。

「奇怪，」他一再說：「我確定曾見過類似這樣的a和o，拉得長長地，看起來好像是i。」

這時候，有人敲門，他請辣媚千去開門。因為房間直通樓梯，若想要到面向大街另一間房的話，必須經過這辦公室。至於廚房，那不通風的坑，則位在樓梯平台的另一端。

「請進，先生。」

薩卡進門來，看到門上螺釘緊拴著，以黑色大字母標示「訴訟事務所」的銅製招牌而發出會心微笑，由衷感到愉快。

「啊！是薩卡先生，您是為翻譯而來……我弟弟就在隔壁……請進、請進。」

但辣媚千完全擋住通道，她盯著進來的人瞧，顯出愈來愈驚訝的樣子。為了退到樓梯，必須經過一番周折，她得先出去，在樓台上欠身，好讓他進去，過道隔壁房間，消失在那兒。在這些複雜動作當中，她的眼睛從沒離開過他。

「哦！」她透不過氣，喘息說：「這薩卡先生，我從沒這麼近看過他……他跟維克多可真酷似。」

布希起初沒懂，看著她。接著，突然產生靈感，發出一聲令人窒息的咒罵。

「天殺的！就是這個，我就知道曾在哪兒見過！」

這一次，他站起來，在檔案裡翻箱倒櫃，終於找到薩卡去年寫給他的信，要求他對一位無清償能力的女士寬限時日。他急迫比較起票據和這封信上的筆跡：正是同樣的a和同樣的o，隨著時間變得更尖更細，另有一個明顯相同的大寫字母。

「是他，就是他，」他重複說：「只是，奇怪，為什麼是席卡度，而不是薩卡？」

而且，在他記憶裡，一個關於薩卡過去的模糊故事逐漸甦醒，有位名叫拉嵩諾的買賣經紀人，今日是百萬富翁，曾對他敘述：薩卡在政變的隔天落難巴黎，利用他兄長盧貢的權勢而發跡，起初在古拉丁區的暗巷過著悲慘的生活，後來藉由一樁曖昧婚姻，趁埋葬妻子時，迅速致富。就是在這艱困的起頭，他將盧貢這個姓氏換為薩卡，再轉換成第一任妻子的姓：席卡度。

「對，正是，席卡度，我記得一清二楚，」布希低聲說：「他居然有臉拿妻子的姓來簽署票據。無疑地，夫妻生活給了他此姓，沿著豎琴街發展。然後，這傢伙採取了各項措施，一有警戒立刻搬家……啊！他不只窺伺金錢，還讓女孩子在樓梯栽跟頭呀！太蠢了，他終將惡有惡報。」

「噓！噓！」辣媚千又說：「咱們逮到他，可真應驗老天有眼這句話哪。終於，我為可憐維克多付出的一切，將得到報償。幹吧！儘管他無可救藥。」

她神采煥發，細眼睛在她臉上熔化的脂肪裡閃閃發光。

然而，布希，在這偶然讓他得以討債的興奮之後，久久尋思，冷靜思考，他搖搖頭。無疑，薩卡目前雖然破產，但還有可再搜刮的餘地，他們很有可能落在一個更沒價值的生父上。只是，薩卡不會任憑自己被宰割，他有一口尖牙利嘴。然後，又能如何？他肯定不知道自己有個兒子，可能會否認，儘管辣媚千對他們酷似的相貌吃驚極了。此外，他是二度鰥夫，自由之身，沒欠任何人他的過去，以致即使不施用任何威脅手段，讓他屈服接受小男孩的狀況之下，也只能抽取到六百法郎，其生父身分的票據而已，這實在少得太可憐，枉費這偶然的天助奇蹟。不，不！必須好好思考，想個對策，找出一個時機完全成熟，再收割莊稼的方法。

「咱們千萬別急，」布希下結論：「此外，他已一敗塗地，給他點時間再站起來。」

打發走辣媚千之前，他倆檢視了她所負責的買賣細節：一位少婦為情夫典當珠寶、一個丈母娘幫女婿還債，如果你知道內幕的話，也可以說她就是女婿的情婦。最後，他們處理了複雜困難、變化多端、最棘手的債權追討手法。

薩卡進入隔壁房時，瞬間被照射在未掛窗簾的玻璃窗上的耀眼強光，閃得眼花撩亂。這毫無裝飾的房間，牆面糊著小藍花蒼白壁紙，只有角落一張小鐵床，中間一張杉木桌，和兩把籐椅。沿著左邊隔板，稍微刨平的木板當作書架，承放書籍、小冊子、報章、和各式各樣紙張。然而，天空上的大陽光，在此高度，在此毫無裝飾的房間裡，像青春的喜悅，和天真的清新歡笑照射著。布希的弟弟席濟孟，三十五歲男孩，缺乏閱歷，長又稀的褐髮，就在那兒，坐在桌前，凹凸不平的大前額靠在他瘦削的手中，專注閱讀一張手稿，沒聽到開門聲，也沒轉頭。

這席濟孟，是個富有才智之士，在德國大學受教育，除了母語法文外，還會說德文、英文、和俄文。一八四九年他在科隆認識卡爾．馬克思，而使他成為《萊茵河新報》最愛的編輯；從此時起，他的信仰確定，以熾熱的胸懷講授社會主義，整個人獻給保障窮人和卑微者的未來社會革新理念。他的導師繼六月事件之後，遭德國驅逐，被迫從巴黎流亡到倫敦生活、寫作、致力於政黨的組織。他這邊，活在夢想中，過著拮据的日子，毫不在乎物質生活，若非哥哥的接應，必定餓死無疑。費垛街與證交所相隔甚近，哥哥想到讓他使用其語言方面的能力，靠翻譯為業。這位兄長用母性的情感愛護著弟弟，但對待負債者卻像一頭兇猛的狼，很可能只為了搶奪十蘇錢，而殺人流血；但當涉及要使大男孩高興，使其保持孩童之心時，他會以多情的溫柔及女人的細心，立刻流淚心軟。他留給弟弟向街的漂亮房間，像女僕似地侍奉他，過著掃地、鋪床、一天兩次到附近小餐館打點食物的奇特生活。他腦子塞滿了千百件事務，卻能容忍他的弟弟遊手好閒，因個人的工作束縛，而導致翻譯工作運轉不佳；他甚至禁止自己的弟弟工作，因為一個小咳嗽就讓他擔憂；儘管他對錢的苛刻酷愛，在征服錢的謀殺貪婪裡，弟弟是他生存的唯一理由，他微笑容忍他的革命理論，施捨給他資金，如同給孩子玩具一般，哪怕知道他將打碎它。

席濟孟這一方，甚至不知道哥哥在隔壁房做什麼勾當。他對貶值證券和債權購買這恐怖交易全然不知，他生活在高高至上的正義思想裡。佈施賑濟的觀念讓他受傷，令他大怒：佈施是施捨，被善意認可的不公平；而他只容許每個人重新獲得正義的權利，建立在新社會組織永恆不變的原則上。而在和卡爾．馬克思持續通信之後，他的日子全耗在研究、更改，不停地在紙上鋪陳滿滿的數字，以改善未來的社會組織；並依據複雜的科學，逐步建立宇宙的幸福。他提取一些人的資金，為了分配給所有其他人，他翻攪數十億法郎，為了平均轉移世界財富；而在此毫無修飾的房間裡，除了他的夢想，沒任何其它激情，沒滿足享樂的需要，如此儉樸，惹得他的兄長，為了讓他喝酒、吃肉，還要生氣。他希望所有人依其能力而工作，確保胃口的滿足：他因工作而累垮身體，活在一無所有裡。一個真正的智者，研究的狂熱者，摒除物質生活，非常恬淡，且非常純潔。

自從去年秋天以來，他咳得愈來愈厲害，被肺癆侵害，他甚至不去理會和照料。

薩卡敲敲門，席濟孟終於抬起他的模糊大眼睛，儘管認識來者，他還是有點驚訝。

「我為了翻譯一封信而來。」

年輕人更驚訝，因為他早就使那些證交所的顧客、銀行家、投機者、證券經紀人，所有這些收到來自英國和德國眾多信件、通函、公司章程的人，望而卻步。

「是的，一封俄文信。哦！只有十行字。」

於是，他伸手接件，俄文一直是他的專長，地方上以德、英文為主的其他譯者，只有他一人可以將俄文翻譯得很流利。而在巴黎市場上，俄文文件稀少，這解釋了他長久的失業。

他以法文高聲讀信。總共三句：君士坦丁堡銀行家的肯定回覆，這筆生意成交。

「啊！謝謝，」薩卡非常高興大叫。

他請席濟孟將這幾行翻譯寫在信背面。但這一位突然嚴重咳嗽起來，他拿手帕壓抑掩住嘴巴，為了不打擾他那一聽到咳嗽就趕過來的哥哥。接著，咳過之後，他站起來，打開窗戶，窒悶得想呼吸新鮮空氣。薩卡跟隨他往外瞧，不禁發出輕聲驚嘆。

「啊！您看證交所。噢！從這角度看真有意思！」

事實上，他從未在如此奇異的方位下眺望證交所，鋅版屋頂的四面巨大傾斜，無限伸展，管子林立豎起。避雷針尖端聳入高空，好似威脅天庭的巨大槍矛。宏偉的建築物本身不再只是一塊被列柱規律裝飾著柱溝的立方體石頭，而是一塊巨大、灰暗、骯髒、無修飾、醜陋，插著以破舊布片製成旗子的立方體。尤其是台階和列柱廊使他驚訝不已，那兒布滿黑色螞蟻，一整窩正在革命、騷動、獻身給巨大的活動，從這麼高的地方望下，人們不再詮釋，只是由衷產生憐憫。

「微縮得真渺小呀！」他又說：「好像可以一把抓在手裡似地。」

然後，知道他交談對象的心思，他笑著補充說：

「您將何時一腳踢除這一切？」

席濟孟聳聳肩。

「有何用？您自個兒也可以摧毀。」

逐漸地，他氣怒，心中滿滿的事情需要發洩，傳布信仰的熱忱在推動他，只消一句話，就可啟動他的闡述系統。

「是，是，您為我們工作，少了您，毫無疑問地……您是某種剝奪人群的篡奪者，而當您被餵得過飽時，換我們來剝奪您……所有中央集權將獨攬一切，全部通往共產主義。您教我們一堂實用的課，如併吞小塊土地的大地主一樣，大產業家吞噬在家幹活的工人，大信貸機構和大百貨商店抹殺所有的競爭，藉由小銀行和小店鋪的倒閉而自肥，緩慢但確定，朝新社會情勢前進……我們等待一切崩潰，目前的生產方式最後將導致無法容忍的艱辛結果。那麼，資產者和農民自會前來助我們一臂之力。」

薩卡感興趣，迷惑不安地看著他，儘管當他是瘋子。

「但，至少解釋一下，您的共產主義究竟是什麼？」

「共產主義是私人資金的轉變，活生生的相互競爭，所有人共同工作經營的單一社會資本……假設，在一個社會裡，生產工具為眾人所有，眾人依其才智和勞力來工作，再將這社會合作的產物，按照其努力的比例，分配給每一個人。再也沒有比這更簡單的事了，不是嗎？在國家工廠、工地、作坊裡共同生產；接著，以物易物的交易。假如生產過剩，就囤放在共有倉儲裡，短缺不足時，再取出來彌補添用。這是一個必要的平衡……而這，就像斧頭一砍，砍倒一棵腐爛的樹一樣。不再有競爭，不再有私人資本，因此不再有任何形式的買賣，沒有商業，沒有市場，沒有證交所，賺錢的觀念不再具有任何意義，不勞而獲的投機利潤資源將會逐漸消失。」

「噢！哦！」薩卡打斷說：「這大大改變了人類好逸惡勞的習慣！至於那些今日擁有地租的人，你們將做何打算？……依此而行的話，昆德曼，你們將取走他的百萬錢財嗎？」

「一點也不，我們可不是小偷。我們會以收益權息票⑨，買下他的百萬財富、他所有的股票、及他的地租證券，按年償還本息債款。而您可想像，這巨大資金就以如此的消費方式被停滯取代：不出一百年，昆德曼的後代，將如同其他公民一樣，被縮小為個人勞力工作者；因為按年償還的本息債款終將枯竭，而他們被強制不能集資，這將使得過多的積蓄金、甚至人們完整保存的繼承權遭到瓦解……我告訴您，這些將會一掃而空，不只是個人買賣、股東公司、私有資本會社，還包括所有地租的間接資源、信貸系統、借貸、房租、佃租……不再有證券的措施，只有工作。在目前資本主義社會裡，薪水不等於工作的實際生產，自然會被取消，因為薪水從不代表勞工日常維生的真正必要。我們必須認知到當前社會的唯一過失，是最誠實的老闆如果想生存的話，就必須被迫依循競爭法則，剝削他的勞工。這是我們整個社會系統必須消滅的呀……啊！昆德曼將在他收益權息票的過度負荷下窒息！昆德曼的繼承人無法全部吃下，必須讓與其他人，像同志們一樣，重新挑起十字鍬或工具！」

席濟孟發出孩子下課時的歡笑，一直站在窗旁，眼神望向密密麻麻的黑點，麇集賭注的證交所。熾熱的臉紅湧上他的顴頰，他沒有其它消遣，只有如此自我想像明日正義的諷刺惡作劇。

薩卡的不安更加增大。假如這清醒夢想家的所言成真？假如他猜測得到未來？他所解析的事聽起來非常清楚和明智。

「唔！」他自我安慰低聲說：「所有這一切不會在明年到來。」

⑨收益權息票：是一種附屬於淨利分配和公司結算生產的分享券，有時作為新股票認購的可能。

「當然！」年輕人再變得嚴肅和疲憊，他說：「我們處在動盪的過渡時期。這期間也許經常會有無法避免的革命暴力，但誇張和狂怒是瞬間的……噢！我不掩飾眼前的大困境。這未來的所有夢想似乎不可能，我們無法給人們對這未來社會一個合理公平工作的見解，它的道德習性和我們當前的社會是如此迥然不同，就好像是另一個星球上的世界……然而，必須承認：新的組織尚未就緒，我們還在尋找。我幾乎不再睡覺，我在夜裡汲盡心力。譬如，確定人們會對我們說：假如事情的本身如此，那就是人類的行為邏輯所導致而成。因此，把江河引領回它的源頭，到另一個山谷，將是多麼艱難的工作！……確實，就個人主義競爭原則，個人利益讓生產資源不停地更新，當前社會多虧它而創造了一世紀的繁榮昌盛。共產主義絕達不到如此富饒多產，當賺取利益的意念被消滅時，該用什麼方法來促進勞動者的生產功能呢？對我而言，懷疑、焦慮、弱點，是我們必須去努力改變的，假如我們希望社會主義的勝利有朝一日能得到解決的話……而且我們會戰勝，因為我們是正義的一方。瞧！看您面前這座宏偉建築物……您看見了嗎？」

「證交所？」薩卡說：「當然！是呀，我看見了啊！」

「那麼，炸燬它是極為愚蠢的事，因為人們會在別的地方再重建它……只是，我對您預言，當政府開始徵購時，它將會自我拆毀，它將理所當然地成為國家的唯一共同銀行；而誰會知道？它也可能成為我們龐大財富的公共倉儲，豐盛的糧倉之一，我們的子孫將從那兒找到喜慶宴會的奢華！」

席濟孟張開雙臂，以平日的幸福和方法打開這未來。他是如此興奮，以致又劇烈咳嗽起來，趕快再回到他的桌子前，手肘在紙張之間，雙手捧著頭，為了壓抑喉嚨嘶啞的喘氣聲。但這一次他平息不下來。門突然被打開，布希趕來，打發走辣媚千，滿臉驚慌，因這可惡的咳嗽而感到痛苦萬分。他立刻俯身，把弟弟抱在懷裡，好像撫慰孩子的痛苦一般。

「瞧，我的小弟，你又怎麼了，透不過氣來啦？我去給你請個醫生來看看，你呀，太不理智了……你一定又說了太多話。」

然後，他斜眼瞧待在房裡的薩卡，顯然被他剛聽到的話搞混了，從這大惡魔的嘴裡竟然會說出如此充滿情感且如此苦惱的話。從他居高臨下的窗戶，他覺得可以對證交所施展魔法，將目前的建築物一掃而空，然後再全部重建。

「謝謝，我告辭了，」急著走到外頭的薩卡說：「把信寄給我，附上十行翻譯……我還在等其它信件，到時候一併結算。」

然而這時咳嗽停止，布希又留了薩卡一會兒。

「對啦，剛剛在這兒的女士，她從前認識您哦，很久以前。」

「哦！在哪兒？」

「豎琴街，五十二號。」

即使自制力很強，薩卡的臉還是變得蒼白，緊張抽搐牽扯他的嘴巴。此時此刻，他並非記起在樓梯栽跟頭的小女孩，他甚至不知道她懷孕，完全不知孩子的存在，但過去悲慘歲月的回想總讓他覺得不舒泰。

「豎琴街，哦！我在那兒只住了八天，當我剛到達巴黎時，在那裡渡過一段暫時居住的時光……再見！」

「再見！」布希加強語氣回答。他沒弄錯，從薩卡的尷尬可看出他的招認，而他已經在想該採取什麼不擇手段的好方法，以便善加利用這起意外事件。

再回到大街上，薩卡不自覺地轉回證交所廣場。他全身正在打哆嗦，甚至看也沒看在文具店前微笑的金髮美人小寇南太太。廣場上，熙熙攘攘，賭注的喧譁聲剛以不斷潮漲的兇猛，撲打在人行道上的麇集人群。這是兩點四十五分的呼叫，股價收盤的戰場，大家熱衷於想知道誰將雙手滿載而歸。而站在證交所街角望向對面的列柱廊，混亂擁擠，柱子下方，他認出空頭投機的莫澤和多頭投機的畢治侯，兩人正在交頭接耳；而他似乎聽到從大廳傳出了證券經紀人馬佐的尖銳聲響，一時之間蓋住了坐在交易場外大時鐘下，納唐索的哈哈大笑。一輛馬車輾過水窪，差點濺汙了他。麥西亞跳下來，甚至在馬車伕停下來之前，一躍登上台階，氣喘吁吁帶著一個客戶的最後委託。

而薩卡一直站著不動，眼睛望向上頭混亂的人群，反覆地回想剛剛被布希喚醒的問題，他陷入當初生活的回憶糾纏中。

他還記得豎琴街，然後是他乍到此地，為了征服巴黎，穿著征服冒險家磨損的長統靴，走在聖傑克街（Rue Saint-Jacques）；此時他想起自己尚未降伏巴黎的瘋狂意念，他再次流落到砌石路上，窺伺未被滿足的財富，被享樂的饑餓感所折磨，他從沒受過這麼大的痛苦。席濟孟這瘋子以道理告訴他：工作不能讓人生存，為了養肥他人，悲慘和愚蠢自會工作。只有賭注，從夜晚到隔天，給人舒適、豪華、生活闊綽、一整個生命的感覺。假如這古老社會有一天必須崩潰，像他這種人，在崩潰之前，會不會再去尋找時間和地位以填補他的慾望？

一個過路人的手肘撞到他，甚至沒回頭道歉。他認出那是為了健康而來散步的昆德曼，他看他走進糖果店，這位金主有時會帶一盒一法郎的糖果給他的孫女們。而這一肘，撞在此時，猶如抽打，自從他在證交所如此蹭蹬以來，難得激動起來，決心做最後衝刺。他突圍出廣場，襲擊猛攻。他狠狠發誓宣戰：絕不離開法國，他將頂撞他的兄長，打一場至高無上的戰爭，在大膽駭人的戰場上，將巴黎踩在他的腳下，或是自毀前途而被丟棄到溪流。

直到關門收盤，薩卡仍固執地站在他觀察和威脅的崗位上。他看著列柱廊變得空無一人，台階布滿了所有這些激動和疲憊之人的緩緩潰散。在他的四周，砌石路和人行道持續擁擠，一波波不間斷的人潮，可利用的永恆人潮，無法經過這投機大彩券前而不轉頭的明日股東，對那兒所進行的事感受到慾望又覺得害怕，這金融操縱的神秘，更加吸引法國人的頭腦，然而他們之中卻鮮有人深入理解其中緣故。

第二章

金錢

L'Argent

在那場不幸的土地買賣後，為了避免更大的災難，薩卡決定離開，將蒙梭公園的府邸出讓給他的債權人。他的第一個念頭就是去兒子傌興的家避難，傌興，自從他沉睡在倫巴地（Lombardie）小墓園的妻子過世後，便獨自住在皇后大道上一棟宅邸裡，他將生活打理得非常嚴謹且冷酷自私，活在那兒吃死人的財產，不犯任何錯誤，體弱多病的他具有早熟的邪惡性格，以乾脆的嗓音，斷然拒絕接待父親到家裡來，他以深思熟慮的神態，微笑解釋說，這是為雙方能持續和平相處著想。

從那時起，薩卡想到另一條退路。他想在帕西（Passy）租一間小房，當作歇業商人的資產庇護所。他記起聖拉扎爾街歐威鐸府邸的一樓和二樓，門窗緊閉，一直都空著。歐威鐸公主自從丈夫過世後，便住在三樓的三間房，甚至沒在雜草叢生、能通行車輛的大門放置告示牌。正門的另一端，有道矮門，僕傭從樓梯而上，可通往三樓。因為商業上的關係，他經常在拜訪公主時，驚訝發現，她全然沒想到透過大樓以獲取適當的收益。關於錢的事，她搖頭，自有主張。然而，當他上門來以他的名義租屋時，她立刻同意，並只索取區區一萬法郎的租金，這華麗的一樓和二樓，裝潢顯貴，價值確定超過兩倍以上。

人們還記得歐威鐸王子擺闊的排場，他擁有龐大金融財富時的狂妄，當他夾帶一大票千百萬財富，從西班牙來到巴黎時，他買下這府邸，大做整修和裝潢，打造他夢想中令天下驚艷的大理石黃金宮殿。那是上世紀的建築，高尚優雅的領主們將這些別墅建造在寬敞的花園之中；昔日的庭園，她拆掉一部分，以較樸實的規模重建，只保留週邊有馬廄的大庭院和貯藏室，而最近規劃重修的費序樞機主教街（Rue Cardinal-Fesch），想必會把這部分也都劃入範圍。王子當時執意從一位貴婦聖日爾曼（Saint-Germain）手中將這份產業買下來，那產業從前延伸到三兄弟街（Rue des Trois-Frères），即昔日太埠街（Rue Taitbout）的延伸。此外，府邸保存了聖拉扎爾街的入口，與同年代的大建築物並立。從前豪門巨宅的博威立業家族緩緩沒落之後，仍然居住在那兒；他們留下的美好庭院、壯麗樹木，也將隨著地方上的騷動而注定消失。

雖然處於破產狀態，薩卡還是拖帶著一大群僕人。只不過他留下太多僕人，一個男侍從、一個主廚和他負責照料衣物、床單、等布製品的女人、另有一個不知為什麼被留下來的女人、一個馬車伕、和兩個飼馬員；他將馬廄和儲藏室塞得滿滿的，裡面放了兩匹馬、三輛車，他在一樓給僕傭們設置了一間食堂。他是個錢櫃中剩下不到五百法郎，卻可以活在兩人一腳，或每年花費超過三十萬法郎的男人。他也找到分配人員住滿二樓寬敞公寓的方法，三間客廳，五間臥室，還沒有算到可以容下擺設一桌五十套餐具的寬敞餐廳。那兒，從前有道門直通室內樓梯，通往三樓，到另一間較小的餐廳；公主最近才將三樓這部分租給一個和妹妹同住的單身工程師，哈莫嵐先生，他們拿兩根大螺絲釘封閉這道門。她因此得和這兩位房客共用傭僕的舊樓梯，至於薩卡則獨享大樓梯。他以蒙梭公園遺留下來的幾件家具來布置部分空間，雖然其它房間仍空著，但還是給這一連串憂鬱及無修飾的高牆賦予了生命，王子死後隔一天，他頑強的手似乎已經將門簾的枝微葉末通通拔除；薩卡便重新在這裡繼續做著那偉大的發財夢。

歐威鐸公主是當代巴黎的奇特人物之一。十五年前，她順從母親，孔培維勒公爵夫人的正式命令，嫁給一點也不愛的王子。那時，二十歲的她已享有美貌和才智的盛名，她篤信宗教，雖然熱愛世界，卻有點太嚴肅。她對王子的奇異事蹟全然不知，王子那估計三億財富的皇家資源，來自於恐怖的劫盜生活，不像從前的貴族冒險家，只是手持武器在林邊打劫，他是以現代正派強盜在證交所的光天化日之下，在輕信消息的窮人口袋裡，在破產和死亡之間掠奪。不論在西班牙或法國，二十年來，王子在傳說中的所有大型卑鄙勾當裡，獅子大開口地賺取他的錢財。雖然歐威鐸公主毫不懷疑他是以卑鄙和血流的手段，積攢了如此大的財富，但第一次見面，她就感覺到，她由衷無法改變對他的厭惡；而不久之後，一個暗啞的怨恨增長，這段順從的婚姻、和沒孩子的怨恨，更加深了對他的反感。對她而言，生育就夠了，她喜愛孩子，她進而對這個男人產生恨意，因為她不只在愛情上失望，甚至無法成為母親。就在這時候，人們看見公主投入窮奢極侈的生活裡，出入宴會，光芒四射，閃耀巴黎，那闊綽揮霍的排場，據說連杜伊勒里宮都嫉妒死了。然而，王子卻突然中風暴斃，去世的隔一天，聖拉扎爾街的府邸陷入絕對的沉默與全面的黑夜。不再有燈光、不再有聲音，門窗緊閉，謠傳公主激動得清空一樓和二樓之後，像個隱士般與世隔絕，和母親從前的隨身侍女，撫養她長大的蘇菲，生活在三樓的三個房間裡。當她再出現時，她身穿簡單的黑色羊毛衣衫裙，頭髮藏在總是小而油膩的難看花邊下，和她窄小的前額，她漂亮的圓臉配上緊閉唇間已染黃的貝齒，緘默的臉，深陷長久宗教幽居的唯一意志裡。她剛滿三十歲，從事龐大的慈善工作以後，便不再擁有生命。

在巴黎，人人為之大驚，流傳著各式各樣的離奇故事。公主繼承了報紙專欄關切的全部共三億法郎的財產，而傳說最終被確認為如小說描寫得那般浪漫，有人繪聲繪影：某個夜晚，一個穿黑衣的陌生男子，在公主將上床睡覺時，突然出現在她房間，她從不明白他是經由哪道祕門潛入；男子告訴她，這世上沒人知道；但他必須對她揭穿那三億法郎的可惡來源，或許同時嚴厲要求她，如果她想避免可怕災禍的話，得發誓彌補這麼多的罪惡。接著，男子就消失無蹤。五年來，她一直是寡婦，是否為了服從上天降臨的旨意，或更恰當地說，是當財產文件落在她手裡時，那純屬誠實的反抗？然而，真相是，她不再只活於自暴自棄和彌補的狂熱裡。在這不曾體驗過愛情和無法為人母的女性身上，所有禁慾的溫柔，尤其是無法對兒女付出之愛，轉變成一種對窮人、弱勢、不幸者、受苦者的真正熱情，那些她認為被敲詐的數百萬人，及那些她判斷該全數歸還，而大量施捨給他們的人。從那時起，有個確切意念征服了她，頑固地釘進她的頭顱裡：她不再認為自己像個被窮人寄存三億法郎的銀行家，為了讓這筆錢物盡其用；她不再只是活在數字裡，而是周旋在公證人、工人、和建築師群中的會計和生意人。在外面，她擺了一張巨大辦公桌，僱用二十個員工。家裡頭，在她的三間窄房裡，她只接見四或五個仲介人和她的總管；而她像大公司的主管，在辦公室裡度過她的白天，將自己和來糾纏的人隔得遠遠地，自我禁閉在堆積如山的廢紙之中。她的夢想是抒解所有的苦難：從一出生就受苦的孩子，到至死痛苦的老人。五年期間，她雙手捧金灑錢，在維萊特（Villette）成立了聖瑪麗托兒所，白色搖籃給幼兒，藍色床給大孩子，已經有三百個孩子在這寬敞明亮的布置裡出入；在聖蒙德（Saint-Mandé）成立一所孤兒院，而在聖約瑟夫（Saint-Joseph）的孤兒院有一百個小男孩和一百個小女孩，接受如資產階級家庭所能給予的同等學識教育；最後，在夏帝永（Châtillon）設立一所可容納五十位男性和五十位女性的養老院，並在郊區成立一所備有兩百張床位的聖馬索醫院，剛剛開始營運。但她最愛的慈善事業，是此時她正全神貫注建立的就業慈善機構，一所接納少年的感化院，從巴黎砌石路上收攏的三百個活在放蕩荒淫和罪惡之中的孩子，一百五十個女孩和一百五十個男孩，給予他們良好的照顧，並教授他們謀生技能，好使他們重生。這些各式各樣的慈善創辦，可觀的捐獻，瘋狂的揮霍，五年內吞噬了她將近一億法郎。再如此繼續下去，幾年後她將會破產，她甚至對目前一般的生活開銷都毫無預留。當她的老僕人蘇菲打破她持久的沉默，以難聽的字眼責備她，並預言她將死在稻草上時，她現出寬容的微笑，這也是此後唯一出現在蒼白嘴唇上的一個希望神聖微笑。

薩卡是在一次買賣中認識歐威鐸公主。他是她為這慈善事業買下土地的地主之一，一座連接納伊（Neuilly）公園，位於碧諾大道邊緣，種著美麗樹木的古老公園。他以積極的交易方式吸引她，而在她和承包商起了某些爭議之後，便想再和他見面。他自己對這工程也頗感興趣，心生嚮往，對她給建築師的宏偉藍圖所著迷：紀念建築物側邊兩翼，一側給男孩，另一側給女孩，兩側之間以一座主體建築物相連，內含小教堂、修院、行政中心、及所有行政部門；而每一側翼各有寬敞的院子、工作坊、和各式各樣的附屬建築物。在他個人喜愛那巨大闊綽的品味裡，讓他感興趣的尤其是其中鋪張的豪華：龐大的建築，向過去幾個世紀的偉大建築挑戰的建築材料，大批的大理石，可煮一條牛，上了彩釉的廚房，鑲嵌富麗橡木護壁板的巨大餐廳，塗了明亮油漆、光線充足、令人愉悅的宿舍，存放內衣、床單、檯布等的燙衣間，浴室，以及設備相當講究的醫護室；到處可見寬敞的空地、樓梯、走廊、夏天通風、冬天暖和；整棟房子沉浸在陽光裡，充滿青春的喜悅及巨大財富的舒適。建築師覺得這所有華麗實在不必要，當他擔憂耗資巨大時，公主以一句話堵住他，她說：「她曾擁有過豪華，她想將豪華給予窮人，好輪到這些製造奢侈豪華的人來享樂。她的堅定意念就是由此夢想而生，彌補悲慘的人，讓他們在床上安睡，讓他們在這世界的幸福桌子坐下，不再只是一塊麵包皮的施捨，或偶而一張簡陋的床，而是透過將是他們住處的宮殿般寬闊生活，品嚐勝利者的享樂，當作回報。」只是，在這鋪張浪費，鉅額估價中，她遭受了可惡的欺詐；一大群承包商靠她為生，還不算因不當監督而引起的損失；人們侵吞窮人的財產。於是薩卡打開她的眼睛，請她讓他來對帳，這舉動絕無私心，僅僅為了享受這讓他瘋狂的百萬錢財之舞。他從沒表現過如此一絲不苟的誠實，在這樁龐大複雜的交易裡，他是最積極、最正直的合夥人，他付出他的時間，甚至他的金錢，只為了獲得經手這筆可觀金額時的喜悅做為報酬。在這公主從不現身的就業慈善機構裡，人們只認識他，她也幾乎不去拜訪其它基金會，隱藏在她的三個小房間之底，猶如善良的隱身仙女；而他，在那兒，被崇敬，被降福，被所有她似乎不想要的感激所壓倒。

無疑地，從此時起，薩卡蘊釀出一個模糊的計畫，而這計畫突然在他住進歐威鐸府邸當房客時，產生一個清晰尖銳的慾望。何不全心協助公主的慈善事業的行政工作呢？在他正值徬徨，投機失敗，不知道該再打造哪個財富的時刻，這對他似乎是個新的轉機，一個突然神化的上升：變成這個慈善王國的分配者，疏通這條流動在巴黎上方的金河。剩餘的兩億法郎，還可用來再創造哪種事業，可讓哪個奇蹟從土地上出現呢！還不算他為這些百萬付出帶來的兩、三倍利潤，他如此精通運用這些金錢，用以改造另一世界。於是，在此激情下，一切變得寬廣，他不再只是活在這令人陶醉的思維裡，他將散布百萬錢財只為無邊無際的施捨，使法國沈浸在幸福裡。而因為他完美廉潔，他憐憫在他指間沒留下一蘇錢。這在他愛幻想的腦裡是莫大單純的溫柔、不自覺的愛，不摻雜任何昔日他那金融掠奪慾望的買賣。何況，他整個生命，終究仍有征服巴黎的夢想。成為慈善之王，受各種窮苦群眾愛慕的神，變成唯一且深孚眾望，關心世界的他，這超越了他的野心。而假如他善加利用他商人的本能、詭計、執拗、及全然不存在的成見，那還有什麼奇蹟實現不了！他將擁有無法抗拒的力量來贏得戰役，錢財、滿箱的錢財，這經常為害多端的錢財，將轉變為成就這麼多善事的資源，有一天人們將以它為傲和喜樂！

然後，計畫擴大，薩卡自問為何不娶歐威鐸公主？這可確保地位，阻止不道德的批評。一個月內，他百謀千計，陳述極好的計畫，認為自己不可或缺；而有一天，平靜的聲音變得天真，提出求婚，推展他的大計畫。他自我推薦為真正的合夥人，自視為被王子竊取錢財的清算人，他保證將把錢財加倍奉還給窮人。此外，公主，在她一貫的黑衣裡，以及其頭上的醜陋花邊，專心聽他說，她的黃臉上沒有顯露一絲情感。歐威鐸公主表示，將以擁有像他這樣一個好合夥人而感動，其餘的事則漠不關心。然後，隔天的答覆，她終究還是拒絕薩卡：無疑地，歐威鐸公主考慮到，如此一來她將不再是她施捨的唯一主宰，但是她想要擁有絕對的支配權，即使這很瘋狂。但她解釋，她將很樂意聘用他為顧問，並表達非常重視他的珍貴合作，請他繼續擔任就業慈善機構的真正主任。

一整個禮拜，薩卡感受到一種強烈的悲哀，及一個珍貴理念的喪失；並非覺得再掉入掠奪的深淵；而是如同一首讓最下流酒鬼的眼睛流淚的抒情浪漫曲，這百萬財富善良之舉的巨大單純溫柔之愛，讓他的貪婪老靈魂軟化下來。他再一次從很高的地方墜下，讓他有似乎受到被廢黜的感覺。透過錢，他總是有股慾望，胃口滿足時，也過著如王子般的豪華生活；但他從未能攀登到夠高的地位，隨著每一次帶走希望的失敗後，他感到憤怒。因此，當他的計畫被公主直截了當、冷靜拒絕之後，他崩潰了，渴望激烈的戰役，在投機的艱辛爭奪裡的自我奮鬥，充當最強者，吞噬他人，以免被他人吃掉，這是在飢渴光彩和享樂之後，他瘋狂交易的唯一主因。假如他沒攢錢的話，他還享有其它的樂趣，龐大金額的角逐、如兵團般被啟動的財富、百萬厄運的衝擊，以及讓他興奮的潰敗和勝利。然而，他對昆德曼的恨，報復的狂妄需求，每每再次出現：每一次他失敗倒地時，打倒昆德曼的慾望幻想就會糾纏著他。假如他覺得這樣的企圖很孩子氣的話，至少這還不會中傷他，薩卡要在昆德曼的面前成就一個地位，逼他分享，如同鄰近地區這些君主對待其堂兄弟一樣，這應該有可能吧？因此，證交所再次吸引他，腦子裡充滿了要推出的交易，卻又叫背道而馳的計畫所阻擾，在如此狂熱的矛盾裡，他不知如何是好，直到有一天，一個排除眾議、至高無上的偉大策劃，逐漸攫取了他。

自從他住進歐威鐸府邸後，薩卡有時會見到住在三樓小公寓的工程師哈莫嵐的妹妹，一位身材令人讚美的女人，凱洛琳夫人，人們如此親熱稱呼她。第一次相遇時，特別令他印象深刻的是她那一頭美好白髮，像極一頂皇冠的白髮，在這剛滿三十六歲，尚年輕女人的額頭上，產生如此奇異的效果。二十五歲起，她就變得滿頭白髮，但她的眉毛，仍然黑又密，保持青春，在她被框著如白鼬的臉上凸顯出奇特的鮮活。以她太過結實的下巴和鼻子，和顯露優雅善良厚唇的寬嘴巴來看，她從不美麗。但可確定的是，這一頭濃密細絲飄揚的白色秀髮，柔和了她有點剛毅的容貌，在美麗情人的清新和精力裡，賦予她一種祖母似的魅力微笑。她高挑、健壯、步態果斷、且非常高貴優雅。

比她矮的薩卡，每次遇見她，就以感興趣的眼光追隨她，暗中羨慕這高挑的身材和健康的寬肩。逐漸地，他從周遭人們的口中，得知哈莫嵐兄妹的故事：他們叫凱洛琳和喬治，蒙彼利埃（Montpellier）一名醫生的孩子，他們的父親學識淵博，是狂熱的天主教徒，死時沒遺留任何財產。父親去世時，女孩才十八歲，男孩十九歲；而，由於哥哥進入綜合工科學校研讀，妹妹就隨他上巴黎，從事小學教師的工作。兩年求學期間，就是她塞給哥哥幾塊一百蘇，供應他零用錢；稍後，他因課業落後而離校，遊蕩街頭，又是她支持他，等待他找到工作。兩個孩子相親相愛，夢想永不分開。然而，一個不期然的婚姻來到，年輕女孩的美好優雅和聰敏才智，征服了一位擁有百萬身價的啤酒釀造商，喬治希望她接受這個婚姻：但喬治為此後悔、痛苦難堪。因為，幾年的婚姻生活之後，凱洛琳不得不離開，以免被丈夫殺死。這一位啤酒商在愚蠢嫉妒發作時，曾酗酒、拿刀追殺她。當時她二十六歲，固執且不拿與她離異男人的任何贍養費，再度重新過著貧窮的生活。她的哥哥在多次嘗試之後，終於獲得他喜愛的工作：他將和蘇伊士運河初步勘察委員會前往埃及；他帶著妹妹同去，她勇敢地安居在亞歷山大城，而當他在埃及國土上奔走時，她教書。他們就這樣待在埃及直到一八五九年，他們出席塞得港海濱的第一鍬破土典禮：勉強只有一百五十個挖土工人的小團隊，由一小撮工程師指揮，在沙中埋頭苦幹。接著，和上司不和失睦後，哈莫嵐被派駐到敘利亞，確保糧食必需品的供給。喬治把凱洛琳接到貝魯特，那兒有另一批學生在等她，他投入一樁由法國公司贊助的大工程，一條接通貝魯特和大馬士革的交通運輸路線，鑿穿黎巴嫩峽谷的唯一路線；他們在那兒又待了三年，直到築路工程完工。他們離開當地兩個月，遊歷百岳，穿越土耳其托羅斯山脈，去君士坦丁堡旅行，只要她可以開溜，就跟隨他，嫁給他從事的初步方案，在逝去的文化中心之下偵察這塊古老的土地。他曾收集滿滿一整個見解和計畫，他覺得，假如他想將這整個巨大企業具體化，就必須成立公司，如果要找尋資金的話，便有必要盡快回到法國。於是，居留東方九年之後，他們終於離開。他們好奇地再經過埃及，蘇伊士運河的工程讓他們狂喜：一座四年內在塞得港海濱沙土裡新生的城市，所有人民在那兒騷動，密密麻麻的人群繁增，而改變了土地的面貌。但，在巴黎，一個黑色厄運正等待著哈莫嵐。十五個月以來，喬治為他的計畫奮鬥，他的真誠保證沒人買帳，他太謙遜、沉默寡言，只好受挫地住在歐威鐸府邸三樓，那間他以一千兩百法郎租下的五房小公寓，離他在亞洲山岳和平原的成功還相距甚遠。他們的積蓄很快就耗盡，兄妹倆的處境相當地艱辛、困窘。

薩卡甚至注意到，凱洛琳夫人與日俱增的憂鬱，她的活潑美麗因為看到哥哥的失敗、氣餒而變得陰沉。在他們的生活裡，她有點扮演男人的角色，外觀和她非常相似的喬治則比較脆弱，工作能力也較差。他無法自拔地專注在他的研究裡，從沒想過要結婚，感覺不到這個需要，他愛他的妹妹，這就夠了；有一天他也許會有情婦，誰知道。這位從前在巴黎綜合工科學校刻苦鑽研的人，構思博大精深，對他所有著手進行的事是如此的積極熱忱，有時表現得太天真，讓人誤認為他有點愚蠢。生長在最狹隘的天主教義裡，他保留孩童時的信仰，非常虔誠地實踐；至於他的妹妹，重新開始大量閱讀，當他長時間專心在他的技術工程時，她則在一旁自修整個博大知識。她會說四種語言，讀過經濟、哲學，偶而對社會主義和進化論感興趣；但她很冷靜，這尤其歸功於她長期居住在遠方文化的閱歷，而形成充分包容智慧的美好平衡。即使她不再相信宗教，但她對哥哥的信仰依然非常尊重。他們之間，存在一個解釋，但他們從不再提起。在她的單純和善良裡，她富有聰明才智，並擁有活得充實的勇氣，及經得起殘酷命運歷練的歡樂英勇。她經常說，唯一讓她淌血的悲傷是沒有孩子。

薩卡幫了哈莫嵐一個忙，為他找到一個小工作，幾位股東需要一個工程師為新機器的生產率做報告。薩卡因此贏得這對兄妹的信任，經常會上樓來和他們共度片刻，在他們改造成工作室的唯一大客廳裡，這絕無修飾的大廳，只擺著一張繪圖的長桌，及另一張較小且堆滿了紙張的桌子，和六把椅子；壁爐上堆放著書本；而牆上一幅即席創作，讓原本空洞的裝潢變得令人賞心悅目：一系列的地圖，一整套明亮水彩畫，每張圖畫以四根釘子固定。這是哈莫嵐攤開的計畫夾，在敘利亞寫下的筆記，他未來的所有財富；以及凱洛琳夫人的水彩畫，那兒的景觀、圖騰、和服裝，陪伴哥哥時她所做的觀察和素描，一個善於運用色彩，非常憑依個人感官的畫家，此外她毫無任何自命不凡。兩扇寬敞窗戶，開向博威立業府邸的花園，以強烈的光線照亮這潰散的景象，而喚起另一種生活，一個落為塵埃的古老社會的夢，只有圖案、堅實線條、和數學，似乎想再站起來，如同在現代科學的堅固鷹架支撐下，以這筆讓他著迷的工程花費，而使自己成為有用的人。薩卡尤其在地圖和水彩畫之前忘我地被吸引住，不停地發問求解。在他的腦海裡，已勾勒出一整艘巨大的船下水開航的景象。

有天早上，他看到凱洛琳獨自一人，坐在她用來當書桌的小桌前。她是如此致命地悲傷，雙手在紙張間頹喪著。

「你覺得呢？事情總是每況愈下……然而我是勇敢的，但同時我們又錯失一切。讓我痛心的是，哥哥被不幸壓縮得力不從心，因為他不健壯，他只有思考工作的力氣……我曾想過再去某個地方當教師，好添補家用幫助他。我到處尋找，卻什麼也找不到……然而，我不能去當幫傭。」

薩卡從沒看過她這麼不知所措的挫敗。

「喔唷！你們還沒到這地步呀！」他嚷嚷。

她搖搖頭，對生命露出苦澀的無奈，然而，她卻習慣如此逆來順受。哈莫嵐此時回來，帶回終究失敗的消息，她大滴眼淚緩緩流下，不再說話，雙手緊握，在她的桌前，眼睛茫然地望著前方。

「唉，」哈莫嵐禁不住脫口說：「那兒有上百萬錢財在等著我們，只要有人願意助我一臂之力去賺取它們！」

薩卡在一張呈現一幢樓房，豎立在巨大百貨商店中心的圖樣前，站定。

「這是什麼？」他問。

「哦！我消遣自娛畫的，」工程師解釋：「這是在貝魯特的一個住家計畫，給我夢想中的公司主任住的，您知道，聯合郵輪總公司。」

喬治開始興致勃勃的敘述一些新細節：在他居留東方期間，他觀察到運輸航業是多麼地缺失而不完善，幾家設立在馬賽的船公司為了競爭而自我相殘，因此無法擁有足夠且舒適的設備。據他初步的見解，想以所有這些公司為班底，組織聯合公會，將它們結合為一個龐大的公司，只要幾百萬，即可開發經營整個地中海，並確保優勢，為非洲、西班牙、義大利、希臘、埃及、亞洲、直到黑海之底建立航線。所有一切不倚賴更有嗅覺的組織，及更優秀的公民：照他的計畫，就能將被征服的東方獻給法國，還沒算上距離並不算遠的敘利亞，他將會開放操作這塊廣大領域。

「聯合公會，」薩卡喃喃說：「未來似乎就在那兒，今日……這是如此強大的聯盟形式！三或四家經營不良的孤立小公司，聯合起來的話，將變成不可抗拒的活力和繁榮……嗯，明日是給大資本，給力量集中的大整體。所有的工、商業將在人們可購買到一切的巨大超級市場裡達到成就。」

他又再停下來，這一次站在一幅呈現荒蕪之地，被崩塌的巨大岩石堵塞，被荊棘叢生環繞著乾枯峽谷的水彩畫之前。

「噢！噢！」他又說：「這是世界之底。在這個角落，我們不會被過路人的手肘撞到。」

「迦密山[①]的峽谷，」哈莫嵐回答：「當我在這兒考察時，妹妹把它畫了下來。」

他僅僅補充說：

「瞧！在白堊紀石灰岩和翻起這些石灰岩的斑岩之間，那整片山坡，有可觀的硫化銀礦脈，沒錯！銀礦，據我的估計，開採銀礦保證有大筆的利潤。」

① 迦密山：以色列北部的山脈，得名於希伯來語，意思是「上帝的葡萄園」。

「一座銀礦，」薩卡激動地重複。

凱洛琳夫人眼睛一直望著遠方，在她的憂鬱裡，好似聽到一個幻象被召喚：

「迦密山，啊！多特別的沙漠，多孤寂的日子呀！長滿了香桃木和染料木，在溫和空氣中散發氣味，聞起來真香。還有老鷹，不停的，飛得高高地……而在這麼多的悲慘人群之旁，卻有這麼一大片銀礦在此長眠！我們熱切盼望有快樂的人群、工地、新生的城市，一群因工作而得以重生的民眾。」

「從迦密山到阿卡②，以色列地中海沿岸的路很容易開鑿，」哈莫嵐繼續說：「而我確信我們可以發掘到鐵礦，因為這國家的山裡盛產鐵……我也研究出一個新的開採方法，可省下一大筆開銷。然而萬事具備，只差資金從哪兒找？」

「迦密山銀礦公司！」薩卡喃喃說。

但現在，喬治抬起眼，從一張地圖看到另一張地圖，再被他一生的苦勞所著迷，一想到沈睡在那兒的輝煌未來，只因手頭拮据而癱瘓，便感到激動悲哀。

「這還只是初期的小事業，」他又說：「瞧這一系列地圖，偉大計畫就在此處，一整條貫穿小亞細亞的鐵路系統……缺乏舒適和快速的交通，是讓如此資源富饒的國家蕭條停滯的首要原因。在那兒，您找不到一條可通車的路，旅行和運輸總靠騾子和駱駝的背來挑……試想，假如有一條鐵路橫跨到沙漠邊疆，那將造成什麼樣的革命啊！這將使得工商業加倍發展，這是文化上的勝利，歐洲終於打開了東方門戶……哦！只要您對這稍有興趣的話，細節我們再聊。您等著瞧，等著瞧吧！」

此外，喬治立刻情不自禁地又解釋起來：當他在君士坦丁堡旅行期間，他尤其研究了鐵路系統的規劃。唯一的大問題出在如何穿越托羅斯山脈；他走遍各個不同山嶺，他確定可以開鑿出一條直接路線且相對耗資不大。此外，他不想一次全盤執行。如果獲得蘇丹[3]的授權，最明智的作法是先著手進行主要幹線，即從布爾薩[4]到貝魯特，經由安哥拉和阿勒頗[5]的路線。稍後，再考慮從士麥拿[6]到安哥拉，以及從特拉布宗[7]到安哥拉，經由埃爾祖魯姆[8]和錫瓦斯[9]的分支。

「稍後，稍後還有……，」他繼續說道。

喬治的計畫尚未終結，最後止於微笑，不敢說出他把計畫大膽推到哪裡。這是夢想。

「啊！托羅斯山腳下的平原，」凱洛琳以她清醒睡夢者的緩慢聲音又說：「多美好的天堂！只

---

② 阿卡：Saint-Jean-d'Acre，位於以色列北部的一個海港。
③ 某些伊斯蘭國家最高統治者的稱號。
④ 布爾薩：Brousse，位於土耳其境內。
⑤ 阿勒頗：Alep，位於敘利亞境內。
⑥ 士麥拿：Smyrne，土耳其港市。
⑦ 特拉布宗：Trébizonde，位於土耳其境內。
⑧ 埃爾祖魯姆：Erzeroum，位於亞美尼亞境內。
⑨ 錫瓦斯：Sivas，位於土耳其境內。

要耕地，就會長出豐盛的收穫。桃樹、櫻桃樹、無花果樹、杏桃樹，樹枝在果實的重壓下折斷。還有一片片像大森林的橄欖樹和桑椹樹林！多麼自然安逸的生活，在這輕爽的空氣裡，天天天藍！」

薩卡笑了起來，當他嗅到錢財時，就會發出含有無比貪欲的尖銳笑聲。此外，由於哈莫嵐又提出其它計畫，特別是在君士坦丁堡創立一家銀行，他還提到說，他在那兒的大臣身邊有強而有力的人脈，薩卡便愉快地打斷說：

「這簡直是一塊樂土，咱們可將它兜售出去！」

然後，非常親密地將兩隻手按在一直坐著的凱洛琳夫人的肩上：

「別絕望，夫人！我很喜歡您，等著瞧，我將和令兄為我們大家做出一番大事業……請耐心等待。」

接下來一個月，薩卡再次為喬治謀得幾個小工作；薩卡不再談論大事業，但心裡卻時時刻刻在憂心籌謀著，在壓倒性的絕大事業之前猶豫著。而這讓他們更緊密聯結在一起，以完全自然的方式，親密相處。凱洛琳夫人於是過來照顧這位被無意義開銷所吞食，僱用更多僕人、反而被服侍得更差的獨身男人。他在外頭如此精明，用果斷機智的手腕避免發生不必要的開支，卻任憑自己的家混亂到不行，從不擔憂開銷會高出三倍；而女主人的缺席也讓人血淋淋感受到事情的漏洞。當凱洛琳夫人發現有僕人從中揮霍或是斂財時，她會先給薩卡建議，最後幫忙出面排解，並幫他達成二或三項的節約。她處理得這麼好，有一天，薩卡開玩笑說要請她當管家：為什麼不？她想找一個教師工作，等待時機期間，她大可接受一個體面的職位。女管家的工作原本只是開玩笑，最後變得鄭重考慮，不正可以用來打發時間嗎？而且以薩卡支付的每個月三百法郎薪水，不也正可以抒解哥哥的辛勞嗎？於是凱洛琳夫人接受，並以八天時間重整房子，辭退總管和他的女人，只僱用一個廚娘，就廚娘、隨身侍從、以及馬車伕就夠了。她也只留下一匹馬和一輛車，控制一切開銷，一絲不茍地細心檢查帳目，兩個禮拜後她省下一半的費用。他很高興，開玩笑說：如今是他在偷她，在她為他省下的所有利潤裡，她應該要求抽成。

於是，很親密的生活開始。薩卡想要撤掉兩棟公寓之間封鎖門的螺絲釘，以方便兩家自由上下，經由室內樓梯，從一間餐廳到另一間餐廳；所以，當她哥哥在樓上工作，從早到晚關在房間整理他的東方卷宗時，凱洛琳夫人將自己的家務留給侍奉他們的唯一幫傭料理，白天每個小時下樓指揮，像在自家一樣。這成為薩卡的喜悅，這位高挑美女的持續出現，以她堅定和美好的腳步穿越屋間，和她總是愉悅的白髮，在她年輕的臉龐上飛揚。凱洛琳夫人再次感到非常欣喜，重新找回她活著的勇氣，自此她覺得自己是有用之人，持續站著打發她的時間。沒矯揉造作的樸素，她不再穿黑色連衫裙，口袋裡可聽見一串鑰匙的清脆叮噹響；這確實讓她開心，學識淵博，哲人的她，不再只是一個女傭，而是一個揮霍者的女管家，她開始喜愛他，如同愛一個壞孩子一樣。他，瞬間對她很著迷，計算他們之間只差十四歲，他自問，若在一個美好的夜晚擁她入懷的話，會發生什麼事。這是否可行，十年來，自從她被迫逃離夫家，她受到多少的拳打腳踢和撫愛？而在她旅行者的奮鬥生涯裡，沒遇過一個男人嗎？也許旅遊保護了她。這期間，薩卡知道她哥哥的一個朋友，博端先生，留在貝魯特從事大宗買賣的商人，不久即將歸來，他深愛著她，等待她丈夫死後好娶她。她丈夫，酒精中毒，變成瘋子，人們剛把他關進療養院。顯然，再婚幾乎合情合理，只是為了讓一個值得諒解的情勢合法化。從那時起，薩卡心想，既然她有一個情人，為什麼他不能是第二個呢？但薩卡保持理智，覺得這麼好的女同志成為妻子時，也許會變樣。但，每次見到她以其令人讚賞的身材經過時，他就會自問：假如他擁抱她，會發生什麼樣的下場？他自我回答：這將是相當稀鬆平常的事，也許令人厭倦；他決定延緩實驗，強而有力地握她的手，欣喜她的真摯。

接著，凱洛琳夫人突然掉落到悲傷的漩渦裡。一天早上，她神情沮喪地下樓，臉色非常蒼白，眼神抑鬱；薩卡從她那兒問不出個所以然來；她固執地說沒事，像平日一樣開始打理家務，於是他便不再問她。直到隔天，他在樓上看到一封結婚喜帖時才明白，帖上通知博端先生和英國領事女兒的婚事，一位相當年輕且非常富有的女孩。更殘酷的打擊是：消息是這封平信帶來的，讓她沒有任何心理準備，甚至連一聲道別也沒有。在女人不幸的生活裡，這是個天大的打擊，在她落魄時刻裡，只有那種無法抓住遠方希望所造成的失落。殘酷的命運愛捉弄人，她剛在兩天前得知丈夫過世的消息，四十八小時前，她剛終於相信，她的夢想即將實現。如今生命崩潰，她一蹶不振。當晚，另一個驚愕等待著她：照平常，上樓睡覺前，她進薩卡的家討論隔天的指示，薩卡對她訴說起他的不幸，態度如此溫柔，惹得她啜泣；然後，在這隱約的憐憫和她癱瘓的意志裡，她投入他的懷中，而屬於了他，他倆都沒感到喜悅。當她回過神時，沒反抗，但她的悲傷卻更無限加深。為什麼她讓這件事發生呢？她不喜歡這個男人，他應該也不愛她。這並非因為他的年齡和相貌不符合溫柔；沒堂堂出色的相貌是確定的，而且已經年老，她對他感興趣的是他臉部的輪廓，因黝黑矮小而變幻不定，她還不了解他，她相信他熱心助人，具有優越的智慧，以一般人的誠實，有能力實現她哥哥的大事業。只是，多愚蠢的墮落呀！她，如此守分寸，如此痛苦的經驗教訓，如此自主，怎會不知為何，也不知如何地抵擋不住？而且在眼淚的撮合下，變成輕佻的年輕女裁縫[10]！更不堪的是，她感覺到他，和她一樣，幾乎對這偶發的事件感到氣憤。為了安撫凱洛琳夫人，薩卡對她說，博端先生如同是個舊情人，背叛和暗礁只應該被遺忘，但凱洛琳夫人大聲發誓他們

⑩女裁縫：十九世紀文學女性形象之關鍵，代表情感易動和行為輕浮的女子。

之間清清白白。薩卡起初相信出自女人的驕傲，她說謊；但她一再大力回到這誓言上，她清澈的眼睛是如此的美麗、如此的坦誠，他最後被故事的真實性所說服，她正直、尊嚴地自我保留到結婚日，男人等待了兩年，然後厭倦，然後抓住青春和獲得大筆財富的機會，而另娶她人。奇怪的是，這個發現應該會讓薩卡感到激情的信念，但相反地，他非常的尷尬，他是如此了解美好財富的致命吸引力。此外，既然兩人似乎都沒有慾望，他們不會再犯。

十五天以來，凱洛琳夫人過著極為悲傷的生活。這讓她喜悅活著的力量遺棄了她。她心不在焉地忙著繁雜的事務，甚至對事物的情理和利益不抱任何幻想，在化為烏有的全然絕望裡，她如同行屍走肉般地工作，而在勇氣和喜悅破滅之中，她唯一的消遣，即全部的空閒時間，就是將額頭靠在大工作室的一扇玻璃窗上，盯著隔壁博威立業府邸的花園。自從安頓在那兒以來，她已猜到一種困窘和隱藏的悲哀，在她們努力保全面子之下，是如此的悽慘。那兒，也有人在受苦，憂鬱被淚水浸濕，沈悶得奄奄一息，直到自我相信活在他人痛苦裡的冷漠和死亡。

昔日的博威立業家族，不算他們在圖爾（Tours）和安渚（Anjou）的龐大產業，在格聶勒街（Grenelle）擁有一座宏偉的宅邸，今日在巴黎城外只剩下這座自上個世紀初遺留下來的古老別墅，它被聖拉扎爾街的黑色建築所圍住。花園裡的幾棵大樹如同井底一樣還留在那兒，青苔啃蝕了一級級變成碎屑和裂痕的台階。有人說這是大自然被監禁的一角，一個溫和憂鬱、緘默絕望的角落，太陽只在肩膀冰凍哆嗦的暗綠色日子裡沈落。而在這地窖的潮濕和平裡，不銜接的台階上方，凱洛琳夫人一眼看見博威立業伯爵夫人，一位六十歲高瘦女人，十分白皙，神態高貴，有點舊式氣派。以她挺直的大鼻子，薄薄的嘴唇，特長的頸子，神情好似一隻很古老的天鵝，一副憂傷的溫和。在她後方，幾乎立刻出現她女兒，愛麗絲·德·博威立業，二十五歲，如此瘦弱，讓人以為她還是個小女孩，沒有被溺愛的面容，輪廓已經從臉上脫離。比孱弱的母親少了些貴族氣派，頸子長到失去風韻，只留存沒落大家族可憐兮兮的魅力。兩個女人相依為命，自從兒子，費迪南·德·博威立業，應募當教宗侍衛，在斐達多小城堡（Castelfidardo）戰役後，被拉摩西冶所敗。每天，不下雨時，她們就這樣一前一後出現，走下台階，繞中央狹窄草坪一圈，不交談一句話。只有常春藤為籬，沒一花朵，或許種花太昂貴。這緩緩的散步，無疑是這兩位如此蒼白女人的健康步行，在見證過這麼多喜慶的百年老樹下，鄰近的布爾喬亞樓房令人窒息的空氣，產生一種憂鬱的痛苦，猶如她們散步在死去的古老事物的哀悼裡。

於是，凱洛琳夫人出於一種溫柔的同情，而不是壞心眼的好奇，俯視花園，窺伺她的鄰居；漸漸地，她滲入她們細心刻意隱藏的生活。她們的馬廄裡總有一匹馬，車房裡總有一輛車，老僕人身兼侍從、馬車伕、和門房；正如廚娘，也身兼女僕一樣；但，假如馬車裝備良好，帶著這些女士們從大門出去採購；假如餐桌保留某種豪華，冬天宴請十五位朋友晚餐的話；那麼為了冒充這騙人的財富外表，他們得多長時間不進食，每小時多麼可卑的節儉才支撐得了！在沒人注視的小倉儲裡，她們不停地洗衣，為了節省洗燙工人的錢；叫肥皂搓破的可憐舊衣衫，一線又一線地再縫合；為了省吃，晚餐是四種揀剩的菜，和板子上變硬的麵包；想盡各式各樣卑微且感人的吝惜節省辦法，老車伕一再縫合小姐的破高統鞋；廚娘以墨汁染黑夫人太舊的手套指端；母親的衣裳經巧妙改裝後再傳給女兒；而戴了好幾年的帽子，多虧花和緞帶的交互裝飾而變了新樣。沒客人時，一樓的接待廳和二樓的大房間被小心翼翼地關起來；因為，在這麼寬闊的大宅院裡，兩個女人只住在一間充當餐廳和小客廳的窄小起居室。當窗戶微開時，可瞧見伯爵夫人在縫補衣物，好似勞苦的小資產階級女人；至於年輕女孩，在她的鋼琴和水彩盒之間，給她的母親編織褲襪和露指手套。有個大雷雨天，還看到她倆下樓到庭院剷除暴雨所帶來的泥沙。

如今，凱洛琳夫人知道她們的故事。博威立業女伯爵從她丈夫那兒忍受了很多的委屈和痛苦，他是一個放蕩的人，但她從不抱怨。有天夜晚，他在旺多姆咕噥發牢騷，然後被人一槍打死，他的屍體被帶回來給她。據說那是一場意外追逐，可能是他搶奪了人家的妻子或女兒，而被嫉妒的守衛射了幾顆子彈。最慘的是，博威立業的財富也隨之破滅。從前家財萬貫、坐擁龐大土地，到了革命時期皇家產業竟遭到縮減，到了他父親和他這一代幾乎是一蹶不振。這一片遼闊土地產業，如今只剩下離旺多姆幾里路遠的歐布列農場，它大約有一萬五千法郎的定期租金，是寡婦和她兩個孩子的唯一收入。但是，格聶勒街的府邸早已被賣掉，聖拉扎爾街府邸則吃掉了農場一萬五千法郎的租金，所以早被抵押出去，如果他們付不出利息的話，聖拉扎爾街府邸不久將會被迫拍賣掉；最後只剩六或七千法郎以維持四個人的生活，一個不願認輸的貴族家庭生活方式。事過八年，當她成為寡婦時，和二十歲的兒子及十七歲的女兒，生活在她瓦解的屋子裡，伯爵夫人在她貴族的驕傲裡堅強不屈，發誓寧願吃麵包為生，也不願降低身分。從那時起，她只有一個想法，挺住她的身分地位，把女兒嫁給門當戶對的貴族，讓兒子成為士兵。費迪南曾和她深談過年輕時的幾次瘋狂後，必須償還的債；但經母親慎重警告他們的經濟狀況後，他心軟不再犯，僅僅遊手好閒、無所事事，被所有的工作拒絕，以致於在社會中無立足之地。如今，他在教宗的手下擔任侍衛，然而因為他的健康不佳，一直是母親心中的焦慮，驕傲的外表下是脆弱的，身為衰敗家族的一份子，這讓他在羅馬的處境變得危險。至於愛麗絲一緩再緩的婚事，使悲傷的母親終日淚眼盈盈。愛麗絲雖然鬱悶不言，卻不愚蠢，她熱切渴望生命，渴望一個愛她的男人，渴望幸福；但，愛麗絲不願讓房子變成廢墟，她假裝放棄一切，開婚事的玩笑，說自己有當老姑娘的使命；而深夜裡，她在枕頭上啜泣，相信將死於孤獨的痛苦。伯爵夫人在省吃儉用下，竟然也積攢到兩萬法郎的私房錢，也就是愛麗絲的所有嫁妝；伯爵夫人也挽救了幾件遭難的珠寶，一隻手鐲、幾只戒指、幾對耳鐶，估計有一萬兩千法郎；相當微薄的嫁妝，至於結婚禮物，伯爵夫人根本不敢想，如果真有新郎出現時，也只夠應付立即的開銷。此時，伯爵夫人不想絕望，依然奮發向上，不放棄她出生的特權，表面總是高高在上，顯現出適當的財富，外出不吝嗇，也不刪掉晚宴接待的甜點。她對這虛有其表的生活感到生氣時，會自我強迫吃幾個禮拜沒加奶油的馬鈴薯，好省下五十法郎到她女兒永遠不足的嫁妝中。這是日以繼夜的痛苦和幼稚的英雄主義，而每一天，房子更加一點一滴地坍塌在她們的頭上。

直到那時，凱洛琳夫人一直沒有機會和伯爵夫人以及她的女兒說話。她終於知道她們最私密的生活方式，那些她們以為隱藏在整個世界的背後，然而她們彼此之間連眼神都沒有交換過，一種隱藏在自身背後，憐憫的眼神。歐威鐸公主應該和她們較熟悉，為了她的就業慈善機構，她建立類似監督委員會的組織，由十位女士組成，每個月聚會兩次，仔細參觀慈善機構，監督所有的部門。這些女士由歐威鐸公主親自挑選，首選人中，她指定昔日的好友博威立業夫人，如今是她與世隔絕的鄰居。而監督委員會的秘書突然離開，指揮機構行政的薩卡，興起推薦凱洛琳夫人的主意，說她是打了燈籠也找不到的模範祕書：事實上，那工作相當繁重，有很多文書要撰寫，還有讓這些女士們有點兒反感的物資管理。一開始，凱洛琳夫人在看護病人或接待客人方面，顯露了令人讚賞的熱情。她那未得到滿足的母性，對孩子絕望的愛，點燃了對所有這些可憐人的積極溫柔，竭力拯救著巴黎的墮落。就這樣，在最近一次委員會，她和博威立業伯爵夫人見面了；但這一位只對她冷淡致意，掩飾著她窮困的祕密，無疑地，博威立業伯爵夫人擔心她的悲慘會被凱洛琳夫人識破。她倆相互行禮，而每一次四眼交接時，卻很不禮貌地假裝互不相識。

有一天，在大書房裡，哈莫嵐在調整新的測量計畫，薩卡站著注視他的工作，凱洛琳夫人則在窗前，依她的習慣，看伯爵夫人和她的女兒在花園散步。這天早上，她看見她們腳上穿著連撿破爛的人也不想撿的舊鞋。

「啊！可憐的女人！」她喃喃自語：「這一定很可怕，這種她們自以為必須一直假裝的豪華。」

凱洛琳夫人往後退，躲在窗簾後面，擔心博威立業伯爵夫人會發現她，伯爵夫人將因受到窺視而更加難過。她自個兒也平靜下來，三個禮拜以來，每天早上，在這扇窗前，她忘掉自己。她被遺棄的悲傷睡著了，似乎看到他人的災難可讓她更有勇氣地接受自己的不幸，這個她以為一輩子都無法擺脫的悲傷，此時突然發現自己能夠再度笑起來。

瞬間，她又目隨兩位女人，在布滿青苔的花園，顯出沉思的模樣。然後，她轉身向薩卡，激動地問：

「告訴我，為什麼我悲傷不起來……哦，我無法持續悲傷，從來就持續不了，儘管我的遭遇……這是自私嗎？真的，我不相信。這太醜陋了，此外我無法開心，因為每當看到最卑微的痛苦時，我仍舊會心碎。罷了，我本性開朗，假如我不自制的話，我也會為所有經過的不幸而哭，對她們而言，得到一丁點麵包會比我無益的眼淚更有用。」

說這話時，她勇敢地展現她美麗的笑容，英勇地表達該努力的方向而非多嘴的同情。

「然而，老天知道，」她繼續說：「我有理由對一切絕望。啊！直到此時，機會從沒寵愛過我……在我的婚姻裡，我陷進被辱罵毒打的地獄，我真以為只剩下投水自殺一途。我沒自盡，我受到鼓勵，被希望所充滿著，十五天後，當我和哥哥出發去東方……當我們回到巴黎時，當一切差點失敗，我曾度過令人可憎的夜晚，我看到我們幾乎餓死在我們美好的計畫裡。我們沒死，我再度開始夢想大事，有時自個不禁為快樂的事情發笑……而最近，當我收到這無法說出口的可惡打擊，我的心好像被連根拔起；是的，我活生生感覺到心不再跳；我以為它完了，我以為我完了，自我毀滅。然而，一點也不！瞧，我又活過來了，今天，我笑，明天，我希望，我想再活下去，永遠活下去……這是否非常奇妙，無法長久的悲傷！」

薩卡聳聳肩，也笑了起來。

「呵！您和所有人一樣。這就是生存啊。」

「您相信，」她訝異地大嚷說：「我覺得，有些人是這麼地悲傷，從不快樂，自己讓日子過不下去，將生活塗得多麼黑暗……噢！這並不是我誤解生活給予的溫和和美麗。它太沉重了，我曾到處自由地觀察著。當生活不下流卑鄙時，它是可憎的。但，您又能奈它何！我愛生命。為什麼？我不知道。我周遭的一切，徒然瀕臨崩潰和破產，隔一天，我依然抱持樂觀和希望……我經常想，我這是人類生存的小例子，在可怕的悲慘裡、自然地振奮每一代的青春。在每一個打擊我的危機過後，就像一個新的青春活力，一個承諾元氣，重新溫暖我，並提升我心中的春天。這是如此真實，所以每每大痛過後，如果我出門上街，在太陽下，我立刻重新調整自己去喜愛、去希望、去幸福。而歲月對我起不了作用，我有自己察覺不出的老天真，……您瞧，身為一個女人，我讀了太多書，我完全不知道該往何處去，此外，這大千世界自己也不比我知道得更多。只是，儘管如此，我覺得我會勇往直前，我們大家都會迎接某些非常好且相當喜樂的事。」

她一方面感動著，另一方面想隱藏她的憐憫，所以開了小玩笑；至於她的哥哥，抬起頭，以充滿感激的愛慕看著她。

「哦！妳，」他宣稱：「妳是生來受苦受難的，妳是生命的大愛！」

在每天早晨的閒聊裡，未來越來越充滿希望，而假如凱洛琳夫人再恢復自然的喜樂，這固然和她的健康有關，但也和薩卡積極規劃大買賣而帶給他們的勇氣有關。這幾乎是已被決定的事，他們這些人將經營當時堪稱了不起的有價證券。在薩卡尖銳聲音的喧譁下，所有人歡欣鼓舞，高瞻遠矚。首先，從地中海下手，由聯合郵輪總公司出發征服；他列舉所有要建立停泊站的濱海國家港口，而在其投機商的熱情裡，他摻雜被抹滅的傳統記憶，慶祝這古老世界唯一認識的海，這環繞著蔚藍大海的開花文化，以及海水流經的古老城市：雅典、羅馬、泰爾⑪、亞歷山大城、迦太基、馬賽，這些構成歐洲的所有城市。接下來，當穩固住這東方的遼闊大路後，再從敘利亞開始，迦密山銀礦開採公司的小買賣，順路賺個幾百萬，一個極好的下水出航，因為在地裡找到銀礦，拿鏟子開挖的主意，對大眾而言總是引人入勝，尤其當咱們可以掛上像迦密山這麼神奇和響亮的招牌時。那兒也有與岩石並齊的煤礦，價值如黃金。整個地區將布滿工廠，還不算其它間歇服務的小公司，銀行的創立，繁榮工業的聯合組織，黎巴嫩廣大森林的開採，那兒的巨大樹木也因缺乏運輸的交通而就地腐爛。最後，東方鐵路公司，這最大一塊餅，他妄想從小亞細亞的一端到另一端架設鐵路網。對他而言，這是對金錢的生命投機，突然強烈的希望能買下這個古老世界，以及尚未觸動到的新獵物，有不可計量的財富隱藏在這幾世紀的無知和塵土之下。他在那兒嗅到了寶藏，像一匹戰馬在嘶叫戰爭的味道。

凱洛琳夫人曾親身見識過東方世界，對於太過份的幻想應該是無動於衷，但現在卻任憑自己隨之狂熱奔放，再也看不清其中的過度渲染。事實上，這鼓動著她內心對東方的溫柔，惋惜讚嘆這些的國度，不由自主也不多加思索，這就是她，她多彩繽紛的描述，她洋洋灑灑的資訊，愈來愈鞭策薩卡的狂熱。當她談及她住過三年的貝魯特時，話題就無法結束：貝魯特，黎巴嫩首都，在其帶狀土地上，在紅沙岸灘和岩石坍塌中，貝魯特和其如圓形劇場的房子，在寬敞花園中，栽種橘子樹、檸檬樹、和棕櫚樹，猶如芬芳美味的天堂。接著是所有濱海的城市，北邊的安塔基亞[12]，墮落在它的壯麗裡，南邊的塞伊達[13]，昔日的西頓[14]，阿卡[15]，雅法[16]和今日叫蘇爾[17]的泰爾，林林總總，泰爾的商人如同國王一般，泰爾的水手已繞非洲一圈，而今它的港口都被沙子填滿，只是廢墟之域，一座塵灰宮殿，淒涼散亂地豎立著幾戶漁夫陋舍。她陪她哥哥到處旅行，她認識了阿勒頗、安哥拉、布爾薩、士麥拿、直到特拉布宗；她曾在耶路撒冷住過一個月，在聖地的交通裡

⑪泰爾：Tyr，黎巴嫩主要港口之一。
⑫安塔基亞：Antioche，土耳其哈塔伊省的一座城市，位於地中海沿岸。
⑬塞伊達：Saida，位於阿爾及利亞。
⑭西頓：Sidon，黎巴嫩南部一城市，位於地中海沿岸。
⑮阿卡：Saint-Jean-d'Acre，以色列北部加利利西部的城市，位於地中海沿岸。
⑯雅法：Jaffa，世界上最古老的港口城市之一，以色列一城市，西元一九四九年年與特拉維夫合併成為特拉維夫-雅法市。
⑰蘇爾：Sour，阿曼（Oman）東區的首府，瀕臨阿曼灣。

打盹，之後兩個月在有東方皇后之稱的大馬士革度過，寬闊平原的中心，麥加和巴格達沙漠商隊、人群糜集的工商業城。她也認識高山和河谷，馬龍派[18]村莊和棲息在高原上的德魯茲派[19]，消失在峽谷之底、耕田、和貧瘠不毛之土地。而每個角落，不管沙漠或大城市，她都以同樣的讚美轉述大自然取之不盡、用之不竭的富饒，並表現出對人類的愚蠢和惡劣所感到的憤怒。

大自然的資源是多麼地被忽視、糟蹋！她認為，愚蠢的法律把大自然資源視為壓垮工商業的負擔，還阻止超額資金用在農業發展，過去的陳規舊習在紀元前便將土地的開拓交付在農夫手上，卻忽略了今日幾百萬人還是如笨童般在一成不變的生活方式中原地踏步。從前，海岸線似乎太短，城市往往互相毗鄰；如今，生活朝向西方發展，人們似乎必須穿越一整片寬廣被遺棄的墳場。沒學校、沒道路，最慘的是，政府的正義被出賣、行政霸凌、賦稅苛刻、律法荒謬、怠惰、盲信；這還沒算上戰爭帶來的持續打擊，毀滅整個村莊的大屠殺。於是，凱洛琳夫人惱怒地問：能允許人們如此破壞大自然的傑作、被降福的土地、四季分明的魅力、被陽光照亮的原野、溫和的山坡、高峰上永恆的雪嗎？而她對生命的愛，強烈的希望，使她有強烈的意志想要用科學和投機的方法來敲醒這塊沉睡的古老土地，就像全能的魔術一樣，使古老的土地甦醒過來。

「瞧！」薩卡叫說：「這是您曾描繪的迦密山峽谷，只有岩石和乳香黃連木，那麼當銀礦一開採，將首先會出現村莊，然後是城鎮……而所有這些被沙子堵塞的港口，我們將清除乾淨，用堅固的堰堤保護著。多層甲板輪船將停在今日小船不能繫泊的地方……在這些荒無人煙的原野，這些蒼涼的山口，我們的鐵路將會穿越，您將會看到這一切重生，是的！田野將被開墾，道路和運河將被開鑿，新城市將從地面萌生，生命終於再復甦，如同病體恢復了健康，血管注入了新血來促進血液的流動……是的！金錢將創造奇蹟。」

而在這歡呼聲到來之前，凱洛琳夫人想像能親眼目睹這些預言成真。這些枯燥的圖樣、線狀的描繪將鮮活起來，將人民聚集一起：這是她偶而為擺脫卑微困境而做的東方夢想，脫離她的無知，以科學的眼光理解新世界，享受肥沃的土地和迷人的天空。她已經見證奇蹟，塞得港以短短幾年時間，從貧瘠的沙灘上生長出來。首先讓幾個工人有避風遮雨的茅屋，接著兩千條、一萬條靈魂的城市、房屋、大百貨商店、巨大堰堤，被螻蟻般人類的執拗建立起來的生命和舒適的生活。而正是為此，她重新挺起胸膛，勇往直前，盡可能為社會創造最大的幸福，即使無法掌握真正的需求，但卻是能走向更自在，條件更好的地方；土地上重新建造出房子、努力工作、被享樂的人群所佔有。人類能力倍增，越來越能掌握土地的發展，金錢幫助科學的提升，促使整個社會更加

⑱馬龍派：Maronites，馬龍尼禮天主教，俗稱馬龍派，羅馬天主教派的一部分，遷移到黎巴嫩山中，形成幾個社區。
⑲德魯茲派：Druses，近東伊斯蘭教的一獨立教派，教徒主要分佈在黎巴嫩、敘利亞、以色列、約旦等地。

進步。

哈莫嵐，微笑聽著，說了一句明智之言。

「所有這些只是詩的結果，而我們甚至還沒開始寫散文呢。」

薩卡只是從凱洛琳夫人偏執的假設而對東方世界熱絡起來。更誇張的是，有一天他開始讀起有關東方的書來，是出埃及記的故事，於是十字軍東征的記憶纏繞著他。十字軍讓西方世界有機會再度回到它的搖籃東方，東方國度把歐洲推向鼎盛繁榮之後，還是有很多東西值得學習。只是，拿破崙高傲的臉孔更使薩卡印象深刻，拿破崙以崇高和神聖為口號，要對埃及開戰。儘管拿破崙談論到要征服埃及，想在埃及成立一個法國機構，以便為法國提供近東的商業利益，但拿破崙肯定還有未說出口的規劃；而薩卡想知道的是，當時的遠征軍到底懷有什麼樣龐大的野心，也許是再建立一個王國，讓拿破崙得以在君士坦丁堡被加冕為國王，成為東方世界和印度的皇帝，就像之前的亞歷山大大帝一樣，使他比凱撒和查理曼大帝更加偉大。當拿破崙被囚禁在聖赫勒拿島，談到被英國將軍席德奈在聖約翰亞克前逮捕時，便說：「就是這個人讓我錯失財富。」財富就是十字軍東征的企圖，拿破崙沒能完成的，鼓舞著薩卡熱烈地想要完成征服東方，但他要用理智來征服，即科學和金錢的雙重力量來實現。既然文化從東方傳播到了西方，為何不能再回到東方，轉回人類最初的花園，在印度半島上沉睡多個世紀裡的伊甸園呢？這將會是新的青春，薩卡認為他可以把地上的天堂重新復活，用蒸汽和電力重建這地區，將小亞細亞設為古老世界中心，如同聯結各洲大陸的自然大道交叉點。這不再是賺取幾百萬，而是幾十億和幾百億。

從那時起，哈莫嵐和他每天早上都要進行長時間的會談。如果希望這般龐大，那麼困難也將排山倒海般地出現。一八六二年，喬治住在貝魯特，正值德魯茲派屠殺馬龍派天主教徒，當下需要法國的介入，所以他不敢隱瞞地方當局任由這些民眾持續爭鬥的原因。只是他在君士坦丁堡擁有強而有力的關係，他確信能獲得土耳其帝國首相傅亞帕夏[20]的支持，首相是一個真正有功勳、亦是改革派的支持者；他相信可以從首相那兒取得所有必要的土地使用權。此外，雖然他預言土耳其帝國的政權將會崩潰，但從帝國對錢的瘋狂需求，這些一年又一年不斷的借貸，他看到其中有利的形勢：一個勤奮的政府，一旦發現有些微利益可圖時，即便無法提供個人的擔保，至少也能準備好與私人公司合作。這難道不是解決東方世界財富的方便法門嗎？讓土耳其帝國對開發大工程有興趣，帶領它邁向進步，以便使它不再是矗立於歐亞之間的可怕界石；法國公司也將在那兒扮演偉大的愛國角色！

⑳傅亞帕夏：Pacha，舊時土耳其人對某些顯赫人物的榮譽稱號。

然後，一天早上，哈莫嵐平靜地討論到他偶而暗示的祕密規劃，他微笑稱之為：建設加冕禮。

「於是，當我們成為主宰時，我們將重建巴勒斯坦王國，我們將在那兒擺個教宗……首先，我們大可滿足於耶路撒冷，用雅法做為海港。然後敘利亞被宣布獨立，我們將之併入……您知道羅馬教廷不能留在羅馬的時間快到了，為了這一天，我們必須準備好。」

虔誠的天主教徒薩卡聽到哈莫嵐用簡單的聲調說這些事時，整個人目瞪口呆。薩卡自己不會在荒誕幻想前退卻，但也絕不會走火入魔。這外表如此冷漠的科學家，讓他甚為驚訝。薩卡叫說：

「瘋狂！土耳其蘇丹宮廷絕不會拱手出讓耶路撒冷。」

「哦！為什麼？」哈莫嵐又說：「它這麼需要錢！耶路撒冷讓它心煩，這下便可輕鬆擺脫。在各教派對擁有教堂的爭吵不休之中，土耳其政府經常不知該從哪兒下手……此外，教宗將獲得敘利亞馬龍派教徒的支持，因為教宗曾在羅馬為他們的傳教士設立一間主教團……最後，我仔細考量過、推測過，這將是天主教教義的勝利新紀元。也許有人會說我想得太遠，覺得教宗對歐洲事務疏遠，不感興趣。但當他在聖地耶路撒冷，以基督之名登上寶座，在聖地發聲時，他是何等的光輝、權威！耶路撒冷本該就是他的財產，那兒就是他的王國。但請安心，我們將使教宗的王國變得強大和穩固，我們會將它安置在政治動盪的庇護裡，用由天主教國家投資的一間大規模銀行來保障這個王國的財源。」

薩卡微笑著，雖然已經被龐大的計畫所吸引，但尚未被說服，卻禁不住為這銀行命名，像是有什麼新發現似的尖叫。

「聖墓御庫，嗯？非常好！我們的事業就在那兒！」

當他與凱洛琳夫人的理智眼神交會時，她也在微笑，卻抱持懷疑態度，甚至有點生氣；薩卡因而對自己的狂熱感到不好意思。

「無論如何，我敬愛的哈莫嵐，我們要對您所說的建設加冕禮好好保守祕密。有人會取笑我們。何況，我們的計畫負擔已經非常沉重，至於這個最終的光榮結果，只留給內行人知道就好。」

「毋庸置疑，這一直是我的想法，」喬治宣稱：「這將是秘密。」

就在這句話結束後，當天，有價證券的經營，以及所有巨大系列計畫的布局都優先獲得制定。先設立一家信貸銀行，做為事業經營的開端；之後，一旦有了成效，自然可以逐步幫助他們成為市場上的操控者，一舉征服世界。

隔一天，薩卡上樓去歐威鐸公主的家，聽取就業慈善機構的指令，這又使他回憶起之前的願望，也就是當上這位慈善施捨皇后的配偶王子，窮人財富的分配和行政者。現在他笑了起來，因為他覺得這真是幼稚的舉動。他想要過著奔放的生活，而不是醫治生命所造成的創傷。終於，他將重返他利益爭奪的商戰場，為幸福而戰：幸福，也可說是人們一世紀又一世紀，朝向更喜樂和更光明的方向前進。

同一天，他看到凱洛琳夫人獨自站在圖樣工作室的一扇窗前，偷看著博威立業伯爵夫人和她女兒在此不尋常時刻出現在隔壁花園。兩位女人在讀一封信，非常悲傷的樣子，無疑是兒子費迪南的來信，他在羅馬的地位應該有些不妙。薩卡被此景象吸引住。

「瞧，」凱洛琳夫人看到薩卡時，說：「又是這些不幸女人的幾許憂愁。街上的貧困比較讓我不難過。」

「唔！」他愉快嚷道：「您請她們來找我。既然我們將賺取大家的財富，我們也讓她們致富，她們也有份。」

此刻在他追求幸福的狂熱裡，他尋找她的唇親吻。但，突然一個轉移，她縮回她的頭，顯得無辜、嚴肅和蒼白。

「不，請您別這樣。」

這是第一次他嘗試再佔有她，自從在全然無意識的時刻裡，她委身於他。重要事務解決了，他想到他的大財富，心想，在感情這一塊也該有所解決。但這急促的後退使他驚訝。

「真的嗎，這使您痛心？」

「是的，非常痛心。」

她平靜下來，換她微笑。

「此外，承認您自己對此並非很在意。」

「哦！我，我愛慕您。」

「不，別這麼說，您將會變得忙碌！而我向您保證，會給您真正的友誼，假如您是我所想像的積極男人，做出您所說的大事的話……瞧，這更好，友誼！」

他聽她說，並一直帶著微笑，卻感覺到不自在和受挫。她拒絕他，只出其不意地佔有過她一次，太荒謬了。但這僅僅只是讓他的虛榮心受傷。

「那麼？只是朋友？」

「是的，我將是您的同志，我會幫助您……朋友，重要的朋友！」

她伸出臉頰，而他被說服，覺得她有理，就在她的臉頰貼上兩個大大的親吻。

第三章

金錢
L'Argent

君士坦丁堡俄羅斯銀行家的回函，經過席濟孟翻譯後，知悉是封有利的回覆。期待在巴黎做出一番震撼事業的薩卡，從第二天一覺醒來，就打算立即付諸行動，他必須在天黑以前，成立一個公會，以便在他的股份有限公司預先存放五萬份五百法郎的股票，而以兩千五百萬法郎資本額上市。

他跳下床，終於找到他思索已久的公司行號，「世通銀行」的字樣突然閃爍在他眼前，猶如火光拼出的字母一樣。

「世通銀行，」他不停地邊穿衣服邊唸：「世通銀行，簡捷、宏大、包容萬象、涵蓋全世界……是，是，極好！世通銀行！」

他在大房間踱步沈思直到九點半，不知道該從巴黎哪個地方開始尋找他的百萬資金。兩千五百萬有什麼困難？只要街上一轉角就可以找到；只是因為有太多選擇，他得好好思考可採取的方法。他喝一杯牛奶，當馬車伕上來跟他解釋馬匹不舒服、大概著涼了，最好找個獸醫來看看時，他也不生氣。

「好，去吧……我搭出租馬車。」

但走在人行道上，他被迎面的風刮得刺骨，有點吃驚：前夜還是如此溫和的五月天，今日卻突然變成了冬寒。然而天空並沒下雨，天邊有一片灰色的雲層。走路可以暖和身體，所以他沒有搭乘出租馬車；他想先走到銀行街證券經紀人馬佐的家，因為他想跟他打聽戴格蒙，一個非常著名的投機商，也是所有公會的紅人。只是，維威安街的天空被青灰色大塊烏雲給籠罩，下起了一陣夾雜著冰雹的驟雨，他趕緊躲到附近停車房的門口。

薩卡在那兒待了片刻，看著大雨落下，此刻響起輕脆的金錢聲，他豎起耳朵傾聽。這像是從地心深處浮上來，持續不斷、輕盈悅耳動聽，猶如是神話故事《一千零一夜》的情節。他轉頭，認出他站在寇勒帛家的門旁，一個主要從事黃金套匯的銀行家，他從貨幣市價下跌的國家買進錢幣，熔化鑄成金條後，再賣到金價上漲的國家。從早到晚的熔鑄黃金，自地下室竄上晶瑩清脆的金塊聲響，以鏟子翻攪，從銀箱裡取出，再丟進熔爐。人行道上來往路人，一整年都可聽到這叮噹響。現在，薩卡對這好似證交所區域的地下音樂，感到得意洋洋地微笑起來。他似乎看到幸福的好預兆。

雨停了，他穿越廣場，立刻來到馬佐家。這很特殊，年輕證券經紀人在二樓有他個人的住所，與他的辦公室在同一棟共三層樓的宅邸。當馬佐的叔叔去世時，他便接收他的公寓，並和其他共同繼承人協商買下這棟商所。

十點鐘響起，薩卡直接上樓到辦公室，在門口遇見古斯塔夫．塞迪爾。

「馬佐先生在嗎？」

「不知道，先生，我剛到。」

年輕人微笑，他常常遲到，把這工作當作閒差，老闆也沒付他薪水，他卻甘心在那兒混個一、兩年，只為了取悅他父親，那位住在守齋者街的絲織製造商。

薩卡經過出納處時，受到現金和證券出納員的致意；然後，進入兩位代理人辦公室，他只看到貝棣業，專門負責客戶關係，並陪老板去證交所的兩位代理人之一。

「馬佐先生在嗎？」

「應該在，我從他的辦公室出來……哦！不，他不在那兒……他在現金部辦公室。」

他推開隔壁房門，環顧相當大的辦公室，裡頭有五個職員在第一代理人的指令下工作。

「不，這兒是專有辦公室！……您自個兒到隔壁結算室去找找看吧。」

薩卡進入結算辦公室。就在這兒，債務的樞軸，結算人由七位職員輔佐，分析經紀人每天在證交所結束之後交給他的冊子；接著，依據收到的指令計算客戶已成交的買賣，再藉由保存的買賣記錄卡來對照名字；因為小冊子沒登記名字，只包含買或賣的簡單指示，如：何項證券、何等數量、何種市價、及哪位經紀人。

「您有見到馬佐先生嗎？」薩卡問。

但沒人回答他。結算人外出，三位職員在看報，另兩位在發呆；而古斯塔夫．塞迪爾的進入引起小符洛立的強烈興趣。符洛立早上做文書工作，撰寫財產讓與契約，下午則在證交所負責電報。他出生於聖德（Saintes），父親是註冊局的登記員，原先在波爾多一家銀行當辦事員，去年秋末來到巴黎馬佐家，他沒有別的選擇，就是要在此任滿十年，有機會可以賺取到雙倍的薪資。至此，他的品行良好，規矩、認真、負責。但一個月來，自從古斯塔夫來到這職務後，他就被非常優雅、行事大膽、手頭寬裕、並介紹女人給他認識的新同事給帶壞。符洛立，被鬍子吞噬的臉，有一個熱情的鼻子，一張親切的嘴巴，和兩隻溫柔的眼睛。他和楚楚小姐是在一場聚會上認識的，這位小姐是雜耍演出的配角，是那種扮演在巴黎街頭跳來跳去的蟈蟈兒，是蒙馬特一位看門人離家出走的女兒，她的臉蛋兒像被咀嚼的紙張，很有趣，閃著一雙令人讚美的褐色大眼睛。

古斯塔夫甚至脫掉他的帽子，跟他敘述他的聚會。

「是的，敬愛的，我深信吉兒嫚會把我轟出門外，因為賈格比來了，就是他讓她找到把人攆出門的法子，啊！我不知道怎麼辦到的！但我留下來了。」

他倆笑到快岔氣。他指的是吉兒嫚·可兒，一個二十五歲的漂亮妞兒，有著豐滿的胸脯，一副懶散和酥軟的樣子。馬佐的一個同僚，猶太人賈格比每月包養她。她總是和證交所的人混在一起，而且總是包月，這對相當忙碌的男人而言很適合，腦子裡塞滿了數字，像其它事一樣，付錢做愛，找不到談真正感情的時間。讓她心神不寧的唯一焦慮是，如何在她米秀帝業街的小公寓裡，避免讓交往的先生們互相撞見。

「哦，」符洛立問：「我以為您等待的是美麗的文具店老闆娘？」

這一句針對影射寇南太太的話，讓古斯塔夫變得正經。人人尊敬她：這是一位正直的女人；而且，當她願意時，絕對沒有一個男人會貧嘴賤舌，他們維持著相當良好的友誼。他不想回答，換古斯塔夫問：

「楚楚呢，您帶她去瑪碧[1]了嗎？」

「當然，不！這太貴了。我們回家泡茶。」

薩卡站在年輕人後面，聽他們以快速的聲音唧噥這些女人的名字。他微笑，問符洛立：

「您看到馬佐先生了嗎？」

「看見啦，先生，他來給我下單，然後下樓回他的公寓……我想他的小男孩病了，有人通知大夫來到……您應該先去按他家門鈴，因為他很有可能直接出去，沒再上樓來。」

①瑪碧：Le bal Mabille，瑪碧舞會，成立於一八四〇年，是十九世紀最著名的大眾舞會。

薩卡謝過，急急下樓。馬佐受幸運之神的眷顧，是最年輕的證券經紀人，叔叔之死使仍在學習交易年齡的他，幸運地繼承了巴黎最強勢的職務。他五短身材，面容和藹可親，褐色細薄小鬍子，銳利的黑眼睛；他熱忱積極，富有警覺性的才智。在證交所廣場，已經有人讚揚他身心靈敏，這是從事這行不可或缺的美德，他還有著敏銳的嗅覺，使得他在這行成為一流人物；這還不包括他尖銳的發言權，因為他握有國外證交所第一手資料，和所有大銀行家的交情人脈；最後，據說他有個遠方表兄在哈瓦斯通訊社擔任要職。他和妻子因愛而結合，她帶給他一百二十萬法郎的嫁妝，是一位已經擁有兩個孩子的迷人少婦：三歲女孩和十八個月大的男孩。

正巧，馬佐笑著陪伴讓他安心的醫生到達樓梯平台。

「請進，」他對薩卡說：「真的，這些孩子，讓人提心吊膽，害怕會因為小小的疼痛而失去他們。」

馬佐引導薩卡進入客廳，他的妻子還在那兒，膝上抱著嬰兒，至於小女孩，幸福地望著母親，墊著腳尖要親吻她。他們三人都是金髮，有一種奶色的亮光，年輕母親的神態和孩子們一樣嬌嫩和天真。馬佐在她的髮上親吻。

「妳瞧，我們剛剛真是瘋了。」

「哦！沒關係，親愛的，我是如此高興看到醫生來，這讓我們安心！」

面對這美滿幸福的景象，薩卡停下腳步向他們致敬。客廳豪華的擺設，讓人感覺到這一家人的幸福生活；結婚四年以來，馬佐僅經人介紹而認識一位歌劇院的女歌手。他堅守身為人夫的忠實，儘管他年輕時也很熱血，他還是擁有一個好名聲，未用他的帳戶來下賭注。而這好運的氣息，及無憂無慮的歡樂，在地毯和帷幔的安逸中，在一大束玫瑰花香裡，在一只瓷瓶中滿溢散發出來，瀰漫了整棟房子。

馬佐夫人稍微認識薩卡，她高興地對他說：

「可不是嗎，先生，只要願意，就可以幸福到永遠。」

「我確信，夫人，」他回答：「而且，這麼美麗善良的人，厄運是不敢來招惹他們的。」

她站起來，光彩照人。換她去親吻丈夫，抱著小男孩離開，後頭跟著掛在父親脖子上的小女孩，這位先生想掩飾他的情感，轉身以巴黎人的口吻對訪客開玩笑說：

「您瞧，我們這兒，無憂無慮。」

然後，很快地：

「您有事要對我說？……請上樓？比較好談話。」

樓上，出納處前，薩卡認出剛領到差額的薩巴坦尼；他驚訝於看到經紀人和他的客戶握手言歡。此外，薩卡在辦公室一坐下，立即解釋他的來意，並詢問相關程序問題，以便證券價值能被官方的牌價接納。他漫不經心地敘述，將以兩千五百萬資本額推展世通銀行的業務。是的，他總結說，那是一家以贊助大公司為目的的借貸銀行。馬佐不感興趣地聽他說；但非常客氣地告訴他該如何填寫手續。馬佐沒上當，他懷疑薩卡不會為了這麼一丁點兒事而勞駕拜訪。此外，當薩卡終於說出戴格蒙的名字時，他現出不情願的微笑。當然，戴格蒙擁有巨大財富的支持；據說他不是一個很可靠的老實人；只是，在買賣和愛情上，有哪個人可靠？沒人！此外，馬佐有所顧忌地說出戴格蒙的事蹟：他們絕交後，戴格蒙負責整個證交所；這一位，目前大部分單子都下給賈格比，一個波爾多猶太人，六十歲的高大傢伙，總是在充滿愉悅的寬臉上大吼大叫，他的肚皮也因為吃太多而顯得很沈重；這像是存在兩個經紀人之間的敵對競爭，年輕人受到好運的眷顧，年長者則經驗豐富，股東們終於同意讓昔日的代理人買下老闆的職務，不幸地，他因為好賭而瀕臨破產，儘管有可觀的盈餘，但都必須用在清償債務上。吉兒嫚・可兒只花了他幾張千元法郎鈔票，人們也從未見過他的妻子。

「最後，在卡拉卡斯這件交易裡，」儘管語氣大為緩和，但基於過去的怨恨，馬佐下結論說：「確定戴格蒙背叛並囊刮利潤……他是很危險的人物。」

接著，一陣沉默之後：

「但，您為什麼不向昆德曼提議呢？」

「絕不！」薩卡大喊，激動發怒。

此時，代理人貝椂業進來，在經紀人的耳邊竊竊私語。原來是桑朵芙男爵夫人來付差額，並無理取鬧找碴，要求減免她的帳戶費用。按照慣例，馬佐會親自熱情接待男爵夫人，但當她輸了錢時，馬佐會像遇上瘟疫似地遠遠躲避她，因為他太了解一旦牽涉到付錢時，沒有比女人更難纏、更蠻橫背信的客戶了。

「不，不，告訴她我不在，」他忿忿回答：「而且她一毛錢也不能少付，聽到了吧！」

當貝椂業離開時，看到薩卡聽見他們的對話而微笑說：

「的確，敬愛的，她為人很親切，但您無法想像她的貪得無厭……啊！客戶呀，假如他們總是贏錢的話，他們會有多愛我們！上帝原諒我，當他們越富有、越衣著光鮮時，我越是擔心害怕被賴帳……是的，有時除了大公司之外，我寧願只有外地來的客戶。」

門再度被打開，一個職員交給他早上要求的檔案，然後出去。

「喏！正好。這是設在旺多姆的公債稅務員，菲鄂先生……您無法想像我從這位通訊者收到的委託下單數量。無疑地，這些來自於小資產階級、小商人、農夫的單子一點也不重要，但積少成多……實際上，我們公司最大的資金就是靠證交所的一般投機客積聚而成的，一大群不知名的散戶。」

薩卡想到邀請在出納櫃檯工作的薩巴坦尼入夥的念頭。「所以，薩巴坦尼也跟您往來嗎？」他問。

「一年了，我想，」經紀人冷淡客氣回答：「他是個好男孩，不是嗎？他從小額度玩起，很理智，將來會有一番作為。」

他所沒提到，甚至不再記得的是，薩巴坦尼只存放了兩千法郎保證金在他那兒。剛開始他很節制地玩，然後像其他人一樣，這位地中海東岸人等待大家忘記他微薄的保證金；然後再逐步慢慢增加他委託下單的數量，等到有一天要進行重大清償時，便突然消失。你如何當面指控一個萬人迷的男孩是不值得信任的呢？當看到他愉悅、外表富裕、一身高雅的服裝，甚至穿得像是在證交所偷來的制服時，你如何懷疑他的清償能力呢？

「很可愛、很聰明，」薩卡重複，突然決定有一天當他需要一個謹慎且不擇手段的傢伙時，會考慮薩巴坦尼。

然後，他站起來告辭。

「走了，再見！……當我們的證券準備妥當，掛牌上市前，我再來見您。」

馬佐送他到事務所的門口，和他握手時說：

「您錯了，為了您的公會，去找昆德曼商量吧。」

「絕不！」他再次氣憤大嚷。

他告辭離開，當他在出納櫃檯前認出莫澤和畢冶侯時：莫澤不好意思地將他賺到的半個月工資，八、九張一千法郎的鈔票放進口袋；至於畢冶侯，輸了，得付一萬法郎，大吵大鬧，咄咄逼人，傲慢的姿態彷彿打了勝仗一樣。將近午餐和證交所要開門的時間了；清償交割辦公室的門半開著，傳出笑聲，古斯塔夫在敘述符洛立的小艇故事：女舵手跌落塞納河，連她的長襪都不見了。

在街上，薩卡看看他的錶。十一點鐘了，浪費時間呀！不，他不去戴格蒙的家；雖然他一聽昆德曼的名字就會發怒，但他突然決定去看他。因為，薩卡之前在香玻餐廳時就預先說過他會前去拜訪，薩卡想對著他宣布他的大買賣，以便封住昆德曼的惡意嘲笑。薩卡甚至給自己藉口，並不是想從昆德曼的身上撈取什麼，只是想要嘲弄他，戰勝這個把自己當作是小男孩的人。而，又下起一陣驟雨，以江河之流打在砌石路上，他跳上一輛出租馬車，對馬車伕叫出地址，普羅旺斯街。

昆德曼住在一幢龐大的府邸，大到足夠容納他不可勝數的家人。他有五個女兒和四個兒子，其中三個女兒和三個兒子已婚，給他添了十四個孫子。晚餐時，子子孫孫會聚在一起，算上妻子和他，整個加起來，一桌共有三十一個人。除了他的兩個女婿不住在府邸外，所有人在府邸中都有住處，在面向花園的左右兩邊側翼裡；至於中央建築物，則是作為銀行的辦公室。才不到一個世紀，靠積蓄，也靠機運巧合，他便創造出十億法郎的巨大財富。他似乎彷彿命中注定一般，有著靈活的智慧、努力的工作、嚴謹和不屈不撓的毅力，持續邁向同一目標。如今，幾乎所有的財富都流向他，錢滾錢，大眾的財富都湧入這幢府邸，因此他的財富源源不絕；昆德曼成為金融界真正的主宰，全能的國王，為巴黎和全世界的人所畏懼和服從。

薩卡登上寬敞的石級階梯，那被人群來來回回踩踏的台階，已經被磨損的比老教堂的門檻還更嚴重，他心中對這個人翻騰著一種無法平息的怨恨。啊！猶太人！他對猶太人有種族的古老仇恨，這種仇恨心態尤其在法國南部處處可見；這就像是身體上的互相牴觸，稍微一碰觸就產生皮膚的排斥，會充滿憎惡和被侵犯的感覺，超出所有的理智，無法自制。但奇怪的是，他，薩卡，這可怕掮客，這手腳不乾淨的錢財揮霍者，只要關係到猶太人，他也會昧著自己的良心，會粗暴地自以為是正義之士，指責猶太人的高利貸交易。他控訴這不再有祖國、不再有王子，活在民族裡的寄生蟲，假裝認同法律，實際上卻從事竊盜、是遭神憤怒詛咒的種族；而且，他將該死的屋子表現得處處充滿上帝的賞賜，奠定其在每個民族的殘酷征服任務，如同在網中央的蜘蛛，為了窺伺牠的獵物，吸吮所有的血，以他人的生命來養肥自己。我們從未曾見過一個猶太人以其十隻手指頭工作？有猶太農夫、猶太工人嗎？不，勞力的工作有失體面，他們的宗教幾乎禁止，只熱中對他人工作利益的剝削。啊！無賴！薩卡似乎同時產生一股更大的狂怒，那是他妒忌他們，羨慕他們令人驚異的金融才幹，與生俱來的數字敏感度，在最複雜的金融操控中顯得自在輕鬆，這種嗅覺和機會確保了他們所從事一切事業的勝利。他覺得，獵取股票投機的機會中，天主教徒是沒此能耐，他們最後總是被坑殺；而找一個甚至是不懂記帳的猶太人，把他丟進幾樁不可靠買賣的混水裡，這猶太人確定還是可撈回、揩走所有的利潤。這是種族的優越天賦，使其跨越民族分合存在的理由。薩卡預言，猶太人最終將奪取所有人民的財富，他們有朝一日將獨攬全世界的財富；這一天絕不會遲到，因為我們已經任憑他們每天自由地伸展其財富王國，我們在巴黎也已經見識到，有個昆德曼在他的寶座上，統治得比皇帝還更鞏固、更受到尊崇。

在進入樓上寬敞的會客廳時，薩卡看到眾多的掮客、求情者、男人、女人、一大堆嘈雜麋集的人群時，嚇得倒退一步。掮客們尤其爭先恐後，擔心拿不到單子，因為大銀行家有其專用的經紀人；而能夠被引薦接見已經是天大榮幸，於是他們之中每一個人都極盡吹捧誇口之能力。在會客廳的等待不會太久，辦公室有兩個男孩專門負責安排絡繹不絕的會客行列。儘管人滿為患，薩卡幾乎立刻被帶領穿越人潮，進入辦公室。

昆德曼的辦公室非常寬敞，但他卻只佔據靠近最後一扇窗的小小角落。坐在樸實的桃花心木辦公桌前，他背光，以轉身的方式移動，他的臉完全藏在陰影下。當巴黎還在睡夢中時，他五點就起床工作；九點左右，當一群人蜂擁而來找他時，他一天的工作已經完成。在這辦公室的中央，有幾張更大的辦公桌，他的兩個兒子和一個女婿在輔佐他，他們很少坐下，在一群職員當中忙碌地來往走動。但這都還只是屬於銀行的內部事務。從街上進來的人們穿越整間會客廳的目標，都只為了走向角落裡的主人；直到中餐開始之前，他經常以一個手勢，面無表情、陰暗地接見來訪者；假如他想表現得很親切的話，有時會說出一個字來表示他的意見。

當昆德曼一看到薩卡時，臉上閃過一抹微弱的挖苦微笑。

「啊！是您，我的好朋友……請稍坐一會兒，如果您有事要和我說的話，我待會兒就來。」

然後，他假裝忘了薩卡。薩卡不急，因為他對接踵而至的掮客感到興趣，這些人都畢恭畢敬，從合宜的禮服中抽出大小一式，登記著證交所市價的卡片，用同樣的懇求和尊敬的手勢呈現給銀行家。十個、二十個人過去，銀行家每一次拿起市價，看一眼，即還回去；他的心維持一貫的冷淡，沒有一件事讓他有耐心。

麥西亞看起來像是挨了打的好狗，帶著愉悅的神情、又有點焦慮的出現了。人們接待他的態度不怎麼好，使他差一點哭出來。這一天他被羞辱到極點，竟敢出乎意外地冒昧堅持。

「瞧，先生，有價證券價格很低……需要我為您買多少？」

昆德曼沒伸手接過來，只抬起他海藍色的眼睛望著這位如此熟悉的年輕人。嚴峻地說：

「喂，朋友，您以為我就高興接待您呀？」

「天呀！先生，」麥西亞臉色變得慘白，回說：「我更不高興，三個月以來，每天早上白來一趟。」

「那，就別再來。」

掮客敬過禮後離開，薩卡和男孩交換過他忿怒和痛心的眼神之後，突然意識到他絕對賺不到大錢。

薩卡自問，昆德曼接見這些人，究竟能有什麼利益？顯然地，他有一種離群索居的特殊能力，他全神貫注，專注思考，還不算他在那兒必須把持的紀律，每天早上進行交易市場的檢閱，在此他總是找得到可賺的利益，即使只有一點蠅頭小利。昆德曼對一個場外證券經紀人壓低了八十法郎的佣金，因為他在前一天下的單騙了他。然後，來了一位古玩商，帶著上世紀的塗金琺瑯盒，一件部分修補的貨色，銀行家立刻嗅出是贗品。接著，是兩位女士，一位是有夜鷹鼻的老婦，一位是非常美麗的棕髮少女，她們來邀請昆德曼到家裡參觀一件路易十五的五斗櫥櫃，昆德曼直截了當拒絕。還來了一位帶著紅寶石的珠寶商、兩個發明家、英國人、德國人、義大利人、所有語言、所有性別。而絡繹不絕的掮客仍繼續前來，中斷其他訪客，重複同樣的動作，機械般地介紹牌價，說個沒完沒了；隨著證交所開門的時間接近，職員們攜帶急件，穿越人潮擁擠的廳堂，前來請求簽名。

但這會兒卻吵到了極點：一個五六歲的小男孩，騎在一根竹馬上，邊吹喇叭，邊闖入辦公室來；接著，又來了兩個小女孩，一個三歲，另一個八歲，坐在爺爺的沙發上，一個拉著他的手臂，一個掛在他的脖子上；他也心平氣和地任由她們來，用猶太人的家族熱情親吻她們，多子多孫就是力量，他必須保護他的家族。

突然，昆德曼想起薩卡。

「啊！我的好朋友，原諒我，瞧，我沒有一分鐘屬於我……您現在可以告訴我您的來意了。」昆德曼開始聽薩卡說話，這時候有個職員帶領一位高大的金髮先生，來到他耳邊說一個名字時，他立刻不慌不忙地站起來，去和站在另一扇窗前的先生商談，至於他的一個兒子則代替他繼續接見掮客和場外證券經紀人。

薩卡儘管暗自惱怒，心中卻開始對他產生敬意。他認出金髮先生，是大國的代表之一，在杜伊勒里宮趾高氣昂，來這兒卻低聲下氣的微笑著。有時候，行政部門的主管官員，皇帝的大臣們，也同樣在這充滿了孩子們喧鬧，像個大眾廣場的廳堂，站著被昆德曼接見。由此可見，這個人在全世界的政府中，有他自己的大使可代表他的萬能王國，在各省都有他的行政官，在各城市都有他的代辦處，在各海上也有他的船艦。他不是一個操縱他人數百萬錢財的投機者或冒險船長，以薩卡為例，夢想戰勝的英雄好漢。多虧在他令下招募到的黃金傭工，他將為他贏取龐大利益；他曾是，如他天真說過，一個單純的錢商，儘可能是最精明、最熱忱的一個。只是，為了樹立他的權威，他必須控制證交所；因此，每一個交割就是一場新的戰鬥，由於他擁有龐大部隊的決定權，所以勝利必然屬於他。此刻，薩卡難以忍受地看著昆德曼，因為薩卡認為在這所有運轉的錢曾是他的，他的地窖裡，堆積著取之不盡，用之不竭，他以絕對的主宰，一眼就能令人服從，堅定不移地操縱屬於他的十億法郎。

「我們連一分鐘的時間也沒有，我的好朋友，」昆德曼回來說：「喏！我要去吃早餐，和我一起到隔壁餐廳，那裡也許會讓我們安靜一點。」

這是府邸的小餐廳，吃早點的餐廳，家人從不會全部到齊的地方。這一天，他們只有十九個人上桌，其中八個小孩。銀行家坐在中間，他面前只有一碗牛奶。

他因為患有肝和腎的疾病，整個人疲憊不堪，臉色很蒼白，所以閉目養神片刻；當他以發抖的手，捧起碗到唇邊喝一口牛奶時，他嘆說：

「啊！我今天累極了！」

「為什麼您不休息？」薩卡問。

昆德曼以驚愕的眼睛轉向他；天真說：

「我不能夠呀！」

事實上，人們甚至不讓昆德曼安靜地喝他的牛奶，因為揖客的接見又重新開始，在餐廳奔馳穿越，至於家人，男男女女，習慣於這忙亂，笑呀，大口吃著冷肉和糕點，而孩子們被微量的酒振奮，發出一陣震耳欲聾的喧譁。

薩卡一直看著他，看他慢慢地一口口吞下他的牛奶，如此費力，似乎永遠喝不到碗底。他現在只能喝牛奶，甚至不能再吃肉，也不許再碰一塊蛋糕。那麼，當億萬富翁有何意義？外面的女人也絕對不能再引誘他：四十年來，他對妻子保持絕對的忠貞；而現在他的明智是被迫的，終究不得改變。為什麼要五點鐘就起床，做這討厭的職業，被這永無止境的疲憊壓垮，過著一種連衣衫襤褸的人都不接受的牛馬般的生活，腦子裡塞滿了數字，頭腦因為充滿對全世界的憂慮而要爆發？為什麼要在沒用的黃金上再繼續累積黃金呢？為什麼我們不能在街上買一斤櫻桃來吃，帶著路過的女孩到河邊可跳舞的咖啡館，享受一切可以買賣的東西、懶散、與自由呢？而此時在薩卡的巨大野心中，對錢不甚感興趣，但熱愛金錢帶來的權勢，他自己也感受到一股神聖的恐懼，看這昆德曼，不再是一個只會賺錢的傳統守財奴，而是一個完美的工人，一個沒有靈魂的肉體，在他逐漸變老的過程中，繼續固執地建築他的百萬寶塔，好遺留給他的子孫，讓他們更加茁壯，直到能夠完成支配全世界的夢想。

終於，昆德曼俯身，聽薩卡輕聲解釋世通銀行的創立計畫。此外，薩卡還適度的敘述細節，對哈莫嵐的有價證券計畫只做暗示；薩卡感覺到，從第一句話開始，銀行家就試著要套他說出祕密，並早已預備好要回絕他。

「又一個銀行，我的好朋友，又一個銀行！」他挖苦一再說：「而我比較想把錢投資在一樁買賣，譬如機器，是的，斬斷所有這些成立銀行脖子的斷頭台……嗯？一支清除證交所的耙子。您的工程師在他的紙張裡沒這個嗎？」

然後，昆德曼宛如慈父般，平靜卻殘忍地說：

「瞧，理智點，您知道我曾告訴過您……重回商場是錯的，我拒絕加入您的公會，是為您好。您必然會破產，這很容易推測出來；因為您太過狂熱、有太多幻想；而且拿別人的錢來做買賣，通常下場很慘，為什麼您兄長沒有為您在政府部門安插一個好職位呢？例如行政長官之職，或收稅員；不，別當收稅員，這太危險……當心啊，我的朋友。」

薩卡激動地站起來。

「您決定了，不行動？不願意和我們一道？」

「和你們，絕不！……你們不到三年就會被吃掉。」

兩人大爭執後，一陣沉默，互相交換懷疑的尖銳眼神。

「那麼，晚安……我還沒吃晚餐，而且我很餓。等著看到底是誰被誰吃掉。」

薩卡走了，留下昆德曼，他在一大家子中，大聲結束吃得過多的糕點，接見最後遲來的掮客，當他用全白的嘴唇小口喝完他碗裡的牛奶時，他片刻閉上疲勞的眼睛。

薩卡跳上他的出租馬車，給了聖拉扎爾街地址。一點鐘響起，白費了一天時間，他氣極敗壞地回家吃午餐。喝！臭猶太人！又一個，真是的，一拳打掉他的牙，鐵定會讓他更加稱心愉快，就像打斷一條狗的骨頭一樣！當然，要吃掉他，這可是恐怖和太大的一塊。但人們知道嗎？最強的王國也有覆滅的時候，強國也有屈服的時刻。不，不是吃掉他，而是先動搖他，把他扯成十億破紙片後，再吃掉他，是的！為何不？毀滅這些自以為是幸福國度主人的猶太人！而這些念頭是薩卡從昆德曼家帶出來的怒氣，使他的情緒大為激動，心中感到一種狂熱、要立即的成功：他多想一揮手就可以打造出他的銀行，讓它盡快運轉、獲得勝利、然後壓垮敵對的公司。突然，他想起戴格蒙；於是，不加思索地俯身對馬車伕叫說：羅戌富構街（Rue Rochefoucauld）。若他想找到戴格蒙，得要快，晚些再回去吃中餐，因為他知道戴格蒙大約會在一點時出門。無庸置疑，這一位天主教徒比得上十個猶太人，而他已經化為一個專吃別人交給他看管的新事業的妖怪。但，在此刻，為了取得勝利，薩卡甚至可能和卡杜許[②]達成協議來分享勝利的果實。日後，我們等著，他很有可能是最具威勢者。

此時，出租馬車很吃力地爬上這條街道的陡坡，停在這地區最後一戶大宅的宏偉大門前，它的位置算得上是個堡壘要塞。建築物的主體，在巨大砌石庭院的深處，頗有皇家的氣派；緊接著的庭園，種著百年老樹，遠離人口稠密的街道，可說是一座真正的公園。整個巴黎都知道這座以盛宴著名的府邸，尤其府邸中令人讚賞的圖畫收藏，沒有一個大公爵來到這邊而不去參觀的。戴格蒙和一位以美貌出名的女人結婚，如同他收藏的畫中人物一樣，她在社交圈裡贏得女歌唱家的光環，府邸的主人過著一種王侯般的生活，以養著賽馬的馬廄和畫廊而感到自豪，他是大俱樂部的一份子，喜歡炫耀與富有女人的關係，在歌劇院有包廂，在圖酉旅館有固定的席位，和在時尚風流的地方有他自己的小長凳。所有這闊綽的生活，在人的任性揮霍和對藝術的喜愛收藏，費用都來自股票買賣，是不斷流動的財富，好似無邊無際的大海一樣，但有潮漲和潮落，在每半個月的交割清償中，總有二、三十萬法郎的落差。

---

②卡杜許：Louis Dominique Cartouche（1693-1721），巴黎附近一位著名強盜。

當薩卡一踏上雄偉的台階時，便有一個僕從前來接待，帶他穿越三間令人讚嘆的沙龍，直到一間小吸煙室，戴格蒙出門之前，得吸完一支雪茄。已經四十五歲的他，努力不發胖，身材高大，髮型細心梳理的非常講究，只留小髭鬍和下巴一撮鬚，一副杜伊勒里宮的派頭。他時常裝出和藹可親的樣子，有一種完全的自信、把握。

他立刻急忙上前。

「啊！我親愛的朋友，近來可好？前幾天，我還想著您……而您不再是我的鄰居了呀？」

然而，薩卡平靜下來，放棄了這些沒用的客套話，開門見山直接說明自己來訪的目的。他先說，在以兩千五百萬為資本額成立世通銀行之前，他想先成立一個由朋友、銀行家、工業家組成的公會，以確保世通銀行的股票發行成功，同時公會要保證買下五分之四的股票，即至少四萬股。戴格蒙，聽他說、看著他，變得很嚴肅，彷彿想深入到薩卡的腦袋搜索，看一看該採取什麼樣有效的行動，才可以從這個他所認識的、正處於狂熱中的人的身上，得到更多的好處。首先，他猶豫。

「不，不，我不堪重負，不想再承擔任何事。」

然而，戴格蒙還是嘗試提出問題，想知道新信貸公司即將贊助的計畫，但他的對話者小心翼翼，只以相當的保留態度談論。而當戴格蒙知道將推出的第一件事業計畫，這組織地中海所有交通運輸公司的聯合會，在聯合郵輪總公司的名義下時，他顯得相當驚訝，瞬間讓步。

「那麼，我同意加入。只是，有個條件……您和您的部長哥哥關係如何？」

薩卡愣了一下，還是坦率告知他的苦惱。

「和我的兄長……哦！他過他的獨木橋，我走我的陽關道。他並不看重兄弟情誼。」

「那就算了！」戴格蒙乾脆宣布：「只有您兄長加入，我才加入……聽清楚，我不想惹您生氣。」

薩卡抗議揮揮手，表示不耐煩。難道我們非要盧貢不可？這豈不是自尋鏈鎖，捆綁自己的手腳？但，同時，一個理智的聲音超越了他的惱怒，告訴他至少必須確保這位大人物的中立立場。只不過，他仍舊粗暴拒絕。

「不，不，他總是對我固執、耍脾氣。我絕不先讓這一步。」

「聽著，」戴格蒙又說：「宇磊五點鐘會到，我等他，要處理一件他負責的代理事項……您儘快去立法議會，私下告訴宇磊您的事，他就會立刻轉告盧貢，了解盧貢的想法後，五點鐘時，我們在這兒將有答覆……嗯！五點鐘見？」

薩卡低頭思考戴格蒙的建議。

「我的天啊！如果您這麼堅持的話！」

「噢！當然！沒有盧貢，什麼都別談；有盧貢，一切如您所願。」

「好吧，我去。」

用力握完手後，他離開，戴格蒙提醒他說：

「啊！喂，如果您覺得事情行得通的話，回來時，去一趟侯爵勃恩和塞迪爾家，讓他們知道我的意向，並請他們加入……我要他們也參加！」

門口，薩卡看到他留下的出租馬車，由於他的家就在街尾，因此他打發走馬車，算定他下午還可以有人叫車；他倉促回家吃中餐。沒人等他，廚娘給他一塊冷肉，他一邊吞食，一邊罵令他感到生氣的馬車伕，因為馬車伕說獸醫診斷，必須讓馬匹休息三或四天。他吃得滿嘴地責備馬車伕照顧不周，威脅他要請凱洛琳夫人好好整治這一切。最後，他大吼，叫他至少去找一輛出租馬車來。傾盆驟雨再次落下，清掃街道，他等了超過一刻鐘馬車才來，他在滂沱大雨裡上車，丟下地址：

「立法議會！」

他計畫趕在開會前到達，好在宇磊經過時攔住他，和他安靜交談。不幸的是，這一天人們預料會有一場激烈的答辯，因為左派一位議員將提出關於墨西哥的問題；而盧貢，無疑地將被迫回答。

薩卡進入大廳，運氣真好遇見宇磊。幸虧整個走廊上瀰漫著一股激動的氣氛，薩卡把宇磊順勢拉到隔壁小客廳的一角落，單獨會談。反對黨變得愈來愈可怕，災難之風開始吹襲，可能加強並打倒一切。此外，宇磊憂心忡忡，起初不懂，請薩卡再多解釋兩遍要他去做的任務。他隨之更加驚惶失措。

「噢！我親愛的朋友，您可考慮到！此時和盧貢談，他會打發我去睡覺！這是確定的。」

然後，宇磊想到他個人的利益。他，只為大人物而存在，對大人物而言，他虧欠政府支持他的候選資格、他的選舉、他任勞任怨的僕人地位、活在先生賞賜的麵包屑裡。兩年來，位居此職，幸虧杯酒羹薪，在檯面下小心累積的利益，使他擴充了卡爾瓦多斯[③]的龐大地產，想著若有天潰敗後可以到那兒退休。他狡滑農夫的肥胖臉孔變得憂鬱，解釋這丟給他的調解請求讓他為難，完全不給他時間考慮此事對他個人的利弊。

「不，不！我不能……我已對您轉達令兄的意願，我不能再去糾纏他。見鬼！為我多想想吧。他這個人受到打擾時，可是毫不留情的。該死！我可不想在他那兒賒帳欠債，為您買單。」

於是，薩卡了解，針對世通銀行的創辦，不再只是用數百萬利潤就能說服宇磊的事。薩卡大寫特寫，用詩篇神話般的熾熱話語，吹噓這份事業一定可以獲得巨大的成功。戴格蒙，充滿熱情，自願當公會之首；勃恩和塞迪爾已經要求加入；而他，宇磊，不可能不加入：這些先生們非要他

③卡爾瓦多斯：Calvados，法國北部的一個省份。

和他們一起不可，因為他高高在上的政治地位。他們甚至希望他同意當董事會的一份子，因為他的名字象徵秩序和廉潔。

在這被提名為董事會員的承諾下，眾議員正視他。

「您究竟要我做什麼？您到底想要我從盧貢那兒抽出什麼答覆？」

「天啊！」薩卡又說：「我呀，可是巴不得略過我的哥哥。但，戴格蒙要我與他和解。也許他有理……那麼，我認為您應該只是把我們的事說給他聽，並取得他對我們的幫助，至少不反對我們。」

宇磊，半瞇著眼睛，一直不下決定。

「聽著！假如您帶來一句好話，僅僅一句好話，戴格蒙將為此而高興，今晚咱們三人就可以把事情敲定。」

「那麼，我試試看，」眾議員突然直爽起來，說：「但，這純粹是為了您，因為他不好商量，噢！不，尤其當左派挑釁他時……五點見！」

「五點見！」

薩卡又再多留下來一個鐘頭，很擔心議會中的反對聲浪。他聽到反對黨一個大雄辯家宣布他將發言。聽到這消息，他突然很想去找宇磊，問他隔天再去和盧貢談是否會比較謹慎。然後，宿命論者，相信機運，他顫抖害怕若因他而改變既定事情的話，這一切全都會搞砸。也許，混亂中他哥哥會比較容易鬆口而說出他期待的話。於是，為了讓事情進行下去，他離開，再度坐上他的出租馬車，當他想起戴格蒙說的話時，馬車已再回到協和橋（le pont de la Concorde）。

「馬車伕，巴比倫街（rue de Babylone）。」

勃恩侯爵住在巴比倫街，他買下一幢有附屬側翼建築的大府邸，這原本是一棟馬廄工作人員休憩的小屋，被改建成很舒適的現代樓房。府邸內擺設豪華，呈現典雅的貴族氣息。此外，人們從沒見過他的妻子，他只說她的身體孱弱，所以都待在公寓裡。而且，這房子和家具是她的，他等於是住在她附有家具出租的房子裡，他僅有一些行李，身無長物，一個箱子就夠他打點搬上出租馬車。自從他以投機為生之後，夫妻倆的財產就分開。他在證交所已經賠過兩次錢，他乾脆拒絕清償應付的差額，而行會理事瞭解情況後，連印花都不再費勁寄給他，僅僅一筆勾銷。他賺了錢就放進口袋，輸了錢卻不付帳，大家都知道他要賴，但都拿他沒法，任由他去。他有一個顯赫的姓，在董事會裡是一個極有身分的人；眾家新成立公司，為尋求金招牌都會競相爭取他，所以他絕不會失業。在勝利聖母院街的證交所，他擁有一席之位，他是闊氣投機的這一方，對白天的小生意，都裝做不感興趣。人們尊敬他、請教他，他經常影響市場。總之，是一個堂堂大人物。

薩卡，很熟悉他，當被這位六十歲優雅老人非常禮貌地接待時，他感到相當驚訝。一個小小的頭安裝在大大的身軀，臉色蒼白，被一頂棕色假髮，一副上流社會的派頭。

「侯爵先生，我是真有事情要請您幫忙……」

他說明拜訪的動機，先不點入細節。此外，才剛開口說第一句話，侯爵就阻止他。

「不，不，我沒空，我所有的時間都被佔用了，目前我有十個提議都必須拒絕。」

然而，由於薩卡笑著補充：

「是戴格蒙派我來的，他想到您。」

他立刻嚷說：

「啊！有戴格蒙在裡頭……好！好！戴格蒙在，我就在。算我一個。」

來訪者於是願意提供起碼的一些訊息，讓對方知道他將進入什麼樣的買賣；然而親切灑脫的大爵爺不屑知道這些投資的細節，很自然地相信別人，所以叫薩卡住口。

「請別再多說一個字……我不想知道。您需要我的姓，我借給您，而我很樂意，僅僅如此……只要跟戴格蒙說，他愛怎麼做就去安排。」

薩卡再登上他的出租馬車時，輕鬆愉快，發自內心大笑。

「他會花掉我們很多錢，」他想：「但他真的很好。」

然後，高聲說：

「馬車伕，守齋者街。」

塞迪爾的住處在一個院子的深處，那兒是一整排寬敞樓房，有他的店面和辦公室。工作三十年後，塞迪爾，里昂人，在那兒曾經有工廠，最後來到巴黎從事他最著名、最穩固的絲織買賣。在一次偶發事件後，他對股票的投機狂熱，在他內心突然爆發出來。後來接連兩次大贏特贏，讓他更加瘋狂。為了賺取區區的一百萬，他曾經付出了三十年的生命，而現在一個小時內，在證交所簡單操作兩下，就可輕輕鬆鬆將百萬元納入口袋。從那時起，他逐漸對以勞力經營的店面失去興趣，只活在投機勝利的期盼中；然而，好景不常，他過於固執堅持，之前工作所得的全部利潤也都葬送在證交所。當一個人對投機致富狂熱後，便對正當經營的利潤感到疲乏，最後甚至失去對金錢的真正概念，終究走上破產的絕境；如果里昂的工廠能賺進二十萬法郎，那麼股票投機卻帶走他三十萬。

薩卡覺得塞迪爾焦躁不安，因為這一位是不冷靜、不哲學的玩家。他活在悔恨裡，總是希望，也總是被打敗，導致有種遲疑不決的毛病，但這正因為他仍然保有誠實正直的緣故。四月底的交割清償對他簡直是不幸的災難。然而，在他龐然金髮下的肥臉龐，看到薩卡時的第一句話就發出光芒。

「啊！我敬愛的，假如您帶來的是好運的話，歡迎光臨！」

接著，他心生畏懼。

「哦！不，不！別引誘我。我將儘量把自己關在造絲坊，而且一步也不離開我的櫃檯。」

為了讓他平靜下來，薩卡向他提起他的兒子古斯塔夫，說他早上在馬佐家有看到他。但對塞迪爾而言，這又是一個令他鬱悶的主題，因為他早就夢想把店交給這兒子，但是他的兒子看不起從商，是一個貪圖享樂的人，他滿口的白牙，只會咀嚼現成的財產。塞迪爾只好把他安插在馬佐家，就是希望他能學習到金融知識。

「自從他可憐的母親過世後，」他喃喃說：「他讓我非常失望。也許他在那兒，努力啊，能學到對我有用的事。」

「那麼，」薩卡突然又說：「您加入我們嗎？戴格蒙叫我來告訴您他的意向。」

塞迪爾發抖的雙臂伸向天空，用交錯著慾望和畏懼的聲音說：

「當然！我加入！您很清楚除了願意，我別無選擇！假如我拒絕，而您的事業成功的話，我將懊悔死了……告訴戴格蒙算我一份。」

薩卡準備再度回到街上，他取出錶一看，才剛四點鐘，還有時間，他很想走一走，所以就讓出租馬車離開。而他幾乎是立刻後悔，因為當他還沒走上大街時，又下起了驟雨，一場摻雜著冰雹的傾盆大雨，他被迫再躲回大門下。天氣糟透了，就在他準備要進攻巴黎時！看著雨下了一刻鐘後，他很不耐煩地呼叫一輛經過的空車。這是一輛四輪篷車，雖然他的腿上已經披蓋了皮罩衫，但是到達羅戌富構街時，人已經濕透，還提早了大半個小時。

僕從帶薩卡到吸煙室等候，告訴他說先生尚未回來，薩卡踱著小步，在吸煙室看圖畫。而一個非常美妙的聲音，一個憂鬱、深沉、且強而有力的女次低音，從府邸的深處傳出來，他靠近開著的窗戶，想聽個清楚：這是夫人一邊彈著鋼琴，一邊在練習一首歌，無疑地，這是她晚上將在某個沙龍要唱的歌曲。接著，在這音樂的搖籃裡，他想到人們敘述戴格蒙的非凡事蹟：尤其阿達曼汀事件，他用握在手上的五千萬公債，交給他的掮客一連買賣五次，讓這筆公債在市場上奠定了一個價錢；然後，他便全部賣出、不再買回，導致這公債的價值從三百法郎暴跌到十五法郎，一整群小散戶都被坑殺，他則獲取巨大的利潤。啊！他太強了，令人畏懼的戴格蒙！夫人的歌聲繼續，以一種悲慘的洪亮，散發出溫柔、狂亂的呻吟；至於薩卡，再回到吸煙室中央，停在一幅他估價十萬法郎的梅索尼耶[4]畫像前。

有人進來，他驚訝認出是宇磊。

④梅索尼耶：Meissonier（1815-1891），法國藝術、繪畫、雕塑家。

「怎麼，您已經來啦？還不到五點……所以，會議結束了嗎？」

「啊！是呀，結束了……他們吵起架來。」

宇磊解釋說，反對黨的眾議員講個不停，盧貢確定地說，只能明天才回答。於是，他趁此機會，在會議暫停時，在兩扇門中，斗膽向部長遊說。

「那麼，」薩卡緊張地問：「他怎麼說，我顯赫的兄長。」

宇磊沒立刻回答。

「噢！他是個脾氣暴躁的人……我對您坦承，我心裡準備好，見到他激怒氣憤，希望他只是打發我走……所以，就對他丟出您的事，我告訴他，沒有他的贊成，您什麼也不想幹。」

「然後呢？」

「然後，他抓住我的兩條手臂，搖晃我，對著我的臉大叫：『讓他上吊吧！』然後，他就拋下我走掉了。」

薩卡，臉色變得蒼白，勉強笑一下。

「真親切。」

「當然囉！是呀，很親切，」宇磊以一種信服的語調又說：「我可沒要求這麼多……光這，咱們就可進行下去了。」

宇磊聽到隔壁客廳傳來戴格蒙回來的腳步聲，他低聲又說：

「讓我來。」

顯然，宇磊有見證及加入世通銀行成立的最大慾望。無庸置疑，他已經領悟到他在其中可扮演的角色。因此他一握到戴格蒙的手時，容光煥發，手臂朝空招搖。

「勝利！」他大喊：「成功了！」

「啊！真的。說來聽聽。」

「天啊！大人物如他往昔一樣，回答我說：『但願我的弟弟成功！』」

結果，戴格蒙愣住了，獲得令人喜悅的話。「但願他成功！」這句話概括一切：他可別幹下不成功的事，否則我就棄他不顧；但如果他成功的話，我將幫助他。真是細緻微妙啊！

「而，我敬愛的薩卡，我們將成功，放心……我們將盡力做所有該做的事。」

接著，他們三人坐下，為了確定要點，戴格蒙站起來去關窗戶；因為夫人的聲音漸漸誇張起來，拋出一種無盡絕望的嗚咽，妨礙了他們之間的談話。之後，都關起窗來了，但那令人窒息的哀怨歌聲依然伴著他們。他們決定創立一家信貸公司，世通銀行，以兩千五百萬資本，分成五萬股，每股五百法郎。此外，他們協議戴格蒙、宇磊、塞迪爾、勃恩侯爵和他們的一些朋友，組成行會理事，事先認購五分之四，即四萬份股票，好確保股票發行的成功，以及日後它在證券市場上的稀罕價值，如此一來，他們就可以任意操縱股票的價格。只是，這一切的溝通差點破裂，因為戴格蒙要求四十萬法郎的證券收益分紅，分攤在四萬份股票上，即一股賺十法郎。薩卡氣急敗壞說，擠奶之前就讓母牛大叫是不理智的。創業艱辛，為什麼還要讓局勢更為難呢？然而，他必須讓步，當宇磊也覺得這是再自然不過的事時，他只好心平氣和地說：別人不也都一直這麼做嘛。

他們道別，定下明天工程師哈莫嵐得參加討論會議，突然戴格蒙以遺憾的表情，敲自己的前額說：

「我竟忘了寇勒帛！噢！他不會原諒我的，他必須參加……我的小薩卡，幫個忙，立刻去他家。現在還沒六點，您應該可以找到他……是的，您親自去，而且不是明天，得今晚，因為只有這樣才能感動他，而他對我們很有用。」

薩卡順從地再次出發，知道好運不會重來。他再次遣走他的出租馬車，希望回到兩、三步路不遠的家；雨似乎終於要停了，他一路走下去，感覺幸福就在他的腳跟下，他將征服巴黎這砌石路。蒙馬特街，幾滴雨讓他從小巷行走。他抄捷徑，先是穿越渭踱小巷（passage Verdeau）、渚發小巷（passage Jouffroy），接著，在觀景小巷（passage Panoramas）裡，循著一條側廊走，來到維威安街，他驚訝看到古斯塔夫．塞迪爾從陰暗的巷子裡出來，頭也沒回地就消失了。他停下來瞧那屋子，這是一棟不引人注意、附有家具的旅館，此時，一個戴面紗金髮小女人隨之出來，他確切認出那是寇南太太，美麗的文具店老板娘。所以就是這兒，當她有溫柔慾望時，就會在某天帶她的情人們到此，而她那肥胖的好丈夫還以為她是在奔走收帳咧！這神秘的角落，就在這小區的正中央，選的真不錯，只有在很偶然的巧合，才能發現這個祕密。薩卡微笑，很開心，羨慕古斯塔夫：早上是吉兒嫚．可兒，下午是寇南太太，這年輕人享齊人之福！他又再三瞧了門一眼，好記下來，想著有朝一日自己也能加入。

到了維威安街，就在他進入寇勒帛家時，薩卡打了個哆嗦，再次停下來。地面傳出一陣輕脆晶瑩的音樂，類似神話的仙女之音，包圍著他；他認出那是今早已經聽過，如同黃金般的音樂，這是交易和投機區的鈴聲。早晚接連聽到這曼妙的音樂，薩卡心花怒放，認為這是個好兆頭。

正巧，寇勒帛在樓下的鑄造坊中；薩卡用朋友的身分直接下樓去和他會面。在毫無裝飾的地下室裡，只有煤氣熔爐裡的大火焰不斷地亮著，兩位鑄工以鏟子掏空包鉼的滿滿貨箱，這一天，西班牙錢幣被丟入那口正方形大窯的熔爐裡。火很旺，在低矮的爐頂下震動著，發出像口琴般的聲響，必須高聲說話才能聽得見對方的聲音。熔化的金條、金塊，放出全新金屬的燦爛光芒，這些東西在鑑定人的桌子排成一列，經由他決定其成色的多寡。而從早上起，已完成超過六百萬的成品，確保銀行家能賺到三到四百法郎的利潤；因為黃金買賣的交易價格，其差距微小，僅僅以千分比來估價，所以只有熔化大量的金屬才能真正獲利。在這鑄造坊，金子叮噹作響，像水一樣流動，從早到晚，從年頭到年尾，在這地窖之底，從錢幣變成金子，再化為金條，為了再變回錢幣和再返回金條，不斷循環，只是為了在交易者手裡留下幾塊金子。

寇勒帛，小個子男人，深褐色皮膚，濃密的大鬍子中冒出鷹鉤鼻，顯示出他的猶太人血統。當他一了解薩卡的提議時，金子正發出像冰雹般的聲音，寇勒帛立刻就同意。

「太好了！」他嚷說：「假如戴格蒙也在的話，我很樂意加入！而且謝謝您專程過來一趟！」他們才剛互相認識，就以「你」親密稱呼，兩人在鑄造坊又多停留了一會兒。在這金屬互相撞擊間發出的激昂聲響裡，猶如小提琴無止盡地拉住一個極高音，讓人聽的毛骨聳然，甚至有痙攣的狀態。

來到外面，一個五月明朗的夜晚，儘管天氣已經好轉，薩卡卻已累垮，他喚來一輛出租馬車回家。這是艱辛的一天，但充實、美滿！

第四章

金錢

L'Argent

日子過了五個月，如今已經九月底，仍舊困難重重，業務拖延，沒做出任何決定。薩卡很生氣，儘管他很努力，卻不斷有阻礙發生，而且如果想要建立一個可靠和穩固事業的話，必須連附帶問題都要先解決。薩卡變得焦慮、不耐，有時真想立刻攆走這些行會理事，並有想和歐威鐸公主單獨做生意的強烈念頭。銀行的首次發行，需要數百萬資金，她拿得出來，為什麼不讓她把這筆錢放在這大好機會中呢？他已經計畫好，未來資金增加時讓小客戶進場，有信心使她的財富增加到投資額的十倍，她將有更多的錢來幫助更多的窮人。

因此，一天早上，薩卡用既是朋友、又是生意人的雙重身分，上樓去找歐威鐸公主，對她說明拜訪的原因，及他夢想的銀行機制。他一五一十全盤說出，攤開哈莫嵐的文件夾，不遺漏任何一家東方公司。甚至，基於自我陶醉的熱情及對成功的慾望，薩卡忍不住說出要在耶路撒冷建立教廷的瘋狂夢想。他談到這將是天主教的決定性勝利，教宗在聖地登上御座，統治世界，多虧聖墓[①]御庫的成立，才能確保皇家預算。虔忱的歐威鐸公主，被這至高無上的計畫稍稍打動，這建設加冕禮的崇高幻想，很符合她將百萬錢財揮灑在奢侈慈善事業上的想法。正巧，法國天主教徒

①聖墓：此指耶路撒冷的耶穌墓。

剛受到皇帝和義大利國王簽訂協議的驚嚇和激怒，協議中皇帝保證，在某些擔保條件下，將撤退法國駐羅馬的部隊；他確定羅馬將被交給義大利，人們已經看到教宗被驅逐，淪為乞討者，拄著乞丐枴杖在城市中流浪。這會是多麼神奇的結局，教宗在耶路撒冷遇見大祭司和國王而安頓下來，並受到全世界天主教徒擔任股東的榮耀銀行支持！如此美好，公主宣布這是最偉大的世紀理念，值得所有生而有宗教信仰的人感動。對薩卡而言，這事業的成功似乎已經得到確保，而且將令人相當震撼。他對哈莫嵐工程師的評價大增，她則敬重以待，知道他有虔誠的信仰。但是歐威鐸公主直截了當拒絕加入這投資，因為她想忠實自己的誓言，將數百萬還給窮人，永遠不再從他們的身上賺取分毫的利益，讓這筆從投機中得來的錢自行消失，像毒水一樣必須流失。窮人將從投機中獲得利益的理由無法打動她，甚至會激怒她。不，不！這罪惡的根源必須枯竭，她不獻身於其它任務。

薩卡不知如何是好，只能利用她的憐憫，來取得她允許一件過去到現在都懇求無效的事情。他有個想法，或至少是凱洛琳夫人提示的主意，只要世通一成立，就將銀行安頓在這個府邸；如果不是這樣，薩卡自己會想要有一座像皇宮般的銀行辦公大樓。大家同意的是，在這棟府邸的庭院裡安裝玻璃，當作中央大廳；整個一樓、馬廄、貯藏室規劃成辦公處；二樓，他將把他的客廳改成會議室，他的餐廳和其它六間房仍當作辦公室，只保留一間臥房和盥洗室。薩卡將搬到樓上和哈莫嵐兄妹一起住，在他們家用餐，共度夜晚，以便花較少的費用來安置有點窄小卻非常莊嚴的銀行。身為房東的公主起初拒絕，因為她厭惡金錢的交易：她的屋頂下絕不允許出現這樣可憎的事。然而，當宗教涉及到這份事業時，公主受到這個偉大目標的感召，她同意了。對她而言，這樣的出租讓與已經是極限，當她一想到任憑這惡魔似的信貸銀行、證交所投機怪獸，在她的屋頂下如此布置破產和死亡的齒輪時，她起了一陣小哆嗦。

終於，在過去一個禮拜以來的失敗嘗試後，薩卡欣喜看到突然在這幾天內，障礙紛紛解除。有天早上，戴格蒙來告訴他，財團的成員都到齊，此事可行了。從那時起，他們對章程計畫進行最後一次討論，擬定了公司申請的條文。這對生活已經陷入困境的哈莫嵐兄妹而言，也是個重要時刻。幾年來，喬治只有一個夢想，擔任一家大信貸銀行的工程師顧問：如他所言，負責把水引進磨坊。逐漸地，薩卡的狂熱拉攏他，他也燃燒出同樣的熱情和急躁。相反地，凱洛琳夫人在激情過後，自從了解到這份事業會面臨到的困難時，似乎更為冷靜，一副思考者的模樣。她的偉大理智和正直本性使她嗅到各式各樣陰暗和骯髒的坑洞；而尤其為她敬愛的、有時笑稱他是「大笨蛋」的哥哥擔憂，儘管他很專業；她並非懷疑朋友的誠信，但她看到他們對財富是如此地忠誠；只是她內心流動著一種奇怪的感覺，似乎一不小心就會走入歧途，陷落沈淪、被吞沒掉。

這一天早上，戴格蒙離開後，薩卡容光煥發地來到圖樣室。

「終於，大功告成！」他大叫。

哈莫嵐瞭解，眼睛濕潤，過來握他的手，握到手快斷掉。而凱洛琳夫人僅僅轉過頭看著他，臉色有點蒼白，他又說：

「嗯，怎麼了，這是您回我的全部話？……這沒讓您更高興嗎？」

於是，她展顏一笑。

「當然，我很高興，非常開心，我向您保證。」

而當他跟哈莫嵐講解公會最後組成的細節時，她平靜介入說：

「那麼，准了，不是嗎？聯合這麼多人，為了分配銀行的股票，甚至在發行之前？」

他激烈揮出肯定的手勢。

「但，當然，准了呀！……您難道覺得我們會蠢到去冒失敗的危險嗎？這還不把我們要能成為主宰交易市場的時間算在內……如今我們五分之四的股票總算握在可靠的手裡。我們可以去代書那兒做公司成立的認證。」

她反駁他說：

「我以為法規要求公司資本額必須全部被認購。」

這一次，他很驚訝地正視她。

「您讀了法規？」

她的臉微微泛紅，因為他猜中了：前夜，由於她的不安、莫名害怕和不明就裡，她閱讀了公司法。瞬間，她差點兒撒謊；然而，還是笑著承認：

「這是事實，我昨天讀了法規。而我用此衡量了我和其他人的誠實，就像拿出醫學的書籍來對照所有疾病的診斷結果一樣。」

他生氣，因為這追根究底的舉動，顯示出對他的不信任，她用女人聰慧的眼光，準備要監視他。

「啊！」他揮出一種擔心是無聊的手勢，又說：「如果您相信我們得遵循艱澀難懂的法規的話！我們將走不出兩步路，每跨一大步，我們都會因受到限制而被攔下；至於我們的競爭對手，很快就會超越我們！……不，不，我絕對不能等到所有的資本額被認購；此外，我寧願把股票預留給我們，我將為我們找個人，給他開戶，他將是我們的人頭。」

「這是禁止的，」她以美麗嚴肅的聲音乾淨俐落回應。

「哦！沒錯，這是禁止的，但所有公司都這麼做。」

「既然這不道德，那它們就都錯了。」

薩卡的意志力突然冷靜下來，認為應該轉向尷尬傾聽、不介入的哈莫嵐。

「敬愛的朋友，我希望您不會懷疑我……我是商場的識途老馬，關於金融事務，您可以放心把您交在我的手上。給我好主意，我負責從中抽取所有想要的利益，儘可能冒最小的險。我想一個最有經驗的人也不會比我做得更好了。」

為了避免直接回答，喬治以害羞且無能為力的態度開玩笑說：

「哦！您將有凱洛琳當您的真正監察官。她天生就是老師。」

「我是很想上她課，」薩卡諂媚回答。

凱洛琳噗哧一笑，改以熟悉的親切語調繼續交談。

「事實是，我很愛我的哥哥，我比您自己更愛您，看著你們投入似乎是不正當的交易，這使我很擔憂，因為這類事情的下場就是災難和悲慘，……你看！我們確實走上了股票投機炒作，這使我感到害怕、畏懼。當您叫我抄寫章程備案計畫時，我很高興，但是讀到第八條款，嚴格禁止公司的所有期貨交易，而這就是禁止投機，不是嗎？但，您嘲笑我，讓我的幻想破滅，解釋說那僅僅是一條詞彙條文，所有公司被要求的榮譽登記，而不須遵守形式上的規定……您不知道我想要的，我？就是想換掉這些股票，這些您想發行的五萬份股票，而以債券代之。噢！您瞧，自從我讀了法規後，我很強，我不再對債券投機一無所知，一張債券是一個放款人在他的放款額上單純抽成，而不涉及利潤，至於股東則是一個追逐利益和損失的投機合股人……對呀，為何不做債券，這將會讓我感到多麼的心安和幸福！」

為了隱藏她內心的真正焦慮，她開玩笑誇張祈求，而薩卡詼諧激動，以同樣的語調回說：

「債券，債券！絕不！……債券能幹什麼？那是死材料……請瞭解像我們如此巨大的事業，投機買賣是中央齒輪，甚至是心臟。是的！它會召喚血液，從細小的血管來匯集、再將血液輸送到四面八方的河裡，建立一條、甚至是大企業生命裡的龐大錢流。缺了它，大工程根本無法進行……這猶如我們一而再、再而三，大聲斥罵股份有限公司，指責它們是藏垢納污的賭場和扼殺人的地方！事實上，缺了它們，我們將既沒有鐵路，也沒有任何更新世界的現代巨型公司；因為沒有一份財富足以帶頭領導，如同沒有一個人，也沒有一個團體願意冒險一樣。危險，全在那兒，然而宏偉目標也是。必須有一個規模宏大到可以抓住幻想的大計畫；必須有一個可觀增益的希望，一張讓資金增加到十倍的中獎彩券；於是熱情點燃，生命匯流，為每個人帶來他的錢財，您可以再重新塑造大地。這有什麼不道德？所冒的險是自願的，無數人分攤了這個冒險，依照個人財富的多寡及膽識的大小，有輸，但也有贏，我們期望一個好數字，但往往也會抽到一個壞數字，人性沒有比賭一賭運氣，更執著、更熾熱的夢想，大家都想用僥倖獲得一切，當王，當神！」

逐漸地，薩卡不再笑，他站了起來，以一種充滿激情的熱烈手勢，將他的話語拋向天空的四個方向。

「瞧！咱們其他人，以咱們的世通銀行，為什麼不透過古老東方世界的缺口，去鋪蓋更寬廣的土地，以進步的鐵鍬和淘金者的夢想，開墾一望無際的田野呢？當然，這是野心勃勃的，而且我同意，成功或失敗都是不可預測的。但為此，我們甚至陷入條款的詞彙之中，我有信心，一旦我們成名，我們將在公眾裡獲得很多人的崇拜……我們的世通銀行，上帝啊！它首先將是處理所有貸款和折扣業務的傳統銀行，接納活期存款的資金、訂約、協商、或發放借款。只是，我尤其想做的是一台推展您哥哥大計畫的機器：那將是銀行的真正角色，擴充利益，逐漸強大的統治者力量。總之，力量的建立是為了協助我們在國外成立的金融和工業公司，我們將在對我們生命有益且確保我們君權的股票上投資……而在征服未來尚未確定前，您問我公會組織、或給財團成員溢價優惠、第一家公司帳戶的免承擔是否合法；您擔心一些瑣碎不合規定的事、未認購的股票、設立人頭戶，一些不可避免的事情都在擔心；最後，您挺身反對投機，反對賭注，天哪！投機甚至是我所夢想的這個大機器的靈魂！……要知道，所有這些，還不算什麼！但願這兩千五百萬的可憐小資本只是丟到機器下的一束柴，成為第一把火！我多希望能讓它變成雙倍、四倍、五倍，隨著我們的操縱而擴充！假如我們想在那兒完成所謂的奇蹟，我們需要像冰雹一樣多的金幣，有數百萬元可以舞弄！……啊！見鬼了！我沒回答可能遇到的風險，如果人們沒踩扁幾個過路客的話，是不可能撼動世界的。」

她看著他，在她生命中的愛，如果是堅強和積極的話，她最終覺得熱情和信仰很吸引人、很美，因此她雖然不認同這番言論，但也沒引起反感。她假裝被說服。

「行了，就當我只是一個女人，而存在的戰爭讓我害怕……只是，不是嗎？儘可能少壓榨人，尤其不要壓榨我所愛的人。」

薩卡對自己的雄辯口才感到沾沾自喜，當他滔滔不絕陳述的計畫說服別人時，就好像大功已經告成，於是薩卡表現出一副好好先生的樣子。

「別怕！我專門扮演吃人魔，開玩笑的……大家將會發大財。」

他們接著平靜地討論應該採取的措施，甚至商妥公司成立的第二天，哈莫嵐應該先出發到馬賽，再到東方，這都是為了落實大事業的推展。

但巴黎的股市，已風聲鶴唳，謠傳薩卡將從他曾被淹沒的濁水之底瞬間竄起；消息，起初被竊竊私議，後來逐漸被高談闊論，清楚地敲響即將來臨的成功。再一次，如從前蒙梭公園的府邸，他的會客廳每天早上充滿了來懇求的人群。他看到馬佐，出乎意外地，上樓來和他握手聊當天的消息；他接見其他證券經紀人，有洪亮嗓音的猶太人賈格比，和他的妻舅德拉洛克，一個肥胖紅棕髮，陷他妻子於不幸的人。證券場外交易員也來了，在納唐索的化身裡，一個很積極，帶來好運的金髮小伙子。至於麥西亞，忍受著他認為倒霉的掮客工作，雖然還沒有單子可接，卻已經每天來報到了。這群人簡直是越來越多。

有天早上，九點一到，薩卡就看到會客廳人滿為患。專門負責接待的僕從沒有中止人潮進來，他僕從的辦事力很差，所以他經常還得親自出馬去把拜訪者給引領進來。這一天，他打開他的辦公室大門，姜圖想要跟進來；但他看到他派人去找了兩天的薩巴坦尼。

「抱歉，我的朋友，」他邊說邊擱下昔日的教授，只為了先接見地中海東岸人。

薩巴坦尼露出擔憂的親切微笑，姿態非常的忍氣吞聲，他讓薩卡先說；薩卡很乾脆，以熟人的態度對他提出他的建議。

「敬愛的，我需要您……我們需要一個人頭戶。我將為您開戶，讓您去買一些我們的證券，而您只是以記帳的方式付錢……瞧，我可是單刀直入，待您如友啊。」

年輕人以他天鵝絨般柔軟的漂亮眼睛看著他，眼神如此溫柔地在他修長的褐色臉上。

「親愛的先生，法律嚴格要求用現金方式支付……哦！這麼對您說，並不是為了我自己。您待我如友，這讓我感到非常驕傲……一切悉聽尊便！」

於是，薩卡為了討他歡心，告訴他馬佐很器重他，最後還在沒擔保之下，便收了他的單。接著，薩卡對他提起吉兒嫚．可兒說的玩笑，他在前夜遇見她，這位小姐誇獎薩巴坦尼具有真正生理天賦的奇葩，擁有一個異乎尋常的巨大存在，讓證交所世界的女孩魂牽夢絆，好奇得要命。薩巴坦尼沒否認，曖昧地笑著這下流話題：是，是！很可笑，這些女士們跟在他後頭跑，她們很想瞧瞧。

「哦！對了，」薩卡打斷說：「我們也需要簽名，為了使某些手續合乎規定，譬如轉讓過戶……我可以將一堆文件送到您府上簽名嗎？」

「當然，親愛的先生。一切悉聽尊便！」

薩巴坦尼甚至沒提出付款的問題，因為當他知道是這類事情時，便知道是免費服務的；而由於薩卡補充說將付給他一法郎一個簽名，以賠償他的時間損失，他只是點頭同意。然後，微笑說：

「我也希望，親愛的先生，您將不吝給我意見。您將身居高位，我會前來諮詢您的寶貴建議。」

「是的，」薩卡瞭解，下結論說：「再見……當心點，別太過於滿足女士們的好奇。」

他再次取笑，並從一扇可以讓他送客，卻不須再穿越會客廳的過道門打發走他。

接著，薩卡再去開另一扇門，叫喚姜圖。他一眼看到他滿臉憔悴，沒收入，大衣的袖子已經在咖啡桌邊磨破了，始終還在找工作。證交所像個殘酷無情的晚娘一樣虐待他，不過他始終打扮得體，鬍子修成扇狀，會說俏皮話，偶爾還會脫口說出些冠冕堂皇的句子，顯示他受過大學教育。

「我近期內會寫信通知您，」薩卡說：「我們正在擬定職員名單，我將您列在名單上的前幾順位，在股票發行辦公室給您一個位置。」

姜圖打手勢中斷他。

「您很親切，謝謝您……但我有一件交易想要推薦給您。」

他沒立刻解釋，只是先從一般的事務談起，問世通銀行發行之初，有多少報紙可以服務。薩卡聽到第一句話就熱中起來，宣稱他贊同刊登最大的廣告，他會將所有可自由處置的資金投注在廣告上。沒有一支擴音器會被忽略掉，甚至是兩蘇錢的擴音器，因為眾所公認所有的宣傳都是好的，即使是吹噓。他早就夢想在全部的報紙刊登廣告，但這太貴了。

「對呀！您是否有幫我們籌劃廣告的想法？……這會是不賴的主意，咱們再談。」

「好，日後再談，如果您願意的話……您有想過要一份屬於您的報紙嗎？完全屬於您，而我是報社的主任。每天早上，保留一頁為您歌功頌德的文章，吸引人們注意您的短評，針對金融界完全陌生的話題來炒作金融市場，這是合法的宣傳活動，無所不談，毫不懈怠地屠殺您的競爭對手……這能讓您心動嗎？」

「當然囉！假如這不會要我頭上的兩隻眼睛做代價的話。」

「不會的，價格將很合理。」

最後，姜圖將報紙名稱說出來：〈望報〉，這是兩年前由天主教知名人士組成的小集團，黨內激烈人士所創辦的刊物，敢和帝國的意見對立。此外，這份刊物沒什麼作為，每週都有報紙消失。

薩卡又叫說：

「噢！它沒刷到兩千份！」

「增加它的銷量，是我們的事。」

「還有，這將會太超過：會把我哥哥拖進泥淖裡，在事業剛起步時，我不能一開始就和我哥哥鬧得不愉快。」

姜圖聳聳肩。

「不能和任何人生氣……您知道像我，當一家擁有報社的信貸銀行，不管它擁護或攻擊政府：假如它是非官方的話，銀行確定是財政部長組成的所有公會的一員，以確保政府和市鎮的借貸成功；若它反對的話，財政部長對他所代表的銀行，在各方面都有生殺予奪的大權，這經常表現在更多的恩惠上……所以不用擔心〈望報〉的黨派色彩，擁有一份報紙，就是力量。」

突然間安靜下來，薩卡敏捷地將他人的見解轉變成自己的想法，並加油添醋，直到完全變成是他自己的主張。為推展一整個事業計畫：他決定收買〈望報〉，以熄滅尖酸刻薄的社會批評，或是聽從他哥哥的調度，但仍可保存其天主教的色彩，報紙作為一種威脅的工具，他隨時可以宗教的名義做出猛烈的宣傳。如果有人對他不友善的話，他就可以震驚羅馬，還可以實行耶路撒冷大計畫。結論，這將是一個極漂亮的大反擊。

「我們可以自由買下這份報紙嗎？」薩卡突然問。

「絕對自由。他們受夠了，報社落在一個整天操勞卻收入微薄的傢伙手中，他以一萬法郎出讓，我們可為所欲為。」

薩卡又再思考一分鐘。

「那，就這麼辦。約個時間，帶你的人到我這兒來……您將是報社的主任，而我會將我們所有的廣告集中到您手上，我要版面特大的廣告，哦！過一陣子，等我們有足夠的材料就可以開動機器。」

他站起來。姜圖也跟著站起來，他厭倦了巴黎街道上的污泥，用一種失意、大言不慚的微笑，隱藏他找到工作的喜悅，。

「終於，我將再回到我的本質，我親愛的藝文世界！」

「還不要僱人，」薩卡送走他時，又說：「當我思考這件事時，請記下一個我很欣賞的人，保羅・卓丹，一個我覺得才能卓越的年輕人，您可讓他擔任出色的文學編輯。我寫信要他去看您。」

姜圖從側門過道出去，對於有兩處出口的安排，使他驚訝。

「喏！這真方便，」他親密說：「避人耳目……當有美麗女士來訪時，如同我剛剛在會客廳致敬的這位桑朵芙男爵夫人……」

薩卡不知道她來此目的為何；聳聳肩，表示他不在乎；但另一位冷笑，拒絕相信他的漠不關心。兩個男人強而有力地互相握手。

當他獨處時，薩卡本能地靠近鏡子，撥弄他那還沒出現一絲白髮的黑髮。然而他沒說謊，自從事業再度占據他的時間後，他對女人就不是很在意；而他只是還有一種男人不由自主的慇懃，在法國和一個女人獨處而沒征服她的話，會被當成一個蠢蛋。他把男爵夫人領進來時，就顯得非常慇懃。

「夫人，請坐……」

他從未發現她是如此明艷照人，有嫣紅的嘴唇，火辣的眼神，迷人的眼簾，濃厚的眉毛。她對他有何所求呢？當男爵夫人對他解釋來訪動機時，他很驚訝，甚至大失所望。

「老天啊！先生，請原諒我的打擾，這件事情對您可能沒有什麼；但我們是處於同一社會階級的人，應該要守望相助……您最近曾僱用的一位主廚，我丈夫正要聘用。所以我只是前來打聽一些事。」

於是，他隨男爵夫人任意打聽，用最親切的態度回答，眼睛也毫不離開她，因為他相信那只是一個藉口：她才不在乎主廚，她顯然是為別的事情而來。事實上，她終於說出一個共同朋友的名字，勃恩侯爵，他對她提起世通銀行。要找到穩當的證券投資是多麼困難的一件事！終於，他了解到她很想拿到股票，還放棄財團成員可以分得的百分之十的證券溢價；而他更了解的是，若他給她開戶的話，她將不會付錢。

「我有我個人的資產，我丈夫從不干涉。這添了我很多麻煩，也消磨了我一點時間，我承認……不是嗎？當人們看到一個女人在理財，尤其是一個年輕女人，這會有多令人驚訝，人們會試著去指責她……有些日子我極度的尷尬，因為沒有朋友願意給我建議。另外，兩週前，由於缺乏資訊，我損失了一筆相當可觀的錢……啊！如今您身居高位，掌控一切，如果您夠親切，願意的話……」

拉提谷家的這個女兒，在上流社會女人中到處打聽，她貪婪、瘋狂好賭，她的祖先曾拿下安塔基亞②，連巴黎的駐外使節對這位外交官的妻子都很恭敬，但是由於她對投機交易的迷戀，使她常常用央情者的身分遊走於所有的金融家。她的嘴唇在淌血、她的眼睛更熾熱、她的慾望爆發，這一切把她變成一個情感衝動的女人。薩卡竟天真地相信她是前來委身於他的，只是為了他的大買賣，並伺機取得證交所的有利資訊。

「但，」他囔說：「夫人，我只求將我的經驗呈現在您腳下。」

薩卡將他的椅子靠近，牽起她的手。突然，男爵夫人似乎清醒過來。啊！不，她還沒到那地步，用一夜情來換得一份情報，將來有的是時間。對她而言，她和總檢察長戴坎卜洱的關係已經讓她感到憎惡，這個如此乾癟、如此蠟黃的男人，都是因她丈夫的吝嗇才迫使她去接待。而她暗地裡蔑視薩卡，但她那張虛偽熱情的臉上，顯示出一種疲倦的神態，只對賭注才會燃起希望。她站起來，她的出身和她的教養使她必須反抗，這會讓她錯失一些交易機會。

「所以，先生，您說您很滿意這位主廚？」

輪到薩卡驚訝地站起來。她究竟期望什麼？給她認購，給她資訊，卻一無好處？真是的，必須提防女人，她們在市場上是最沒有信用的。雖然他對這女人有慾望，但他不堅持，他微笑地順從表示：「隨您的意，親愛的夫人。」然後他很大聲說：

② 安塔基亞：Antioche，土耳其的一座城市，靠近敘利亞。

「再對您重複一遍，我非常滿意他，因家庭問題，我個人決定解雇他。」

桑朵芙男爵夫人稍微遲疑一下，並非後悔反抗他，無疑地，她覺得自己沒有事前想清楚可能的後果就來找薩卡，真是太天真了。這使她對自己感到氣憤，因為她自覺是一位莊重的女人。最後道別時，她點頭簡單回禮；當薩卡陪她到小門口時，這扇門突然被一隻熟悉的手打開。這是薩卡的兒子傌興，今早要在父親家裡吃早餐，所以私下從走廊進來。他欠身，致敬，好讓男爵夫人走出去。當她離開後，他輕笑。

「開始啦，你的交易？有拿到獎金啦？」

儘管他還年輕，卻像個經驗豐富男人似的厚顏放肆，不會浪費精力在一時的歡愉中。他父親對於他的諷刺相當了解。

「不，恰巧，我什麼也沒拿到，而這並不是因為我聰明，兒呀，我也驕傲一直保有二十歲的樣貌，而你看來卻像六十歲。」

傌興笑得更大聲，他還保留著從前像小女孩般的清脆笑聲，他變成一個莊重的規矩男人後，便希望不會有腐敗的生活。只要屬於他的一切不會受到威脅，他會極盡最大的寬容。

「既然這沒累倒你的話，你肯定是對的……而我，你知道，我已經有風濕痛了。」

然後，舒適地坐在一張沙發椅上，拿起一份報紙：

「不用理我，繼續你的接見，如果我不打擾你的話……我來得太早，因為我必須去看醫生，可是他不在。」

此時，僕從進來通報，博威立業伯爵夫人請求接見。薩卡有點驚訝，立刻下令引見她，雖然他在就業慈善機構已經見過他的貴族鄰居；此外，薩卡命令僕從遣走所有人，他累了，很餓了。

當伯爵夫人進來時，她甚至沒發現被大沙發椅背擋住的僞興。薩卡看到她帶著她的女兒愛麗絲前來，這讓薩卡覺得這件事情更嚴肅：兩位如此悲傷和蒼白的女人，母親削瘦、高挑、白皙、舊式氣派貴婦的模樣，女兒已經衰老，頸子太長，僵直到沒有風韻。他把椅子挪前，特別的有禮貌，以凸顯出他的敬意。

「夫人，我榮幸至極……但願有幸能為您服務……」

在她高貴的氣派下，伯爵夫人非常靦腆羞怯地解釋來訪的動機。

「先生，當我和我的朋友歐威鐸公主討論之後，促使我決定前來您的府上拜訪……我承認剛開始我很遲疑，因為我這把年紀要改變想法很難，而我對今日一些我不了解的事情總感到很害怕……最後，和我女兒聊過之後，我認為我的義務必須超越我的顧慮，試著確保我家人的幸福。」

她繼續說明歐威鐸公主如何對她提及世通銀行，的確，在外行人眼裡，這是一家與別家沒什麼兩樣的信貸銀行，但在內行人眼裡，它卻具有一個無可辯駁的理由，一個如此值得表率的高貴目的，即使是最小心謹慎的人也不敢對這個銀行說什麼話。她既沒說出教宗、也沒說出耶路撒冷的名字：這是人們不可言喻，信徒之間的一種默契；但從她個人的話語、影射、和暗示，散發出希望和信念，使她認為新銀行必定成功，這信念裡有強烈的宗教熱忱。

薩卡對她內在的情感及顫抖聲音感到驚訝。他只有在過度狂熱時，才會談到耶路撒冷，他其實打從心底懷疑這瘋狂的計畫，若有人取笑他的話，他也準備好放棄的理由，並且自我解嘲。但這帶著她女兒前來的神聖婦女，深深感動了薩卡，因為她和她的家人，以及法國所有貴族都相信耶路撒冷這個計畫，她竟要把薩卡的夢想具體化，而且要繼續擴充這夢想。所以這可以是真的，那兒有一把槓桿，允許他舉起世界來！薩卡迅速吸收整個狀況，他一下子就掌握到重點，而他也用神秘的話語表示自己沉默追隨最終的勝利；他的口氣也充滿熱誠，彷彿真實地受到信仰的感動，感受到羅馬教廷的危機，所以用行動表現他的信仰。一旦這個計畫有需要他的信仰，他便本能地有這樣的信仰了。

「終究，先生，」伯爵夫人繼續說：「我決定做一件一向讓我反感的事情……是的，把錢拿出來運作一下，投資生息從來沒有進入過我的腦海裡：我知道自己固守從前過日子的方法，有點愚蠢；但，怎麼說呢？這是我一出生從吃奶時就有的概念，我以為守著土地才是唯一的方法，只有土地才能養育像我們這樣的人……不幸地，那些土地……」

她輕微臉紅，因為她終於招認，她一直極力要掩飾的破產。

「那些地產很多都不再存在……我們受到苦難……我們只剩下一個農場。」

薩卡為了避免她太難為情，於是對伯爵夫人的意見添枝加葉。

「是的，夫人，現在沒人再靠土地過活了……從前屬於地產的財富是一種快沒落的形式，已經沒有它存在的理由了。它會使金錢停滯，如果我們把錢拿出來流通，或者轉換成各式各樣的商業金融證券值，讓它的價值可以增加到十倍。如此世界將會快速進步，因為缺了錢什麼都不可能，如果沒有現金到處投資，科學也無法運用，世界也不會有和平出現，萬能的……噢！地產！它和簡陋的公共馬車一樣過時了。有人帶著價值一百萬的土地而死去，有人用這資本額的四分之一來投資，便能獲得百分之十五、二十、甚至三十的利潤而活著。」

伯爵夫人以其無限的悲哀，輕柔地搖頭。

「我不太懂您的話，而我跟您說了，我仍活在畏懼這些猶如邪惡事端的世界裡。只是，我並非一個人，我必須為我的女兒著想。幾年來，我成功積蓄了一筆小小私房錢……」

她再度臉紅。

「兩萬法郎正躺在我家的抽屜裡。日後，我可能會後悔讓錢就這樣放在抽屜中；既然您的事業是好的，再加上我朋友的透露，而您要做的事情會是我們其他人也想要做的，是我們最誠摯的希望，那我願意冒險……我將會感激您，如果您能將銀行的股票保留給我，一筆相當於一萬到一萬兩千法郎的股票。我堅持我的女兒陪我來，因為不瞞您說，這筆錢是她的。」

直到那時，愛麗絲儘管有著聰慧敏捷的眼神，但始終沒開口，一副畏懼的樣子。她現出一個溫柔責備的手勢。

「噢！我的！媽媽，我哪有什麼東西是我的而不是您的？」

「而妳的婚事，我的孩子？」

「但您很清楚我不想結婚！」

她這話說得太快，以致孤寂的悲傷在她細長的聲音裡叫喊。她母親以痛心的眼神要她別說話；她倆互望一下，在她們受苦和掩藏的每日分享裡，說不出謊。

薩卡深受感動。

「夫人，即使股票已經分完了，我還是會去找來給您。是的，有必要的話，我會從我的份上供出……您的奔走讓我無限感動，對於您的信賴，我感到十分榮幸……」

一瞬間，他真的相信自己可以弄到一些股票，就像是降落在他身上和他周遭的黃金雨似，他會拿出一部份來幫助這兩個不幸的女人。

兩位女士起身離去。到了門口，伯爵夫人透露了一件人們不敢談論的大事，她冒昧提出一個直接暗示。

「我收到我兒子費迪南的一封信，他在羅馬，這是一封令人難過的信，關於我們部隊將要撤退的慘事。」

「要有耐心！」薩卡信念堅稱：「我們在那兒就是為了要拯救一切。」

她們深深致敬，他陪她們到樓梯平臺，這一次經過他以為已經沒人的會客廳。但當他回來時，他發現有個五十多歲、高挑乾癟，穿一套工人禮拜天才穿的禮服的人，坐在軟墊長椅上，旁邊還有一位十八歲苗條、蒼白的美麗女孩。

「你們有什麼事？」

年輕女孩先起身，而男子對於突然被接待，感到手足無措，就結結巴巴含糊解釋起來。

「我下令所有人都離開！為什麼你們還在這兒？……至少，告訴我您的名字。」

「德樂，先生，我和我的女兒娜妲莉來……」

男子再次愈解釋、愈迷糊，毫無頭緒地，薩卡失去耐心，把他推到門口，男子終於說出是凱洛琳夫人叫他前來求見。

「啊！您是凱洛琳夫人推薦來的。要立刻說呀……進來，快點兒，因為我很餓。」

在辦公室裡，他讓德樂和娜妲莉站著，自己也沒坐下，因為他想儘快將他們打發走。傌興在伯爵夫人走後，離開他的沙發，不再迴避，他好奇的盯著新進來的人看。德樂則慢條斯理地敘述他的事。

「是這樣的，先生……我現在沒工作，而從前我在凱洛琳夫人的丈夫，就是啤酒釀造商的杜里耳先生還活著時，當他辦公室的小伙計。之後，我去了樂器製造商，朗貝迪耶先生家工作。接著，我又到您認識的銀行家，卜列佐先生家幹活兒：兩個月前，他的腦袋被人開槍打死了，而我就無容身之地……這些都必須告訴您，總之，我結婚了。是的，我娶了喬潔芬，當我在杜里耳先生家工作時，她是廚娘，勒維葛夫人，凱洛琳夫人很熟悉。接著，當我在朗貝迪耶先生家時，她沒能一道去，就安身在格聶勒一位醫生家，雷諾丹先生。然後，她去了洪埠垛街三兄弟的店工作。在那兒，猶如任人擺佈的木偶，始終沒有一個位置可以給我……」

「總之，」薩卡打斷話說：「您來找我求工作，是吧？」

但德樂堅持解釋他生命中的悲哀遭遇，他不幸娶了一位廚娘，從來無法和她在同一個家庭工作。兩人幾乎像沒結過婚一樣，從沒有一間雙人房，只能在酒商家裡相會，在廚房門後擁抱。而女兒娜妲莉誕生了，還得把她交給奶媽撫養到八歲，直到有一天父親厭倦孤單一人，就把她帶回他窄小的單身房。如此他變成小女孩真正的娘，養育她，帶她上學，以無限的關懷照顧她，心中越來越充滿母愛。

「啊！我可以說，先生，她給了我滿足感。她很有教養，很正直……而，您瞧瞧她，再也沒有像她這麼親切體貼的了。」

事實上，薩卡覺得她很迷人，這朵巴黎砌石路上的金色小花，有一種卑微的優雅，大眼睛藏在蒼白的小捲髮下。她有父親的疼愛，還是蠻乖巧的。有如此疼愛她的父親，她沒有理由不乖巧，在如此清澈明亮的眼睛裡，閃爍著一種冷酷和平靜的自私。

「是這樣的啊，先生，她到了適婚年齡，有一個好對象，紙板商的兒子，我們的鄰居。只是，這男孩想立業，他要求六千法郎。這並不太多，他大可向另一位更富有的女孩求婚……必須告訴您，我的妻子四年前過世，留給我們一些積蓄，是她當廚娘時的俸祿，不是嗎？……我有四千法郎；但這還不到六千，而年輕人很急，娜妲莉也是……」

年輕女孩原本是用冷淡和如此堅決的明亮眼神，微笑聽著，卻突然抬起下巴肯定說：

「當然……我不貪圖享受，無論如何，我想解決這個問題。」

再一次，薩卡打斷他們的話。他判斷此人遲鈍，但很正直，好人一個，熟悉軍隊紀律。此外，只需用凱洛琳夫人的名義就可來自我推薦。

「很好，我的朋友……我將有一家報社，可僱用您當辦公室伙計……留下您的住址，再見。」

此時，德樂不走，他繼續尷尬說：

「先生樂於助人，我感激接受這職位，因為安頓好娜妲莉後，我也得工作……但我來此是為了另一件事。是這樣的，我從凱洛琳夫人、還有其他人口中，知道先生將開拓一番大事業，而先生可讓您所希望的朋友和認識的人賺錢……所以，如果先生願意提拔我們，同意給我們您的股票的話……」

薩卡第二次受到感動，比伯爵夫人也將女兒的陪嫁資產托付給他時更感動。這單純的男人，這微小的資本家，一分一毫慢慢刮攢的積蓄，這不正是信徒群眾的信任，構成多數穩固客戶的大群眾，用看不見的力量武裝出一家信貸銀行的狂熱軍隊嗎？假如這位正直的人，在廣告推出之前，就如此匆匆趕來，那麼營業窗口開放時，將成何種氣象？他感動得對這第一位小股東微笑，從他那兒，他看到大成功的好預兆。

「行，我的朋友，您將會有股票。」

德樂的臉發亮，彷彿得到一個意外的恩典。

「先生人太好了……不是嗎？六個月內，我就能以我的四千賺兩千，來補足所需的金額……而，既然先生同意了，我寧願立刻付款，我有帶錢來。」

他在口袋裡摸索，抽出一個信封袋來，遞給薩卡。薩卡不動、保持沉默，被最後這一招極端信任的舉動所震驚。薩卡這個可怕的貪婪者，已搜刮這麼多的財富，最後爆發大笑，下定決心也要讓這位有信念的人致富。

「但，我的朋友，事情不是如此成交的……留著您的錢，我會登記您的名字，您再到指定的時間和地點付款。」

這一次，他送走他們，德樂高興的說不出話來，由娜妲莉致謝，她欣喜的微笑點亮她冷酷和天真的漂亮眼睛。

當傌興終於和他的父親獨處時，他用嘲諷傲慢的姿態說：

「如今，你給少女們辦起陪嫁資本來啦。」

「為什麼不？」薩卡喜悅回答：「為了他人的幸福，這是一個好投資。」

離開辦公室前，他收拾幾份文件。然後，突然問：

「你呢，那股票，你不想要嗎？」

傌興，小步走著，驀地轉身，站立在他面前說：

「啊！不，相反地！你當我是傻子呀？」

薩卡氣極了，覺得這答覆既不尊重又叫人惋惜，準備對他嚷說這是一樁貨真價實的絕佳買賣，他覺得他真是太蠢了，如果他認為他像其他人一樣是個單純小偷的話。但，瞧著他，對這可憐的孩子起了憐憫心，二十五歲就未老先衰，生活規矩，甚至吝嗇，如此衰老的毛病，如此擔憂他自己的健康，不再花一毛錢，也不再享樂，注意生活起居。非常安慰、驕傲地，他五十歲了卻還熱情放縱，薩卡大笑，拍拍傌興的肩膀。

「哎！吃飯去吧，我可憐的孩子，好好照顧你的風濕痛。」

過了兩天，十月五日，薩卡，列席者還有哈莫嵐和戴格蒙，前往聖安街（Rue Saint-Anne）勒羅蘭代書公證事務所；在世通銀行公司名下，簽約組成股份有限公司，資本額兩千五百萬法郎，分為五萬股，每股五百法郎，其中四分之一可索還。公司總部設在聖拉扎爾街，歐威鐸府邸。契約擬訂後，一份章程提交勒羅蘭代書公證事務所。這一天，秋高氣爽，男士們從公證事務所出來，自大道和安坦堤街（Chaussée-d'Antin）緩緩走上坡，快活極了，猶如逃課的中學生一般。

公司成立大會將於下週，在白朗旭街（Rue Blanche）一間倒閉的小舞廳裡舉行，歐業的舞廳正有位工業家想要舉辦圖畫展覽會。財團成員已經開始推銷由他們認購卻不保留的股份，所以達到了一百二十二位股東，代表將近四萬份股票，總共兩千張投票，而必須擁有二十張股票才有權出席投票。不論股東手上股票的總額有多少，一個股東的表決權不得超過十次，所以選票的確切數目是一千六百四十三。

薩卡堅持非哈莫嵐當主席不可，而他寧可消失在人群中。他為工程師和他自己每人各認購五百股，以記帳方式付款。所有財團成員都列席參加：戴格蒙、宇磊、塞迪爾、寇勒帛、勃恩侯爵，每個人和其手下進行交易的股東團都在。薩巴坦尼也在其中，是最大股東之一，跟兩天前已就任的包含姜圖在內的眾位高層銀行職員站在一起。所有要表決的議題都預先妥善安排，使得議會成立從沒如此美好平靜、簡單、融洽。大家一致同意，公認申報的資本額已全數獲得認購，以及每股一百二十五法郎的實際繳款也已完成，之後鄭重宣布公司成立。接著任命董事會：由二十位會員組成，他們除了出席會議的車馬費之外，依章程法規，每年還可領取五萬法郎，是利潤的百分之十。這不容掉以輕心，每一位財團成員都想成為董事會一員；而戴格蒙、宇磊、塞迪爾、寇勒帛、勃恩侯爵、和有人想提名為主席的哈莫嵐，自然名列前茅，其他十四位較不重要的角色，則從股東中最服從和最有身分的人挑選而出。直到那時，薩卡仍躲在人群中，當選舉主任時，哈莫嵐推舉他，薩卡才出現，眾人竊竊私議，都給予這個提議好評，薩卡也獲得一致的贊同。最後只剩選舉兩位監察委員，負責對議會說明資產負債，並核對董事們提供的帳冊：一個棘手沒用的職務，為此薩卡指定盧梭和拉維尼耶先生，第一位完全聽命於第二位，而這位高大、金髮、禮貌周到、總是贊同附和的拉維尼耶，當日後人們對他的服務感到滿意時，他將會設法進入董事會。盧梭和拉維尼耶被任命後，會議將結束，主席認為應該提及同意給財團成員百分之十，共四十萬法郎的證券溢價時，大會就主席的提議，通過把它列為公司第一期的費用。這是瑣碎小事，必須從大處著眼；最後，讓小股東們先離去，大股東們則留在最後，彼此在走廊上微笑握手。

翌日，理事會聚在歐威鐸府邸開會。薩卡將從前的客廳改建成會議廳，中央有一張巨大的桌子，鋪著一塊綠色絨毛地毯，圍繞著二十張緊繃著同一布料的沙發椅；沒有其它家具，只有兩個玻璃書櫃，內部裝飾著也是綠色的小絲簾。深紅色的帷幔使得三扇開向博威立業府邸庭園的會議廳顯得陰暗。有一天，昏暗的光線射進來，像躺在綠蔭下睡著似地安靜，人們開始感受到這座建築的樸實無華和高貴。

這次會議是為了召集它的所有組員；四點鐘聲響起，所有人幾乎全部到齊。勃恩侯爵有著高大的身材、蒼白及貴族氣派的小頭，很有法蘭西古老貴族的風範；至於和藹可親的戴格蒙，他不凡的成功事業中，具備皇家傲人的財富。塞迪爾較不受習俗的牽絆，和寇勒帛聊著剛發生在維也納市場的意外騷動；而在他們周遭的其他理事，一伙人聽著，努力抓住情報，或也交談個人的事務，因為在那兒只是為了湊足人數，和等待收成日時，撿拾他們的利益。總是遲到的宇磊，氣喘吁吁，在最後一分鐘逃出眾議院委員會。他道歉，人們讓他坐在圍繞桌子的沙發上。

勃恩侯爵最年長，坐上主席位，一把比其它位置更高且更金黃的沙發椅。薩卡身為主任，坐在他對面。當侯爵宣布將進行主席任命時，為了謝絕提名，哈莫嵐立刻站起來：他知道有多位先生想推舉他當主席；但他必須告知他隔天就出發到東方，此外，他在會計、銀行、和證券交易方面毫無經驗，這沈重責任是他無法勝任的。薩卡聽他這樣說感到非常驚訝，因為，前一天事情還談得好好的，怎麼突然變卦？他猜想是凱洛琳夫人給她哥哥的影響，知道他們今早談了很久。而且，除了哈莫嵐，他不想讓其他人當主席，擔心他的某些獨立自主會受到阻擾，於是他出面干涉，解釋這尤其是個榮譽職務，當全體會議召開時，主席只須到場，支持理事會提議和宣告一般演講。此外，我們將推選一位負責簽字的副主席；至於其它純技術事項，會計、證券交易、大信貸銀行內部的上千細節，他不也在嗎，他，薩卡，主任，不正是為此而授命？根據章程，他必須主持公司業務，執行收入和支出，管理一般事項，確保理事會審議，總而言之是公司的總執行。這些理由似乎很充分，哈莫嵐沒再為此多做爭論，而且戴格蒙和宇磊也不斷勸進，倒是威嚴的勃恩侯爵並不在乎。終於，工程師屈服，被任命為主席，他們選了一位默默無聞的農學家當副主席，前國家顧問，羅賓．夏果子爵，溫和卻痲木不仁，最佳的簽字機器。至於書記，則從理事會之外的人挑選，銀行的發行部門主管。夜幕低垂，沈重大廳顯現一條無限悲哀的綠色陰影，眾人的決議工作進行順利，大功告成，安排一個月召開兩次會議，十五日小會議，三十日大會議，之後各自散開離去。

薩卡和哈莫嵐一起上樓到圖樣室，凱洛琳夫人在那兒等待他們。她立刻看出哥哥的尷尬，他剛剛因為懦弱，所以再次讓步；瞬間，她對此感到非常生氣。

「但，瞧，這不理智！」薩卡大聲說：「試想，主席可領取三萬法郎，而當咱們的事業擴展時，薪水將可達雙倍。你們還不夠富有到放棄這樣的好處……你們在擔什麼心呀？」

「我擔心所有的一切，」凱洛琳夫人回說：「我哥哥將不在那兒，我自己對錢一點也不精通……瞧！這五百份股票，您為他認購，卻不要他立刻付錢，這是不合法的，若股票操縱稍有差池的話，他將觸犯法律，不是嗎？」

他大笑起來。

「好美的故事呀！五百股，第一筆付款是六萬兩千五百法郎！假如，六個月內的第一筆利潤，他還不能夠用來償還這金額的話，還不如將我們當場丟下塞納河……不，你們大可安心，投機只會吞噬笨頭笨腦的人。」

在暗影一直擴延的大廳裡，她保持嚴肅。有人帶來兩盞燈，牆面上的巨大的地圖、生動的水彩畫立刻被照亮，這些讓她如此朝思暮想的國家。荒涼的原野，山丘阻隔了地平線，她思念沉睡在寶藏中的古老世界，科學將會從卑微與無知中喚醒古老世界的人們。多偉大、美好、善良的事要完成！漸漸地，新世代的景象顯示在她的眼前，人類更強大和更幸福，用進步的耕作方式讓古老的土地產出更多。

「投機，投機，」她機械式地重複，充滿疑惑的她：「啊！我的心都焦慮混亂了。」

薩卡深知她的思維習慣，在她臉上看到了追隨未來的希望。

「是的，投機。為什麼這個名詞使您害怕？……但投機，甚至可說是生活的動力，使我們去奮鬥和想要努力的生存……若我可以做個比喻的話，我就可以說服您……」

他再度大笑，多少有點顧忌。然後，他還是在女士面前大膽自然說出粗魯的話。

「喏，您想過沒有……該怎麼說呢？沒有淫蕩的行為，人們能生出很多孩子嗎？……而在一百次的行為中，有時僅只能生出一個孩子。這是因為過度滿足的必然結果，不是嗎？」

「當然，」她尷尬回答。

「那麼，沒有投機，人們就做沒有商業活動，我親愛的朋友……見鬼了，為什麼要我出錢，冒著我會失去財富的危險呢？為什麼不承諾給我一個絕佳的享樂，一個為我天降的幸福呢？……藉著合法的薪資和平凡的工作，使日常生活所需獲得的平衡，是極端平淡無奇的，會讓所有的力量都睡著，生存在停滯不前的沼澤裡；但是，如果我們熱烈地燃燒起一個夢想，許下用一蘇錢賺到百蘇錢的承諾，這將使所有沈睡者開始追逐夢想，在最膽大的行徑中，有人就可以在兩小時內賺取上百萬；當人們開始互相競爭，動力就會大增十倍，彼此大膽爭奪，辛勤的工作就是為了享樂，但有時候也成功地生出孩子，我所說這些活生生、偉大、和美好的事……啊！當然囉！還有很多沒用的齷齪事，但世界最終會將它們淘汰掉。」

凱洛琳夫人決定大笑，她也是這樣想；因為她一點也不假正經。

「那麼，」她說：「您的結論是必須聽天由命，既然這是在大自然的計畫裡……您說的有理，生命並不乾淨。」

一想到人們每往前一步就是踏在汗血和汙泥裡時，凱洛琳夫人便突然產生一股真正的勇氣。沿著牆壁看去，她的眼睛沒離開過地圖和水彩畫，而未來的幻象又出現了：門戶、運河、大道、鐵路、有巨大農場的鄉村、工具齊備的工廠、合乎衛生、充滿智慧，就像是一個人們可以活到很老且很有教養的新城市。

「好吧，」她快樂地補充：「您總是我讓步……但請努力做好事，以便讓人們饒恕我們。」

她那一直保持沉默的哥哥，這時走近去擁抱她。她用手指著他威脅說：

「哦！你，你是個喜歡溫存的人。我瞭解你……明天，當你離開我們時，你不需太擔心這兒發生的事；一旦你在那邊開始埋頭苦幹，一切都會很美好、會夢想到勝利，也許我們這邊的事業會開始在我們的腳下搖搖欲墜。」

「但，」薩卡開玩笑嚷說：「既然他將您留在我身邊，假如我行為不良的話，您會像個憲兵似地逮住我呀！」

他們三人開懷大笑。

「您大可指望我會抓牢您！……記住您給我們的承諾，首先對我們，然後是對那麼多其他人，譬如我推薦給您的朋友德樂……啊！還有我們的鄰居，可憐的博威立業女士們，我今天還看到她們監督廚娘洗滌幾件舊衣裳，無疑是為了省下洗燙工人的開銷。」

他們三人又親密的閒聊片刻，對哈莫嵐的遠行做了決定性的安排。

薩卡下樓到他的辦公室，僕從告知雖然他已經回說先生在開會、無法接見她，但有個女人還是執意等他。起初，疲倦的薩卡大怒，下令打發走她；接著，想到他對成功有責任，擔心如果關起門來的話，會改變命運，因而回心轉意。事實上，求情者天天增加，這群人使薩卡很陶醉。

只有一盞燈照亮辦公室，他看不清楚來訪者。

「是布希先生派我來的，先生……」

他挺著怒氣站著，甚至沒請她坐下。在肥胖的身軀中發出尖細的聲音，讓他剛認出是辣媚千太太。一個了不起的股東，這是一個稱斤論兩買股票的女人！

她平心靜氣解釋說，是布希派她來打聽世通銀行的發行消息。還有股票可賣嗎？我們有希望獲得給財團成員的溢價證券嗎？但她的來意不在此，這肯定只是一個藉口，為了藉機進入房子，窺伺裡頭發生的事，並且試探他；因為她的細長眼睛在她臉上轉呀轉，到處東張西望，不斷來回搜索，甚至探入他的靈魂。布希很有耐心，要好好利用這樁棄兒事件，在等待、決定行動之前，先派她來偵察。

「都沒了，」薩卡粗魯回答。她感覺到無法多探知什麼，再嘗試恐怕顯得輕率冒失。因此，這一天，不給他時間推她到門外，她自己已一步走向門口。

「為什麼您自己不跟我要股票呢？」他又說，想刺傷人。

以發音不準，含著嘲諷的尖銳聲音，她回說：

「噢！不，這不是我的操縱方式……我，我會等待時機。」

此刻，看到她從不離身的磨損大皮袋，他全身起了寒慄。有一天，當一切如預期順利進展，有一天，他如此幸福地看到期盼已久的信貸銀行終於誕生，這老淫婦是否就是對搖籃中公主施以魔法的邪惡女神？他感覺到，她這剛在他新生銀行辦公室裡閒幌的袋子，裝滿了貶值，不再有行情的證券；他相信她在威脅他，必要時可以久久等候，一旦銀行倒閉時，就可以換取並埋葬屬於他的股票。這是和大事業的軍隊一起前進的烏鴉叫聲，跟隨著他，直到展開殺戮的夜晚，放空翱翔，突然撲下，因為知道會有死屍可噬。

「再見，先生，」辣媚千退出時說，氣喘吁吁，卻相當有禮貌。

第五章

金錢
L'Argent

一個月後，十一月初，世通銀行的裝潢尚未完工，木匠還在安裝細木護壁版，油漆工還在嵌糊覆蓋庭院的巨大玻璃屋頂。

薩卡不滿安裝廠商的斤斤計較，他嚴格要求一定要豪華，所以造成工程的延遲。為了滿足他追求的巨大夢想，他堅持不打掉牆壁，最後感到生氣，撒手不管，讓凱洛琳夫人去收拾善後，解僱承包商，她因此監督了最後幾個營業窗口的安裝工作。改建為中央大廳的庭院，被裝有鐵柵欄的樸實、威嚴的營業窗口所圍繞，上方懸掛著刻示黑色字母的美麗銅版。總之，地方雖然有點狹窄，但裝潢設計卻很順暢：一樓，設置和民眾息息相關的部門，如：各種不同的出納處、發行處、及銀行所有的一般作業部門；樓上，設置內部領導機制，如：管理、通信、會計、訴訟、和人事部門。在如此緊縮的空間裡，共有兩百多位職員在那兒活動。一進門，會讓人感到驚訝至極，即工人們在擁擠中，正完成釘子敲敲打打的同時，職員們收進金子扔落在錢缽之底發出的清脆聲響，這兒展現出正直廉潔的姿態，展現一個樸實無華的風格，隱約散發出教堂的神聖氣息，這種氣氛無疑來自潮濕陰暗的老府邸，以及隔壁庭園樹蔭覆蓋下的沉默。人們有闖進一間虔誠修道院的感覺。

一個下午，薩卡從證交所回來，看到裝潢結果感到相當驚訝，這安慰了沒像教堂一樣鑲金的遺憾，然後對凱洛琳夫人表達他的滿意。

「嗯，一開始就有模有樣，真不錯。有家的感覺，像一個真正的小教堂。日後，再看吧……謝謝，我的好朋友，自從您哥哥離開後，一切有勞您了。」

由於他有隨機應變的原則，為了擴展這房子的莊嚴樸素外貌，他動腦筋，要求職員們穿著年輕主祭的服裝，說話必須權衡音量，並以神職人員的嚴謹守密來做收納和付錢的工作。

在薩卡紛亂的生命裡，他從沒如此賣力工作過。一早，從七點起，在所有職員到來之前，甚至在辦公室佣人升起爐火之前，他已經在辦公室處理信件，回覆最緊急的文函。然後，一直到十一點，馬不停蹄地接待朋友、客戶、證券經紀人、場外經紀人、掮客，一整群為數可觀的金融界人士；還不算絡繹不絕來聽取指令的銀行部門主管。他自己稍一有空便站起來，到各個辦公室快速巡視，職員們都活在他突然出現的恐慌裡，他會不停地在不同時間出現。十一點時，他上樓去和凱洛琳夫人共用午餐，他大口吃、大口喝，以清瘦男人的自在，毫無不適之感；他充分利用在那兒的時間，一刻也不磋跎。因為，如他所言，這是他對好朋友告解的時候，也就是說，他利用此時請教她關於人、事的見解，經常不知不覺中利用了她的大智慧。中午，他外出去證交所，想提前到那兒看看、聊聊。此外，他並沒有公開下賭注，到那兒好像是自然而然，他確定能遇見他銀行的客戶。不過，他的影響力在那兒已經受到指指點點，他是以絕對勝利者的姿態進入，有數百萬給他做後盾。那些狡獪的人看著他，低聲交談，竊竊私議著許多離奇謠傳，並預言他未來的權勢。約三點半時，他總是打道回府，致力於枯燥乏味的簽名工作，他的手訓練有素地做著機械性的賽跑，他召見職員，給予答覆，解決事務，頭腦自由，說話自在，手不停地繼續簽字。直到六點鐘，他還接見訪客，結束一天的工作，準備明日的工作。而當他再上樓親近凱洛琳夫人時，是為了享受一頓比十一點鐘的午餐更豐盛的晚餐，尤其是上等的魚和野味，並依據當日工作滿意度，心血來潮地喝點勃艮第酒、波爾多酒、或香檳酒來搭配晚餐。

「瞧，我實在不理智！」他有時會大笑嚷嚷：「與其去追逐女人、社交圈、劇院，我卻待在這兒，像一個規矩的布爾喬亞人陪著您……您必須寫信告訴您哥哥這件事，好讓他安心。」

他並沒像他所說的安份守己，這期間，他曾對普浮（Bouffes）戲劇院的小歌女有過幻想；甚至有一天，他自己都忘了，輪到他在吉兒嫚·可兒家沒體驗到任何快感。事實上是那天夜晚，他實在是累壞了。此外，他活在一種熱烈想要成功的焦慮裡，導致他只要沒感受到主宰財富的勝利的話，對其它慾望的胃口，都呈現緊縮痲痺的狀態。

「唔！」凱洛琳夫人愉快的回答：「我哥哥一向理智，對他而言，理智是一種自然條件，而不是一項功績……我昨天寫信告訴他，我使您決定不再將會議室鍍金。這會讓他更加喜悅。」

於是，十一月初一個很冷的下午，當凱洛琳夫人正在交代油漆師傅只要清理大廳的油漆時，有人帶給她一張名片，並對她說，此人堅持非見她不可。這張名片，骯髒、粗劣地印著布希的名字。她不認識這名字，但還是下令讓他上來，在她哥哥的辦公室，她接見人的地方。

布希居然可以耐心等待將近六個月的漫長時間，而沒利用薩卡私生子一事大作文章，那是因為他揣測，這樣做的話只能從薩卡那兒抽取到給生母的六百法郎，而很難對薩卡勒索到更多的好處，例如一筆幾千法郎的數目。薩卡，鰥夫一個，無羈無絆，不懼醜聞，如何對他採取恐怖手段，逼他為這醜陋禮物付出昂貴的價格，這個在汙泥中長大，將來只能靠妓女賺錢，或是成為殺人犯的私生子呢？雖然，辣媚千辛苦列出大約六千法郎的大帳單：借給她堂妹，孩子的娘，蘿莎莉．夏瓦怡，幾個二十蘇硬幣，以及她生病時的醫藥費，過世時的安葬費，和墳墓的維護費，最後還有她為維克多自己，從他變成她的負擔之後，所有吃的、穿的、一大堆有的沒的開銷。但如果薩卡毫無父子情義的話，他很可能會打發他們走；因為這世上毫無確鑿證據可證明這段父子關係，除了孩子長得和他一模一樣外；若他沒引用法律具體規定的話，他們從他那兒只能抽取到幾張鈔票而已。

此外，布希如此遲疑，是因為他剛在因肺癆而臥病在床的弟弟席濟孟身邊，焦慮了好幾個禮拜。尤其十五天以來，他居然完全忽視薩卡這場可怕交易的謠傳，完全忘了追循上千條錯綜複雜的線索，不再出現在證交所，不再追捕一個欠債的人，不再離開病人的床頭，像個母親似地看護、照料、和梳洗。他從一個下流卑鄙的吝嗇鬼變成慷慨解囊的回頭浪子，他召請巴黎最好的醫生，使用藥劑師最有效、最昂貴的藥；醫生們禁止席濟孟做所有的工作，但席濟孟頑固得很，所以哥哥就藏起他的紙張和書，兄弟倆鬥起智來。一旦看護累壞睡著了，被汗水浸濕，被高燒吞噬的年輕人便找來一隻鉛筆，利用報紙側邊重新計算起來，依據他正義的夢想分配財富，確保每個人的生命和幸福的額度。當布希醒來時更生氣，因為看到席濟孟病得更厲害，對他所付出的心血，以及尚存的微弱幻想感到心碎。布希允許他在身體康復時繼續玩這些蠢事，如同承諾給孩子一個玩偶；但如果用這種方式殘害自己，實在愚蠢至極！最後，因他對哥哥的愛，席濟孟同意乖乖休息，終於恢復一點力氣，開始可以起身了。

布希重新投入工作，宣布薩卡的事必須清算，尤其薩卡重新征服了證交所，再度變成無可爭議有清償能力的人。辣媚千太太被他派到聖拉扎爾街來探聽，她的報告極有用。此時，他還猶豫是否要正面攻擊薩卡，他邊等待時機，邊思考用哪個策略來擊敗他。當辣媚千脫口說出凱洛琳夫人時，這持家的女士，地方上所有供應商都對他提起她，而啟動了他的新作戰計畫。意外地，是否這位女士才是真正握有錢櫃和打開薩卡內心鑰匙的女主人呢？布希經常相當順應他的靈感和突如其來的想法，單憑他的嗅覺指示，出發獵捕，抽絲剝繭，一一確定解決事項，再做了斷。因此他決定前往聖拉扎爾街，為了一瞧凱洛琳夫人。

樓上的圖樣室裡，凱洛琳夫人驚訝地看著眼前這位不修邊幅的胖男人，骯髒的扁平臉，鬍子沒刮好，穿著一件油膩、繫上白領帶的邋遢禮服。布希自己也正搜尋她的靈魂深處，覺得她正如他所想像，如此高挑、如此健康，有令人讚賞的白頭髮，喜悅溫柔地照亮她永保青春的面容；而他尤其對她有點厚道的嘴感到印象深刻，是如此善良的表情，以致他立刻決定說：

「夫人，」他說：「我希望和薩卡先生談話，但有人剛回答我他不在……」

他撒謊，他甚至沒問，因為他很清楚他不在，他已經偷偷觀察薩卡出門去證交所了。

「於是我冒昧求見您，其實心底寧願和您說話，我知道自己是在和誰說話……這牽涉到如此嚴重、敏感的話題……」

凱洛琳夫人並沒請他坐下，直到那時，才指給他一張椅子，擔憂急促說：

「說吧，先生，我聽您說。」

布希小心拉起他的禮服下擺，似乎擔心弄髒，裝出一副他知道她和薩卡睡過覺的模樣。

「是這樣的，夫人，這令人難以啟齒，我對您承認，最後一刻我還自問，來對您吐露這樣的隱情，是否正確……我希望您了解，我來這裡只是為了讓薩卡先生彌補從前犯下的錯……」

她比手勢，叫他簡單扼要地講，她已經了解對方是何等人物，希望省略沒用的廢話。於是，他就不堅持那些客套話，開始敘述往事，蘿莎莉在豎琴街被誘，薩卡消失之後，孩子出生，母親死於放蕩荒淫裡，而維克多被交給一位表姐照料，太忙碌而管教不週，被推向卑鄙下流的環境中。她聽著，起初對這意料之外的故事感到驚訝，因為她自以為這涉及到不法的金錢事件；而顯然地，她內心軟了下來，對於這位母親的悲慘命運和被遺棄孤兒的感動，在她無法生育的母性裡，深深地翻攪著。

「但，」她說：「您確定嗎，先生，您所告訴我的事？……這類故事，可是需要強有力的絕對證據。」

他微笑。

「噢！夫人，有個相當明顯的證據，孩子非常罕見的酷似……然後，日期會說話，完全符合直到最後的事實證明。」

她發抖，而他觀察她。一陣沉默之後，他接著說：

「您現在了解，夫人，直接找薩卡先生談，會讓我有多尷尬！我在這件事裡沒任何利益，我只是以辣媚千表姐的名義而來，一個偶然機會讓我們找到父親的蹤跡；因為，我很榮幸告訴您，給不幸蘿莎莉的那十二張五十法郎鈔票，是以席卡度之名簽字，我無法允許自己去判斷或寬恕這件事，上帝啊！在巴黎這可怕的生活裡。不是嗎？薩卡先生可能對我的介入會產生誤會……於是我靈機一動，先來看您，夫人，接下來事情的進展，完全靠您了，我知道您對薩卡先生是如何的關心……就這樣！您知道我們的祕密，您認為我應該等他，今天就全盤告知他嗎？」

凱洛琳夫人情緒激動起來。

「不，不，晚點。」

但她自己也不知道該怎麼處理這奇怪的祕密。他繼續打量她，很滿意這個女士的極端敏感，完全在他的計畫之中，相信日後可從她那兒抽取到比一毛不拔的薩卡更多的利益。

「只是，」他喃喃說：「必須作決定呀。」

「那麼，我去……是的，我這就去舊城，看看這位辣媚千太太和孩子……這會比較好，讓我先去瞭解事情一下。」

她左思右想，剛決定：先不跟父親談，等自己仔細調查後，若被說服的話，再告訴他。她在這兒不正是為了要看守他的房子，讓他安心嗎？

「不幸的是，這很急，」布希將她步步帶到他設下的陷阱，又說：「可憐的孩子正受著苦，他處在水深火熱的環境裡。」

她站起來。

「我戴個帽子，立刻就去。」

她回來時，他離開他的椅子，漫不經心地說：

「我沒告訴您有個小數目要付。扶養孩子是有代價的，這是天經地義的事；而且還有借債，母親活著時……哦！我，事實上我不知道，我一點也不想承擔，所有的文件都在那兒。」

「行！我去看。」

而他一副自己也心軟的樣子。

「啊！夫人，您知道我在生意場上見過許多千奇百怪的事！最正直的人日後往往為他們曾經歷的激情所苦惱，或，更糟的是，為他們父母的狂熱……對此，我可引用一個例子；您不幸的鄰居，博威立業這些女士們……」

他突然靠向窗去，好奇的眼神熱烈望向隔壁的庭園。無疑地，自從他進來後，就醞釀了這項偵查行動，熟悉他的戰場。從旺多姆捎來的訊息，伯爵曾簽署一萬法郎的債權給蕾歐妮・柯容姑娘，這確認了他所猜測到豔史的來龍去脈：被誘惑的女孩，身無分文，伯爵死時，她帶著沒用的破舊文件，來到巴黎，最後把文件抵押給放高利貸的夏丕冶，換取了也許五十法郎吧。只是，縱然他立刻找到博威立業的家人，但六個月以來，辣媚千踏遍巴黎，就是找不到蕾歐妮的蹤跡。她曾在一個法政執行員的家當女僕，他跟蹤她到過三個地方；然後，她因為行為不檢而被趕走，後來就消失不見，他搜索巴黎所有地區，都找不到人影。如果他沒有拿這個女孩的醜聞來要挾的話，他就完全不能威脅到伯爵夫人，這會讓他更加不痛快。但他沒有因此而減少對此事的關注，他幸福地站在窗前，徹底看清楚府邸的庭園，因為到目前為止，他只看過座落於街上的正門。

「這些女士是否也受到某些煩擾威脅？」凱洛琳夫人同情不安地問。

他假裝清白。

「不，我不認為……我只能說伯爵的不良行為，留給她們悲哀的處境……是的，我有朋友在旺多姆，我知道他們的故事。」

他終於決定離開窗戶，在他偽裝的同情中，他突然怪異地想到自己。

「況且，只是損失錢也就罷了！一旦這個家庭受到死亡的威脅……」

這一次，真正的眼淚浸濕了他的眼睛，他剛想到他的弟弟，便哽咽起來。凱洛琳夫人以為他最近失去家人，但礙於私密，她沒問。直到那時，凱洛琳夫人並沒弄錯這個人是做下流卑鄙的工作，他引起她的反感；而這些突然流下的眼淚，讓她更確定是最佳的演技：她想立刻衝去拿波里舊城的慾望愈來愈強。

「夫人，一切就靠您了。」

「我一會兒就去。」

一個小時後，凱洛琳夫人的馬車在蒙馬特山丘後迷路，因為找不到舊城。終於，在一條連接麻喀垤街（Rue Marcadet）的冷清街道上，遇到一位老婆婆給馬車伕指路。這是一條像鄉村小路的入口，路上坑坑窪窪，被汙泥和垃圾堵塞，深陷在一塊荒地之中；仔細一瞧，就只發現用泥土、舊木塊、和老鋅版蓋成的悲慘建築，好似一堆殘磚碎瓦排列在內院的四周。街上，有棟礫石建造的一層樓房，但這棟房滿佈衰敗和令人厭惡的汙垢，像是監獄的入口。實際上，辣媚千太太就住在那兒，她是一個提高警覺的房東，不停地窺伺，親自剝削著她那一小群饑餓的房客。

凱洛琳夫人一下馬車，就看到辣媚千太太出現在門檻，她塊頭高大，喉嚨和肚子凸出在一件老舊的藍色絲織衫裙外，磨損的皺褶，針腳迸裂，臉頰如此浮腫，如此紅潤，以致小小的鼻子消失其中，好似在兩堆熾熱炭火中煎熬著。她猶豫，感覺很不自在，此時響起非常溫柔的聲音，如田野誘鳥笛的刺耳魅力，讓她安心。

「啊！夫人，是布希先生送您來的嗎，您來是為了小維克多呀……請進，請進。是的，這兒正是拿波里舊城。街道沒規劃，我們還沒有門牌號碼……請進，咱們得好好地先聊一聊。天呀！多煩人，多悲哀呀！」

凱洛琳夫人接受一張墊子漏了草的椅子，在黑暗油膩的餐廳裡，有個紅色火爐維持著室溫和窒息的味道。辣媚千覺得來訪者能夠在此刻找到她，很走運，因為她在巴黎有這麼多的事要辦，六點以前是不會回來的。凱洛琳夫人打斷她的話。

「對不起，太太，我是為了這可憐的孩子而來。」

「當然，夫人，我叫他來給您看……您知道他的母親是我的表妹。啊！我可以說是仁盡義至……喏，文件在這兒，帳目在這兒。」

她從餐櫥抽出一份文件，如同經紀人買賣一般，井井有條地歸納在一個藍色卷宗夾。她叨叨絮絮地提起可憐的蘿莎莉：無疑地，她骯髒粗俗地結束一生，和第一位來到的男人離去，消失八天後，醉醺醺、血斑斑地回來；只是必須了解的是，因為那日，她在樓梯，被孩子的父親佔有，以致肩膀脫臼；但之前，她可是一位優秀的女工；後來她的殘廢，使她必須在巴黎中央菜市場賣檸檬，無法讓她好好地過日子。

「您瞧，夫人，這些是我借給她所有的二十蘇、四十蘇。日期都在這兒：六月二十日，二十蘇；六月二十七日，又二十蘇；七月三日，四十蘇。而，瞧！這段期間她應該生病了，因為這兒有老借個沒完沒了的四十蘇……而且，我還要給維克多買穿的、吃的，我在給孩子的所有開銷前標上V字……還不算蘿莎莉生病時所花的費用，噢！骯髒不堪，一個腐爛透了的病，這一切負擔完完全全落在我身上。唷，瞧，我每個月記上五十法郎，這很合理。父親很有錢，他大可每個月為他的兒子付五十法郎……最後，總共是五千四百〇三法郎；假如再加上六百法郎的票據，金額總達六千法郎……是的，以上總共六千法郎！」

儘管這裡作嘔的氣味讓她臉色發白，凱洛琳夫人仍仔細考慮。

「但借據不歸您，是屬於孩子的。」

「喲！對不起，」辣媚千又刺耳地說：「這上頭，我都先預付了錢，為了給蘿莎莉方便，我先貼現給她，您看看後頭我的背書……我還很客氣沒要求利息呢……想一想，我的好夫人，不會有人要讓像我這樣一個可憐的女人損失一蘇錢吧。」

在好夫人不耐煩地揮了揮手接受這筆帳後，她冷靜下來，重拾起笛子般的細音說：

「現在，我去叫人找維克多來。」

但她派去的三個晃蕩小毛頭，一個個徒然回來站在門檻，擺出無可奈何的手勢：一致確認維克多拒絕前來，三個小毛頭之一甚至轉告一個髒字來概括一切。於是，她跑去要擰他的耳朵。但幾經考慮，她又獨自回來，覺得亮出他極端恐怖的樣子，無疑是好的。

「假如夫人願意，請勞駕跟我來。」

而她邊走邊轉述，她丈夫從一個叔叔那兒聽來，有關拿波里舊城的點點滴滴。她這丈夫應該死了，沒人認識他，而她從來也不提，只在解釋她的產業來源時才會提到。她說這產業是一樁要命的買賣，因為她從中獲得的麻煩比利益還多，尤其自從警署找上她後，不斷派監察員來要求修復和改善，說是人們住在她家會像蒼蠅般死掉。此外，她拒絕花任何一毛錢。因為人們該不會在不久的將來，要求她在每週兩法郎的出租房，裝上玻璃煙囪。啊！她所沒提的是她強收房租的貪婪手段，一旦沒先付她的兩法郎，她就自個兒當起警察，把人先趕到街上。她是如此令人畏懼，以致連無家可歸的乞丐也不敢睡在她的牆腳下。

凱洛琳夫人心頭緊縮地檢視死巷，荒蕪的土地，被挖的坑坑洞洞，垃圾堆積成一片骯髒。人們全將垃圾往那兒丟，既沒挖坑、也沒排污水的滲井，這是一處不斷延伸擴大的垃圾場，使空氣發出陣陣惡臭；幸虧天涼，否則在大太陽下，瘟疫會蔓延開來。她的腳步小心翼翼，試著避免踏在蔬菜和骨頭殘骸上，眼光游移在兩旁住家，各式各樣無名的簡陋污穢住所，坍塌一半的底樓，用最混雜的材質來加固的廢墟破房。好幾間只以塗柏油的紙板來覆蓋。很多房子沒有門，讓人瞥見黝黑的地窖，從那兒散發出令人作嘔的悲慘氣息。有些家庭是八到十人擠在這些公墓裡，甚至沒有一張床，男人、女人、小孩成堆，所有人猶如變質的水果，漸漸腐爛，打從童年起就被最可怕的混亂雜交所侵蝕，把自己交給本能的淫蕩。還有成群的小鬼頭，蒼白消瘦，被淋巴腺結核和遺傳性梅毒所吞噬，不斷地充斥在死巷，可憐兮兮地生長在這貧困和蟲蛀的蘑菇上，在一個偶然的擁抱裡，不確定哪一位才是真正的父親。當傷寒或天花流行病吹刮時，它會一下子將舊城一半人都掃到墓地。

「所以我跟您解釋，夫人，」辣媚千又說：「眼前維克多沒有太好的榜樣，如果他母親還在世，現在正是考慮讓他受教育的時候，因為他剛滿十二歲⋯⋯，不是嗎？他看到了很不恰當的事，當她醉醺醺，帶男人回家時，想必他母親毫無顧忌，而這一切全都發生在維克多的眼前⋯⋯接著，我沒時間盯著他，因為我在巴黎有工作要忙。他一整天都在巴黎的舊城牆附近遊蕩。有兩次，我去保他出來，因為他偷竊，哦！只是蠢事一樁。只要他有空，就去和女孩子們鬼混，像他母親在他面前做過那麼多次的事一樣。就這些，您將看到他，十二歲，已經是個男人了⋯⋯最後，為了讓他多少做一點事，我把他交給娥拉俐大媽，一個在蒙馬特挑籮筐賣菜的女人。他陪她到巴黎中央菜市場，他幫她提籮筐。不幸的是，此時她的大腿長了膿瘡⋯⋯哎，我們到了，夫人，請進。」

凱洛琳夫人嚇得倒退一步。這是在死巷之底，垃圾街壘後方最惡臭的一個洞，被輾壓在地裡的一間破房，好似被幾塊板子端頭支撐住的一堆瓦礫。沒有窗戶，為了有光線，一扇加襯薄鋅版的老舊玻璃門必須一直開著，而可怕的冷風會吹進來。在一個角落，她看到一張草褥墊被丟在堅硬的地上。看不出有任何其它家具，亂七八糟破裂的酒桶、被拔除的格子架、半腐爛的簍筐，通通被用來充當椅子和桌子。濕黏黏的堵牆在滲漏，黑黝黝的天花板有一道裂痕，綠色的縫隙，讓雨水流進來，直到褥墊腳下。而味道，尤其恐怖的味道，人類的卑鄙下流都表現在極端的貧困裡。

「娥拉俐大媽，」辣媚千大叫：「這位夫人，專程為維克多來的⋯⋯到底怎麼了，這頑童，叫他，還不來？」

褥墊上竄動著一團不成形的肉，藏在一條當作床單的老印花破棉布裡；凱洛琳夫人辨識出那是一個四十歲的女人，全裸包在裡頭，沒襯衣，像一只半空的羊皮袋，她是多麼地軟弱且摻合著皺紋。頭並不難看，還新鮮，被繾捲的金髮給框住。

「啊！」她唉聲嘆氣：「讓她進來，如果這是為我們好，因為老天實在不能再這樣繼續下去呀！……一想到，夫人，我已經十五天無法起身，因為這些在我大腿上爛成洞的骯髒大膿瘡！……當然，一毛錢也沒了。不可能繼續做生意。我有兩件襯衣，維克多拿去賣掉；而我相信，今晚，我們將餓得嗑嗑響。」

然後，提高聲音說：

「這蠢才，真是的！出來呀，小子……夫人不想害你。」

當看到一袋東西從籮筐裡豎立，凱洛琳夫人嚇了一跳，她還以為是一堆破舊衣衫。這是維克多，穿著破破爛爛的長褲和一件麻布袋，從布袋洞露出他赤裸的身體。他整個人站在從門透進來的光亮裡，她被他和薩卡的極端相似嚇得目瞪口呆。她所有的懷疑都煙消雲散，無法否認這兩個人的父子關係。

「我不想，我，」他宣稱：「別拿上學來煩我。」

她一直看著他，心裡愈來愈不安。在這驚人的相似裡，這男孩令人擔憂，他一邊的臉比另一邊大，鼻子歪扭到右邊，頭像是他母親在台階上被擠壓、強暴而孕育成形。此外，依他的年齡，他發育得出奇成熟，不算太高、矮壯、十二歲已經毛茸茸，像一隻早熟的野獸。放肆貪婪的雙眼，耽於肉慾的嘴，是個十足的男人。在這大童年裡，尚如此純潔的臉色，在某些女孩子的私密處廝混，這男子氣概，如此唐突地茁壯成長，令人感到侷促不安、驚慌、和極端恐怖。

「學校讓您這麼害怕，我的小朋友？」凱洛琳夫人最後說：「您去那兒會比留在這兒好多了……您睡在哪兒？」

他用手比了褥墊。

「那兒，和她。」

被這直率的回答感到不快，娥拉俐大媽激動，試圖辯解。

「我給他弄了一張床和一個小床墊；但卻必須賣掉……當一切都賣完的時候，我們得盡可能地躺下來睡，不是嗎？」

辣媚千覺得應該介入，雖然她一點也不知道發生了什麼事。

「這總是不恰當，娥拉俐……而你，小鬼頭，你應該來我家睡覺，而不是和她睡一塊兒。」

但維克多用他短而壯的腿站立著，在他的男性早熟裡自鳴得意。

「為什麼，她是我的女人！」

於是，娥拉俐大媽，躺臥在她軟趴趴的脂肪裡，決定大笑，努力拯救這可憎的行為，她用開玩笑的口吻說話，而一個溫柔讚賞從她內心刺穿而出。

「哦！當然我沒把我的女兒托付給他，如果我有女兒的話……這是一個真正的小男人。」

凱洛琳夫人，在令人不舒服的噁心裡輕微發抖，心裡很悲傷。什麼？這十二歲的小男孩，這小魔頭，和這位四十歲被蹂躪、病懨懨的女人，在這淫穢不堪的褥墊上，在這些碎片和臭氣熏天之中！啊！悲慘，讓一切毀滅和腐敗！

她留下二十法郎就離去，再回到房東家避難，決定要和這一位女士明確商討。面對這般遺棄，她心中生出就業慈善機構的主意：就業慈善機構不正是為這般弱勢人群，致力於以衛生和傳授職業技能，使悲慘孩童能夠再生而成立的嗎？必須儘快讓維克多脫離這個垃圾坑，安頓在就業慈善機構，讓他重新生存。她激動得發抖。在這決定裡，她產生女人的細膩貼心：什麼都還不要跟薩卡說，等把魔鬼變得有教養一點，再展現在他面前；因為她感到這使人厭惡的兒子，對薩卡而言，如同是個恥辱，她將為他可能產生的恥辱而感到痛苦。無疑地幾個月就夠了，之後再說，她對自己的善舉感到喜悅。

辣媚千難以理解。

「天啊，夫人，隨您的意……只是，我立刻要我的六千法郎。如果沒有我的六千法郎，維克多留在我家不動。」

這要求讓凱洛琳夫人失望。她沒有這筆錢，自然不想向孩子的父親要。她懇求商量，但辣媚千拒絕。

「不，不！假如人質沒了，我就沒指望收回錢，這我可明白的很。」

最後，辣媚千看這麼一大筆錢，她可能什麼也拿不到，於是就開始降價。

「那麼，立刻給我兩千法郎。其餘的，我等。」

但凱洛琳夫人仍然很尷尬，她自問上哪兒去籌這兩千法郎，突然想到去找儁興幫忙。她不想多談，他將同意保守祕密，也不會拒絕先付這麼丁點錢，而且薩卡應該會還給他。於是凱洛琳夫人離開，宣稱她隔天再回來接維克多。

這時候才五點鐘，她焦急地想處理好這件事情，再度登上她的出租馬車，立刻將儁興的住址給馬車伕，皇后大道。當她到達時，侍僕告訴她儁興先生正在梳洗，但他還是會去通報。

她在客廳等待的時候，幾乎感到窒息。這是一棟裝飾豪華精緻的舒適小宅邸，帷幔和地毯在整個裝潢中讓人感覺很揮霍、奢侈；而在溫和寂靜的房間裡，散發出淡淡的龍涎香味道。雖然這裡沒有女主人，但顯得美麗、溫柔和隱秘；這位年輕的鰥夫因為妻子的死而致富，他按照自己的意思安排好自己的生活，就像一個習於獨身的男孩，對於想要再來分享他的生活的女人，他則是關起大門。這些生活的享受，是來自一個女人的恩惠，他不想另一個女人來破壞它。對於墮落的生活，他已經醒悟，但就像被醫生禁止吃甜食一樣，偶爾還會偷吃、放縱一下。他很久以前就放棄進入國務院的念頭，他甚至不再賽馬，馬像女孩一樣地讓他厭煩。他獨居，無所事事，十足幸福，優雅且謹慎地花用他的財富，以前他是靠妻子供養的男人，現在卻是一個莊重的男人。

「請夫人跟我來，」侍僕再回來說：「先生馬上在他的房裡接見您。」

自從每一次僞興去父親家吃晚餐，見到身為忠實女管家的凱洛琳夫人後，他們之間就似乎存在著一層家庭關係。進到房裡，她發現窗簾緊閉，壁爐和獨腳小圓桌上燃燒著六支蠟燭，火焰靜靜地照亮這如絨、如絲的窩，一間看起來像是美女的溫柔鄉，有深沈的坐椅，寬敞的大床，及充滿羽毛般的奢侈裝飾。這是僞興心愛的房間，他竭盡精緻講究，珍貴的家具和小擺設，上個世紀的奇珍異寶，這一切都融合在房間理，前所未見的協調裝飾。

盥洗室的門大開，僞興出現，說：

「怎麼了，出了什麼事？……爸爸沒死吧？」

他剛從浴室出來，穿一件白色法蘭絨的優雅服裝，清新的肌膚散發出香氣，像女孩般的漂亮頭髮，沒什麼表情的臉上有對藍色清澈的眼睛，他已經累了。從浴室的門那兒，還可以聽見水龍頭滴落在澡盆的嗒嗒聲，在溫水的柔和裡，冒出一股強烈的花香味來。

「不，不，沒這麼嚴重，」她回答，這平靜的玩笑語調讓她感到不自在：「我要告訴您的事，卻讓我感到有點尷尬……請原諒我這麼冒昧地來到您家……」

「這是真的，我要上城裡吃晚餐，但我還有穿衣服的時間……瞧，有何貴事？」

他等著她說，而她則猶豫不決，結結巴巴的，她被從周遭感受到的奢華、追求享樂的講究所震懾，懦弱地再也找不回她要訴說的勇氣。這可能嗎？一個偶然出生的孩子，生存在如此艱困的拿波里舊城的垃圾堆裡；凸顯出生在優渥中的這一位，是如此的揮霍無度？一方是這麼的無知骯髒、饑餓、及無可避免的下流墮落；另一方卻是這麼講究細緻、豐沛，美麗的人生！金錢就是教育、健康和智慧嗎？假如將相同的人類污泥留在下方，而上方的人類活的自在，難道這就是文明嗎？

「天啊！此事說來話長。但我想把這件事告訴您是對的……此外，我被迫如此，我需要您的幫助。」

僞興聽她說，先是站著；然後，在她前方坐下，兩條腿甚至因為感到詫異而顫抖。當她住口時：

「什麼！什麼！我不是唯一的兒子，如今沒先打聲招呼，就從天而降一個可憎的小弟！」

她認為他是個謀求私利者，這影射到財產繼承問題。

「噢！爸爸的繼承！」

他做出一個諷刺、毫不在乎，她不懂的手勢。什麼？他想說什麼？他不相信他繼承父親確鑿財富的優勢居然有可能消失？

「不，不，我的事已定，我不需要任何人……只是，這實在太可笑，這件事的出現，讓我忍不住想笑。」

他果真大笑，但惱火，隱約擔憂，只想到他自己，還沒有時間檢視這命運會給他帶來什麼樣的好處或害處。他感到自己被撇在一旁，開始粗暴地脫口說出一句話。

「事實上，我不在乎，我！」

他站起來，進入盥洗室，拿一支刮鱗片的磨光器立刻再回來，輕輕地磨指甲。

「您打算怎麼處理，您的魔鬼？我們不能把他放到巴士底，像鐵面具一樣。」

她於是說起辣媚千的帳，解釋她想將維克多引進就業慈善機構的意念，並向他要求兩千法郎。

「我還不想讓您父親知道這件事，只有求您幫忙，您必須給我這筆預付款。」

但他直截了斷拒絕。

「給爸爸，死也不給！一毛錢也不給！……聽好，這是一個誓言，爸爸如果需要一毛錢過橋，我也不會借給他……懂了吧！這其中有太多的愚蠢之事，我不想自討沒趣！」

再一次，她看他，被他含沙射影的醜事感到侷促不安。在這激動時刻，她既沒慾望也沒時間和他閒聊。

「但，如果是我，」她以生硬的聲音又問：「您會借給我嗎，這兩千法郎？」

「對您，對您……」

他優雅輕柔地繼續磨他的指甲，以清澈的眼睛一直檢視著她，直到搜索進女人的心坎裡。

「給您，當然，我很願意……您是一位講信用的人，您會把錢還給我。」

然後，他從一件小家具找出兩張鈔票，牽起她的手交給她，並以親切喜悅的姿態，片刻握住她的手，像前妻的兒子對後母示好一樣。

「您對爸爸抱有幻想，您！……噢！別否認，我不過問您的事……女人呀，真是奇怪，有時效勞是一種消遣；當然，從她們尋覓到的快樂中去享受是對的……無論如何，如果有一天您沒得到善報，來看我，咱們聊聊。」

當凱洛琳夫人再回到她的出租馬車時，還對小宅邸的柔軟溫柔及滲透進她衣服的天芥菜香味感到窒息，她像是從一個令人可疑的地方出來似地哆嗦，也對這些漠不關心、兒子對父親開的玩笑感到驚恐，這加深了她對不可告人往事的懷疑。但她什麼也不想知道，她有錢，她得冷靜下來策劃明日行程，以便晚上就可將孩子從他的腐敗墮落裡拯救出來。

於是，一早，她就開始奔走，為了確定她的被保護人能獲得就業慈善機構的允許，她有各式各樣的手續要辦。此外，她的督察顧問秘書職位，由創辦人歐威鐸公主召集十位上流社會女士組成，方便她辦理這些手續；下午，只要去拿波里舊城找維克多就成了。她帶著合宜的衣服前往，內心其實很擔心孩子將反對而抵抗，他不想聽到有人提起學校的事。但她寄了一封快函給等待她的辣媚千，辣媚千在門檻就告訴她一個讓她自己也震驚的消息：夜裡，娥拉俐大媽突然死亡，醫生說不上死因為何，也許充血，某種敗血的蹂躪；而讓她驚嚇的是，男孩和她睡在一起，在漆黑裡，沒發現死亡，只覺得靠著他的她，變得完全冰冷。他到房東家度完下半夜，對此悲劇的遲鈍，心有餘悸，任憑人家幫他穿衣服，而他一想到將住在有漂亮花園的房子時，顯得開心。這兒再也沒有什麼能牽絆住他，如他所說，胖媽將腐爛在洞裡。

此時，辣媚千寫給她兩千法郎的收據，附加條件說：

「一言為定，不是嗎？六個月內，付清六千法郎……否則，我就去找薩卡先生追討。」

「但，」凱洛琳夫人說：「是薩卡先生本人將付您錢……今天，我只是代他付。」

維克多和老表姐的永別一點也不溫馨：匆匆髮上一吻，小孩就急於登上馬車，至於她，被布希責罵只收到部分款額就放人，看到她的人質如此從她手中脫逃，繼續沈悶地咀嚼她的煩擾。

「最後，夫人，對我老實點，否則我發誓，會讓您後悔莫及。」

從拿波里舊城到就業慈善機構，車行碧諾大道，途中凱洛琳夫人只從維克多口中拔出幾個單音字，他發亮的眼睛急著參觀寬敞大道、行人、和豪宅。他不會寫字，勉強識讀，總是逃學溜到巴黎舊城牆遺址去放蕩；從他這個太早熟的孩子臉上，只露出如他此輩人的惱怒胃口，一個匆促

一個享樂的暴力，被悲慘的土壤和可憎的例子所帶壞，他就是生長在這樣的環境裡。碧諾大道，讓他青春野獸的眼睛更加閃爍，下了馬車，穿越中央庭院，庭院左右兩側分別是屬於男孩和女孩的大樓。他已經用眼神搜索了種有高大樹木帶棚頂的寬敞操場，廚房上了彩釉，打開的窗戶散發出肉香，餐廳點綴著大理石，高高深深地像小教堂的中殿，所有這皇家似的氣派，都是公主執意恢復重建，想歸還給窮人。接著，來到底端，建築物主體裡是行政中心，從一個部門到另一個部門，用一般的手續就可申請入住許可，沿著巨大走廊、寬敞樓梯，他聽到新鞋響起的聲音，空氣和光線充分暢通，瀰漫在宮殿的裝潢裡。他的鼻孔輕輕聳動，所有這一切將屬於他。

而，為了一張文件的簽署，凱洛琳夫人再下去一樓，讓他跟隨著到一條新走廊，她帶他來到一扇玻璃門前，他看到工作坊內跟他同年齡的男孩，站在工作檯前，學習木雕。

「您瞧，我的小朋友，」她說：「他們在這兒工作，如果想過好日子又幸福的話，就必須工作……晚上有學習課，而我希望您將乖乖的，並好好地學習……這是您將決定您的未來，一個您從來夢想不到的未來。」

一道陰沈皺褶截斷了維克多的前額。他沒回答，而他幼狼的眼睛不再投向這鋪張揮霍的奢華，卻改以貪婪搶匪的斜眼目光：擁有這一切，但什麼也不做；征服它，飽食享受，以利爪和尖牙的力量。從那時起，他在那兒不再只是憤慨造反，而是夢想偷竊脫逃的被監禁的囚犯。

「現在，事情全辦妥了，」凱洛琳夫人又說：「我們上樓去浴室。」

每個新來的寄膳宿者，進住時，依慣例要先洗個澡；而浴缸在樓上，緊靠著護健室的一間小房，毗鄰洗衣、燙衣間的護健室，本身由兩間小宿舍組成，一間給男孩，另一間給女孩，由六位修女管理。在這設備極好的洗衣、燙衣間裡，全採用上漆槭木，三層深深的大衣廚，與護健室同一樣式，以一種明亮，無瑕白皙，健康似地愉悅和乾淨。督察顧問女士們經常下午也來個一小時，不是為了督察，而比較是奉獻她們的忠誠，支持機構的慈善。

正巧，博威立業伯爵夫人和她的女兒愛麗絲今天在那兒，在隔開兩間宿舍的護健室廳裡。經常，為了排解愛麗絲的煩憂，並給予她佈施的喜悅，母親如此帶著女兒來。這一天，愛麗絲幫一位修女塗果醬，給兩位正在康復，被允許嚐食的小女孩。

「啊！」伯爵夫人看到剛坐下，等待洗澡的維克多，說：「來了一位新人。」照慣例，她和凱洛琳夫人應該保持拘謹的禮數，只對她點頭致意，從來不說一句話，也許擔心和她過於親密。但這一位帶來由她照顧的這個男孩，樣子積極善良，無疑地感動了伯爵夫人，讓她走出她的矜持，而低聲與凱洛琳夫人交談。

「夫人，您不會知道我剛從哪個地獄把他拉出來！我把他託給您管教，如同託給所有這些女士和所有這些男士管教一樣。」

「他有父母嗎？您認識他們嗎？」

「不，他的母親過世了……他只有我。」

「可憐的孩子！……啊！真是悲慘！」

此時，維克多的眼睛沒離開過塗上果醬的麵包。他的眼神以一種貪婪的兇惡在發光；而順著這塗抹果醬的刀子，往上看到愛麗絲纖細的白手，她太瘦的頸子，直到她整個人，因婚事的磋跎，徒然等待，而消瘦的孱弱處女。假如此刻與她獨處的話，就一頭撞進她肚子裡，猶如將她仍到牆邊打轉，為了從她那兒奪取塗抹果醬的麵包！少女發現到他貪吃的眼光，瞥眼看修女，問：

「您餓嗎，我的小朋友？」

「餓。」

「而您不討厭果醬？」

「不。」

「那麼，行，等您洗完澡後出來，我給您塗兩片果醬麵包？」

「好。」

「很多的果醬塗在不多的麵包上，是不是？」

「是。」

她大笑，開玩笑，但他一臉認真且鄂愣，以他食人魔的眼睛吃著她，她和她的好東西。

此時，突然出現歡呼的喧鬧聲，男孩子從帶棚頂的操場衝上來，那是四點鐘的課間自由活動。工作坊空無一人，寄膳宿者有半小時可吃點心和做些伸展活動。

「您瞧，」凱洛琳夫人帶他靠近一扇窗，又說：「如果工作的話，也可以玩……您喜歡工作嗎？」

「不。」

「但您愛玩？」

「是。」

「那麼，如果您想玩的話，就必須工作……一切會上軌道，您將變得理智，我相信。」

他不回答。看到被釋放的同伴們跳著、叫著，喜悅的火焰燙燒他的臉龐；而他的眼光再回到少女塗好放在盤子上的果醬麵包。是呀！自由、享樂，一直不斷，他不想要別的東西。他的洗澡水準備好了，有人來帶走他。

「我認為，這位小先生不好相處，」修女輕柔地說：「當他的臉色不安份時，我得小心提防。」

「然而，這一位並不醜，」愛麗絲喃喃說：「看他瞧您的神態，我覺得他有十八歲的模樣。」

「這是真的，」凱洛琳夫人輕輕哆嗦，下結論說：「依他的年齡而言，他太早熟。」

離開前，女士們想給自己喜悅，去看兩位康復期的小女孩吃她們塗的果醬麵包。有一位十歲金髮小女孩特別有意思，已經展現智者的眼神、女人的姿態、早熟的肌膚、和巴黎郊區工人的苦惱。此外，這是共同的故事：酗酒父親帶著從街上撿來的情婦們出現，再和其中一位消失；淪落在酒精裡的母親，結交一個又一個男人；而小女孩，在這裡頭，當所有這些男人沒試著強暴她時，則被他們毒打。某天早上，母親把她從一個前夜被她帶回家的泥瓦工懷裡拉出來。人們允許這位悲慘的母親來看她的孩子，因為這是她懇求人們，從她熾熱母愛的齷齪看管裡帶走她。而母親確切地在那兒，一個遭受蹂躪的瘦黃女人，被淚水灼燙的眼皮，坐在白色床邊，床上有她的女孩，乾乾淨淨地，背靠著枕頭，乖乖吃她的果醬麵包。

她曾去薩卡家求助，因而認出凱洛琳夫人。

「啊！夫人，我可憐的瑪德蓮再一次得救。她血液裡流著我們所有人的不幸，您瞧，醫生曾清楚告訴我，她活不了，假如她繼續在我們的家被糟蹋的話……在這兒，她有肉吃，有酒喝；而且，她可呼吸，她很安詳……求求您，夫人，請告訴這位好好先生，我活著的每一刻都會為他祈福禱告。」

一陣啜泣讓她透不過氣來，她的心充滿了感恩。她說的是薩卡，因為她只認識他，如同大多數孩子寄養在就業慈善機構的父母親一樣。歐威鐸公主從不現身，至於薩卡，長久出風頭，表現自己，讓慈善機構住滿人，從溪流撿拾所有的悲哀，是為了更快看到這個有點是他創立的慈善機構的運轉，而且他總熱衷於從口袋分發一百蘇硬幣給他救援的孩子們的悲傷家庭。對所有這些悲慘人而言，他是唯一真正善良的神。

「不是嗎？夫人，告訴他在某個地方有個可憐的女人為他祈禱……噢！這並不是因為我有宗教信仰，我不想說謊，我從來不是偽善者。不，我們已經很久沒上教堂了，因為我們只是不想再上那兒，這一切不管用，上那兒只是浪費祂的時間……但這並不妨礙仍有某件事在我們之上，而這讓人寬慰，當有個人是善良時，呼喚他是上天的恩典。」

她流淚，淚水淌流在她憔悴的臉頰上。

「聽我說，瑪德蓮，聽……」

小女孩在她如雪的白襯衣裡是如此地蒼白，以貪吃的小舌尖，舔著塗在她麵包上的果醬，以幸福的眼睛，抬起頭，變得專心，卻不停止她的美味享受。

「每天晚上，睡覺前，在妳的床裡，雙手合十，像這樣，然後妳說：『神啊，請保祐薩卡先生的善良得到好報，保祐他長壽和幸福……』妳聽到了嗎？妳答應我做到嗎？」

「是的，媽媽。」

接下來幾個禮拜，凱洛琳夫人活在道德罪惡感中。她對薩卡不再有清晰的想法。維克多的出生和被遺棄的故事，悽慘的蘿莎莉在樓梯台階上被強姦，如此粗暴，導致她終身殘廢，以及那些簽了字卻沒兌現的票據，和不幸無父、在污泥中成長的孩子，這一切哀怨的往事讓她的心作嘔。她想摒除這些過去，同樣地，她不想喚起偶興的魯莽：確定地，那裡頭有過去讓她畏懼，而引起太多悲傷的汙垢。然後，還有這位哭泣的女人，教小女孩雙手合十，讓她為這男人祈福；這位如同慈悲的上帝，深受崇拜的薩卡，真正大善人，且實際救過許多靈魂，在這處理大量事務的狂熱活動裡，當活兒幹得漂亮時，自我提高至道德境界。她也不想再評論他，為了求得她智慧女人的問心無愧，閱讀太多和思考太多，她告訴自己：在他身上，有更壞的，也有更好的，如同在所有的男人身上一樣。

此時，一想到她曾屬於他，便隱約感到羞恥。這總讓她驚愕，她平靜下來，發誓這結束了，這一時意外發生的事不能再重來。三個月過去，在這期間，一個禮拜兩次，她去看維克多；一天晚上，她投入薩卡的懷裡，永遠地屬於他，任憑建立穩定的關係。她究竟怎麼了？她和其他人一樣，太好奇了嗎？這往昔曖昧的愛，被她翻攪，給了她感性慾望的知識嗎？也許這是孩子變成關聯，夾在他、父親、和她，相遇和領養母親之間的致命親密嗎？是的，她不該在她不孕婦女的大悲哀裡，產生情感的墮落，這確定會讓她憐憫、直到意志力瓦解，而在如此令人心碎的環境之中，照顧起這男人的兒子。每一次再見到他，她就奉獻得更多，一種母性藏在他被遺棄的事實裡。此外，她是個通情達理的女人，她接受生命的真相，不在上千個複雜原因裡弄得筋疲力盡。對她而言，在這心和腦的絡絲裡，在這過於繁瑣、鑽牛角尖的分析裡，只是一個凡夫俗子的無聊消遣，沒家務事要做，沒孩子要愛，在他們的墮落裡尋找藉口，以他們的靈魂科學掩飾胃口的輕浮知識分子，這與公爵夫人及客棧女孩沒兩樣。她學識淵博，從前她花時間狂熱地要認識廣大的世界，並希望藉由哲學的論述中找到自己的定位，最終她還是發現不過以這些精神活動來試著取代鋼琴和掛毯，她大笑說，這些也不能改變女人。因此，發生在她身上這些空虛的日子，她感到有一條裂縫在她的自由意志中。觀察過後，她寧願提起勇氣來面對現實；而她希望用工作彌補生命的缺憾，修復痛苦，如同植物一直往上升的汁液封住一棵橡樹的心切口，使其重新生長枝幹和樹皮。假如她現在屬於薩卡卻不想要他，也不確定自己是否在乎他，她要從這墮落中重新振作起來，不去判斷薩卡是否配得上她，她被他的實踐精神及優越的說服力所吸引，認為他對他人善良且有益。她需要釐清自己的過錯，她最初的羞恥心也因而煙消雲散了。事實上，沒有任何一個理由比他們的關係來得更自然更安詳的了：純粹只是一個男女共同生活的理由，有她在那兒他很幸福，夜晚，當他不出門時，她幾乎是母性的，以一種安撫的愛、敏捷的智慧、和她的正直照耀著他。而這是真的，為了這巴黎砌石路的強盜，在所有金融圈套裡被燃燒和毒打，有這麼一個不應得的機遇，一個如其餘一切偷來的報酬，居然擁有屬於他的這位令人愛慕的女人，三十六歲，如此年輕和如此健康，在她似雪般白色濃密秀髮下，如此英勇好見識，和如此有人性智慧，儘管湍流不免會帶來一些污泥，但她生命裡仍然有著一股信念，使她看起來如此聖潔。

幾個月過去了，凱洛琳夫人覺得薩卡精力充沛，而且小心謹慎，特別是在世通銀行艱苦的創業期間。她對不正當曖昧交易的懷疑，她對他不牽累她和她哥哥的擔憂，甚至已全然消散，看到薩卡不停地和困難奮鬥，從早到晚為了確保這全新機制的良好運轉而不遺餘力，齒輪在吱嘎作響，幾乎快要爆裂；而她感激他，敬愛他。實際上，世通銀行沒照他的期望良好進行，因為它違背了高層銀行的隱約敵意：有不利的謠言正在傳播，阻礙再度出現，資金遭到凍結，因此無法有大規模的事業運轉。而薩卡把步伐放慢當作是一種美德，既然人們攻擊他，那只能步步為營的前進，小心前方的坑坑窪窪，避免因為過於忙碌而陷入賭注的失敗機率裡。就像一個很會賽跑的人突然必須減速原地踏步一樣，薩卡甚為擔憂；但證交所更驚訝地談論著，一家剛開始運作的信貸銀行，從來不會有這般大的名望與信譽。

就這樣，時間來到四月二十五日，第一次全體大會。而二十日，哈莫嵐從東方突然回來，專程為了主持全體大會，他是被薩卡緊急召回的，因為銀行的規模太小，薩卡苦悶死了。此外，哈莫嵐帶來大好消息：聯合郵輪總公司的成立條約已經簽訂，此外，法國迦密山銀礦開採公司的經營權已在他的口袋；還不談他剛在君士坦丁堡打下基礎的土耳其國家銀行，它將是世通銀行的真正分行。至於小亞細亞的鐵路問題，時機尚未成熟，必須保留；剩下的是，他必須在會議的隔一天即回去那兒，繼續他的研究考察。欣喜若狂的薩卡和他做了一席長長的會談，凱洛琳夫人也在場，而薩卡輕易說服大家，如果想要與這些公司往來的話，絕對有必要提高社會投資基金。被咨詢到的強勢股東，戴格蒙、宇磊、塞迪爾、寇勒帛都已經同意這抬價；因此兩天內提議研討，甚至在股東集會的前一天就呈交給董事會。

這次的臨時董事會很隆重，所有的董事們都出席參加，莊嚴的大廳，被鄰居博威立業府邸的大樹染成綠色。通常，每個月召開兩次會議：小會議約在十五日，最重要，只出現真正的主管、業務董事們；而大會議，約在三十號，盛大集會，所有人齊聚一堂，那些不出聲和只是有身分的董事都出席了，並事先同意這個方案，並且簽了字。這一天，勃恩侯爵梳著貴族的髮式，是前幾位到達者之一，在他疲憊不堪的神態裡，隨身帶著法國所有貴族的同意。而副主席羅賓．夏果子爵，溫和卻吝嗇，負責監督不識時務的董事們，把他們帶到一旁，並以一句話傳達他們的主任，真正主宰的指令。事情協議好後，所有人都點頭應允服從。

終於，人們進入會場。哈莫嵐讓董事會知道他必須在全體大會前宣讀這份報告。這是薩卡準備已久的大工作，他剛以兩天的時間擬訂出來，工程師帶來的筆記被加以運用發揮，而他虛心聽著，一副興緻盎然的模樣，猶如他一個字也不知道內容似地。首先，報告談起世通銀行已完成的交易，從創立起：日復一日的小交易，信貸銀行的一般銷售記錄，運作良好。在馬西米連諾皇帝①出發去墨西哥之後，上個月才發行的墨西哥公債，顯示出相當大的利潤：這是一個瘋狂溢價的公債，薩卡很遺憾因缺錢而未能多撈點。所有一切都很正常，但銀行確實是撐了下來。第一個會計年度，只含括三個月，從成立的十月五日到十二月三十一日止，盈餘僅有四十多萬法郎，還要扣除創辦第一間企業的四分之一費用，支付百分之五給股東，並繳納百分之十到儲備金；此外，董事們提取了章

①馬西米連諾皇帝：奧地利大公，一八六四年受拿破崙三世慫恿，接受了墨西哥的皇位。

程授予的百分之十的利潤，而剩下大約六萬八千法郎，則被登記到下一個會計年度。只是，沒有股息，既不更差，也沒更好。這好像是為了世通銀行在證交所的股票上市，緩慢，不動搖，以一種正常的方式，及所有證券上市銀行的自重，從五百上升到六百法郎，而兩個月以來，他們維持穩定，沒任何理由抬高價格，這新生的銀行似乎在每日該有的進展中睡著。

接著，報告帶到未來的發展，前景突然大開，整系列計畫中的大公司都出現了。他特別強調聯合郵輪總公司，世通銀行將發行這間公司的股票：一家資本額五千萬的公司，將壟斷地中海所有運輸，那兒有兩家敵對大公司將加入聯合公會，弗凱亞[2]公司，針對君士坦丁堡、士麥拿、和特拉布宗，經由比雷埃夫斯[3]和達達尼爾[4]；以及海運公司，針對亞歷山大城，經由墨西拿[5]和敘利亞；還不算加入聯合公會規模較小的公司，孔巴睿公司，針對阿爾及利亞和突尼西亞，亨利．里約達寡婦，也針對阿爾及利亞，經由西班牙和摩洛哥，最後是費洛—紀羅兄弟，針對義大利、拿波里和亞得里亞海[6]，經由奇維塔韋基亞[7]。我們將征服整個地中海，將這些公司和蠶食鯨吞的敵對公司整合起來，化為唯一的大型企業。由於資金集中，人們將建造大型客輪，有著空前的速度和無比的舒適配備，增加航運班次，建立新的中途停靠港口，將東方變成馬賽的市郊；而當蘇伊士運河完工時，公司將被允許在印度、河內[8]、中國和日本等地建立服務處，從來沒有人能將事業規劃的這麼廣大、這麼穩妥，此時公司將擔起更重要的角色！接著，是對土耳其國家銀行的支持，報告提供了一長串詳細的技術資料，與其不可動搖的穩固論證。最後，他提出未來的發展方向以結束這場演講，並宣稱資本額兩千五百萬的世通銀行仍繼續贊助迦密山銀礦法國公司。根據礦石採樣，化學家的分析指示，有可觀比例的銀。但比科學更迷人的是：聖地的古詩讓這大量流淌的銀化為奇蹟的雨，神聖的光彩。薩卡最後加了這一句他非常滿意的句子。

終於，在承諾一個光榮的前景之後，報告以提高資本額做為結論。人們將加倍，從兩千五百萬提高到五千萬。為了讓所有人能輕鬆了解，採取世界上最簡單的股票發行：增加五萬份新股票，而我們將一一保留這些證券給持有五萬份原始股票的人，以致將不會有民眾認購。只是，這些新股票將值五百二十法郎，其中二十法郎是證券溢價，總共有一百萬資本額將移到儲備基金之中。他謹慎地從股東身上課徵一點小稅，因為他們已經得到好處。再說，他們也只要繳納四分之一的股本以及證券溢價而已。

② 弗凱亞：la Phocéenne，小亞細亞古地區名。
③ 比雷埃夫斯：Pirée，位於希臘雅典以南薩羅尼科斯灣畔，是地中海沿岸重要商業港口。
④ 達達尼爾：Dardanelles，位於土耳其境內，達達尼爾海峽是歐洲和亞洲分界線之一，也是連接黑海和地中海的唯一航道。
⑤ 墨西拿：Messine，位於義大利西西里島東北角，正對墨西拿海峽。墨西拿是良好的深水港，可供地中海郵輪停泊。
⑥ 亞得里亞海：Adriatique，位於義大利和南斯拉夫之間。
⑦ 奇維塔韋基亞：Civita-Vecchia，義大利拉齊奧大區羅馬省的一個海港鎮。
⑧ 河內：Tonkin，越南的黎朝採取複都制，設置了「東京」和「西京」，當時的東京於一八三一年改稱河內。

當哈莫嵐停止報告後，現場引起一片喝彩叫好。太好了，沒有任何批評意見。整個報告過程，戴格蒙都在悉心檢查他的指甲，迷迷糊糊的微笑著；而眾議員宇磊倒躺在他的沙發上，眼睛閉著，陷入半眠狀態，還以為自己是在眾議院；至於銀行家寇勒帛，平靜地、不隱藏，在他面前的紙張上計算著，每個董事面前都會擺上幾張紙。總是焦慮和多疑的塞迪爾，想提問題：對於那些不想使用他們權利的股東而被放棄的股票將如何處理？公司將它們保留在帳戶裡是違法的，既然當資金被全部認購時，在公證人事務所能不能做合法申報？假如公司想脫手的話，那該對誰且如何計算股票的退讓？但當絲織商一開口，看到薩卡不耐的勃恩侯爵，就以貴族的大姿態，立刻打斷他的話，說：議會將把這些細節呈交給全能忠誠的主席和主任研判。最後只剩恭賀致喜，會議在所有人的欣喜之中結束。

隔一天，全體大會又在白朗旭街舉行非常感人的活動，這原是一個倒閉的大眾舞廳；而在主席到達之前，大廳裡人滿為患，大家口耳相傳著美好的消息：受到日益壯大反對黨的激烈攻擊，假如銀行的報社，〈望報〉，昔日天主教刊物，願意捍衛政府的話，盧貢部長，主任的兄長，將大力支持世通銀行。左派一個眾議員剛喊出可怕的口號：「十二月二日是罪過的日子！」這句話響徹整個法國，猶如喚醒公民的警鐘。對於這個警鐘我們可以擴大行動來支持，即將舉行的世界博覽會的營業額將會大增；當國家的勝利達到鼎盛時，人們在墨西哥和其它地方也將獲得更大的利益。而姜圖和薩巴坦尼在對一群小股東洗腦，人們正在嘲笑一個眾議員在軍隊問題的討論上，竟異想天開建議法國成立普魯士的徵召系統。國會對此嘲諷說：「繼丹麥事件和蘇勒菲里諾戰役⑨以來，義大利還隱約怨恨、戒備我們時，難道要用普魯士的恐怖來擾亂人心？」但當哈莫嵐和領導人員出現時，那些個別的交談，大廳裡的竊竊私語突然間停頓下來。薩卡躲開，消失在人群，比在董事會時還要更謙遜；他對拍手示意相當滿足，贊同將監察委員，拉維尼耶和盧梭，和建議他加倍資金者審查通過的第一個會計年度帳目報告呈交給董事會。只有它能授權這抬價，且由於沉醉在聯合郵輪總公司和土耳其國家銀行的上百萬資本，所以它積極認同將資金放在世通銀行的必要性。至於迦密山銀礦，人們是抱著宗教情懷迎接它。當股東們離開，投下對主席、主任、和董事們的感謝票時，所有人都夢想著迦密山、夢想著奇蹟出現，從那光榮的聖地灑下充滿白銀的雨。

兩天後，哈莫嵐和薩卡再度回到聖安街的勒羅蘭代書公證人事務所，這一次是為了申報資金的增加，並保證全數股票都被購認，而陪伴著副主席羅賓・夏果子爵而來。事實上，約有三千張股票被第一批股東拒絕，而留在公司的手中，再以假帳手法，轉到薩巴坦尼的帳戶。這是嚴重違

⑨蘇勒菲里諾戰役：Solférino，義大利一市鎮，此戰役於一八五九年六月二十四日發生，目的是反對法國和奧地利軍隊。

法，為了在世通銀行的金庫掩飾其某數量證券價值的策略，一種允許他進行投機，完全投入證交所戰場的保留戰術，當遇到有人以空頭方式進行投機勾結時，若有必要，可用來支持市價。

此外，哈莫嵐原本一直反對這不合法的策略，但最後還是完全信賴薩卡的金融操縱；而就此主題，他們和凱洛琳夫人之間曾有過一番爭論，依據他逼他們收下的第一次發行的五百股，而第二次加倍發行，總共一千股，相當於四分之一的付款和溢價，總額十三萬五千法郎，兄妹倆絕對想付錢，他們剛意外繼承一筆大約三十萬法郎的遺產，一位姑媽在她獨生子死後十天，相繼過世，他倆同樣死於熱病。薩卡隨便他們，未解釋他打算釋出自個兒股份的想法。

「啊！這遺產，」凱洛琳夫人笑著說：「這是我們生平第一回遇到的好運……我相信是您帶給我們幸福。我哥哥和他三萬法郎的待遇，他可觀的出差費，和降落在我們身上的這些金錢，毫無疑問地，我們不再需要……我們現在有錢了。」

她看著薩卡，由衷感激他，從今而後被說服，信任他，她的洞察力每一天都在消失，在他對她不斷喚起的溫柔裡。然而，她仍被坦率的喜悅所牽引，她繼續說：

「無論如何，若我賺到這筆錢，我回答您，我絕不會拿來投資在您的交易裡……一個我們不怎麼認識的姑媽，意想不到的一筆錢，一筆從地上撿到的錢，某件我甚至覺得不太誠實，令我感到有點羞恥的事……您了解，我不在意，我很樂意輸掉它。」

「正因如此，」輪到薩卡開玩笑說：「它將茁壯，給您上百萬。再也沒有如此享受偷來的錢了……八天之內，等著瞧，您將看到價格上漲！」

事實上，哈莫嵐延遲出發，驚訝地目睹世通銀行股票的快速上漲。五月底的結算，超過市價七百法郎。整個資金上漲產生的結果是：這是傳統的作法，鞭策成功的方式，在每一次的新發行股票中，提供市價上漲的時間。但也有世通銀行推動的真正重要事業出現的原因在：黃色大海報，張貼在整個巴黎，公告迦密山銀礦會在近期開採，這使人們停止煩惱、開始陶然歡欣，這是日益高漲、令人失去理智的熱情。戰場已經準備好了，它是用發酵的廚餘製造出來的，戰場上都是被激怒、極端貪婪的人，這有利於這些投機事業的成長，所以每隔十至十五年總會使證交所發生一些危機，之後只留下破產和流血的景象。已經有不肖的公司像蘑菇般快速生長，大公司會在金融市場中冒風險，在號稱是君主統治的繁榮中，由於對投機的狂熱，人們會享受著喜悅和奢華，即將舉行的世界博覽會更顯示這個世代的燦爛輝煌。而在人群像昏了頭似的擠在人行道上展開交易，世通銀行終於開始前進，是一台註定要完全失控、完全軋壞的強力機器，而強猛的手還無節制地加熱，將直到爆炸。

當她哥哥再出發去東方時，凱洛琳夫人單獨和薩卡在一起，再度恢復他們幾乎是親密配偶的生活。她執意照顧他的房子，為他省錢，當他的忠實管家，雖然他倆所有的財富已經改變了。在她平靜的微笑裡，她的情緒總是一樣，她只體驗到一個困擾，對維克多的事情感到不安，猶豫是否還要再對他的父親隱藏他這個兒子的存在。就業慈善機構的人對後者很不高興，維克多到處搞破壞。六個月的試學期過去了，在他的邪惡變得有教養之前，她要去領出來嗎？她有時為此有說不出的痛苦。

一天夜晚，她正打算要說出這件事情時，薩卡剛好對世通銀行現有簡陋的裝潢感到失望，而董事會剛決定租下隔壁一樓房子，以便擴大辦公室，他打算在未來提議建造他夢想中的豪華建築。他再度叫人來把共通的門鑿穿，打掉隔牆，再多設置營業窗口。而由於她剛從碧諾大道回來，對維克多幾乎吃掉一個同伴耳朵的可憎行為感到失望，她請薩卡和她上樓到他們的家來。

「朋友，我有件事要告訴您。」

但到了樓上，當她看到他，肩膀上覆蓋著灰泥，對他剛剛才想到要拓寬及將隔壁房子的庭院也加蓋玻璃的新主意，而感到非常開心時，她沒勇氣把這不幸的祕密說出來震驚他。不，她再等等，這可怕的小魔鬼必須改邪歸正。她面對他人的痛苦時，實在感到無力。

「我的朋友，就是為了這庭院的改建。我和您正有同樣的想法。」

第六章

金錢

L'Argent

〈望報〉辦公室，面臨困境的天主教報社，姜圖建議薩卡買下它，好為世通銀行大做廣告。它位於聖約瑟夫街上，院子深處的二樓，一家陰暗潮溼的老宅邸。從會客廳出來有一條走廊，總是燃燒著煤氣燈；左邊是姜圖的主任辦公室，然後是一間薩卡保留的空房；至於右邊，排列成行的有：編輯共用大廳、秘書室、及給各個部門使用的辦公室。在樓梯平台的另一端，設有行政中心和出納處，一條內部走廊，轉向樓梯後方，可連結編輯室。

這一天，在共用大廳裡，卓丹正完成一篇專欄，他在那兒待了很久，為了不受到打擾，當四點鐘響時，才從那兒離開，去找辦公室伙計德樂。而儘管外頭是絢麗的六月天，德樂在煤氣燈的大火焰下，貪婪地讀著送到的證交所的簡報，他是第一個知悉消息的人。

「喂，德樂，姜圖先生剛到嗎？」

「是的，卓丹先生。」

年輕人遲疑，短暫的不自在讓他停下片刻。在他幸福夫妻卻困苦生活的初始，從前的債務卻逼進來；儘管他找到在報社撰文的工作機會，卻仍然要經歷一種令人難以忍受的拮据，再加上他的薪資被扣押，這一天又來了一張新票據，眼見他的四件家具可能將被賣掉。他已經兩次向主任要求預支薪水，但都落空，因為主任手上還有他借支應扣還的單據，實在沒辦法。然而他還是下決心，走向門，此時辦公室伙計說：

「裡頭，不只姜圖先生一人。」

「啊！……還有誰？」

「他和薩卡先生一起到，而薩卡先生特別交待，只讓他等待的宇磊先生進去。」

卓丹呼吸，為這延遲而鬆了一口氣，這麼多的討債讓他疲於應付。

「好，我這就去完成我的稿子。主任有空時，通知我一聲。」

但當他離去時，德樂叫住他，欣喜若狂大聲說：

「您知道世通銀行股價達到七百五十法郎了嗎？」

年輕人揮揮手，說他才不在乎，然後回去編輯室。

幾乎每天從證交所回來，薩卡都會上來報社，甚至經常在他保留的房間，約見他人，處理一些特殊和神秘的買賣。此外，姜圖雖然只是〈望報〉的正式主任，他以嚴謹和詞藻華麗的大學文體來書寫政治文章，他的對手都承認這學院派的文風寫作者是薩卡的祕密代理人，一個善於細節工作取悅他人的人。而在其它事務之中，他剛籌劃一系列以世通銀行為主的龐大廣告。在不斷出刊的金融小報之中，他挑選買下十份，其中最好的刊物都屬於來路不明的銀行，很簡單，只是為了發行報紙，銀行每年贊助兩或三百法郎，甚至比郵資還便宜，而銀行再從別的地方撈回來，例如從報紙為他們帶來的訂戶和客戶買賣的有價證券。以發行證交所股票為藉口，抽籤還本、有獎證券號碼，所有對小投資有利者有用的技術資料，以推薦和建議的形式，漸漸地招徠廣告。一開始還會適度合理，很快地便毫無節制，接著以冷靜的厚顏無恥，在容易輕信他人的訂戶之中煽動毀滅。在這一堆兩、三百份如此蹂躪巴黎和法國的刊物之中，他憑著嗅覺選擇那些還不太詐欺，不太喪失信譽的小報。而他醞釀的大交易，就是買下〈金融行情〉，這家已擁有十二年絕對廉潔信譽的小報；只是，如此正直的招牌，價格自然非常高昂，而他打算等待世通銀行更有錢時，一舉成功買下這個報社。此外，他的努力並不侷限在整合這些可以聽從他指揮的專業報紙部隊，也就是每一期都會頌揚薩卡的功績；他也同時負責處理政治、文學等相關的大型報紙，用不少的字數，維持一股紀錄式、阿諛奉承的文章；當有新刊物發行時，便用股票證券為禮物來確保他們的銷售。還不談在他指令下由〈望報〉率領的每日宣傳活動，這不是一般激烈的宣傳，而是用解釋、甚至是討論，一種正確緩慢的征服，並能窒息群眾的方式。

這一天，薩卡和姜圖關起門來是為了討論報刊。他在晨報這一期讀到宇磊針對盧貢前一天在眾議院發表的演說而書寫的文章，如此過份的讚揚，使薩卡雷霆大發，因此他氣沖沖來到報社，等待宇磊的到來，打算和宇磊好好理論一番。宇磊是否自以為受僱於他的兄長？付錢給他，是否為了任憑他在報紙的字裡行間，毫無保留地讚賞部長那些微不足道的行徑？當姜圖聽到報紙字裡行間的推崇時，他心底暗暗發出微笑。此外，當暴風雨來臨不會威脅到他時，他都很平靜地邊聽薩卡說話，邊檢視他的指甲。他以看穿文人的犬儒主義，對文學有最完美的蔑視，如同他毫不猶豫地指著報紙上出現的文章，甚至是他們自己的文章；他說他只在廣告上加諸熱情。現在，他全新的熱情包裹在優雅的禮服裡，禮服上別著光鮮玫瑰徽章的絢麗鈕釦，夏天時在手臂上披一件淺色的薄外套，冬天時穿著價值一百個金路易①的皮大衣，尤其對著發亮的鏡子，細心梳理他的髮型，戴上無懈可擊的帽子。即使如此，他在他的優雅裡仍存留著在下層社會生活過、無可改變的低微卑劣，它滲透在肌膚之中，並帶著十年來從波爾多高中沉淪到巴黎證交所一直都在擦拭的這些卑鄙骯髒；在他新財富的傲慢自信裡，同樣地，他低微卑賤，所以很懂得側身閃躲不必要的麻煩，因為擔心有人會從背後突然揣來幾腳，如同過去所遭遇的一樣。他現在一年賺十萬法郎，但花費卻是雙倍，人們不知道為什麼，他從沒炫耀過有情婦，無疑地，他受到某個無恥邪惡的祕密要脅，所以遭到大學驅逐。此外，從他悲慘的日子開始，痛苦漸漸吞噬他，從昔日污穢不堪的咖啡館到今日奢華的俱樂部，繼續他的胡作非為，直到他最後一根頭髮掉光，頭顱和面孔呈現出青灰色，而修剪成扇形的黑鬍子是他唯一存留的光榮，一把還能引人遐思的美男子鬍鬚。薩卡再度援引報上的讚美文辭，姜圖一副疲憊的樣子，舉手阻止薩卡，姜圖不想把時間浪費在沒用的激情上，決定和薩卡說明重大要事，因為宇磊還沒有出現。

這些日子以來，姜圖醞釀新廣告計畫。他想要撰寫一本小冊子，二十頁介紹關於世通銀行推動的大公司，但以通俗戲劇的型式，表現出短篇小說的趣味；他想將這小冊子發行到外地，免費發送，直到最偏僻的鄉村。接著，他計畫成立一家撰寫和出版手稿的股票公報通訊社，這是給幫忙協助寄送小冊子的報社：送這公報給他們當禮物，或收取極低的價錢，如此不久的將來，世通銀行便握有強大的武器，以此力量，所有的敵對銀行將被迫買單。姜圖清楚薩卡的個性，因此給他出了這個主意，直到後者採用，並當成是他自己的見解，然後再加油添醋，直到薩卡真正去實踐。時間分秒消逝，他倆解決了季度廣告資金的運用，付給大報社的贊助；而敵對銀行撰寫的公報令人畏懼，必須花錢收買、讓對方保持緘默；在極受尊敬的一份古老期刊第四頁的拍賣裡，有一部分得收回。當他們揮霍，肆無忌憚地把這些錢四處揮灑時，會覺得擺脫了大眾對他們的輕蔑，他們改用生意人的智慧藐視群眾的無知，這些群眾相信無稽之談，對股票的操縱搞不清狀況，他們用最無恥的方式招攬無知群眾投資，從中賺取利潤、讓上百萬的金錢如雨一樣紛紛落下。

由於卓丹還在思索如何用五十行字湊足他的兩欄，他被德樂的叫喚打斷了思緒。

「啊！」他說：「姜圖先生一個人了嗎？」

---

① 金路易：有路易十三等人頭像的法國舊幣；第一次世界大戰前，法國使用的二十法郎金幣。

「不，卓丹先生，還沒……是您的夫人在那兒，要求見您。」

卓丹很擔心趕過去。幾個月以來，自從辣媚千終於發現他以他的名字在〈望報〉撰文後，他就被布希追捕，只為了從前簽給裁縫師的六張五十法郎票據。這些票據相當於三百法郎，這筆錢他還得起；但讓他生氣的是，加上昂貴的利息，竟變成七百三十法郎十五生丁的債。事實上，他曾妥協，保證每個月還一百法郎；但是他辦不到，因為他的年輕妻子有更急迫的需要，每個月的生活費用一直上漲，還債的困擾重新開始，真是令人無可忍受。此時，他勃然大怒。

「又怎麼了？」他問在會客廳的妻子。

但她沒時間回答，主任辦公室的門驟然打開，薩卡出現，叫說：

「啊！這，真是的！德樂，宇磊先生呢？」

狼狽不堪的辦公室伙計結結巴巴說：

「天啊！先生，他還沒來，我無法讓他儘快到啊。」

咒罵一聲後，門又關起來，而卓丹帶著他的妻子來到隔壁辦公室，以方便詢問她。

「怎麼啦？親愛的。」

瑪協勒是個小個子、豐腴、棕髮，平常總是帶著喜悅和堅強，明亮臉龐上有對愛笑的眼睛、完美的嘴，甚至在困苦的日子裡，還是顯現出幸福姿態的女子。但現在她似乎很慌張。

「噢！保羅，知道嗎，家裡來了一個男人，噢！一個可怕醜陋的男人，聞起來很臭，還喝酒，我想……而他，告訴我說完了，明天要拍賣我們的家具……他有一張公告，堅持要貼在門下……」

「但，這不可能！」卓丹大叫：「我什麼也沒收到，要有相關的程序呀。」

「啊！是，你有所不知，當紙張寄到時，你只是不讀它……於是，為了不讓他貼公告，我給了他兩法郎，並跑到這兒來，想立刻先通知你。」

他們絕望。他們在克立喜大道的可憐小夫妻生活，這四件桃花心木家具和藍色棱紋平布，是這麼辛苦地用好幾個月的分期付款獲得的，他們是如此感到驕傲，雖然有時為此而笑，覺得這是可憐的資產階級品味！但他們仍舊喜愛，因為這屬於他們的小確幸，從婚禮那一夜起，在這狹窄的兩房，從那兒直到華雷麗仰山[②]，陽光普照，空間開敞，他曾搥進這麼多的釘子，她曾動腦筋拿土耳其紅棉布捏成褶襉來布置，就只是為了給住家呈現藝術的美感！人們真的有可能要拍賣他們所有的這一切，將他們驅逐出這親切的角落，即使生活悲慘，那兒對他們而言都是甜蜜的嗎？

「聽著，」他說：「我打算去要求預支薪水，我儘可能去做，但我不抱太大希望。」

她猶豫，吞吞吐吐說出她的想法。

---

②華雷麗仰山：Mont Valérien，位於巴黎西部幾公里處。

「我呢，這是我考慮去做的事……噢！沒有你的同意，我不會去做；而事實證明，我之所以來跟你商量……是的，我想去找我的父母幫忙。」

他激動拒絕。

「不，不，絕不！妳知道我不想欠他們任何人情。」

當然，岳父母莫冏特待人處事很得體，但他心裡一直記得他們的冷漠態度，當卓丹富有的父親破產自殺後，他們不同意女兒計畫已久的婚事，後來迫於女兒的堅定意志才答應，但採取了提防他的反對態度，例如不給一毛錢，確定在報社寫文章的卓丹能負擔所有的家計後，他們才讓女兒繼承全部財產。但他倆直到此刻，還是勒緊腰帶捱餓，好不容易擺設一個雅致的家具，完全沒向父母要錢，而且只在用餐時間外回到父母家，每週一次，就是星期天晚上。

「我跟你確定，」她又說：「我們的矜持是愚蠢的。既然他們只有我一個孩子，既然有一天一切將歸於我！……我父親對願意聽他的人一再說，在他維萊特的篷布買賣裡，他賺到一萬五千法郎的定期收益；此外，還有他們的小府邸，和他們養老退休的優美花園……當他們一切多得不得了時，讓我們受這麼多的苦是愚蠢的。他們的心性從來不壞，我告訴你，我要去看他們！」

她下決心，展現一個勇敢的微笑，在想要讓親愛的丈夫幸福時，她很實際。他工作太操勞，在批評和群眾裡，除了很多的冷漠和一些耳光外，還沒找到別的事可做。啊！金錢，她多想帶給他一桶桶的金，而自恃清高是愚昧的，既然她愛他，而且她欠他這一切。這是她的童話故事，她自己的「灰姑娘」：她是皇室家庭的寶藏，她將以她的小手，擺在她破產王子的腳下，為在他邁向光榮的步伐裡，幫助他征服世界。

「瞧，」她擁抱他，喜悅說：「我必須對你有所幫助，你不能承擔一切痛苦。」他讓步，同意她立刻回巴迪鈕（Batignolles），勒穹得街[3]，她父母的住處，帶錢回來，以便試著當晚償還負債。他陪她走到樓梯平台，感動得如同她將前往赴險犯難似地，他們側身讓終於來到的宇磊通過。當他回到編輯室給他的專欄截稿時，他聽到姜圖的辦公室傳出一陣激烈的爭吵。

薩卡此刻很強勢，再變回先生，想要人們服從他，利用人們想要獲勝和對損失的畏懼，逮住眾人，在投機下注的巨大財富鬥爭裡，玩弄他們。

「啊！您終於來了，」他看到宇磊，嚷說：「是為了將您簇擁的文章獻給大人物，以致您久久滯留議院嗎？……我受夠了，您知道，您那吹破臉的極力奉承，而我等您，就是為了告訴您，結束這一切，以後請給我們其它的內容。」

宇磊狼狽不堪地看著姜圖，但這一位決定不幫他說話，以免給自己添麻煩，他的手指穿越美

③勒穹得街：Legendre，字義是「女婿」的意思，此街實際存在，左拉以此為街名，具有諷刺意味。

鬚，眼睛看著它處。

「什麼，其它內容？」眾議員最後回答：「但這是您要求我做的事！……當您買下〈望報〉，這天主教和君主政權的先進報刊，操縱一場嚴厲對抗盧貢的宣傳活動時，是您要求我為您兄長撰寫一系列歌功頌德的文章，表達您對他的善意，以展現報社未來的新路線。」

「報社新路線，精準的說，」薩卡更激烈：「就是我指控您破壞報社的路線……難道您以為我想依附我的兄長？當然，我從未捨不得把我的仰慕和愛戴給皇帝，我不忘我們欠他的一切，特別是我。只是，指出犯下的錯誤，並非要打擊帝國，相反地，這是為了盡忠貞不渝的義務……這報章上，字裡行間：效忠王朝，但跟在杜伊勒里宮爭寵，野心勃勃的部長們，卻完全不相干！」

為了證明皇帝被誤導，他致力於政治情勢的檢驗。他指責盧貢失去了他的公信力，他從前的絕對權力信念，最後卻和自由思想妥協，只為了保留他部長的職位。他拿拳捶胸，堅定不移地說，波拿巴王朝的最初擁護者，相信政變，確信拯救法國，古今不變，在唯一一人的天才和力量裡。是的，與其幫助他兄長發展，與其讓皇帝退讓自殺，不如歸附專政獨裁的強硬派，他將和天主教徒攜手合作，以制止他預測的迅速落敗。而盧貢得要小心，因為〈望報〉可能重新發起對羅馬有利的宣傳！

宇磊和姜圖聽他這麼說，被他的盛怒感到驚訝，從沒懷疑過他的政治信仰是如此熾熱，是第一個無所顧忌想捍衛政府近期行動的人。

「天啊！我敬愛的，假如帝國走向自由，那是因為整個法國在堅決前進……皇帝被驅動，盧貢務必要追隨。」

但薩卡已經轉到其它抱怨上，隨意在他的攻擊裡置入幾個邏輯。

「然而，瞧！就像我們的外交情勢一樣，那麼可悲……自從偉拉法朗喀條約（Le traité de Villafranca），蘇勒菲里諾戰役以來，義大利並沒有與我們並肩作戰，也對沒給它威尼托④而懷恨在心；於是和普魯士結盟，它確定可以幫我們打敗奧地利……當戰爭爆發時，你們將目睹群架毆鬥，而我們將面臨多大的煩擾；我們在丹麥事件裡，讓俾斯麥和紀勇國王奪取公爵領地，這更是大錯特錯，這是不把法國放在眼裡而簽署的條約：這是摑耳光，沒什麼好說的，我們只能再伸出另一邊臉頰……啊！戰爭，是確定的，你們還記得，當人們相信我們在德國事件裡可能出面干涉時，上個月法國和義大利基金大跌。也許十五天內，歐洲將開戰。」

因為愈來愈驚訝，宇磊一反常態，熱衷起來。

「您說得像反對黨的報紙，然而您卻不願〈望報〉步上〈世紀報〉和其它報的後塵……您只

④威尼托：la Vénétie，義大利東北部地區名。

朧以這些期刊為例，含沙射影；而假如在公爵領地事件裡，皇帝任憑挫損，而假如他允許普魯士不受制裁地擴充，這是因為他在墨西哥，按兵不動，長達好幾個月。瞧，信仰要堅定，墨西哥結束，我們的軍隊回來了……而且，我不了解您，我敬愛的，假如您想保留羅馬給教宗，為什麼您指責偉拉法朗喀條約的倉促和平？威尼托對義大利，但這是兩年前義大利對羅馬的事情，您和我一樣清楚；而盧貢也明白，雖然他在議會辯論庭上發誓說這完全相反……」

「啊！您瞧，這是詐騙！」薩卡傲慢大叫：「聽好！人們絕對不會批評教宗，不會讓整個法國天主教站出來捍衛他……我們將帶給教宗我們的錢，是的！世通銀行所有的錢！我有我的計畫，我們的交易在那兒，而事實上，惹毛了我，您會逼我說出我還不想說的事！」

姜圖突然豎起耳朵，興趣大發，恍然大悟，努力從令人驚訝的隻字片語中搜索好處。

「最後，」宇磊又說：「我希望知道我該怎麼辦，我，由於我的文章，而這關係到我們的相互了解……您究竟想或不想人們的介入調停？假如我們堅持民族自治原則的話，那憑什麼去介入義大利和德國的糾紛？……您想要我們發起反俾斯麥的宣傳嗎？是的，以我們的邊界受到威脅的名義……」

薩卡非常生氣地站起來，怒斥。

「我想要的是，盧貢不要再瞧不起我！……怎麼！在我做了所有這一切之後！我買下一家報社，他最可怕的敵人，我把它當作他政治忠誠的喉舌，讓您好幾個月對他歌功頌德。而這傢伙卻從沒助過我們一臂之力，我還在等待來自於他的幫忙！」

眾議員畏畏縮縮地指出，那兒，在東方，部長曾出奇地支持過哈莫嵐工程師，在某些大人物身上施加壓力，為他開啟所有的方便之門。

「饒了我吧！他不得不如此做……但，上漲或跌損的前一天，他從沒通知過我，他身為高官，知道一切。可還記得！我派您去試探過他二十次，您每天見他，而您有沒有帶給我真正有用的消息……其實，沒那麼嚴重，您一直對我重複這句簡單的話。」

「毋庸置疑，他不喜歡這樣，他說這是人們總會後悔的投機舞弊。」

「算了吧！他和昆德曼有這些顧忌嗎？對我就得一板一眼，而他還透露消息給昆德曼。」

「哦！昆德曼，無疑地！他們全需要昆德曼，他們貸款不能沒有他。」

結果，薩卡激烈獲勝，拍手叫好。

「這就是啦；您承認了！帝國被賣給猶太人，骯髒的猶太人。我們所有的錢註定要落在他們貪婪的手掌心。世通銀行在他們的強勢之前，只能崩潰。」

他發洩他的世襲之恨，重拾他對這從事不正當交易和放高利貸者的種族指控，幾世紀以來經由種族不斷地吸血，如同頭蝨和疥瘡寄生蟲一樣，在唾沫和嘲笑之下，仍然征服世界，有一天，用所向無敵的力量，他們將擁有黃金。屈於舊恨，他尤其對昆德曼窮追猛打，在無法實現的慾望和打倒他的瘋狂，儘管預感這一位將是輾壓他的絆腳石，假如他從不進來角逐競爭的話。啊！這昆德曼！雖然生在法國，內心卻是普魯士人！因為他明顯地為普魯士祝福，出錢贊助，也許甚至祕密支持！他不敢說，一個晚上，在一間沙龍裡，若普魯士和法國宣戰的話，法國將被打敗！

「我受夠了，您明白，宇磊！請牢牢記在腦裡：也就是說，假如我哥哥一點也不幫忙，那麼，我也不再對他有所幫助……一旦您帶給我他的好話，我是說，我們能夠利用的情報，我就讓您再重新對他歌功頌德。這清楚了嗎？」

太清楚了。姜圖，再找回他的薩卡，在政治理論下，又用指尖開始梳理他的鬍鬚。但宇磊，在他諾曼第農夫的詭計多端裡被人催促，顯得相當懊惱，因為他的財富投資在倆兄弟上，這兩邊，他誰也不想得罪呀。

「您有理，」他喃喃說：「咱們悄悄進行，何況必須看到事件來到……我保證，將盡力取得大人物的祕密。他一告訴我第一個訊息，我就立刻跳上馬車，給您帶來。」

薩卡演完戲，便開玩笑說：

「我為你們大家工作呀，我的好友……我，我一直破產，總是一年吃掉一百萬。」

而再回到廣告：

「啊！哦，姜圖，您應該好好為您的股票公報潤色一下……是呀，您知道，運用引人發笑的同音異義文字遊戲。大眾喜歡這口味，再也沒有比風趣幽默的話，可以幫助他們接收訊息……不是嗎？文字遊戲！」

這會兒換主任被氣惱，他自炫有優雅的文學修養，但他還是答應下來。而由於他杜撰一個故事：有些非常高尚的女人，請他叫人在她們最私密的地方刺上廣告，而惹得三個男人大笑，後來變成世界上最要好的朋友。

卓丹終於寫完他的專欄，急於想去看他妻子是否已經回來。此時，來了幾位編緝，他們閒聊了一會兒，然後再轉回會客廳。那兒，他撞見德樂把耳朵貼在主任的門上，正在偷聽，至於他的女兒娜妲莉則在一旁監視，對此他顯得有點反感。

「不能進去，」辦公室伙計結結巴巴說：「薩卡先生一直在那兒……我以為有人叫我……」

事實上，唯利是圖的德樂，自從用他妻子遺留下來的四千法郎積蓄，買了八張世通銀行釋出的股票以來，他就只為見到這些股票上漲的喜悅而活著；如神諭似地跪在薩卡面前，收集他些微的話，當他知道他在那兒時，他便無法抵抗，須要知道薩卡思考的深處，好像上帝在聖殿密談所說的話。此外，這並非只為一己私利而偷聽，德樂只是為女兒著想，他剛狂熱地計算他的八張股票，若以七百五十法郎的股價來看，他已經賺到一千兩百法郎：這添到本金，成了五千兩百法郎。

再漲一百法郎，他就擁有了夢想的六千法郎，達到紙版商要求他女兒的嫁妝。他的心以此意念為依據，他流淚看著他一手扶養長大的孩子，他如同她的親娘，打從奶媽那兒回來之後，他們一同過著如此幸福的家居生活。

他還是很慌亂，為了掩飾他的魯莽，隨口說出一句話。

「娜妲莉，上樓來對我問安，剛遇見您的夫人，卓丹先生。」

「是的，」少女解釋：「她拐進費垛街。噢！她用跑的！」

她父親讓她隨心所欲地出入家門，他說他信任她。而他有理由相信她的舉止良好，因為她的內心很冷漠，很堅決地打造她自己的幸福，不容許一件蠢事危害到準備已久的婚事。以她纖細的身材，用美麗蒼白臉上的大眼睛微笑著，她愛自己，為自己著想。

卓丹很驚訝，不明白，問說：

「什麼，在費垛街？」

他沒時間多問，因為瑪協勒已經氣喘吁吁地進來。他立刻帶她到隔壁辦公室，那兒有法庭編輯，他和她坐在走廊底端的軟墊長椅上。

「怎麼樣？」

「是這樣，親愛的，辦妥了，但費了一番工夫。」

在他的滿意裡，他看到她有一副好心腸；而她，輕聲快速地全盤告訴他，她原本想瞞他一些事，但她無法保守祕密。

一些時日以來，莫冏特夫婦對他們女兒的態度改變了。她覺得他們比較不溫柔，憂心忡忡，逐漸地被股票投機的新激情給侵入。這是共同的故事：父親，平靜、光頭、白鬍子胖男人；母親，乾癟，積極，賺取她的財富。他倆在他們的屋子裡，以一萬五千法郎的定期收益，生活過得很富裕，因閒著沒事做而感到無聊。他從那時起，除了收錢外，沒別的消遣。在這期間，他怒斥所有的投機，一談到被剝得精光的愚蠢可憐人，在一堆既愚昧又卑鄙的偷竊裡，他就生氣和憐憫地聳肩。但約在這時期，進來了一筆巨款，他起了利用它來過帳的念頭：這並非投機，只是單純的投資。但從這一天起，他養成習慣，吃完早餐，就仔細閱報，研究股市行情，為了追隨股價。而禍害就從那時開始，狂熱漸漸燃燒他，看著行情的起舞，活在這投機的墮落空氣裡，被一個小時征服上百萬的想像而糾纏煩擾著，而他卻以三十年的時間才賺取到數十萬法郎。他忍不住在每餐飯中，和妻子交談：假如他沒發誓絕不賭的話，他將大有所為！而他解釋交易方法，用精通策略的居家將軍來運用他的基金，他總是在打敗假想敵的勝利中結束，因為在溢價和過帳的問題裡，他自鳴得意認為這是他最強大的武器。他的妻子焦慮地對他宣稱，她寧願立即破產，也不願看他拿一毛錢去投機；但他使她安心，她當他是什麼人？這輩子決不賭！然而，一個機會來臨，他們兩人，很久以來，瘋狂想要在他們的花園蓋一座五或六千法郎的小暖房；以致一天晚上，顫抖的雙手以美妙的激動，放在他妻子縫衣服的桌上，六張鈔票，並說這是他剛在證交所賺到的：他信心十足的一舉，這放蕩行為，他承諾不會再犯，他僅僅為了暖房而冒險。她激動得又生氣又喜悅，卻不敢數落他。而下一個月，他投入證券溢價的操作，並對她解釋他什麼都不怕，既然他限定了他的損失。而且，該死！仍有一大堆好買賣，讓給鄰居去享受，多蠢呀。於是，致命地，他開始玩起股票，起初小小地，漸漸變得大膽，至於她，總是為她美好家庭生活的焦慮感到心神不安，然而些微的盈利，讓她的眼睛發出火焰，繼續預言他會窮死。

但，尤其是沙夫隊長，莫罔特夫人的兄長，指責他妹婿，不滿足於一萬五千法郎的退休俸，而去投機玩股票。只不過，他是狡猾中的狡猾人，他去那兒，像一個雇員去他的辦公室一樣，只操作現金，很開心晚上帶回錢幣二十法郎：每日有把握地操作，如此節制，像逃離災難一樣。自從瑪協勒結婚後，他妹妹在她太大的屋子裡，提供他一個房間；但他拒絕，堅持要自由，由於生活奢侈，只獨居一房，在諾壘街（Rue Nollet）公園的底端，那兒持續溜進一些女人。他賺的錢必須花在請女朋友吃糖和蛋糕上。他總是注意莫罔特，一再警惕他不要玩，好好地過日子；而當後者回他說：「您呢？」他用力揮手：哦！他，不一樣，他沒有一萬五千法郎的定期收益！而假如他玩的話，錯的是這骯髒政府向好老人討價還價他們老年的喜悅。他反對投機的大理由是，基於數學觀點，投機者總是輸方：假如他贏的話，他有佣金和印花稅要扣繳；假如他輸的話，他更有同樣的稅要付；以致，姑且認為他贏和輸的次數一樣，那麼，他從他的口袋還是得掏出印花和傭金來。每年，巴黎證券交易的稅收，是總額達八千萬的巨大金額。而這個數據，八千萬，都被政府、場外證券經紀人、和證券經紀人收在口袋之中！

在走廊盡端的軟墊長凳上，瑪協勒對她丈夫坦承故事裡的這段話。

「親愛的，必須說，我到的真不是時候。媽媽正在對爸爸生氣，因為他在證交所輸了錢……是的，他似乎再也無法從那兒掙脫出來。這讓我覺得很可笑，他從前只是一味工作……終於，他們吵架了，那兒有一份報紙，〈金融行情〉，媽媽在他鼻下揮動報紙，對他大叫，說他怎麼也聽不進去，她早就告訴過他會跌損。而他去找來另一家報紙，正是〈望報〉，指給她看他從上面文章得到的訊息……你無法想像，他們家到處都是報紙，他們從早到晚鑽在裡頭，而我認為，上帝原諒我！媽媽也開始玩起來，儘管她一副非常憤怒的樣子，她也在玩。」

卓丹忍不住笑起來，她在她的悲傷裡摹擬場景，是如此地有趣。

「總而言之，我告訴他們我們的困境，請求他們借我們兩百法郎，為了不被起訴。但他們聽到後又大聲小叫，嚷嚷起來：兩百法郎，而他們在證交所卻輸掉兩千！我有嘲笑他們嗎？我有想讓他們破產嗎？……我從來沒見過他們這副德性。他們曾如此寵愛我，為了送我禮物可能傾家蕩產！他們真的瘋了，把生活弄得如此腐爛不堪，而原本大可在他們漂亮的房子裡過著幸福、無憂無慮的日子，安然享受辛苦賺來的財富。」

「但願妳沒堅持，」卓丹說。

「我當然堅持了，然後他們就指責起你來……瞧，我什麼都對你說，我一再告訴自己此事保留不說，而我卻順口說溜嘴……他們一再說早已警告過我，在報社寫文章不是一個正當職業，而我們將死在醫院……最後，換我生氣，正要一走了之時，隊長來了。你知道沙夫舅舅一直很疼我。而，他們在他面前變得有理智，況且他說贏了，他問爸爸是否想繼續被偷……媽媽把我帶到一邊，在我手裡塞了五十法郎，告訴我這可以應急幾天，等待爸爸改變心意。」

「五十法郎！一個施捨！而妳接受了？」

瑪協勒溫柔地牽起他的手，盡一切平靜的理智安撫他。

「瞧，別生氣……是的，我接受了。而且我很清楚你絕對不敢帶這些錢到法政執達員辦事處，於是我自個兒立刻趕到這法政執達員家，你知道，伽埡街（Rue Cadet）。不可思議的是，他竟然拒絕收下這錢，並解釋說，他有布希先生的正式指令，只有布希先生一人可以終止起訴……哦！這布希！我不恨任何人，但這一位讓我忿怒，讓我憎惡！沒關係，我又跑去他家，費埰街，而他要求必須給五十法郎才滿足，如此而已！我們有十五天可以不受折磨。」

卓丹大為激動的臉起了攣縮，忍住的淚水濕潤了眼眶。

「妳做到了，小姑娘，妳做到了！」

「當然，我不想人家一直來騷擾你，而如果人家讓你安心工作的話，我受點委屈沒什麼要緊的！」

她現在笑了，她敘述到布希家時，在他文件中有汙垢，他接待她的粗魯方式，威脅說如果不立刻付清所有債務的話，連一件舊衣衫都不留給他們。好笑的是，她的高興惹他大怒，對他提出這債務的合法權，三百法郎的票據，加上漲到七百三十法郎十五分的利息，而這在某批舊紙片裡，可能不值一百蘇。他壓抑怒氣說：首先，這些正是他以高價買下的；再費時費力花了兩年時間，奔波尋找出簽字的人，而在這人海茫茫中，他必須展開智慧，這一切的一切，難道他不應該被償還？那些被任憑揑掐的人活該！最後，他還是收下五十法郎，因為他的內心不斷地在妥協。

「啊！小妻子，妳很勇敢，我愛妳！」卓丹說，放任自己去擁抱瑪協勒，雖然這時候編緝部的祕書剛好經過。然後，低聲問：

「家裡還剩多少錢？」

「七法郎。」

「好！」他又開心說：「我們還可以再多撐兩天，而我就不用去要求預支薪水了，此外人家可能會拒絕我。這讓我太……明天，我去問問看費加洛是否願意採用我的一篇文章……啊！假如我寫完我的小說，假如可以賣出一些些的話！」

換瑪協勒來擁抱他。

「是的，去，這會大賣特賣！……你陪我一起上街嗎？這很體貼，我們可以買一條煙燻鯡魚當明天的早餐，我在克立喜街角看到很肥的魚。今晚，我們吃燻肉炒馬鈴薯。」

卓丹請一個同事重閱他的文章後，和妻子一起離開。此外，薩卡和宇磊也要走了。街上，有一輛雙座四輪轎式馬車停在報社門前；他們看到桑朵芙男爵夫人從車上下來，對他們微笑致意，接著輕快地上樓。有時，她會如此前來拜訪姜圖。薩卡被她致命的大眼睛所吸引，感到很興奮，真想跟上去。

上頭，在主任的辦公室裡，男爵夫人甚至不想坐下。她只是路過進來問好，順便探探他的口風。儘管他意外的財富，她待他還總是像昔日他是揹客時，每天早上來她父親家乞求單子的卑躬屈膝。她父親，拉提谷先生，是一個令人反感的粗暴者，她忘不了他在損失慘重的怒氣裡，把他踢出門外的那一腳。而現在她視他為消息來源者，她再度變得親近，盡力使他透露消息。

「怎麼樣，有任何消息嗎？」

「當然，沒有，我一無所知。」

但她繼續微笑看著他，確定他什麼也不想說。於是，為了逼他吐露祕密，她談起這場將俘虜奧地利、義大利、和普魯士的戰爭。股票投機太狂熱了，義大利基金以及所有其它證券爆發可怕的跌損。而她相當困擾，她不知道該追隨到哪一點，為了下一次結算，她已經投入相當大的金額。

「您丈夫沒告訴您什麼嗎？」姜圖開玩笑問：「他在使館高居要職。」

「哦！我丈夫，」她揮一揮手，輕蔑說：「我丈夫，從他那兒，我再也擠不出什麼來。」

他更開心，把事情影射向總檢察長戴坎卜洱，她的情夫，有人說，當她輸了，願意付差額時，由他來買單。

「所以您的朋友，他們一點都不知道，法院和宮庭都不知道？」

她假裝不懂，又不斷地祈求，眼睛沒離開過他：

「瞧，您，親切些……您知道某些事的。」

已經有過一次經驗，在和所有女人，骯髒或優雅，肌膚親密過後，他曾憤怒想過要付錢買下她，如同他粗魯地說，這位和他如此熟悉的好賭女人。但，才開口，做出手勢，她就挺直，如此厭惡，如此鄙視，她發誓不敢再犯。和這個她父親以腳踢出去的男人，啊！絕不！她還沒淪落到這地步。

「親切，為什麼我得如此？」他尷尬笑著說：「您也沒這樣對待我呀。」

她立刻再變得嚴肅，眼神生硬，並轉背要離去。惱恨之下，為了傷她，他又說：

「您剛在門口遇見薩卡，不是嗎？為什麼不問他，他，既然他什麼也不會拒絕您？」

她突然再回來。

「您想說什麼？」

「天哪！您愛怎麼想就怎麼想……瞧，別故弄玄虛，我看到您在他家，我很清楚他！」

她忿忿不平，家族的整個驕傲依然活著，從渾濁之底再爬起來，她的狂熱每天一點一滴地把她埋入汙泥裡。此外，她不生氣，僅僅以清楚且粗魯的聲音說：

「啊！這，我敬愛的，您當我是什麼人？您瘋啦……不，我不是您薩卡的情婦，因為我不想。」

而他，於是，以他文采風流的禮貌，對她崇敬致意。

「那麼，夫人，您可大錯特錯……相信我，如果再重來一次的話，千萬別錯失良機，因為，您一直在獵捕訊息，在這位先生的長枕下，您將可不費吹毛之力找到……哦！天哪！是的，巢不久後將築起，您只要在那兒插入您美麗的手指即可。」

她選擇大笑，猶如她甘心做出那些厚顏無恥之事。當她握他的手時，他感覺到她手傳來的冰涼。真的嗎？她和冰冷且瘦骨嶙峋的戴坎卜洱的關係止於她的苦役嗎？這嘴唇如此艷紅，人們說她是貪得無厭的女人？

六月過去，十五日義大利對奧地利宣戰。此外，普魯士，在兩週內，以閃電迅疾行軍，侵襲漢諾威，征服二黑森州、巴得⑤、薩克斯⑥，突擊和平中卸除武裝的人民。法國毫無動靜，消息靈通之士在證交所竊竊私議，自從俾斯麥在比亞利茲⑦依靠皇帝之後，法國和普魯士做了祕密協定，而人們神秘談說法國的中立必然有所補償。但跌損並沒因此災難而止血。七月四日，當傳來薩度瓦⑧突然被雷震一擊時，所有的證券都崩盤，人們以為是戰爭的頑強延續；因為，假使奧地利被普魯士打敗，它在庫斯托扎⑨卻戰勝了義大利；而人們已經傳說奧地利召集殘軍，放棄波西米亞。股票叫賣的指令在證交所環形場如雨紛飛，再也找不到買家。

⑤巴得：Bade，位於德國西南部。
⑥薩克斯：la Saxe，德國一行政區。
⑦比亞利茲：Biarritz，位於法國西南部。
⑧薩度瓦：Sadowa，薩度瓦會戰發生於一八六六年七月三日，是普奧戰爭的重要戰役。
⑨庫斯托扎：Custozza，位於義大利北部。

七月四日，薩卡，很晚才上報社，約六點鐘，找不到姜圖，他的激情，這些時日以來，有點錯亂失常：突然失蹤去放蕩，回來時筋疲力盡，兩眼茫然，人們無從得知，是女孩或酗酒，在大力摧殘他。此時，報社空空蕩蕩，只剩下德樂在會客廳桌子的一角吃晚餐。薩卡，寫了兩封信後，剛要離去時，宇磊面紅耳赤急躁進來，甚至沒時間關門。

「我的好友，我的好友……」

他喘不過氣來，兩手摀住胸口。

「我從盧貢家出來……用跑的，因為我叫不到出租馬車。終於，我找到了……盧貢收到從那兒寄來的一封電報。我看到了……一個消息，一個消息……」

以劇烈的手勢，薩卡發現德樂已經探頭探腦伸出耳朵，薩卡制止他，急忙去關門。

「究竟，怎麼回事？」

「是這樣的，奧地利皇帝割讓威尼托給法國皇帝，並接受他的調解，而後者將去對普魯士和義大利國王商議休戰協定。」

一陣沉默。

「那麼，是和平囉？」

「顯然是。」

薩卡，理解了，但還沒有主意，脫口罵說：

「天殺的！整個證交所都在跌損！」

然後，不由自主問：

「這消息，沒人知道吧？」

「沒人，這是機密電報，電文甚至不會在明早的〈箴言報〉出現。無疑地，二十四小時內，巴黎無人知曉。」

那麼，這是晴天霹靂，突然靈機一動，薩卡再跑到門口，打開門，看是否有人在竊聽。然後，他很生氣，再回來站在眾議員面前，兩手抓住他的禮服翻領。

「住口！不要這麼大聲嚷嚷！……我們是主宰，假如昆德曼和他那一幫人沒被告知的話……聽好！不許說一個字，不許告訴世界上任何一個人！包括您的朋友，和您的妻子！……天賜良機！姜圖不在，只有我倆知道，我們有時間行動……哦！我不想只為我工作。您是其中一位，我們世通銀行的同事也包括在內。只是，一個祕密不能讓太多人知道，假使明天，在證交所開場前洩露一丁點機密的話，這件事就會失敗。」

宇磊很感動，被他們將要嘗試的大舉感到震驚，答應絕對守口如瓶。他們自個兒分配工作，決定立刻展開宣傳活動。薩卡已經戴上帽子，但一個問題冒上他的嘴唇。

「那麼，是盧貢派您來帶給我這消息？」

「無庸置疑。」

他遲疑，他撒謊：電報，其實只是擱在部長的辦公桌上，他冒昧讀了它，只待了一分鐘。但，他的利益取決於倆兄弟的合好，於是他很機靈地說謊，何況他知道他們不太想見面和聊這些事。

「走吧，」薩卡宣布：「沒什麼好說的，他曾經對我好過，這一次……出發吧！」

會客廳裡，一直只有德樂一人，他盡力聽，卻什麼也沒聽清楚。然而他們卻讓他感到狂熱，嗅到空氣中經過一隻巨大獵物，這金錢的味道讓他如此激動，就站到樓梯平台窗口，看他們穿越庭院。這件事的困難是要以最大的謹慎，迅速行動。他們在街上分道揚鑣：宇磊負責夜間的小證交所，至於薩卡，儘管時辰已晚，致力於尋找掮客、場外證券經紀人、證券經紀人，為了下單認購。只是，這些單子，他希望盡可能分散，以免引起懷疑；尤其，他希望製造偶然相遇的樣子，而非刻意上門強求，否則會顯得很奇怪。令人高興的是，他在大道上巧遇和他開玩笑的證券經紀人賈格比，他專門處理重大買賣，所以薩卡的要求應該不會造成他太驚訝。一百步遠處，他遇見一位高大金髮女孩，他知道她是另一位經紀人德拉洛克的情婦，賈格比的連襟；而由於她說她今夜正等他，於是薩卡用鉛筆在卡片上寫兩個字，託她交給德拉洛克。然後，知道馬佐晚上將赴老同窗的宴會，他就安排在餐廳出現，甚至當天，他改變他受委託採取的立場。但他最大的機運是當他回家時，大約半夜十二點，遇到從雜耍劇院出來的麥西亞來搭訕。他們一起走向聖拉扎爾街，他有時間詢問原本相信上漲的事，哦！不要立刻；這樣就好，他最後託他向納唐索和其他場外證券經紀人購買的多重指令，並說他是以一群朋友的名義而買的，總之，這是事實。當他睡覺時，他掌握了上漲的情況，超過五百萬的證券值。隔天早上，七點一到，宇磊就到薩卡家，報告他在小證交所、在歌劇院走道前、在走廊上，讓人盡可能地買，但有分寸，為了不把市價抬得太高。他的指令升到一百萬，而他們兩人判斷行動還太保守，決定進入宣傳活動。他們有一整個早上的時間。而從前他們會撲向報社，在那兒發抖找訊息、摘錄，找出會搞垮他們計策的簡單一行字。不！新聞媒體什麼也不知道，它全都在報導戰爭裡，被電訊、被薩度瓦戰場的詳細細節所充滿。假使在下午兩點前沒走漏任何風聲，假使他們擁有證交所的一個鐘頭，或甚至半個鐘頭，就成了，如薩卡所說，他們將在暴利榨取的交易上吃通莊。他們再度分手，各自奔向一方，著手向戰場投進其它的百萬之數。

這天早上，薩卡在馬路上閒逛時達成任務。他嗅嗅空氣，直覺產生有必要走走路，於是遣走他的馬車，走完第一段路後，進去寇勒帛家，那兒金子的叮噹響聲讓他覺得悅耳動聽，好像是勝利的允諾；而他對銀行家有什麼都不知，什麼都不說的力量。他接著上去馬佐家，不是為了下新單，只是擔心他前夜捏造的話。那兒，人們也還全然不知。只有小符洛立和他聊起某個擔憂，他在他身邊轉個不停：唯一原因是年輕雇員對世通銀行主任的金融智慧深感崇拜，而楚楚小姐開始對他造成經濟負擔，於是他冒險從事某些小操作，他夢想獲知大人物的指令意向，並置身在他的遊戲裡。

終於，在香玻餐廳快速吃完午餐後，聽到莫澤和畢治侯在那兒預測證交所新暴跌的悲觀怨言，他心中大喜。薩卡，十二點半起，就在證交所廣場上，他那種表情，他很想看著人潮的出現。只是今天烈日當空，有著難以忍受的炎熱，陽光的反射都使階梯都發白了，列柱廊因此也灼熱了；而空椅子在這烈日下劈啪響，至於投機者，站立著，尋找柱子的苗條蔭影。在庭園一棵樹下，他發現布希和辣媚千，他們一看到他就開始迅速聊起來；他甚至覺得他倆正要過來和他攀談，然後回心轉意：所以他們知道某事？這些掉進溪裡還持續尋覓的股票低級拾荒者。瞬間，他起了哆嗦，而有個聲音呼喚他，他在一張長凳上認出莫岡特和沙夫隊長，他倆正在爭吵，因為前者，正在大力嘲笑隊長的可憐小遊戲，這從現金上賺到的路易金幣，如同外省咖啡館之底，在頑強的撲克牌局之後：瞧，這一天，難道他不能冒險嘗試一局穩當嚴謹的操作嗎？跌損不正如太陽般明亮嗎？他喚來薩卡做見證：問是否將降價？他對下跌做了強烈的見解，如此信服，而拿他的財產來下賭注。被這麼直接問，薩卡回以微笑，曖昧點頭，後悔沒通知這位如此勤勞、神智如此清明的可憐男人；但他發誓絕對保密，他有著賭徒不想破壞運氣的堅強意志。而此刻，他心不在焉：桑朵芙男爵夫人的雙座四輪轎馬車經過，他的眼睛追隨著，看到馬車這一次停在銀行街。突然，他想到桑朵芙男爵，奧地利使館顧問：男爵夫人肯定知道，她將因女人的某種愚蠢而輸光。他已經穿越街道，在馬車四周不懷好意地晃來晃去，馬車伕僵直地坐在椅上，不動、沉默，好像死去一樣。突然玻璃拉下，他致意，獻媚地靠上去。

「如何，薩卡先生，我們還在下跌？」

他以為是個陷阱。

「是呀，夫人。」

接著，由於她以一種他熟悉，賭徒身上特有的猶豫不決眼神，焦慮地看著他，他明瞭她也一無所知。一股溫和的血流冒上頭殼，甘冽地淹沒他。

「那麼，薩卡先生，您可有什麼要告訴我的？」

「確實沒有，夫人，無疑地，您已經都知道了。」

離開她時，他心想：「妳對我不親切，我很開心看到妳栽跟斗。也許，下一次，會讓妳學乖。」她從沒如此刻更讓他想要擁有她，他確定等時機一到即擁有她。

他再回到證交所廣場，老遠就看到昆德曼突然從維威安街出現，使得他的心裡再打起寒顫。

從遠距離看，他是如此地瘦小，但確定是他，踩著緩慢的步伐，挺直蒼白的頭，無視他人的存在，如同獨自在他的王國的人群之中。薩卡畏畏縮縮地跟著他，詮釋他的每一個動作。看到他上前和納唐索攀談，他想全完了。但場外證券經紀人狼狽地走開，於是他又重拾希望。他明顯看到銀行家的日常表情，而突然地，他的心高興地跳起來：昆德曼剛進去糖果店買糖果給他的孫女們吃；而這就是一個確切徵兆，因為如果他知道危機當前，他絕不會進入。

一點鐘響起，鐘聲宣布開市。這是證交所值得紀念的一日，災難大日子，上漲大災難，如此稀罕，可保存為傳奇回憶。在難以忍受的炎熱裡，起初，股市行情還在下跌，然後，被孤立的突然買進，猶如狙擊兵在戰役開始前，令人驚訝地開火。但交易仍然維持沉重，在一般的猜忌之中。買進愈增愈多，點燃所有的地方，在證券場外，在護牆；柱廊下再也聽不見納唐索的聲音，馬佐、賈格比在環形場地叫喊，他們拿下所有的證券，以所有的價格；而這小震動，掀起了波濤，然而沒人敢冒險，在這無法解釋的情勢改變慌亂裡。股市輕微上升，薩卡有時間透過麥西亞下新指令給納唐索。他也請奔跑經過的小符洛立，交給馬佐一張他負責採買的證交所買賣記錄卡，一買再買，不斷購買，以致符洛立看了記錄卡，因過度信任而被打動，玩起他的大人物的投機，用自己的帳號也認購起來。而就在此刻，一點四十五分，整個證交所晴天霹靂大爆：奧地利割讓威尼托給皇帝，戰爭結束了。這消息從何而來？沒人知道，它同時從每張嘴裡、和大堆文章裡說出來。

有人提供它，所有人在喧嚷中再三重複，以春秋二分潮汐的大嗓音闊達它。股市被激動暴漲，在恐怖嘈雜聲中，開始上升。在收盤鐘響之前，股價漲到四十、五十法郎。這是場難以言喻的混戰，所有人猛衝亂撞尖叫的戰場，士兵和隊長，為了自救，被震聾、被瞎眼，對情勢不再有清晰的意識。額頭汗流如水，無情太陽打在台階上，置證交所於熊熊燃燒的火焰之中。

結算，當人們可估計災情時，戰場上出現滿山遍野的傷患和破產人。莫澤，以空頭方式進行投機，屬於受打擊最深的人。畢冶侯艱辛地為他的懦弱付出代價，唯一一次他對上漲感到失望。莫冏特損失了五萬法郎，頭一遭嚴重損失。桑朵芙男爵夫人必須付一筆巨額差價，據說，戴坎卜洱拒絕買單；她因忿怒和怨恨而臉色大白，以她丈夫使館顧問之名，在盧貢之前即握有電報，只是什麼都沒對她說。但銀行界高層，尤其猶太銀行，是一個可怕的失敗，一個真正的大屠殺。有人確認昆德曼自個兒輸了八百萬。這麼令人驚愕的事，他如何未被告知？他，不由爭辯的市場主宰，部長們只是他的職員，而他把國家掌控在他的至高從屬裡！而這些非凡的時機造成了偶然的出擊。這在所有理智和邏輯之外，出乎意料的愚蠢暴跌。

此時，事件繼續擴散，薩卡搖身一變成為大人物。賭檯上的錢耙一掃，聚攏了空頭投機者幾乎輸掉的總金額。

他個人賺了兩百萬。其餘匯入世通銀行的帳戶裡，或更恰當地說，消失在董事們的手裡。他費了很大的勁，才說服凱洛琳夫人收下哈莫嵐的份，合法從猶太人手中贏得的一百萬戰利品。宇磊賣力幹活，光榮盛大地割取他的份。至於戴格蒙和勃恩侯爵那幫人，可就一點也不客氣。所有人一致恭賀感謝英明的主任，尤其符洛立，燃燒著一顆對薩卡感恩的心，他賺了一萬法郎，足夠和楚楚住在康度協街（Rue Condorcet）上的一間小房，晚上還可以偕同古斯塔夫．塞迪爾和吉兒嫚．可兒上昂貴餐廳。在報社，必須分給姜圖一份額外報酬，他震怒人們沒事先通知他。只有德樂黯然神傷，因為他得懊悔一輩子，一天晚上，察覺財富在空中神秘、曖昧、白白地掠過。

薩卡這第一回的勝利，似乎像帝國鼎盛時期的興盛繁榮，他進入輝煌映照的統治光芒裡。當天晚上，他在坍塌的財富之間成長，證交所不再是瓦礫沮喪之地，整個巴黎張燈結綵，光亮閃耀，慶祝大勝利；杜伊勒里宮的慶宴，街上的歡樂，慶祝拿破崙三世，歐洲主宰，如此豐功偉績，以致爭執不休的皇帝和國王，選擇他當仲裁者，並交給他外省，好讓他在他們之中支配掌管。眾議院裡，有些聲音提出大抗議，不幸的預言家含糊宣稱可怕的未來：普魯士在法國的容忍下完全壯大，奧地利被打敗，義大利忘恩負義。但大笑、怒吼窒息了這些焦慮之音，而巴黎，世界中心，被它所有的大道和紀念建築物所燃燒，在薩度瓦的隔天，等待黑暗和冰冷沒煤氣的夜晚，被炮彈的紅色引爆線穿越。今晚，薩卡成功滿盈，在街上遊蕩，協和廣場、香榭大道、所有點燃小油燈的人行道，散步者在上漲的人潮裡被席捲，被這如大白天的光亮照射得眼花繚亂，他相信人們張燈結綵是為了祝賀他：他不正是從災難中挺立而出，不預期的戰勝者嗎？唯一一個困擾破壞了他的喜悅興緻，當盧貢瞭解證交所操縱的來源時，盛怒之下驅逐宇磊。所以，這並非大人物對兄弟示好，而發送訊息給他？他必須略過這位高官，甚至必須攻擊至高無上的部長？突然，在榮譽勳位團（Légion d' honneur）宮的對面，一個巨大的十字架火焰高高踞上，在黑暗的天空裡炭燒，他大膽決定，有朝一日，要讓腰桿子夠硬朗。而，陶醉在人群的歌聲和旗幟的劈啪聲裡，他再度回到聖拉扎爾街，穿越萬丈光芒的巴黎。

兩個月後，九月份，薩卡在大敗昆德曼的勝利上，變得大膽，決定給世通銀行新的衝勁。在四月底舉行的全體大會裡，被提出的一八六四年度資產負債表記載，當資金加倍時，產生九百萬的利潤，其中包括每股二十法郎溢價的五萬份新股票。他們完全分期償還了第一家機構的帳目，支付了股東們的百分之五，和董事們的百分之十利潤，除了規定的百分之十外，留下一筆五百萬準備金；並以剩下的一百萬，達成每股十法郎的股息。對成立不到兩年的公司而言，這是一張漂亮的成績單。但薩卡行事狂熱，在金融土地實施密集耕作，冒著焚燒農作物的危險，對土地加熱、超加熱。他先透過董事會，再透過九月十五日召開的臨時全體會議，接受資金的第二次調高：他們還要再加倍，從五千萬調到一億，創立十萬份新股票，只保留給股東，一票對一票。只是，這一次，證券值發行到六百七十五法郎，也就是一百七十五法郎的溢價，預定繳納到儲備金裡。愈來愈多的成功，已經完成的圓滿交易，尤其世通銀行將推展的大公司，就是為了證實這一次又一次巨額加倍的資金而引用的理由；因為必須給銀行一個代表它相關利益的重要性和穩定性。此外，結果立即生效：幾個月來，股票在證交所維持穩定，以三天時間，從七百五十的市價，上升到九百。

哈莫嵐無法從東方回來主持臨時全體會議，他寫一封憂心忡忡的信給他妹妹，信上表達對世通銀行以瘋狂火車，奔馳飛速的主導方式感到擔憂。他揣測，他們又在勒羅蘭代書公證人辦公室立假宣言。事實上，所有的新股票沒被合法認購，公司留下拒絕認購股東的持股；而且沒執行繳納，他們做假帳，將這些股票過到薩巴坦尼的戶頭。此外，其他人頭、雇員、和董事們都允許自我認購的發行；以致他們持有將近三萬份股票，相當於一千七百五十萬法郎。除了這是非法之外，情勢可能變得危險，因為經驗顯示，所有在其股票上投機的信貸銀行都是失敗的。但凱洛琳夫人愉快地回答哥哥，笑他今日變成膽小鬼，而從前持疑的她還必須讓他安心，她總是提醒注意，一點也不想看到可疑的事情，然而相反地，她被清楚邏輯見證到的偉大事業感到驚嘆。事實是，她對他人隱瞞她的事，一無所知，而其它的事，因為她對薩卡的崇拜，她對這位矮小男人的事業和才智的好感，使得她盲目。

十二月時，股價超過一千法郎。面對世通銀行的勝利，高層銀行感到激動，有人在證交所廣場上遇見昆德曼，他心不在焉的樣子，踩著機械式的腳步，進入糖果店買糖果。他毫無怨言地付了他輸掉的八百萬，他的家人沒有一人在他的唇上聽見一句氣憤和懷恨的話。當他如此罕有的輸賠時，他像尋常一般說這幹得好，讓他學到不要得意忘形的教訓；而人們微笑，因為無法想像昆德曼的漫不經心。但這一次，嚴厲的教訓應該讓他刻骨銘心，一想到被這膽大妄為、狂熱瘋子的薩卡打敗，而他如此冷靜，如此主宰人事大權，對他而言，肯定難以忍受。於是，從此時起，他開始窺伺薩卡，確定他會報復。立刻，在接待世通銀行的狂熱前，他採取觀察立場，被說服說他太快的成功，揑造的興隆，會導向更慘的災難。此時，股價一千法郎還算合理，而他等待股價的自行下跌。他的理論是，人們無法在證交所呼風喚雨，當股票被製造出來時，頂多可以預估並利用它們。唯有邏輯才能統治，事實是，投機如同別處，是一種至高無上的力量。一旦股價太過誇張，就會暴跌：跌價因此以數學方式形成，他將只是在那兒看他的計算實現，並將盈利放進口袋。而，他已經設定在股價一千五百法郎時進入戰場。到一千五百，他就開始出售世通銀行的股票，起初少量，然後每次結算就增加，依據預先決定的規劃。不需要空頭投機者聯合公會，他一個人就夠力，理智的人根據清晰的真相作投機。這喧鬧的世通銀行如此快速充斥市場，在猶太高層銀行前，威脅矗立，他冷漠地等待它自個兒起裂縫，再過肩將它甩到地上。

稍後，有人說這甚至是昆德曼，祕密方便薩卡購買一棟位於倫敦街的老房子，薩卡有意拆毀他夢想中的旅館，代之以一座皇宮的矗立，在裡頭闊綽地安置他的事業。事實是，薩卡成功說服董事會買下老房子，一到十月中旬，工人即開始動工。

奠基石當天，舉行盛大儀式，約下午四點鐘時，他接待桑朵芙男爵夫人來訪。同時，薩卡在報社等待姜圖，這位帶著隆重儀式彙報去發送給其他友好的期刊。男爵夫人先要求見總編緝，然後恰巧遇到世通銀行的主任，他慇懃地給予她希望知道的所有訊息，並帶她到走廊底端的保留室裡。在那兒，第一個唐突侵犯，她就讓步，在長沙發椅上，如此一個女孩，順從於艷遇。

但出了一件麻煩事，凱洛琳夫人到蒙馬特區採買，順便上來報社。她有時候會如此突然出現在那兒，為了給薩卡一個回覆，或只是來探望一下。此外，她認識她推薦到那兒工作的德樂，她總是停下來和他聊一會兒，欣然見到他對她表達的感激。這一天，會客廳找不到他，她就筆直進入走廊，而在走廊撞見他，他剛從門上偷聽回來。現在，這是他的變態，他狂熱顫抖，把耳朵貼在所有的門鎖上，為了竊聽證交所的祕密。只是這一次，他所聽到和瞭解的，使他感到有點尷尬，而曖昧的笑著。

「他在裡頭，是吧？」凱洛琳夫人問，同時想進去。

他叫住她，結結巴巴地，沒時間撒謊。

「是的，他在裡頭，但您不能進去。」

「怎麼，我不能進去？」

「不能，他和一位女士在裡頭。」

她變得一臉蒼白，而他毫不知情，眨眼，引頸，以滑稽的表情，暗示艷遇。

「這位女士是誰？」她簡短問。

他沒任何理由對她的大恩人隱瞞姓名，就附在她的耳朵低聲說：

「桑朵芙男爵夫人……噢！她在這兒打轉很久了！」

凱洛琳夫人瞬間愣住。走廊的影子，辨識不出她蒼白的臉色。她一顆心剛體驗到如此尖銳、難受的痛苦，記憶中從沒經歷過如此難受的痛苦，而就是這可憎創傷的驚愕把她釘在那兒。她現在該怎麼辦？闖入門裡，朝這女人撲上去，兩人互摑耳光的醜聞嗎？

而，由於她還無意志力地待在那兒，神智不清，她很開心被上來接她丈夫，最近剛認識的瑪協勒攀談。

「喂！是您，親愛的夫人……您可想像我們今晚要上劇院！哦！說來話長，這必須不能太貴……而保羅發現一個小餐廳，每人只要三十五蘇，就可大飽口福……」

卓丹來到，笑著打斷他妻子的話。

「兩道菜，一瓶酒，麵包可隨意吃。」

「而，」瑪協勒繼續說：「我們不搭馬車，散步回家是多麼有意思啊，當時間很晚時！……今晚，由於我們有錢，我們將多點二十蘇的杏仁蛋糕……一整套的慶宴，不尋常的喜慶！」

她興高采烈地挽著她丈夫離開。而凱洛琳夫人和他們再回到會客廳，再找回微笑的力氣。

「好好地玩，」她以顫抖的聲音，喃喃說。

然後，換她離開。她喜愛薩卡，她感到驚訝和痛苦，猶如一個她不想呈現的可恥傷口。

第七章

金錢

L'Argent

兩個月後，十一月份一個灰色溫和的下午，凱洛琳夫人用完中餐，立刻上樓去圖樣室，著手工作。她哥哥在君士坦丁堡忙著他的東方鐵路大事業，交待她重閱他在他們第一次旅行時寫下的所有筆記，再以學術論文方式，將鐵路問題整理成一份歷史摘要資料。兩個禮拜以來，她全神貫注在這個工作上，這一天，天氣是這麼地熱，她熄滅火爐，打開窗戶，坐下來之前，從那兒眺望片刻，博威立業府邸光禿禿的大樹，呈現淡紫色的蒼白天空。

她書寫了將近半個小時，當她從桌上成堆的文件，久久尋找她需要的一份文件時而分神，她站起來，去翻動其它紙張，再雙手滿滿地回來坐下；而在整理活頁時，她不期然看到聖像圖，一張著了色的聖墓畫卡，一篇在心靈遇難的危險時刻，君主為了確保解救，加框的耶穌受難祈禱文。她記得，這是她哥哥像個虔誠的大孩子似地，在耶路撒冷買的圖畫。她突然很激動地淚流滿面。啊！這兄長，如此這般人才，如此長久被埋沒，他喜悅相信，不能為了糖果盒而在這天真的聖墓前微笑，在這篇以糖果商為詩的押韻祈禱文的效能裡信仰，他獲得一種泰然的力量！她再見到太信任人，也許太容易受騙的他，但他依然如此正義，如此平靜，不反抗，甚至不鬥爭。而她，兩個月以來，掙扎痛苦，她不再相信，以閱讀來燃燒，以論證來蹂躪，她多麼希望在脆弱的時刻，依然熱情，保持如他的簡單和純樸，直到她流血的心可以安眠，並早晚圍繞著耶穌受難的釘子、矛頭、荊冠、和馬蹄鐵尖端，重複三次孩童的禱告！

隔天的突然意外，使她得悉薩卡和桑朵芙男爵夫人的私情，她以所有的意志力堅強抗拒去監視和探聽他們。她不是這男人的妻子，她不想當他的狂熱、嫉妒、直到醜聞的情婦；而她的悲哀是每一次他們親密時，她繼續不自我拒絕。這來自和平的方式，僅僅是她起初認為的愛戀深情：一種致命到讓人獻身的友誼，如同男女之間發生的事一樣。她不再只是二十歲，在艱苦的婚姻經驗之後，她變得包容寬大。三十六歲的她，是如此的理智，自以為沒幻想，因而無法對這位夜裡任其擺佈的朋友，閉上眼睛，在道德缺席的一分鐘裡，她表現出比情婦更像母親的角色。而他也是，怪異地超越英雄的歲數？有時候，她一再說人們對這些性關係寄予太大的重要性，以致經常單純的相遇之後，複雜了整個存在。此外，她會是第一個對所謂的傷風敗俗微笑的人，所有的女人對所有的男人奉獻身體，這難道是不被允許的過錯嗎？然而，理智的接受並和對方分享男人的女人有多少呢？但願平日的實踐，會在唯一和完全擁有的嫉妒意念上，帶走她幸福的天真善良！但並不是了解這番理論就可以讓生命少承受痛苦，她徒然盡力克己忘我，繼續當忠實的管家，志願奉獻身體的高級聰明女僕，當她付出她的心和她的腦時：她的肌膚、她的熱情，使她激怒反抗，她無法讓薩卡知曉全部，無法激烈打破他們之間的關係，無法將薩卡帶給她的可怕痛楚丟還回去，因此她感到極端的痛苦。此時，她克制自己，直到沉默不語，保持冷靜和微笑；而在她如此坎坷的生命裡，她從來沒有比今天需要更多的力量。

她再多看一會兒，她一直拿在手上的聖像，以懷疑的痛苦微笑著，被溫柔完全感化。而當她不再看它們時，她又重新組合薩卡前夜可能做的事，甚至這一天的作為；她不由自主，且不停地胡思亂想，一旦她空閒下來時，本能地再回到這個偵探事件上。此外，薩卡似乎過著他日常的生活，早上忙於管理繁縟的事務，下午證交所，晚上宴客，首場表演，喜樂的生活，一個她一點也不忌妒的劇院女孩。而此時，她深深感覺到他的內心產生新的關注，某件事改變了他的忙碌時刻，無疑是這位女士，在某個他小心提防、不為人所知的地方，和她約會。這使她懷疑和猜忌，不由自主地當起「憲兵」，如她哥哥笑談稱謂；而當她的信任擴大時，她甚至停止監督世通銀行的事務，不合法的事讓她震驚和悲傷。然後她非常驚訝，內心在自我解嘲，找不到說話和行動的力量，僅僅一個焦慮就使她如此牽腸掛肚，她多想接受這讓她窒息的背叛。而羞愧感覺到眼淚再次流下，她藏起聖像，致命懊悔不能到一間教堂跪下告解，數小時內哭乾她身體的所有淚水。

十分鐘以來，凱洛琳夫人，平靜沈澱，開始撰寫論文集。此時，侍從來告訴她，前天被辭退的馬車伕察爾，非和夫人談話不可。這是薩卡自己僱用了他之後，撞見他偷燕麥而辭退他。她猶豫，然後同意接見他。

高大、英俊的男孩，臉和頸都刮了鬍子，以大搖大擺的自信和被女人包養的男人的妄自尊大姿態，察爾傲慢地自我介紹。

「夫人，我是為了洗燙衣服女工遺失並拒絕賠償我的兩件襯衫而來。無疑地，夫人想不到我會遺失這麼一件……而由於夫人是負責人，我要夫人償還我的襯衫……是的，我要十五法郎。」

對於家務問題，她非常嚴厲。或許為了避免所有的爭論，她會給十五法郎，但這男人放肆無禮，前天還往袋子裡偷竊，令她反感。

「我什麼也沒欠您，我不會給您一毛錢……此外，先生特別交待，絕對禁止我聽您的要求。」

於是，察爾向前威脅說：

「啊！先生這麼說，我猜也是，而他錯了，先生，因為我們將大笑……我沒有笨到看不出夫人是他的情婦……」

凱洛琳夫人臉紅地站起來，想驅逐他。

但他不留給她時間，繼續更大聲說：

「也許夫人將很樂意知道先生去哪兒，四點到六點，每週兩到三次，當他確定獨自一人時……」

她突然變得很蒼白，所有的血液流向她的心。以激動的手勢，她試著將這兩天她想避免知道的訊息塞回他的咽喉裡。

「我不准您這麼說……」

只是，他叫得比她還大聲。

「這是桑朵芙男爵夫人……戴坎卜洱先生包養她，先生在靠近聖尼古拉街街角，枸馬丹街（Rue Caumartin）上承租一間小閣樓，好自在地擁有她，一間有一棵果樹的房子……而先生就是熱呼呼地上那兒就位入座……」

她伸出手臂按鈴，好叫人來把這男人丟出門外；但他一定會在傭人面前繼續說話。

「哦！當我說熱呼呼時！我有個女友，克拉麗絲，在裡頭當貼身侍女，看到他們在一起，還看到她的女主人，名符其實的冰塊，對他做一堆骯髒的事……」

「住嘴，可恥的人！……拿去！這是您的十五法郎。」

以說不出厭惡的手勢，她給了他錢，清楚只有這樣才能打發他走。立刻，的確，他再度變得彬彬有禮。

「我，我只為夫人著想……那間有果樹的房子。死胡同之底的台階……就是今天，星期四，四點鐘，如果夫人想當場抓住他們的話……」

她把他推到門口，緊閉著唇，臉上毫無血色。

「尤其今天，夫人也許能目擊某些逗趣的事……克拉麗絲經常這樣待在一間房裡！而當我們曾有位好主人時，總得留給他們一個小小的回憶，不是嗎？……晚安，夫人。」

終於，他走了。凱洛琳夫人維持幾秒鐘不動，試圖了解這樣一個場景會威脅到薩卡。然後，無力地，嘆了長長一呻吟，突然倒在工作檯上；長久以來窒息她的眼淚又再淌流下來。

這位克拉麗絲，一個金髮瘦削女孩，剛背叛她的女主人，提供給戴坎卜洱撞見她和另一個男人，在甚至是他付錢的住所裡做愛的機會。她起先要求五百法郎；但由於他十分吝嗇，討價還價之後，就以兩百法郎成交，當她為他打開房門時，一手交錢一手交貨。她就睡在那兒，盥洗室後面的一個小房間裡。男爵夫人僱用她，但為了慎重起見，不將家務事交給她處理。她因此經常遊手好閒地活著，在約會空檔之間，無所事事地在這空蕩住所之底，消磨時間，而一旦戴坎卜洱或薩卡來時，她就消失不見。她就是在這房子裡認識察爾的，他夜裡來久留，和她待在白天被主人們的放蕩蹂躪的大床上；而察爾甚至是她推薦給薩卡，說是一個很老實可靠的好人。自從他被辭退後，她就懷恨在心，況且她的女主人對她非常吝嗇，而她曾有一個每個月多賺五法郎的工作。起初，察爾想寫信給桑朵芙男爵；但她找到更有意思且更有利可圖，結合戴坎卜洱一起抓姦的策劃。而這一天，萬事具備，將大事一舉，她等待著。

四點鐘，當薩卡到達時，桑朵芙男爵夫人已經在那兒，躺在壁爐前的長椅上。她表現得和平常一樣，如同知道時間就是金錢的商場女人。前幾回，在這位頭髮如此棕色、藍眼睛、瘋狂蕩婦的挑逗姿態下，他體驗不到他所想要的愛的刺激，所以感到掃興。她如大理石般，厭倦於他沒用地努力尋找不來的感覺，一整個被股票投機所擄，至少焦慮沸騰了她的血液。然後，奇異感覺到，不厭惡，屈於噁心，假如她認為在那兒體驗了一個新寒顫，他使她敗壞墮落，從她那兒獲得所有的愛撫。她聊股票，套他話；而無疑的，因緣巧合，自從私情勾通以來，她開始賺錢，她對待薩卡有點像是護身符，即使骯髒，人們還是保存和親吻，因為它會給您帶來運氣。

克拉麗絲升起熊熊大火，這一天，他們沒立刻上床，卻文雅地待在大火之前的長椅上。外頭，夜幕將落，但護窗板緊閉，窗簾細心拉下；而兩盞大燈，無燈罩的球型毛玻璃，以一種露骨光線照亮他們。

薩卡前腳才剛踏進屋，戴坎卜洱後腳就從車子下來。總檢察長戴坎卜洱效忠於皇帝，可望晉升為部長，他是一位五十歲面黃肌瘦的男人，莊嚴的高大身材，刮掉鬍子的臉，被深深的皺紋切割，有一種嚴厲的樸實無華。他堅硬的鷹鉤鼻，堅持不懈，似乎永不饒恕。而當他以平常步伐，登上台階，整齊又沈重，神聖不可侵犯，一副審判大日子的冷酷模樣。屋子裡沒人認識他，他只在夜晚降臨時才來。

克拉麗絲在狹窄的會客廳等他。

「先生，請隨我來，而我鄭重建議先生不要出聲。」

他猶豫，為何不從房門直接進去？但，她很小聲地對他解釋，門一定上了鎖，必須撞開，如此，夫人將受到警告，而有時間善後。不！她所想要讓他撞見的是，一天，冒著眼睛卡在鎖孔的危險所看到的事。為此，她想到某個很簡單的方法。從前，她的房間，隔著一道門和盥洗室相通，今天門被鑰匙鎖起來；而鑰匙被丟到抽屜底下，她只要從那兒取出鑰匙，即可打開；由於這道被封閉、被遺忘的門，以致今天他們可以無聲無息地溜進其本身也被一道小門和房間隔開的盥洗室。夫人絕料想不到有人會從這裡頭進來。

「請先生完全信賴我。我有利可圖，最好成功，不是嗎？」

她從半掩的門溜進去，瞬間消失，留下戴坎卜洱一人，待在女僕狹窄的房裡，床鋪凌亂，盥洗盆裡有泡了肥皂的水，她早上已經將她的行李箱搬走，為了好事揭穿後，趁機溜逃。然後，她回來，再輕輕關上她的房門。

「先生必須稍待片刻。這會兒還不是時候，他們正在聊天。」

戴坎卜洱一臉嚴肅，沈默不語，在這個盯著他看，愛開玩笑女孩的曖昧眼神之下，站著不動。此時，他厭煩，一陣神經抽搐，牽引了他左邊大半個臉孔，盛怒之下，血衝上腦。男性的激忿，在他天生的吃人魔胃口，藏在他專業面具的冰涼嚴厲之後，開始低沈嗥叫，對這人家偷他的肉體而激怒。

「快點，快點，」他雙手發燒，不知所云地重複。

但，當克拉麗絲二度消失，再回來時，一隻手指頭在唇上，求他再耐心等待。

「我對您保證，先生，理性點，否則您將錯失最精彩的……再一會兒，將達到高潮。」

戴坎卜洱雙腿突然疲憊，而坐在女僕的小床上。夜降臨，他就如此待在陰影裡；至於貼身女侍竊聽著，不遺漏任何從房間傳出來的輕微聲音，而他耳朵所聽到的嗡嗡倍增聲響，感覺像是行軍的踏步聲。

終於，他感覺到克拉麗絲的手沿著他的手臂在摸索。他了解，二話不說，就給她一個信封，裡頭塞進他承諾的兩百法郎。她走在最前面，打開盥洗室的小門，把他推進房裡，說：

「瞧！他們就在這兒！」

在熊熊火焰之前，熾熱的火炭裡，薩卡背對他們，躺在長椅的邊緣，只穿著他繾捲直到腋窩的襯衫，從他的腳到肩膀，可看到他棕褐色的皮膚，隨著歲數被動物的毛給侵襲；至於男爵夫人全裸跪著，粉紅火焰將她煮熟；兩支大燈以如此強烈明光照亮他們，所有些微細節都以放大的影子襯托凸顯出來。

被這不倫現行罪驚訝地透不過氣來，戴坎卜洱呆愣住；其他二人，驚愕看到這男人從盥洗室進來，像遭到電擊似地，一動也不動，兩眼睜大瘋狂。

「啊！無恥下流，狗男女！」總檢察長終於結結巴巴大罵：「狗男女！狗男女！」

他只找到這字眼，罵個沒完沒了，甚至為了給他更大的力量，以斷斷續續的手勢來加強口氣。這一次，女人一躍而起，對她的裸體感到慌張，轉身朝向他，尋找她留在盥洗室的衣衫，但她過不去，只好隨手抓取留在那兒的一條白襯裙，將它披在肩上，把腰帶的兩端含在牙齒之間，為了勒緊埋在胸脯的脖子。男人也離開長椅，壓平他的襯衫，一臉困窘的模樣。

「狗男女！」戴坎卜洱又重複：「狗男女！在我付錢的房間！」

並對薩卡伸出拳頭，愈來愈瘋狂，一想到用他的錢買的一張家具上，產生的這些味道，他就暴怒狂亂。

「您在我這兒幹這等下流事！而這女人屬於我，您不只是狗，還是小偷！」

薩卡不生氣，想叫他冷靜下來，如此衣衫不整地，令人感到相當尷尬，對風流事覺得全然氣惱。但小偷這字眼更傷害到他。

「見鬼！先生，」他回答：「想要獨自擁有一個女人，先從給予她所需要的一切開始。」

這指責他吝嗇的諷喻，惹得戴坎卜洱激怒不已。他變得讓人認不出來，如同一隻人形公山羊，所有被藏起的淫蕩都從他的肌膚驚駭冒出。這張臉，如此莊嚴、如此冷漠，突然紅了起來，自我膨脹，突顯成一種激怒的嘴臉。在這翻攪污巇的可怕痛苦裡，暴動放出肉慾的天性。

「需要，需要，」他結結巴巴說：「水流般的需要……啊！婊子！」

他對男爵夫人做出非常粗暴的手勢，而驚嚇到她。她一直站著不動，襯裙掩不住胸脯，而露出肚皮和大腿來。了解這有罪的赤裸，如此被攤開，讓她更加痛苦，她退到椅子上，坐下並夾緊雙腿，提到膝蓋，盡可能地隱藏一切。然後，她就待在那兒，不動也不語，頭有點垂下，眼睛歪斜陰險地偷瞄戰場，以雄性互相爭奪的雌性，伺機等待，獻身給勝利者。

薩卡勇氣十足，跳到她前面。

「您該不會要揍她吧！」

兩個男人面對面。

「哦，先生，」他又說：「必須做個了結。我們不能像馬車伕般的爭吵……這千真萬確，我是夫人的情夫。而我再次告訴您，假如您付了這兒的家具，而我也付了錢……」

「付了什麼？」

「很多東西：比如，有一天，她在馬佐那兒的舊帳戶欠了一萬法郎，而您卻拒絕完全支付……我和您擁有同樣的權利。豬哥，有可能！但竊賊，啊！不！您將收回這字眼。」

戴坎卜洱盛怒大叫：

「您就是個竊賊，而我將扯斷您的頭，如果您不立刻滾蛋的話。」

但薩卡輪到他生氣。一直提著他的褲子，抗議說：

「啊！啊，喂，您終於惹惱了我！我想走自會走……還輪不到您來威脅我，我的好先生！」

而當他套進他的靴子裡時，他在地毯上果斷踩了一腳，說：

「但現在，我堅決留下。」

狂怒到喘不過氣來，戴坎卜洱靠近，臉朝前。

「下流豬，想逃！」

「不會在你之前，老惡棍！」

「我打你一巴掌！」

「我，我踹你那個地方！」

面對面，獠牙舞爪，他們叫囂謾罵，用崩潰的教養，忘我的爭吵著，在這發情期淫穢花瓶的漂浮裡，總檢察長和金融家激發一場如同醉漢、趕大車馬車伕般的爭吵，污言穢語，如吐痰一般，各自以滔滔不絕的無恥下流話投擲給對方。他們的聲音在喉頭哽住，從汙泥撈去浮渣。

男爵夫人在她的椅子上一直等待兩人其中之一被甩出門外。她已經平靜下來，安排未來，現在只有貼身女侍在場的狀況，令她侷促不安，她猜她為了給自己來點快活，還躲在盥洗室的門後。事實上，這女孩伸長頭，正在竊喜冷笑，傾聽先生們互吐噁心至極的話，兩個女人相望，女主人全裸蹲著，女僕挺直，她扁平的小衣領，衣衫齊整；她們交換了一個殺紅的眼神，當女公爵和擠奶女人通通褪去衣衫而平等時，這目光說明了她們互相敵對的百年仇恨。

薩卡也看到克拉麗絲。他粗暴地穿衣服，套上他的背心，並回來在戴坎卜洱的臉上辱罵一句，伸進他禮服的左袖，再破口大罵一聲，伸進右袖，找到一句又一句，不停的罵，使勁地臭罵，罵得滿滿一大桶。然後，突然結束說：

「克拉麗絲，過來！……打開門，打開窗，好讓整棟房子和整條街的人都聽到！……總檢察長先生想讓大家知道他在這兒，而我就把他介紹出來，就是我！」

戴坎卜洱一臉蒼白地倒退，看到他走向一扇窗，好像他想扭轉門窗的長插銷似地。這可怕的男人很有可能執行他的威脅，他，一個嘲笑醜聞的人。

「啊！流氓，無賴！」總檢察長喃喃說：「狗男女一對，您和這臭婊子。而我把她留給您……」

「沒錯，滾開！我們不需要您……至少，她的帳我付了，她不用再哭窮……瞧！您想要六蘇嗎？好搭公共馬車。」

在辱罵之下，戴坎卜洱瞬間停住，走到盥洗室門檻。他再次挺起瘦瘦高高的身材，一臉蒼白，被僵硬的皺紋切割。他伸直手臂，發誓：

「我發誓，將讓您為這一切付出代價……噢！注意，我會找到您！」

然後，他就消失。在他身後，立刻聽到裙襬落跑的聲音：這是貼身女侍怕被質問，逃之夭夭，一想到這絕妙的玩笑，她就心花怒放。

薩卡依然震怒，辱罵，去關門，再回到男爵夫人待著的房裡，她被釘坐在椅子上。他大步走動，推開在壁爐裡一根倒塌未燒盡的木柴；看到她如此的奇特，如此的衣不遮體，襯裙披在肩上，他表現合宜地說：

「穿衣吧，親愛的……別傷心了。這很蠢，但沒什麼，一點也沒什麼……我們後天在這兒見，好做個安排，不是嗎？我得走了，我和宇磊有約。」

而她終於穿好衣衫，他走時從會客廳對她大喊：

「如果您跟義大利人買股票的話，尤其別犯錯！只賺他的差價就好。」

在這期間，同一時刻，凱洛琳夫人在她的工作桌上，垂頭喪氣地嗚咽啜泣。馬車伕的唐突情報，薩卡的背叛，在她內心翻攪所有的懷疑，所有她想湮沒在心中的擔憂，從今而後她將無法抹滅。她強迫自己保持冷靜和希望，在世通銀行的業務裡，柔情愛意使她盲目地成為幫兇，沒人告訴她，她也沒去尋求知道事情的真相。如今她自責，深深內疚，對最近全體大會時，她寫給哥哥安撫的信；自從嫉妒再度打開她的眼睛和耳朵之後，她知道違法的事繼續在進行，不停地加深深惡化：因此，薩巴坦尼的帳戶肥大，公司在人頭的幌子下，投機愈來愈大，還不提大肆宣傳的廣告和謊言，人們對竄得這麼快，像奇蹟似的龐大公司的泥沙基底，感到恐懼、甚於喜悅。尤其讓她焦慮的是這可怕的快速進展，人們引導世通銀行持續奔馳，如同塞滿煤碳的機器，在惡魔般的軌道上被推促，直到最後衝擊，完全爆破。她不是一個天真無知、容易被愚弄、甚至對銀行操縱一無所知的人，她清楚了解這過度操作、這狂熱、這決定讓群眾陶醉飄然，把群眾拖進這瘋狂百萬之舞的流行傳染病的理由。每天早上必須帶來它的上漲，必須總是讓人相信有更多的成功，在令人喜悅的宏偉營業窗口，為了繳納大江大海的金子，吸納小河流。她可憐的哥哥，如此輕信，被吸引、被牽動，她將背叛他，棄他於有一天威脅將淹死所有人的河流嗎？她對她的無為和無能，感到絕望。

此時，黃昏使圖樣室變得更黯淡，而熄滅的壁爐甚至沒被反光照亮；在這擴大的幽暗裡，凱洛琳夫人哭得更大聲。如此懦弱的哭，因為她清楚感覺到這麼多的眼淚並非來自她對世通銀行業務的焦慮。薩卡，確定地，獨自引導這可怕的奔馳，以一種兇猛來鞭策野獸，一種非凡的無意識道德，哪怕殺了它。他是唯一的罪犯，她哆嗦地致力解讀他的內心，在這唯錢是問的男人的陰暗靈魂裡，無視他自己，那兒陰影重疊，所有名譽沉淪的無盡汙泥，她所尚未清晰辨識到的汙泥，她懷疑他，她為此而顫抖。但那麼多傷疤緩緩被發現，為可能帶來的災難而擔憂，但尚未將她拋擲到這桌上，不能只是無力的哭泣，相反地，她卻在對抗和痊癒的需要裡，挺起身來。她了解自己是個戰士。不！如果她哭得這麼傷心，像個脆弱的孩子一般，這是因為她愛薩卡，而薩卡此時此刻，甚至和另一個女人在一起。這她被迫充滿恥辱的自我招供，使她更加倍哭泣，直到喘不過氣來。

「我的天啊，不能再驕傲了！」她結結巴巴高聲說：「脆弱和悲慘到這個地步！當我們願意時，可是我們不能這樣阿！」

此時，在暗室裡，她很驚訝聽到一個聲音。這是偶興，屋子的常客，剛進門來。

「怎麼！沒點燈，而且您在哭！」

對於他如此的驚訝，她感到尷尬，盡力抑制嗚咽，而當他補充說：

「對不起，我以為我父親從證交所回來了……一位女士請我帶他去吃晚餐。」

侍從拿來一盞燈，擺在桌上後離去。整個大廳隨之被燈罩落下的溫柔燈光所照亮。

「沒什麼，」凱洛琳夫人想解釋：「女人的小傷痛，而我是一個極少神經緊張的女人。」

擦乾眼淚，挺直上身，以戰士的英雄姿態，她已經微笑。剎那間，年輕人看著她，如此驕傲挺拔，以她清澈的大眼睛，她的厚唇，她有魄力的善良面孔，她的白髮厚冠被一個大魅力柔和滲透；他覺得她還年輕，如此潔白，牙齒也很白，一位令人愛慕的美女。然後他想到他父親，聳聳肩，充滿了可憐的鄙視。

「是他，不是嗎？使您如此傷心。」

她想否認，但一個哽咽，眼淚再冒上眼皮來。

「啊！我可憐的夫人，我清楚告訴過您，您對爸爸抱著幻想，會得到背信棄義的回報……這是致命的，您也是，會被他吃掉！」

於是，她想起那日她去找他借兩千法郎，為了贖回維克多的部分付款。他不是答應過當她想知道時，就會和她聊？詢問他，全盤知道過去的機會來了嗎？一個無法抗拒的需要推促她：現在她開始下沉，她務必碰觸底部。這唯一的勇氣，值得她去做，對所有的人有益。

但她對這樣的調查感到厭惡，她迴避，有中斷談話的樣子。

「我一直欠您兩千法郎，」她說：「讓您久等，不會太怪我吧？」

他示意，給她所有需要的時間。接著，突然說道：

「關於，我的小弟，這惡魔？」

「他讓我痛心，我什麼都還沒告訴您父親……我多麼想教養好這可憐的小人兒，好讓人們愛他！」

傌興的微笑讓她擔心，她以眼神詢問他。

「見鬼！我相信您又在這上頭操無意義的心了。您的用心良苦，爸爸完全不會瞭解……他見識過這麼多家庭的煩惱！」

她一直看著他，在他生命的自私享樂裡是如此的正確，如此卓越地看破人情事故，甚至因喜悅所產生的關係。他笑了，獨自品嚐他最後一句話隱藏的惡意。而她意識到，她觸及這兩個男人的祕密。

「您很小的時候就喪母？」

「是的，我幾乎不認識她……當她過世時，我還在普拉桑中學，這兒，在巴黎……我們的舅舅，巴斯卡醫生，留下我的妹妹克羅蒂樂和他在那兒，我和妹妹只再見過一次面。」

「但您的父親又再婚？」

他起了猶豫。他的眼睛如此清明，如此空洞，被一道小小棕紅色煙霧感到心慌意亂。

「哦！是，是，再婚……一個法官的女兒，一位貝羅・得・查帖……荷內，對我而言不是一位母親，而是一個好朋友……」

然後像親人般，靠近她坐下：

「您瞧，必須了解爸爸。我的天啊！他沒比其他人更壞。只是，他的孩子們，他的女人們，總之所有圍繞著他的人，對他而言，只排在金錢之後。哦！我們都同意，他不是一個聚集一大堆錢財，為了將之藏在地窖的守財奴。不！假如他想到處散錢，假如他賺盡不管什麼來源的錢財，都是為了在他家看這些錢滔滔不絕的流著，從中抽取奢華、喜悅、和權力的所有享樂……您想怎麼樣？他天生如此，假如我們上市的話，他將賣掉我們，您，我，不管任何人。他是無意識和自視甚高的男人，但他的確是個百萬詩人，金錢使他如此地瘋狂和下流，哦！最卑鄙無恥！」

這是凱洛琳夫人早已明瞭的事，而再聽傌興說起，她點頭同意。啊！金錢，這腐敗、毒害、枯竭靈魂、驅逐人類善良、溫柔、和愛的金錢！他是唯一的大罪犯，人性所有殘忍和所有汙穢的撮合者。此時此刻，在她高貴和正直的女性卑微反抗裡，她詛咒他、憎惡他。假如她有能力的話，她將一舉摧毀世界上所有的金錢，猶如用腳跟踩碎罪惡一樣，只為了拯救地球的健康。

「而您的父親再婚，」沉默過後，在記憶的慚愧裡甦醒，她用緩慢且尷尬的聲音又說。

在她之前，是誰，曾在這故事裡做過幻想？她無法猜知：無疑是一個女人，某個女性朋友，他起初安頓在聖拉扎爾街，當住在二樓的新房客時。這關係到錢的婚姻，不正是可恥市場的某種協商嗎？而稍後，一個極可怕的通姦，觸及亂倫的罪行，不也平靜地進入夫妻生活，在那兒容忍地生活著嗎？

「荷內，」傌興非常低聲，勉強又說：「只長我幾歲……」

他抬起頭，看凱洛琳夫人；而在被拋棄的遭遇裡，在身為女人不理性的信任裡，他覺得她是如此的健康和如此的聰慧，他敘述過往，不是以連續的句子，而是以片斷不完整，好似不情願的招認，她必須縫合。昔日對父親的怨恨他是否釋懷，這存在他們之間的敵對，使他們今日依舊是沒共同利益的陌生人嗎？他不指控他，似乎無法生氣；但他的輕嘲轉為冷笑，他以苦樂和玷污他的陰險來談起這些憎恨，同時翻攪如此多的卑鄙勾當。

如此這般，凱洛琳夫人知悉一整件驚人的故事：薩卡為了錢，賣他的名字，娶一位被他吸引的女孩；薩卡透過她的錢，瘋狂、靡爛地生活，摧殘這生病的大孩子；薩卡在金錢的需求裡，從她那兒獲得簽名，在他家睜一隻眼閉一隻眼，容忍他妻子和他兒子的愛，像一個願意有福共享的好好大家長似地。錢，錢是王，錢是神，在血之上，在淚之上，在它無盡的權力裡，比人類徒然的躊躇不安還被更崇高地膜拜！而隨著金錢的擴大，薩卡原形畢露，顯出他肆無忌憚的狠毒，凱洛琳夫人被狹持在真正驚恐、冰冷和狂亂之中，一想到她屬於惡魔，在這麼多其他人之後。

「瞧！」傌興最後說：「您讓我難過，最好告訴您事實……而這不會讓您和我父親生氣。我很痛心，因為這將又是您哭泣，而不是他……您現在了解為什麼我拒絕借他一毛錢了吧？」

由於她毫不作答，喉嚨緊縮，被擊中心頭，他站起來，以一個美男子的悠然自得，瞧了一眼鏡子，肯定他在生活裡的修養。然後，再回來站在她面前。

「不是嗎？此類例子使您快速衰老……而我，我立刻自我安排，娶一位病懨懨，最後死了的年輕女孩，我今天發誓，再也沒有人可以讓我做這樣的蠢事……不！您瞧，爸爸早已無可救藥，因為他沒有道德觀。」

他拾起她的手，握在他的手裡一會兒，感覺到她完全冰冷。

「我走了，既然他沒回來……但別再傷感！我相信您是如此的堅強！跟我道謝，因為世上只有一件蠢事：即受騙上當。」

他終於走了，當他停在門口時，他大笑，又補充說：

「哦，差點兒忘了，告訴他德．裘孟夫人想和他共進晚餐……您知道，裘孟夫人，這位曾為了十萬法郎和皇帝睡過覺的……然而別擔心，因為這太瘋狂，爸爸不會留下來，我敢打賭，他沒能力付一個女人這種天價。」

凱洛琳夫人暗自不動。她呆愣在椅子上，掉落沉重靜寂的大廳裡，睜大的眼睛一直盯著燈。這好似帆布的突然撕裂：直到此時，她不願清晰分辯，她所能做的只是懷疑和顫抖，此時，在他可憎的粗俗裡，她視他為毫無可能的好意。她看穿薩卡，這被金錢男人蹂躪的靈魂，在他複雜和混亂的組合裡，事實上，他既無束縛亦無上綱，只知道在他的權力裡，毫無限制地放縱他的本能，以滿足他的胃口。他和他兒子分享他的妻子，出賣了他兒子，出賣了他妻子，出賣了所有落到他手裡的人；他出賣過自己，而他也將出賣她，出賣他哥哥，拿他們的心和腦賺錢。這不再只是把東西和人丟進熔爐裡，為了抽取金錢的投機取巧商人而已。在一個簡扼清晰裡，她看到世通銀行從各個地方滲出錢財，錢的湖泊和海洋，在這之中，以一種恐怖的撕裂聲，突然間，銀行陡峭地坍塌下來。啊！金錢，污穢和吞噬的恐怖金錢！

一怒之下，凱洛琳夫人站起來。不，不！這太邪惡了，結束這一切，她無法再和這男人一起。他的背叛，她可能會原諒，但她對這整個古老的下流卑鄙起了噁心感，在明日可能犯罪的威脅之前，她恐懼焦慮不安。如果她不想被淤泥濺污，在瓦礫之下被壓垮的話，只有立刻離開。於是她起了遠走高飛的念頭，到遙遠的東方國度與她哥哥會合，甚至在消失前警告他。走，立刻走！時間還不到六點，她可以搭七點五十五分的馬賽快輪，因為她覺得這比再見薩卡的力量還強。在馬賽，上船前，她採買東西。行李箱只裝幾件換洗衣物，就遠離。一刻鐘內，準備就緒。然後，看到她桌上的工作，已著手撰寫的論文集，瞬間讓她停下來。既然一切必須坍塌，腐敗到基底，帶這走有何用？然而，她開始以平生養成的好習慣，細心整理起文件和筆記，不想在她走後留下任何雜亂。這工作花了她幾分鐘，使她的第一狂熱決定冷靜下來。而在這滿滿的擁有裡，離開前，她對整個廳房做最後的環顧，此時侍從出現，交給她一包報紙和信箋。

凱洛琳夫人機械式地瞧信封上的地址，從一堆信件中，認出她哥哥寄給她的一封信。信來自大馬士革，哈莫嵐目前的所在地，為了貝魯特城叉路交接點的計畫。首先，她大略瀏覽，站著，靠近燈，決定稍後在火車上再慢慢閱讀它。但信中字字句句牽引住她，她再也跳不出一個字，最後在桌前坐下，全神貫注在這封長達十二頁信紙的熱烈閱讀上。

哈莫嵐正處於他的快樂時光。他感謝妹妹從巴黎寄給他近期的好消息，而他從那兒回寄給她更好的消息，因為一切都如願進行。聯合郵輪總公司的第一年度資產負債表成果極佳，多虧新式蒸汽運輪的完美裝置和更快的速度，而達成了豐厚收入。他開玩笑說，如今人們搭船旅行是為了喜悅和享樂，他還指出東方世界被侵入的海岸門戶，他敘述他無法穿越羊腸小徑去採買，而不面對面遇見大道上的巴黎人。這如他所預期，真實地將東方開放給法國。不久，一些城市將往後推向黎巴嫩的富饒斜坡上。但他尤其勾勒出一幅迦密山偏僻峽谷、非常鮮艷的圖畫，那兒的銀礦正在大肆開採。蠻荒之地變得有人氣，他們在北部小山谷堵塞峭壁的巨大崩坍裡，發現泉源；而田野規劃，麥子取代乳香黃蓮木，至於一整個村莊已經在礦區附近被建造起來，剛開始是木製簡陋小屋，一間臨時搭蓋給工人遮風避雨的木棚，如今變成有庭園的小石屋，只要礦脈源源不絕，一個即將擴大的城鎮雛型將會出現。那兒會有將近五百個居民，一條連結村莊到阿卡的路剛造好。從早到晚，採掘的機器轟隆作響，四輪運貨馬車在鞭子的劈啪聲中震搖，女人們唱歌，孩子們嘻笑玩耍，在這沙漠裡，在這從前只有老鷹以牠們的翅膀發出緩慢聲音的死亡沉默裡。而香桃木和染料木總是以純淨的芬芳，在溫和的空氣中散發香氣。最後，哈莫嵐在他必須開鑿的第一線鐵路上，滔滔不絕地敘述，從布爾薩到貝魯特，經由安哥拉和阿勒頗。所有的手續都在君士坦丁堡完成；托羅斯山口某些艱辛通道，他請人順利修改路線；他談起他在這些山口及山腳下展開的平原找到新煤礦，相信不久的將來，地方將被工廠覆蓋，他因此感到欣喜若狂。他確定了地標，選好了車站位置，某些在偏僻地方的站：這兒一個城市，更遠處一個城市，每個車站周圍產生城市，原始路的交叉點。人的收穫和未來大事都已經播種，全部發芽，幾年後，這將是一個新世界。最後，他溫柔擁抱他心愛的妹妹，很高興把她加入這人民的復活裡，告訴她在那兒，她將有很多的作為，她長久以來如此地以她的勇氣和健康的身體幫助他。

凱洛琳夫人讀完信，讓信一直攤在桌上，她思索，眼睛再次望向燈上。然後，無意識地，她抬起眼睛，環視牆壁，停在每一張地圖，和每一張水彩畫上。在貝魯特，在巨大的百貨商店之中，給聯合郵輪總公司主任的獨立小屋在此時蓋好。在迦密山，這荒僻峽谷之底，被荊棘和岩石所阻塞，住滿了人，如同生產人口的巨大窩穴。在托羅斯山脈裡，這些土地平整，這些斷面，改變了水平線，開放了自由商業道路。而在她面前，從這些幾何線圖紙張，到洗染色彩裡，只釘住四個點，所有的回憶從昔日走遍的遙遠國家，全湧現上來，多麼喜愛它永恆藍色的美麗天空，和它如此肥沃的土地。

她再度看見貝魯特層層疊起的庭園，黎巴嫩山谷的橄欖和桑椹大樹林，安塔基亞和阿勒頗的平原，一大片汁美味甜的果園。她再度見到自己和哥哥從這令人讚嘆的地方持續奔跑著，在惰怠和無知裡，其無可計數的富饒消失、忽視、或糟蹋，沒路、沒工業、沒農業、沒學校。但昨日種種已逝，如今，在青春元氣的促進下，賦予新的生命活力。這明日東方召喚的聯想，在她眼前已樹起繁榮的城市，農耕的鄉村，一整個幸福的人性。而她看見它們，她聽見工人的喧譁聲，她察覺這睡著的古老土地，終於甦醒，剛進入分娩期。

於是，凱洛琳夫人突然確信，金錢就是孵育這明日人性的肥料。她再想起薩卡說過的幾句話，關於投機的碎布理論。她記起，沒投機，就沒有活生生和生產力的大公司，沒淫蕩，就不會有孩子的理念。甚至在生命的持續裡，必須要有這種過度的熱情，和所有卑劣揮霍及消失的生命。假如，那兒，她哥哥愉快地歌頌勝利，在自組的工地之中，從地面上冒出建築，那麼，這是在巴黎，在投機的狂熱裡，下起金錢雨，腐爛一切。金錢，施毒者和毀滅者，變成所有社會增殖的酵素，必需在執行拉近人民和安定土地的大工程裡，使用鬆軟沃土。她詛咒過金錢，如今她在令人驚悚的崇拜裡跪倒在它面前：唯有它，才能剷平一座山，填滿一片海，使土地終於適宜人民居住，抒解工作，從今而後擁有簡易操作機器的力量嗎？所有的好事從它而生，而它也幹盡壞事。她再也不知道如何是好，直到內心被動搖，既然成功明顯地就在東方，而戰場在巴黎，她決定不離開。

但她仍然無法平靜下來，心一直在淌血。

凱洛琳夫人站起來，額頭倚靠在一扇開向博威立業府邸花園的玻璃窗上。夜已降臨，她只看到一絲微光在一間隔離的小廳裡，伯爵夫人和她女兒生活的方式是不弄髒衣服和不消耗太多柴火。在平紋細薄布窗簾之後，她模糊認出伯爵夫人的側面，在親手縫補舊衣衫，至於愛麗絲則在畫水彩，她草率地完成十二幅畫，應該有偷偷拿去賣。她們的馬不幸病倒，因而被困在家裡兩個禮拜，她們執意不露出腳被看到，退而求其次，改搭出租馬車。然而，在如此英雄式的隱藏困窘裡，一個希望使她們挺直、更堅強，那就是世通銀行股票的持續上漲，這利益已經很大，她們看到閃亮如金雨般灑下，在市價最高的一天，她們大獲其利。伯爵夫人身穿一件真正新衣衫在散步，夢想每個月請四次晚宴，冬天，不再為了麵包和水而呆坐家中十五天。愛麗絲不再偷笑，假裝漠不關心的樣子，當她母親對她提起婚事時，她會以輕微顫抖的手說，開始相信這也許能實現，有一天擁有一個丈夫和成群的孩子。而凱洛琳夫人，看著照亮她們的小燈在燃燒，感覺一股大平靜朝她上升，一股憐憫，被發現又是金錢在作祟而感到驚訝，僅僅金錢的希望，就足夠讓這些可憐人感到幸福。假如薩卡使她們致富，難道她們不應該祝福他？難道他沒有為她倆留下好心和善意嗎？所以善良到處都是，甚至在最壞的人身上、在人群詛咒中，他們對某些人總是好的，總是有被隔離的卑微聲音在感激他們、崇敬他們。想到這裡，她的眼睛在幽暗的花園裡變得模糊，便前往就業慈善機構。前一天，出自薩卡的心意，她在那兒分發玩具和杏仁糖，慶祝成立一週年；回想起孩子們的吵鬧歡笑聲，她不由自主地微笑。一個月以來，人們比較接受維克多了，她在歐威鐸公主家看到令人滿意的評語，以此評語，她一個禮拜兩次，慢慢地聊起慈善之家。但維克多的突然改變，她驚訝自己在絕望的時刻，當她想一走了之的時候，竟然忘記他。她可能會拋棄他嗎？讓花了這麼多心血而帶動的善良、受到危害嗎？想法愈來愈透澈，一抹冷風從大樹的幽暗冒上來，一股不可輕言放棄的神聖包容，使她寬心；至於博威立業女士們的可憐小燈，如一顆孤星，仍在那繼續閃爍著。

當凱洛琳夫人再度回到桌前，她打起輕微哆嗦。怎麼回事？她覺得冷！這使她愉快，她自誇是不需爐火過冬的人。她好似從冰涼冷水出浴，恢復青春和強健，脈動很平靜。她在良好健康的早晨中起床。接著，她想再添加木柴到壁爐裡；但看到火已經熄滅，一時興起，自己動手生火，不想按鈴使喚僕人。這真是不容易的工作，她沒有小木柴，最後以舊報紙，一張一張地燒，終於使木柴燃燒起來。她跪在壁爐前，獨自笑了起來，片刻留在那兒，幸福又驚訝。又一件大危機過去，她再度燃起希望，怎麼會這樣？她一直不得所知，在生命盡頭，在人性盡頭，永恆的未知。活著，應該就夠了，為了生命不停地帶給她對她造成傷口的痊癒。再一次，她回想起她過去辛苦的生活，她可憎的婚姻，她在巴黎的悲慘，被一個她唯一愛過的男人所拋棄；而在每一次崩潰裡，她重新找回充沛的活力，不朽的喜樂使她在廢墟之中，重新挺立起來。一切不是剛坍塌嗎？她對她的情人不予置評，面對他令人驚恐的過去，如同聖女們在其早晚包紮的邪惡創傷前，從不冀望傷口的癒合。她將繼續歸他所有，同時知道他另有她人，卻不尋求和她們爭取他。她將活在一個火盆裡，在投機的熾熱火爐裡，在最終災難的不斷威脅下，那兒，她哥哥可以留下他的榮譽和鮮血。而她仍然屹立不搖，幾乎無憂無慮，如此美好一天的清晨，面對危險，品嚐戰場上的興高采烈。為什麼？為了無可救藥的存在喜悅！她哥哥總是這麼告訴她，說她是無可抵擋的希望。

當薩卡回來時，看到凱洛琳夫人埋首在她的工作裡，以她堅定的文字，完成東方鐵路的一頁論述。她抬起頭，安詳地對他微笑，當他以唇輕掠他的愛人和其光芒四射的白髮時，她問：

「您到處奔波，我的朋友？」

「哦！事情忙個沒完沒了！我見了公共工程部長，終於會合了宇磊，再回到部長那兒，那兒只剩下一位秘書……終於，我有了那兒的承諾。」

事實上，從他離開桑朵芙男爵夫人之後，他就馬不停蹄，積極賣力地為業務奔走。她交給他哈莫嵐的來信，這讓他欣喜；而她看著他因下一回的勝利而狂喜，從今而後，為了阻止某些瘋狂，她將嚴密監視他。然而，她無法對他嚴厲。

「您兒子以德．裘孟之名來邀請您。」

他大嚷。

「但，她已寫過信給我！……忘了告訴您，我今晚會去……這真煩人，我實在疲於奔命！」

再次親吻她的白髮之後，他離開。她重新投入她的工作，用她友好的微笑，充滿了寬容。她不是一位僅僅自我獻身的朋友嗎？嫉妒使她產生羞恥感，而更玷污他們的關係。她想超越分享的焦慮，排除愛的自私肉慾。屬於他，知道他另有她人，這並不重要。然而她還是愛他，用她的勇敢和慈悲的心。這是勝利的愛，這薩卡，這金融走廊的強盜，受到這位令人喜愛的女人如此絕對的愛，因為她見到他，積極勇敢，創建世界，製造生命。

第八章

金錢
L'Argent

一八六七年四月一日，世界博覽會開幕，造成轟動的勝利，普天同慶，喜慶連連。帝國大慶典開始，這至高無上的盛會，將巴黎打造成一家張燈結綵、瀰漫音樂和歌唱、可以吃喝、可以在所有房間私通玩樂的世界大旅館。從來沒有一位君主，在其鼎盛時期，召集眾多國家，舉辦如此龐大的盛筵。光彩奪目的杜伊勒里宮附近，猶如極度繁華的仙境，來自地球四面八方的皇帝、國王、和王子們，排成一列，開始遊行。

同一時期，十五天後，薩卡為他夢想的宏偉大府邸，舉行開幕典禮，用皇家的排場迎接世通銀行，輝煌入駐。僅僅六個月，人們日以繼夜地趕工，片刻都不浪費，創造這只有在巴黎才能產生的奇蹟；門面矗立，用鮮花滿滿裝飾，連接到教堂和有歌舞雜耍表演的咖啡館；氣派豪華的門面，吸引人們駐足在人行道上觀看。內部富麗堂皇，上百萬的錢櫃沿著牆流淌。用一條貴賓樓梯引領人們進入會議廳，會議廳的裝潢紅豔又金亮，有著歌劇院的富麗堂皇。到處都鋪有地毯和帷幔，辦公室呈現光彩奪目的華麗裝潢。地下室是證券部門，保險箱上了封條，如巨大深張喉嚨的烤箱，在半反射鏡的隔板後面，讓大眾可一目瞭然，排列成像童話故事裡的酒桶，裡頭睡著仙女們無法計數的財富。人民簇擁著他們各自的國王一起走向博覽會，絡繹不絕地來來往往：一切就緒，新府邸在等待他們，準備讓他們眼花繚亂，再一個個將他們逮到這令人無法抗拒、在大太陽下金光閃閃的黃金陷阱。

薩卡端坐在裝潢最華麗的陳列室裡，一件路易十四的家具，漆金木料，用義大利熱那亞的絲絨覆蓋著。工作人員還在不斷地增加，超過四百名雇員；而就是此刻，薩卡以一個被崇拜和被服從的專制君主姿態指揮這支軍隊，因為他給予非常高的獎金。而儘管他僅有主任的簡單頭銜，事實上，他的統治權力在議會主席之上，和只是批准他指令的董事會之上。此外，從今而後，凱洛琳夫人生活在持續的警戒裡，若有必要的話，為了橫梗阻擋不法的事，忙於知悉他的每一個決定。她不同意這新裝潢，太過富麗堂皇，然而此時無法在原則上指責它，因為在溫柔信任的美好日子裡，當她對擔憂的哥哥開玩笑時，她曾經承認有遷往較寬敞場地的必要。為了制止所有這奢華，她不安招認的理由是，銀行在此失去了它審慎的誠實正直，高超的宗教莊嚴；常客們習慣了聖拉扎爾街一樓，如修道院般謹慎的昏黃光線沉思冥想，當他們進入倫敦街如皇宮的銀行，喧嘩歡笑，光線泛濫的大樓時，有何想法？薩卡回答，他們將給予雷霆萬鈞般的讚賞和尊敬，那些帶著五法郎，卻從口袋裡抽出十法郎的人，被自愛所俘虜，被信任而感到陶然。而這就是他，在他浮華粗暴中的理直氣壯。府邸開幕出奇的成功，嘈雜的人氣超越姜圖最卓越的廣告。平靜地區的偽善小食利者，鄉村的窮教士被早晨的火車卸下，在門前呵欠賜福，再歡天喜地擁有裡頭的基金，紅著臉出來。

事實上，使凱洛琳夫人尤其氣惱的是，不能一直在屋子裡執行她的監視。他勉強允許她到倫敦街來，藉口說愈來愈遠。她目前獨自生活，只有晚間在圖樣室才看得到薩卡。他保留他那兒的公寓，但整個底樓及二樓辦公室都關著；歐威鐸公主內心欣喜，因為不再有這銀行，她對這安置在她家的錢店，隱約感到內疚，儘管它是合法的，但她甚至不尋求出租，不在意賺錢與否。銀行空空蕩蕩，好似陵墓，每輛馬車經過都會產生迴響。關閉的營業窗口哆嗦著的沉寂，穿過天花板而升上來，凱洛琳夫人再也聽不見，兩年之中從這兒持續不懈地傳來黃金的輕響。白天對她而言，顯得更沈重、更冗長。然而她工作很多，總是為哥哥忙碌，他從東方寄給她書寫的工作。但有時候工作中，她會停下來傾聽，產生一個本能的焦慮，想知道樓下究竟發生了什麼事的需要；而什麼也沒發生，沒有一絲氣息，被遷移廳堂的滅絕、空蕩、黝暗、緊鎖上門。而她起了一陣小寒顫，自我遺忘片刻，焦慮地想，他們在倫敦街做什麼?在這確切的一秒鐘裡，是否正產生毀滅建築物的裂縫?

謠言散布，尚輕微模糊，傳說薩卡又將準備新一波增資。他想把資金從一億帶到一億五千萬。這是特別興奮的時刻，所有統治繁榮的致命時刻，巨大工程將城市轉變為金錢的瘋狂流通，極度的揮霍奢華，達到投機的熱發燒。每一個人都想要他的份，將他的財產放在賭檯上，只為了使它增到十倍並大享其樂，如同這麼多一夜致富的其他人。博覽會飄揚的旗幟，在太陽下使戰神廣場（Champ-de-Mars）上的照明和音樂，砰然作響，來自世界各地的人群淹沒街道，使整個巴黎陶醉在財源不竭和至高統治的夢裡，興奮飄然。透過燈火通明的晚會，巨大城市在歡慶，在異國餐廳裡用餐，整個城市變成在星空下自由販賣歡樂的龐大市集，也更加深了荒唐的行徑，威脅著毀滅大首都的歡樂和狼吞虎嚥的瘋狂。而薩卡，以證交所投機者的嗅覺，在所有人身上清楚聞到這個入口，這個把錢擲到風中、掏空口袋和身體的需要，他剛加碼廣告基金，用最震耳欲聾的敲擊來刺激姜圖。自從博覽會開幕以來，每天在報刊裡，為世通銀行的利益萬鐘齊響。每天早上帶來它的鐃鈸鑼鼓，為了翻轉世界：需要一條條卓越的社會新聞；一位女士遺忘了一百張股票在馬車裡的故事；一則在小亞細亞旅行的摘要；詮釋拿破崙曾預言倫敦街的銀行；一條頭版政治大新聞，依據近期解決的東方問題，評估這家銀行的角色；這還不算報章的持續特別評論，全部聚集，成群行進。姜圖曾想像，用金融小期刊、年度契約，確保他在每一期的專欄；而他將運用此專欄，以豐富及形形色色令人驚訝的想像力來作報導，直到攻擊，就只為了接續的勝利去說服投資人。他所思考的著名小冊子，剛以一百萬份的發行量推廣到全世界。他也創立了新通訊社，藉口寄發金融通報到外省報章雜誌，而成為所有重大城市市場的絕對主宰。最後〈望報〉經由巧妙的運作，對政治的影響力一天天擴大。人們在裡頭發現很多系列文章，繼一月十九日的法令之後，質詢被代以請願書，這是皇帝朝自由前進的新讓步。下指示的薩卡，尚未在此公開抨擊他的國家部長哥哥，在其權力狂熱裡，聽任他今日捍衛其昨日所譴責的事；但人們感覺到他在這裡頭戒備窺伺，監視盧貢不符事實的立場，他受到議院第三黨的支配，渴望自己能夠續任，而神職人員和獨裁的波拿巴王朝擁護者則結盟反抗自由主義帝國；含沙射影的話已經開始，報社再度恢復為天主教活動份子，對部長的每個作為表現出完全的尖酸刻薄。〈望報〉轉到反對黨，這是深孚眾望，反專制的政治運動風氣，成功地將世通銀行的名字推到法國和世界各個角落。

於是，在廣告的運籌帷幄下，在一片激怒聲中，所有的瘋狂成熟，資本的可能增加，五千萬新發行的謠言，達到最理智的高潮。從卑微的住所到貴族氣派的府邸，從門房隔間到公爵夫人的沙龍，人們一頭火熱，從迷戀轉成盲目、英雄和好戰的信仰。人們列舉世通銀行已完成的大事，先前閃電迅雷般的成功，從沒有任何一家公司在創立初期，曾分發令人意外的股息。人們回想起聯合郵輪公司，如此幸福的想法，如此迅速了不起的成果，這公司已經達到一百法郎的證券溢價；而迦密山銀礦，一個奇蹟產物，當聖母院最近一次齋封時，佈道者曾暗示提說，上帝的禮物在基督教的信仰裡；為了大量開採煤礦，成立了另一個公司，定期搜刮黎巴嫩的廣大森林；而土耳其國家銀行基金會，屹立不搖地穩固在君士坦丁堡。沒有失敗，凡銀行接觸的事物皆變成黃金的成長幸福，已然是一個繁榮創造的大整體，給未來的投機操縱奠定了一個穩固的基礎，這解釋了資金快速增加的必要性。然而，由於一頭熱的想像未來，這如此肥大公司的未來將更加可觀，導致五千萬的需求勢在必行，這足以使人忘我。那兒，有無止境的嘈雜證交所和沙龍，但東方鐵路公司的下一個大交易從其它計畫之中脫離，成為所有談論的焦點，有些人否定，有些人讚揚。女士們尤其熱衷，對此意念展開熱烈的宣傳。在貴婦小沙龍的一角，在盛大的晚宴，在花開的園林後方，在晚點茶會，直到密室之底，有迷人的輕佻女子，以善於說服的溫存愛撫，來鼓動男人：「啥，您沒有世通銀行？但這是唯一僅有的呀！快去買世通銀行，如果您想要人家愛您的話！」這是新十字軍東征，如她們所言，亞洲的征服，皮耶爾．埃爾密特[1]和聖路易十字軍征伐者所沒能辦到的，而且她們，也以她們的小錢袋來承擔認購的責任。所有人假裝精通情報，談論人們將先鑿開的主要路線等技術用語，從布爾薩到貝魯特，經由安哥拉和阿勒頗。稍後，從士麥拿到安哥拉開了分叉；再稍後，從特拉布宗到安哥拉又開了分叉，經由埃爾祖魯姆和錫瓦斯；又再稍後，從大馬士革到貝魯特的分叉。她們微笑、眨眼、竊竊私語，在那兒可能還會有另一分叉。噢！很久之後，從貝魯特到耶路撒冷，經由沿海古老城市，塞伊達、阿卡、雅法，而，我的天呀！誰知道？從耶路撒冷到塞得港和亞歷山大城，還不算離大馬士革不遠的巴格達，而，假如一條鐵路線被推到那兒的話，有一天這將是古波斯、印度、中國被西方征服。似乎，在她們美妙嘴上的一字一句，閃耀著哈里發[2]再被找到的寶藏，存在著《一千零一夜》的神話故事。珠寶、夢幻寶石，像雨點般落進倫敦街的錢櫃裡，至於迦密山的乳香煙火裊裊，一處柔和之底，和模糊隱約的聖經傳奇故事，被即將贏得利益的大眾奉若神明。伊甸園再被征服，聖地被解放，勝利的宗教，甚至在人道的搖藍裡，不是嗎？而她們住口，拒絕就此多說，必須掩藏閃亮的眼神，這甚至不能信任耳朵。她們之中很多人不懂卻裝懂。這是神秘的，也許從不會發生，而有天可能會霹靂一聲爆響：為了王國，耶路撒冷在蘇丹被買下，和敘利亞，被獻給教宗；羅馬教廷有一筆由天主教銀行供應的預算，聖墓的御庫使教廷在政治騷動中得到庇護；最後，天主教煥然一新，擺脫牽累，重新找回權力，從耶穌死亡的山頂高峰，統治世界。

如今，薩卡早上在他路易十四風格的豪華辦公室裡，被迫要關上門，當他想工作時；因為宮廷絡繹不絕的拜訪，像是突擊，如同國王起身，那些朝臣、商人、央求者、或是崇拜、或是無節制的乞討，圍繞在至高無上的國王周遭。尤其七月初的一個早上，他冷酷無情地下令嚴禁任何人進入。然而，會客廳擠滿了人，固執的人群儘管遭受傳達人員的疏散，仍希望繼續等待。他和兩位部門主管關在門內，為了完成新發行的研究。檢視過多種計畫之後，下決定採取其中一個策略，多虧這十萬份股票的新發行，讓從前的二十萬舊股票得到完全解套，這上面只支付了一百二十五法郎；而為了達到這個結果，則只保留給股東，以一張新證券兌換兩張舊證券；發行八百五十法郎的股票，可立即索還，其中五百法郎為資金，三百五十法郎為規劃清償的證券溢價。但糾紛出現，還有一個洞要填補，這讓薩卡感到很煩躁；而會客廳的吵雜說話聲激怒了他，這卑躬屈膝的

① 皮耶爾・埃爾密特：Pierre l'Ermite，法國僧侶，發動平民參加第一次十字軍東征。
② 哈理發：Califes，伊斯蘭國家的領袖。

巴黎，這些他平日接受的尊崇，以熟悉獨裁者的天真，在這一天大大藐視他。而德樂有時早上擔任門房，竟敢兜一圈，從走廊的一道小門出現，薩卡憤怒斥責他。

「什麼？我告訴過您不見任何人，任何人，聽到沒有！……喏！拿我的拐杖，插在我的門上，讓他們親吻它去！」

德樂鎮定自若，膽敢堅持。

「對不起，先生，是博威立業伯爵夫人。她懇求我，而我知道先生想親切討好她……」

「呃！」薩卡生氣罵說：「叫她和其他人一起下地獄！」

但他立刻改變主意，氣急敗壞比手說：

「讓她進來吧，既然片刻不得安寧！……從小門，別讓人群和她一起進來。」

薩卡以心緒不寧男人的粗暴態度來接待博威立業伯爵夫人，見到愛麗絲深沉緘默地陪伴她母親，仍無法讓他冷靜下來。他打發走部門兩位主管，並提醒他們繼續工作。

「請快說，夫人，因為我實在忙得不可開交。」

伯爵夫人驚訝地停下來，保持慢條斯理，以她喪失皇后地位的悲傷說：

「但，先生，如果我打擾您的話……」

他示意她們坐下，年輕女孩比較勇敢，以堅決的動作，第一個坐下，至於母親又說：

「先生，是為了請教您的意見……我左右為難，處於最痛苦的猶豫當中，覺得自己單獨一人絕對做不了主……」

她提醒他銀行成立時，她買了一百份股票，當第一回資金增加時加了倍，第二回又再加倍，如今總達四百份股票，在這上面，包括證券溢價，她支付了八萬七千法郎。除了她兩萬法郎的積蓄外，為了支付這筆錢，她以她的歐布列農場為抵押，借貸了七萬法郎。

「然而，」她接著說：「今天我為歐布列農場找到一個買主……哦，不是嗎？事關新發行，我也許可以把我們所有的財產，全都投資在您的銀行。」

薩卡緩和下來，看到兩位可憐的女人，這最後一個偉大又古老的家族，如此奉承他，在他面前如此信賴，如此焦慮。很快地，他以數字，指示她們說：

「新發行的部分，當然，包在我身上……股票將是八百五十法郎，包括證券溢價……瞧，話說您擁有四百份股票，所以您將被配到兩百份新股票，您必須支付十七萬法郎，而您所有的證券值將被清償，您將擁有屬於您的六百份股票，毫不相欠。」

她們不懂，他給她們解釋這證券值的清償，藉由證券溢價；而在這些大數字之前，她們的臉色仍然有點蒼白，一想到必須大膽冒險而感到透不過氣來。

「錢，」母親最後喃喃說：「像這樣將是很好……有人給我出價二十四萬法郎購買歐布列，從前價值四十萬；當我們償還借貸金額時，剩下的錢剛好用來付款……但，天啊！多麼可怕的事，這種轉投資的財產，我們一輩子的生存就這樣被玩著！」

她的手在發抖，沉默了一會兒，此時她思考，在這齒輪轉動裡，首先取走了她的積蓄，然後借貸了七萬法郎，如今威脅拿走她整個農場。她從前對產業財富的尊敬，農耕、牧地、森林，她對金錢買賣的厭惡，這猶太人低沉的活計兒，不配她的家族，她焦慮地再三思考，在這一切都將被消費的決定時刻裡。她的女兒沉默不語，以熾熱和清純的眼睛看著她。

薩卡發出一個鼓勵的微笑。

「夫人！確定的是，您必須對我們有信心……只是，數字就在那兒，檢視它們，而一切的猶豫，我覺得就不再可能了……假設您做此交易，您將擁有六百份股票，清償後，花了您二十五萬七千法郎。而它們今日的平均市價是一千三百法郎，這相當於七十八萬法郎。您已經擁有三倍多的錢……而這將繼續翻滾，發行之後，您將目睹上漲！年底前我保證您可擁有一百萬。」

「哦！媽媽！」愛麗絲不由自主地脫口驚嘆。

一百萬！聖拉扎爾街的府邸可擺脫抵押，洗清它悲慘的汙垢！家庭開銷可再度回到合宜的立足點，除去這有車卻沒麵包的噩夢！可以用一筆體面的嫁妝辦婚事，讓女兒終於可以擁有她的丈夫和子女，終結在街頭困窘的喜悅！兒子在殺人環境的羅馬得到抒解，可維持他的身分地位，以等待為如此稀罕任用他的大事效勞！母親恢復她的高尚地位，支付她的馬車伕，不再為了星期二晚餐加一盤菜而斤斤計較，一週其餘日子也不再被迫餓肚子！這百萬元的烈火，是拯救，是夢想。

伯爵夫人被征服了，為了徵求女兒的意願，轉身朝向她。

「瞧，妳覺得如何？」

但愛麗絲不再說什麼，緩緩閉上她的眼皮，熄滅她眼睛的光芒。

「沒錯，」換母親微笑，又說：「我忘了妳想讓我全權作主……但我知道妳有多麼地勇敢，和妳所期望的一切……」

然後，對薩卡說：

「啊！先生，人們一提及您，是如此的讚揚！……如果沒有人告訴我們很美、很動人事情的話，我們哪兒也到不了。這不僅僅是歐威鐸公主，我所有的朋友也都熱衷於您的事業。很多人忌妒我是您的前幾位股東之一，而假如聽從的話，人們會連他們的床墊都賣掉，只為了取得您的股票。」

她溫和開玩笑說：

「我甚至覺得他們有點瘋狂！是的，真的有點瘋狂。毫無疑問地，因為我不再太年輕……而我女兒是您的崇拜者之一。她相信您的任務，她在我帶她去的所有沙龍裡大作宣傳。」

薩卡被吸引，看著愛麗絲。此刻的她，是如此地活躍，為信念而激動，儘管她擁有發黃的臉色和已經瘦得枯萎的頸子，她還是讓他覺得實在非常美麗。一想到製造了這位悲傷女子的幸福，僅僅一個丈夫的希望就足以使她嬌美，他就覺得自己高大又善良。

「哦！」她以很低，且似來自遙遠的聲音說：「這征服，是如此的美好，那兒……是的，一個新世紀，大放光芒的十字架……」

這是眾人不說的神秘；她把聲音壓得更低，以一股令人陶醉的氣息消失。此外，他比一個友好的手勢，請她別說；因某些至高無上和隱秘的目的，他不容忍人家在他面前高談闊論。他的手勢教導人必須總是溫良以對，但從不為此張開嘴唇。聖殿裡，香爐在搖擺，在某些被授以宗教奧義人的手裡。

在一陣令人感動的沉默之後，伯爵夫人終於起身。

「那麼，先生，我被說服了，我將寫信給我的公證人，交待接受歐布列農場的出價……但願上帝原諒我，如果我做錯的話！」

薩卡站起來，以一種感動的莊嚴宣布：

「這是上帝親自給您的啟示，夫人，請確定此事。」

他陪著她們直到走廊，避開持續擁擠的會客廳，他看見德樂不懷好意地走來走去，一副侷促不安的樣子。

「怎麼了?該不是還有誰，我猜想?」

「不，不，先生……如果我冒昧向先生請教一個意見的話……這是為我個人……」

因為他說話的方式，以致薩卡轉回他的辦公室裡，他則留在門檻上，畢恭畢敬。

「為了您?的確，您是股東，您也是……那麼，我的伙計，購買保留給您的新證券，寧可賣掉您的襯衫，也要認購股票。這是我給我所有朋友的建議。」

「哦!先生，餅太大了，我女兒和我沒這麼大的野心……剛開始，我買了八張股票，以我可憐的妻子留給我們的四千法郎積蓄;而我一直就只有這八張，可不是嗎?當人們加倍資本時，我們沒錢接受屬於我們的證券……不，不，於此無關，不可如此貪心!我只想請教先生，不冒犯，先生是否同意我賣。」

「什麼!您要賣什麼?」

於是，德樂以各式各樣的焦慮和尊敬，迂迴委婉地陳述他的情況。在股價一千三百法郎時，他的八張股票相當於一萬〇四百法郎，足夠給娜妲莉付紙板商要求的六千法郎嫁資。但面對股票的持續上漲，他的胃口變大了，起初意念模糊，接著難以抵擋，他想收回他的錢，讓自己擁有一份六百法郎的定期小收益，以便未來退休之用。只是，這需要一萬兩千法郎的資金，加上她女兒的六千法郎，形成巨額的一萬八千法郎；而他對達到這數字感到絕望，因為他計算過，為此，他必須等到股價漲到兩千三百法郎。

「您了解，先生，假如這不再上漲的話，我寧願賣掉，因為娜妲莉的幸福優先，不是嗎？……但假如這又持續上漲的話，那賣掉它會讓我有多心碎啊……」

薩卡爆笑。

「啊！這，我的伙計，您蠢呀！……您認為我們將停滯在一千三百法郎嗎？難道我會賣嗎，我？……您將擁有您的一萬八千法郎，我答應您。而現在給我走開！並把所有在那兒的人撵到外頭，就說我離開了！」

當他獨處時，薩卡想起部門的兩位主管，叫他們過來並安靜地結束他的工作。

八月決定召開一個臨時全體會議，因為要表決增加新資金。必須主持會議的哈莫嵐，七月底在馬賽下船。兩個月以來，他妹妹在她的每一封信裡，用一種愈來愈急迫的方式，建議他回來。在每一天回報的爆炸性成功裡，她感到一種隱約的危險、一種不理智的擔憂、甚至不敢說的感覺；她希望遠方的哥哥，能親自回來了解情況，因為她開始懷疑自己，擔心無力反抗薩卡，任憑薩卡盲目、直到背叛她如此衷愛的哥哥。是否須要對哥哥承認她的曖昧私情？在他的信仰和單純的科學者的生命中，他肯定不會懷疑。這意念使她極端痛苦，她任憑自己懦弱妥協，她思考義務責任，很清楚地，如今她了解薩卡和他的過去，這命令她全盤說出，好叫人提防薩卡。在此堅決的時刻裡，她自許一個決定性的解釋，不查明罪犯手中如此可觀金錢的操縱模式，決不罷休，這麼多握在手中的數百萬，已經動搖、崩潰、甚至壓榨到人們。這是唯一要決定的主意，與她的魄力和正直相符。然而，她的清明變得侷促不安，她氣餒、等待時機，再也找不到控訴的切入點，他斷言，和所有信貸銀行一樣，只有不合規定的事才會成功。或許他是對的，他笑著告訴她，她所害怕的巨獸就是成功，這霹靂雷響的巴黎式成功，在意外和災難的焦慮下，她感到害怕。她不再嘗試去了解，甚至有時候更加崇拜他，充滿了她保留給他的無盡溫柔，完全停止評估他。她從沒想到她的心是如此複雜，自覺是女性，再也無能為力改變什麼。這就是為什麼她非常高興她哥哥歸來的原因。

哈莫嵐回來的當天晚上，薩卡在確定他們不會受到打擾的圖樣室裡，想在全體會議表決前，對哈莫嵐呈報董事會將批准的決議。但兄妹倆趕在會晤前，心照不宣地，先獨處交談了一會兒。哈莫嵐欣喜回來，很高興在這如此懶散杜塞的政治、行政和金融阻撓的東方國家，將複雜的鐵路事務處理完善。終於，相當地成功，一旦公司在巴黎成立，第一期工程便將開始，各個地方的工地將會帶動。他表現得如此熱忱，對未來如此有信心，使得凱洛琳夫人陷入新的沉默裡，而這讓他感到很掃興。此時，她表達出懷疑，警惕他要小心大眾的狂熱。他打斷她，正面看著她：她知道某些可疑的事？為什麼她不說？而她不說，是因為她找不到任何確鑿的證據。

薩卡一見到哈莫嵐，就用南方人的熱情，撲上去擁抱他。之後，當哈莫嵐確認他最近的信件，同時告訴他相當成功的長途旅行的細節時，他欣喜若狂。

「啊！敬愛的，這一次，我們將是巴黎的主宰，市場之王……我也是，我的工作狀況極佳，我有一個卓越的主意。您將目睹。」

薩卡立刻對哈莫嵐解釋他的計策，為了支持資金從一億增加到一億五千萬，他將發行十萬份新股票，而為了同時清償所有的證券值，不只舊證券，新證券也一樣，他將推出八百五十法郎的股票，溢價三百五十法郎，如此產生一筆預備金，而增加的金額已經置入每個資產負債表的欄項，達到總數兩千五百萬；如今就只剩下去尋找這一筆錢了，這是為了釋放二十萬舊股票所需的五千萬。而在這兒他有個相當天才的主意，抬高當年度資產負債表的約略盈利，根據這個主意，盈利將增加到至少三千六百萬。此時，即可安穩地填補所缺的兩千五百萬。而世通銀行從一八六七年十二月三十一日起，將擁有一筆一億五千萬的資金，完全清償的三十萬份股票。統一所有股票，加給證券持有人，以便在市場上自由流通。這是絕對的勝利，這是天才方能想出的辦法。

「是的，天才！」他叫說：「這字眼沒太強烈！」

哈莫嵐翻閱計畫書，檢視數字，有點兒昏頭轉向。

「我不喜歡這麼積極的資產負債表，」他終於說：「這是您將給股東們的真正股息，既然您償清了他們的證券；就必須確定所有的金額都已取得：否則，有人將以分配虛股的理由來控訴我們。」

薩卡發怒。

「啥！我預估過高！瞧，我是否不理智：難道大型客輪、迦密山、土耳其銀行不將給我更高的認購盈利？您從那兒帶給我勝利的通報，一切順利進行，昌盛興隆，而您卻在我們確認成功時，挑剔我！」

哈莫嵐微笑以手勢安撫他。是，是！他信任。只是，他贊同合乎規律的市價。

「事實上，」凱洛琳夫人輕柔說：「這麼急有何好處？難道我們不能等到四月份再調高資金？……甚或，既然您還需要兩千五百萬，為什麼您不立即發行一千或一千兩百法郎的股票，這可避免您預支下年度資產負債表的盈利？」

頓時窘愣，薩卡看著她，驚訝她竟能找出這個解決辦法。

「毫無疑問地，以一千一百法郎，代替八百五十，十萬份股票正好增加兩千五百萬。」

「那麼！全找到了，於是，」她又說：「您不必擔心股東們不服。如同八百五十法郎，他們也願意付出一千一百法郎。」

「啊！是，的確！他們將給我們所要的一切！而且他們還爭先恐後，怕給少了！……這些人全瘋了，他們拆掉宅邸為了帶錢給我們。」

但，突然地，薩卡又回心轉意，跳出強烈反對。

「您跟我胡扯些什麼？我不想以任何代價要求他們掏出一千一百法郎！這實在太愚蠢、也太簡單……請瞭解，在這些信貸問題裡，必須隨時激發想像力。天才的想法是，從人們還沒有錢的口袋就先拿走。結果，他們自認為沒給錢，是人們送的禮物。況且，您沒看見這被預支的資產負債表，刊登在所有報章雜誌上的巨大效力，以這三千六百萬預先通告盈利，大事宣揚！……證交所將起火燃燒，我們將超越兩千市價，而我們將上漲，又上漲，不停地上漲！」

他站著指手畫腳，在他的小腿上變得更高大；而事實上，他變得很高大，手勢在星際裡，成為倒閉和破產都無法使他清醒明理的金錢詩人。這是他的本能系統，甚至是他整個人的衝勁，這抽鞭買賣的方式，以他的狂熱高速來引導交易。他強迫成功，讓世通銀行以迅雷不及的速度前進，點燃貪婪：三年內發行三次，資金從二十五跳到五十、到一百、到一億五千萬，似乎在預報奇蹟般的繁榮進步。而那些股息，也以跳躍方式在進行：第一年什麼都沒有，然後十法郎、三十三法郎、三千六百萬法郎，所有證券值全都獲得清償！而這在整個機器的揑造狂熱裡，在虛擬的認購中，被公司保留的股票是為了使人相信已全額繳款，在決定證交所的投機推動下，每次資金的提高將誇張似地上漲！

哈莫嵐一直專心在檢視這個策劃，並沒支持他妹妹。他搖頭，再回到細節的觀察。

「無論如何！這是不正確的，盈利未獲得時，就先預支資產負債表……我甚至不再提我們的公司，儘管它們免於災難，如同所有的人道慈善機構……但我在這兒看到薩巴坦尼的帳戶，三千多份股票，相當於超過兩百萬法郎。您將這筆錢記在我們的貸方，然而，既然薩巴坦尼只是我們的傀儡，這必須記在我們的借方才對。不是嗎？在我們之間大可這麼說……而，瞧！這兒，我也認出我們的好幾個雇員，甚至我們的幾個董事，所有的人頭，哦！我猜想，您不需要告訴我……這讓我顫抖，看到我們保留這麼大數目的股票，而我們非但不收納兌現，還固定不動，有一天我們終將被吞噬。」

凱洛琳夫人以眼神鼓勵他，因為他終於說出她所有的憂慮，他找到在她內心隱約滋長的不安原因。

「啊！投機！」她喃喃自語。

「但我們沒投機呀！」薩卡大叫：「這只是允許支持它的證券值，而我們將真正愚蠢於沒去防備昆德曼和其他人以空頭方式來打擊和貶值我們的證券，如果他們還不太敢，這遲早會來到，這就是為什麼我相當高興手裡握有我們某些數量的股票。而我先提醒你們，假如有人在此逼我，我甚至準備好購買這些股票，是的！我寧願購買下來，不留下一分一毫！」

他以超然的力量宣告最後這些話，猶如他發下寧死不屈的誓言。接著，他努力平靜下來，開懷暢笑，以有點裝模作樣的天真說：

「瞧，又來了，這猜忌！我以為我們曾就所有這些解釋過。你們都同意將你們交在我的手中，讓我放手去做吧！我只想為你們致富，一個大大的財富！」

他中斷，降低聲音，猶如被自己巨大的慾望嚇倒似地。

「您不知道我所想要的？我要三千法郎的股價。」

他以手勢在虛空中比劃，他看見這三千法郎的勝利市價，如星辰般上升，燃燒證交所的地平線。

「瘋狂！」凱洛琳夫人說。

「一旦股價超越兩千法郎，」哈莫嵐宣稱：「所有的新上漲將變成危險；而我，我通知你們，為了不陷進如此瘋狂裡，我將賣出。」

薩卡低吟唱起歌來。有人總是說要賣，卻不賣。他使他們致富，儘管他們不要。再一次，他微笑，非常安撫，輕輕嘲笑。

「將你們交給我，我覺得我並沒有把你們的交易引導得太差……薩度瓦給你們帶來了一百萬。」

的確，哈莫嵐兄妹沒再想過這件事：他們曾接受這一百萬，在證交所的濁水裡犯罪。他們沉默了一會兒，臉色變得蒼白，以內心還保有正直的侷促不安，不再確定盡了他們的義務。他們自己是否被投機的惡習傳染所俘？他們是否在逼迫他們的生存交易，在這金錢的瘋狂裡自我腐敗？

「毫無疑問，」工程師最後喃喃自言自語：「如果當時我在的話……」

薩卡不想讓他說完。

「算了吧，不要有任何內疚：這些是從那些骯髒的猶太人身上征服而來的錢！」

他們三人開玩笑。凱洛琳夫人坐著，擺出容許和放棄的手勢，有任憑被吃，而不吃他人的人嗎？除非是道德太崇高或沒誘惑的孤寂隱修院，但這是人生。

「瞧，瞧！」他高興繼續說：「不要在金錢上唾棄：首先，這愚昧無知，接著，只有無能的人才會蔑視力量……為了讓他人致富而在工作上扼殺了自己，且不拿取屬於您的合理部分，這才是不合邏輯。否則，躺下，睡覺去！」

他支配他們，不容許他們再插一句話。

「知道嗎，不久的將來，會有一大筆錢納進你們的口袋！……等著！」

然後，他以小學生的急促，猛然衝到凱洛琳夫人的桌子，拿起一支鉛筆和一張紙，在紙上有條不紊地寫下數字。

「等會兒！我為你們算一算。噢！我清楚此事……成立時，你們擁有五百份股票，第一次加倍，然後又再一次加倍，所以目前你們共有兩千份股票。因此，在我們的下一次發行之後，你們將擁有三千。」

哈莫嵐試著打斷他。

「不！不！我知道您有足夠的錢來支付，一方面以您繼承的三十萬法郎，另一方面以您薩度瓦的百萬……瞧！您的前兩千份股票花了您四十三萬五千法郎，另一千份股票將花費您八十五萬法郎，總共一百二十八萬五千法郎……所以，您還剩一萬五千法郎來過您年輕人的生活，這還不算您三萬法郎的薪資，我們將給您調到六萬。」

他倆漫不經心地聽他說，最後對這些數字感到強烈興趣。

「看清楚，你們是正直的，你們支付了你們所取的東西……但所有這些，微不足道。我想說的是……」

他再起身，以勝利的姿態，揮動紙張。

「以三千元股價來算，你們的三千份股票將帶給你們九百萬。」

「什麼！三千元股價！」他們大嚷，搖手抗議這瘋狂的執著。

「嗯！無疑地！而且我禁止你們更早賣出，我得阻止你們，是的！以我的威力和權力阻止你們犯下蠢事……三千元股價，我一定要，而且我將達成！」

如何回答這尖銳聲音，像公雞啼叫、鳴響勝利的可怕男人呢？他們假裝聳肩再次大笑。而他們宣稱他們很冷靜，那了不起的市價絕對達不到。他重新回到桌前，用他自己的帳戶，做其它演算。他付款了嗎？他將支付他的三千份股票嗎？這仍然模糊不清。他甚至應該擁有一個更強大的股票數字；但這難以得知；因為，他也是使用公司人頭，而如何在一大堆屬於他的證券裡辨識？鉛筆無盡地延伸數字的線條。然後，他閃電式一筆勾銷，揉皺紙張。這和在薩度瓦泥濘和血流裡聚攏的兩百萬，屬於他。

「我有約，先走了，」他拿起帽子，說：「一切都說好了，不是嗎？八天後，董事會，之後，立刻舉行臨時全體會議，為了表決。」

當凱洛琳夫人和哈莫嵐獨處時，驚愕又疲憊，他倆面對面，片刻沈默不語。

「妳想怎麼樣？」他終於回答他妹妹的祕密思考，宣告：「到了這地步，務必得留下來。他說得有理，拒絕這財富是很愚蠢的……我從不自認為是引水到磨坊的科學家；然而，我卻將之引來了，我相信清晰、富饒、傑出的交易，對此銀行應該有其如此快速的欣欣向榮……那麼，既然我沒遭到任何指責，那就別氣餒，幹活吧！」

她離開她的椅子，踉蹌，含糊其辭。

「哦！所有這些錢……所有這些錢……」

被無法抑制的情感勒緊，一想到將落在他們身上的這些百萬，她抱著他哭泣。這無疑是喜悅的哭泣，幸福地看到他用聰明才智和工作，終於理所當然地得到報酬；但這也是辛勞，一種她說不出確切原因的辛勞，有如羞恥和恐懼。他開她玩笑，他們假裝相互取樂，然而心中卻存留著一種不安，一種對自己的隱約不快，隱瞞著骯髒同謀的內疚。

「是的，他有理，」凱洛琳夫人重複說：「所有人都這樣。這是人生。」

董事會在倫敦街的豪華府邸新大廳舉行。這不再是鄰居的蒼白庭園反射成綠色的潮溼沙龍，而是一間寬敞的廳堂，走廊被四扇窗所照亮，大廳頂著高高的天花板，莊嚴的牆面，擺飾的大幅巨畫，裝潢花費像黃金似地到處淌流。主席座是一張真正的御座，統治其它排列成行的座椅，富麗堂皇又莊嚴；還有為了迎接皇家部長們的聚會，在巨大桌子周圍，鋪蓋一條紅絨地毯。而在冬天燃燒樹木的白色大理石紀念性壁爐上，擺著一尊教宗的半身雕像，一尊親切及精緻的雕像，看似在那兒黠狡地微笑。

薩卡成功地把手按在所有董事會成員上，輕鬆容易地買通大多數人。勃恩侯爵涉及了近乎詐欺的賄賂案，多虧薩卡把手伸進口袋底，同時賠償被偷竊的公司，而得以平息醜聞；勃恩侯爵因而變成薩卡卑躬屈膝的心腹，不停地驕傲起來，他是貴族投資者的代表，董事會最美的裝飾。宇磊，同樣地，自從偷竊了威尼托割讓的宣告電報而遭到盧貢驅逐之後，完全投靠世通銀行的財富，在立法議會代表它，為它在政治的污泥濁水裡打撈，保留他厚顏無恥、詐欺騙來的最大塊餅，這可能會讓他在某個美好的早晨，被丟到馬扎斯監獄③。而副主席羅賓・夏果子爵在哈莫嵐長期缺席期間，不做任何檢查便簽下名，這使他從薩卡那邊領取了十萬法郎的祕密津貼；銀行家寇勒帛也在國外利用世通銀行的勢力來關說受賄，直到他的信用出現危機；絲商塞迪爾因為一次可怕的清償結算後，財產幾乎不保，而讓薩卡貸給他一筆他無法償還的巨款。只有戴格蒙面對薩卡時保留了他絕對的自主，這會讓薩卡感到擔憂。但親切的戴格蒙魅力依舊，他有時也會帶著巴黎懷疑論者的優雅，不多想便簽了名，因為他覺得只要有錢賺，一切都好。

這一天，儘管本次會議有它的特殊重要性，然而卻和其它日子開的董事會一樣圓滿完成。這

---

③馬扎斯監獄：Mazas，昔日在馬扎斯大道上的監獄，特別是關禁欠債被追捕的人。薩卡角色的靈感即起源於密雷思（Mirès），一八六一年被監禁於此。

成為一種習慣法則：人們只在十五日的小會議真正工作，而月底大擺排場的大會議，則僅僅批准決議而已。董事們是如此的不在乎，以致會議記錄總是充斥著相同的議題，所以還是要做一些問答的對話，否則整個董事會的討論會變成天馬行空的想像，當結論宣讀時，沒有任何人會感到驚訝，直到下一場會議大家就還是會忘記的之前結論，然後對新的會議紀錄也不表意見、沒有任何笑意地繼續簽下字。

戴格蒙匆忙趕去和哈莫嵐握手，知道他帶來大好消息。

「啊！敬愛的主席，我多麼高興祝賀您！」

所有的人圍繞著哈莫嵐，恭喜他，薩卡自己表現得好像還沒見到他似地；而當會議開始，當他在全體大會宣讀報告時，人們從未如此專心聽講。美好成果的獲得，宏偉未來的允諾，同時得以清償舊證券值的資金不斷提高，人人崇拜地點頭讚許，而且沒有人想到要求進一步的解釋。這太完美了，塞迪爾在一個數字裡提出一個錯誤，人們甚至同意不將他的意見置入會議記錄，為了無損會員們的一致同意，他們依次快速地簽字，在興奮狂熱下，沒有任何意見。

會議結束，在金光閃閃的大廳之中，人們開懷大笑地起立散場。勃恩侯爵敘述在楓丹白露的一場狩獵；至於去過羅馬的眾議員宇磊，訴說他如何帶回教宗的祝福；寇勒帛立刻消失，趕去赴另外的約；而其他無關緊要的董事們，則聽取薩卡低聲指示下一次會議該採取的態度。

但戴格蒙，羅賓．夏果子爵，對於哈莫嵐的報告受到極端的頌揚，感到厭煩，經過時抓住主任的手臂，在他耳邊低語：

「別太衝動，嗯！」

薩卡頓時停下來看他，想起剛開始把他拉進業務時，他曾多麼猶豫，知道這生意不太可靠。

「啊！喜歡我的人就跟隨我！」他非常高聲回答，好像要讓所有人都聽到似地。

三天之後，臨時全體會議在羅浮宮旅館的慶典大廳召開。為了如此隆重的會議，他們不屑在白朗旭街毫無裝飾、可憐兮兮的廳堂裡舉行，他們想要一間盛大的廳廊，熱騰騰地，介於行會聚餐和結婚舞會之間。照規定，必須持有至少二十份股票的人才能列席參加，現場總共來了超過一千兩百位股東，相當於四千多個發言權。入場的程序、名片的出示和登記簿的簽名花了將近兩個小時。大廳充滿了欣喜交談的喧譁聲，人們認出所有的董事和世通銀行的很多高層職員。薩巴坦尼在人群之中，大談東方，好像是他的祖國一樣，用熱烈的言詞，敘述著不可思議的故事，如同人們在那兒只消彎個腰就可檢拾金、銀和珠寶；而莫冏特，六月份時，被說服股價將上漲，決定購買五十份世通銀行的股票，每股一千兩百法郎，他目瞪口呆地聽薩巴坦尼說，欣喜他的嗅覺；至於姜圖，自從他有錢後，常常暗自冷笑，嘴巴因嘲諷而扭曲，明顯地還因前一夜在婚宴上的大吃大喝，而感到疲憊。全體工作人員就位後，當法定主席哈莫嵐啟動議會時，拉維尼耶再度被推舉為監察委員，因為人們必須在行使過董事頭銜後才能提高地位，他夢想受邀朗讀公司的金融財務報告，比如十二月三十一日舉辦的下一次會議：為了遵守章程，這是一種事先核定將成為議題的預支資產負債表的方式。他提醒，上一個會計年度的資產負債表，四月份一般議會時被提出，顯示一千一百五十萬淨利的輝煌成果，在提取了股東的百分之五、董事的百分之十、和準備金的百分之十後，還允許分配百分之三十三的股息。接著，他在滔滔不絕的數字之下，制定一筆三千六百萬的金額，當作一般會計年度利益的約略總數，他覺得這一點也不誇張，因為還在最微希望之下。無疑地，他的信念良好，而他應該認真檢查過而呈報他的文件；但沒有一件不是虛假，因為，為了徹底研究一件會計，必須完全重做另一件。此外，股東們不太聽會議報告。一些虔誠者，如莫冏特和其他人，代表一或二票的小股東們，在持續交談的喃喃之中，獨自喝下每個數字。監察委員的核對一點也不重要，而一股宗教般的沉默只在哈莫嵐終於起身時被打破，甚至在他開口前就爆發熱烈鼓掌聲，對他的熱忱，對這位到如此遙遠的地方尋找黃金桶的人，為了將它們捅破在巴黎，對執著勇敢的天才人士致敬。從那時起，這不再只是成功的擴增，而是轉為神化。有人對拉維尼耶漂亮的去年度資產負債表，給予歡呼喝彩，尤其對下年度資產負債表的預估，感到喜悅振奮：數百萬給聯合郵輪、數百萬給迦密山銀礦、數百萬給土耳其國家銀行；無窮無盡的資金追加，輕輕鬆鬆地聚積三千六百萬，像瀑布瀉流一樣，自然地發出響亮的聲音。然後，地平線在未來的操縱上更加延伸。東方鐵路總公司出現了，首先開動的是，近期內將展開中央主動脈工程，接著是支線，一整個現代工業網在亞洲啟動，人類勝利回歸到它文明的搖籃，這是世界的重生；至於，在偏僻的遠方，在言詞之中，矗立起人們無法說出口的神秘事件，這些美滿結果讓人們感到驚訝。結論是全體一致通過，哈莫嵐解釋投票決議將呈交給議會：資金提高到一億五千萬，發行十萬份新股票，每股八百五十法郎，多虧這些證券溢價和預先安排好的下年度資產負債表利潤，舊證券獲得清償。掌聲雷動，歡迎這天才想法。從眾人頭上可看到，莫冏特的大手以所有的力量在鼓掌。而坐在第一排的理事、銀行職員，受到薩巴坦尼起立鼓掌的影響，都紛紛拋出喝彩叫好之聲！如同在劇院一般。所有決議被欣喜若狂地投票通過。

此時，薩卡解決了一件意外事故。他很在乎人們指責他投機，假如他發現這樣的人在大廳裡的話，他想消抹不信任股東的些微懷疑。

自我訓練有素的姜圖站了起來。以他黏糊糊的聲音說：

「主席先生，我想代表眾多股東要求說明，公司必須確定未保留任何股票。」

哈莫嵐完全沒料到這個問題，頓時尷尬不已，本能地轉向薩卡。直到那時，消失在他位子上的薩卡，突然挺直，為了增高他的矮身材，並以尖銳的聲音回答：

「一股也沒留，主席先生回答！」

對此答覆，人們不知道為什麼，叫好的掌聲再次轟然雷動。若薩卡說謊，真相卻是公司沒有一份證券以他的名義登記，既然薩巴坦尼和其他人掩護他。而這就是一切，大家一再鼓掌，最後在一片欣喜喧嘩中散會。

接下來幾天，這場會議的彙報公布在報章上，對證交所和整個巴黎金融市場產生一個巨大的效應。姜圖為這個時刻保留了最後大肆宣傳的衝刺機會，在廣告喇叭裡長期吹噓最洪亮的誇耀渲染；而他甚至散播一個笑話，人們描繪，他曾讓人將〈買世通銀行〉這些字樣，刺青在令人愛慕的女士們的最私密和最柔和的小地方，繼而在暢通裡將它們宣傳出去。此外，他終於執行他的大理想，買下〈金融行情〉，這背後有十二年完美無缺、正直穩當名聲的老報社。它很貴，但可靠的客戶、膽小的資產者、謹慎的大財主、所有帶著自尊的錢，都會被征服。十五天內，在證交所，世通銀行達到股價一千五百法郎；而在八月份最後一週，接二連三暴漲，達到兩千。人們更加瘋狂著迷，在狂熱的投機流行下，進場的時機大增。人們買呀買，甚至最理智的人也沉醉在這一再上漲，上漲個沒完沒了的自信裡。這啟開了《一千零一夜》的神秘匪窟，人們交給貪婪的巴黎哈里發不可計數的寶藏。幾個月以來，所有竊竊私議的夢想，似乎在大眾狂喜前實現：再度被佔據的人類搖藍，其沿海復甦沙岸的古老歷史城市，大馬士革，接著是巴格達，然後是被我們工程師團隊入侵開發的印度和中國。這種對東方征服的方式，是拿破崙用軍刀辦不到的，卻被一家金融公司實現了，在那兒抛出一大批十字鍬和獨輪車部隊。人們拿數百萬來征服亞洲，為了從中抽取數十億。而女性十字軍東征尤其獲得了大舉勝利，在五個小時的私密小會議、在子夜的上流社會盛大招待宴、在餐桌、和在擺著床的密室裡。她們預測：君士坦丁堡會被占據，不久後還將攻下布爾薩、安哥拉和阿勒頗，然後將再攻下士麥拿、特拉布宗，所有世通銀行設置席位的城市都會被征服，而我們沒有點名到的城市也會，直到最後擁有聖城的那一天，這就像是遠征的神聖承諾。父親、丈夫、和情夫們，強制壓抑女人們的熾熱激情，不再下單給一再叫喊：「但願如此」的證券經紀人！然後，這終於輪到小人物爭相推擠的跟進，像跟隨著大軍隊的前進，所有的熱情從沙龍降臨到辦公室，從資產階級降臨到工農階級，在這數百萬的瘋狂奔馳裡抛擲，只擁有一或三、四、十份股票的可憐認購者，推動了將退隱的門房、和貓相依為命的老小姐、每日十蘇預算的外省退休佬、靠施捨的窮鄉僻村傳教士、一大群蒼白、消瘦、饑餓、靠低微定期利息生活人的投資熱情，在這情況下，只要證交所發生一場小災難，便如同突然席捲而來的流行病，一下子把人們全掃進公墓裡。

世通銀行證券的這股狂熱，如同一陣宗教之風帶領他們昇天，從杜伊勒里宮和戰神廣場升起愈來愈激昂的音樂，世界博覽會持續的慶典，使巴黎陷入瘋狂。在大熱天的沈重空氣裡，旗幟劈里啪啦拍打得更響，這是個瘋狂的城市，沒有一晚不在星光下閃爍，沒有一晚不在一座巨大的宮殿深處，通宵達旦、放蕩荒淫。家家戶戶感染欣喜，街道上充斥著興奮狂熱，淺褐色的蒸氣，筵席的炊煙，媾和的汗水，不斷湧向地平線，在索多瑪④、巴比倫和尼尼微⑤夜晚的屋頂上翻雲覆雨。自五月以來，皇帝和國王從世界各角落來朝聖，絡繹不絕的行列，有將近一百位君主和皇后、王子和公主。巴黎看夠了陛下和殿下；它對俄國和奧地利皇帝，蘇丹和埃及總督歡呼喝彩；而它自投於華麗馬車輪下，為了更貼近看俾斯麥先生像隻忠實守門狗般地跟隨普魯士國王。歡樂的禮炮，持續在巴黎殘老軍人院裡鳴雷齊響，參觀世界博覽會的人群擁擠不堪，德國也曾經展覽過，龐大深沈的克虜伯大炮造成空前絕後的成功迴響。幾乎每個星期，歌劇院為了某個官方盛會而點燃它的吊燈。人們在小劇院和餐廳裡擠的喘不過氣來；對賣淫泛濫湍流而言，人行道再也不夠寬敞。這是拿破崙三世想獎賞給六萬展覽者的，一場前所未有的華麗典禮，一個在巴黎前線燃燒的光榮，在皇帝出現的輝煌統治、在歐洲主宰的夢幻仙境謊言裡，以冷靜的力量說話，承諾和平。當天，人們在杜伊勒里宮知悉墨西哥驚人的災難，馬西米連諾的暴行，法國的鮮血和黃金的倒塌，成為巨大的損失；人們隱瞞這些消息，為了不使節慶中有悲傷。喪鐘第一響，在這美好日子的尾聲，耀眼炫目的陽光。

而在這光耀之中，薩卡的星宿似乎也上昇到他最大的光芒。經過這麼多年的盡心竭力，他終於將財富像個奴隸似的把持住，掌握著鑰匙，生活在屬於他自己活生生的物質人生中！過去在他的錢櫃裡充滿著許多的謊言，這麼多的百萬在那兒流轉，從各式各樣不知名的洞口溜逝！不，這不再是表面的謊言財富，而是擁有真正黃金的主宰權，坐在滿滿的袋子上的堅固寶座；而這王國，他不像昆德曼那樣地執行它，在銀行家一系列的積蓄之後，他驕傲地自我吹噓是自己征服下來的，像是突襲帶走一個王國財富的冒險統帥。在他非法買賣期間，他過去曾在歐洲的土地上爬得很高；但他從沒感覺過巴黎敗在他腳下，以及它是如此的微不足道。他回想起那天在香玻餐廳吃中餐時，被人懷疑再次破產；在報復的盛怒裡，他用饑餓的眼神盯著證交所，現在他居然東山再起，重新征服一切。此時此刻，他再度成為主宰，這是多麼令人欣喜若狂的渴望！首先，一旦他自認為權力至高無上，他將攆走宇磊，交付姜圖發行一篇以天主教之名、反盧貢的文章，因為他覺得在羅馬問題裡，部長明顯地被指責玩兩面手法。這是倆兄弟間的決定性宣戰。自從一八六四年九月十五日的公約起，尤其從薩度瓦開始，神職人員對教宗的處境，假裝表現出強烈的焦慮；而從那時候起，〈望報〉重拾其昔日教宗絕對權力的政治態度，猛烈攻擊自由派帝國，例如頒訂一月

④索多瑪：Sodome，位於死海東南方的城市，此地名首次出現在《希伯來聖經》中，如今已沉沒水底。依《舊約聖經》記載，索多瑪是一座不忌諱同性性行為的性開放城市。

⑤尼尼微：Ninive，古代亞述帝國重鎮之一，位於今日伊拉克北部。

十九日的法令。薩卡的話在議會裡到處流傳：他說，儘管他對皇帝有深深的情感，他還是寧願順從亨利五世，而不願任憑革命精神引導法國步入災難。接著，因為他在金融市場的勝利，他更加膽大妄為，不再隱藏他要攻擊猶太高層銀行的策略，這讓昆德曼的十億財富受到嚴重損失，直到能跟他對抗到最終俘虜他為止。世通銀行曾如此神奇地成長，為何這受到所有天主教徒支持的銀行，再過幾年，不能成為證交所的統治主宰？薩卡以對等的權勢，充滿爭執好強的誇口，擺出一副與鄰國國王敵對的樣子；至於昆德曼，非常冷漠，甚至不露出嘲諷的表情，繼續窺伺和守侯，僅僅表現出對股票的持續上升感到非常有興趣的樣子，昆德曼成為一個將其所有力量投注在耐心和邏輯上的男人。

激情塑造了薩卡，而他的激情也讓他迷失。在薩卡的野心中，他多想擁有第六感，好滿足它。凱洛琳夫人終於再度恢復保持微笑，甚至當她的心在淌血時，她仍然是他的朋友，而他以一種尊重配偶的樣子聽她說話。桑朵芙男爵夫人，其青腫眼皮和鮮紅嘴唇明顯地在說謊，開始不再哄騙他，在她邪惡的好奇之中，有種冰寒的冷漠。而此外，他從未體認過大的激情，由於在這金錢的世界裡，太忙碌，他得將精力消耗在別處，每個月付錢做愛。而當他想要女人時，在他一大堆新的數百萬錢財上，他只想到買一個很貴的女人，只為了比任何巴黎人都先擁有她，如同給自己買一個很閃亮的大禮物，只為了愛慕虛榮地將之別在他的領帶上。何況，這不正是一個極佳的廣告？

一個敢在女人身上押注大筆金錢的男人，從今而後被標註為財富的象徵。他的選擇立刻落在德·裘孟夫人身上，他和傌興有兩、三回在她家共享晚餐。她三十六歲還非常漂亮，以朱諾天后般匀稱和莊嚴之美，及皇帝付她一夜十萬法郎而聲名大噪，這還不算因她賞給她丈夫的勛章，她的丈夫只是一個除了是他妻子的丈夫角色外，並沒有其它任何頭銜的存在。他們兩人生活寬裕，到處行走，在內閣、在朝廷，以萬中選一的方式挑人選，每年三或四夜即足夠。人們知道她的價格貴到離譜，那都是佼佼者之中的佼佼者。而薩卡，特別興奮的想要咬下皇帝專屬的這塊肉，出價到二十萬法郎，她的丈夫起初對這從前可疑的金融業者不屑、感到輕蔑，覺得他這個人太輕薄及有損人的不道德。

這是約在小寇南夫人斷然拒絕和薩卡肉體享樂的同一時期。薩卡當時經常出入費垛街的造紙廠，總是有冊子要買，對這位令人愛慕的金髮美女迷戀不已，粉紅、豐滿，淺淡如絲的秀髮，捲毛如雪的小綿羊，既優雅，又溫存，總是抱持喜悅的心情。

「不，我不要，絕不和您！」

當她說絕不時，這是斷然截絕的事，沒有什麼會在這拒絕上讓她回心轉意。

「為什麼？我看過您和另一個人，有一天，當您從一家旅館出來時，觀景小巷……」

她臉紅，卻不停勇敢地正視著對方。事實上這旅館由一個老太太經營，是她的朋友，作為她約會的地方，當她任性屈服於一位證交所人員時，在她善良丈夫埋頭於他的帳簿時，她則假裝總在外頭為了家中的採辦。

「您明白的很，古斯塔夫・塞迪爾，這年輕人，您的情夫。」

她以其美麗的手勢抗議。不，不！她沒情夫。沒有一個男人可以自吹自擂說擁有過她兩次。他當她是誰來著？一次，可以！偶然，出於喜悅，但不引起其它嚴重後果！而所有人仍是她的朋友，很感激，守口如瓶。

「所以是因為我不再年輕？」

她以一個新手勢，持續地和他說笑，似乎說年輕與否，她毫不在乎！她曾退讓於較不年輕、甚至長相較不好看、經常還是窮光蛋的人。

「為何如此，告訴我為什麼？」

「天啊！這很簡單呀……因為我不喜歡您。和您，絕不！」

而她依然保持非常親切的態度，對無法滿足他而滿懷歉意。

「瞧，」他突然又說：「這是您所想要的……您想要一千，您想要兩千，就一次，僅只一次？」

在每一個他哄抬的價錢，她親切搖頭說不。

「您想……哦，您想要一萬，您想要兩萬？」

她輕柔地止住他，將她的小手放在他的手上。

「不要一萬，不要五萬，不要十萬！您大可如此久久哄抬您的價錢，這將是不，總是不……您清楚看到我不穿金戴玉吧？啊！有人送我東西、金錢、一切的一切！我什麼都不要，難道這不夠嗎？在進行這令人喜悅的交易時？……但請了解，我的丈夫全心全意地愛我，而我也很愛他。我的丈夫是個很正直的人。所以，我當然不會做出讓他傷心而殺了他的事……既然我不能將錢交給我丈夫，拿了您的錢，您要我怎麼辦？我們並不窮苦可憐，我們有一天將可拿下一筆漂亮的財富；而假如這些男士們全都對我友好，繼續當我們家的顧客，這，我接受……哦！我不會裝出一副我不再沒私心的樣子。假如我獨身一人，也許另當別論。只是，還有一項堅持，您不要自以為我丈夫會拿您的十萬法郎，在我和您上床之後……不，不！就算一百萬也不！」

她固執己見。薩卡被此出乎意料的抵抗而惹惱、激怒，死糾活纏地鬧了將近一個月。她用她可掬的笑容，溫柔的大眼睛，及滿盈的憐憫，讓他騷亂。為何如此！金錢不能買下一切嗎？這是一個不受金錢誘惑，即使標下瘋狂高價，也不能擁有的女人！她說不，而這是她的意願。在他的勝利裡，他為此慘痛受苦，如同在他權勢裡的一個困惑，在黃金力量上的一個祕密幻滅，直到那時他曾以為自己是絕對且至高無上的。

然而，一天晚上，他起了一個最強烈虛榮心的享樂意念。這是他生存的巔峰時刻，外交部舉辦一場舞會，他選擇了這為世界博覽會而擺設的宴會，為了公開讓人注意到他和德．裘孟夫人的一夜情幸福；因為，在這美人兒經過的市場裡，他總是以幸福買主自居，總有一天將擁有炫耀的權利，讓交易完全達到所有希望的廣告方式進入。所以，約午夜時分，在黑禮服和裸露肩膀之間，摩肩接踵的沙龍裡，在吊燈的閃亮照耀下，薩卡進入，手挽著德．裘孟夫人，而她的丈夫跟隨其後。當他們出現時，群眾分散，開出一條寬敞通道給這鋪展二十萬法郎的任性短暫愛情，給這以粗暴胃口和瘋狂揮霍形成的醜聞。有人微笑、有人竊竊私語、逗笑、不生氣，在女士身上令人陶醉的氣味之中，在樂隊的遙遠搖晃裡。但，在沙龍的底端，有一整團好奇人士，緊緊圍住一位穿著亮麗華美白色胸甲騎兵制服的巨人。這是俾斯麥伯爵，其高大身材足以俯眈所有人頭，開懷暢笑，大眼睛、粗鼻子、強勁的下顎，被蠻族征服者的髭鬍所遮掩。薩度瓦之後，他剛把德國交給普魯士；長期被否認的同盟條約，從今而後有很致命的影響。自數月前簽約以來，便反對法國，差點兒在五月也爆發了盧森堡事件。當薩卡得意洋洋地穿越大廳，臂挽著德．裘孟夫人，後面跟著她的丈夫時，俾斯麥伯爵瞬間停住大笑，以巨人嘲笑者的眼光，怪異地看著他們經過。

第九章

金錢
L'Argent

凱洛琳夫人再次獨處。哈莫嵐在巴黎待到十一月初，這是公司為了一億五千萬資本額，而在公司組織法規範下的必要程序；他也依照薩卡的要求，去聖安街勒羅蘭代書公證人事務所做法定宣告，確定所有的股票認購無疑，且資金已繳納，然而這並非事實。接著，他出發去羅馬，他得在那兒待兩個月，研究一些他不願透露的大交易，毫無疑問地，是為了教宗在耶路撒冷的夢想，以及另外一個更實際且更可觀的計畫，即將世通銀行轉變為天主教銀行，仰賴全世界天主教徒的利息，目的是要粉碎、掃除全球猶太銀行的巨大機器；而從羅馬，他打算再轉回東方，那兒從布爾薩到貝魯特的鐵路工程在召喚他。他很高興遠離這快速繁榮的公司，完全被它不可動搖的穩固所說服，甚至內心隱約擔憂這過度的成功。此外，在他出發的前一天，和妹妹交談時，他鄭重叮嚀交待她，假如股價超過兩千兩百法郎，要堅決抵制這全面的瘋狂，並出售他們的股票，因為他親耳聽到有人抗議這種瘋狂和危險的持續上漲。

當獨自一人時，凱洛琳夫人覺得被她周遭的狂熱，弄得更加心緒不寧。大約在十一月份的第一個禮拜，股價漲到兩千兩百；她周圍的人一片欣喜若狂，升起感激的叫喊和無限的希望：德樂前來表示衷心的感恩，博威立業女士們也同樣感激她，視她為鞏固家業的朋友。一場降福音樂會，從大大小小的幸福人群中升起，女孩子們終於有了嫁妝，窮人突然致富，退休獲得保障，富人燃燒著貪得無厭、想要更富有的喜悅。世界博覽會的隔一天，整個巴黎都陶醉在喜悅和權勢裡，確信這是從信念到幸福的獨特時刻，有著無盡的機運。所有的證券行情都上漲，連最不穩的股票都能找到輕信者，充斥著過多的可疑交易、市場壅塞直到無法動彈。但暗地裡，卻隱隱發出空洞的聲響，這個國家從前曾經非常享樂，揮霍數十億法郎在許多大工程上，養肥了那些巨大的信貸公司，使得錢財到處流淌，成為統治上真實的財政枯竭。在這眩暈裡，只要裂痕開始出現，就會馬上崩潰瓦解。無疑地，凱洛琳夫人有這種焦慮的預感，當她感覺自己的心，因為世通銀行股價的每次上漲而緊縮時，沒有任何一個惡意謠言流傳出來，她勉強被一個空頭投機者馴服。然而，她清楚意識到某個不安的東西，已經開始侵蝕，但是什麼？沒有一樣變得明朗化；而她被迫在不斷成長的勝利輝煌之前等待，儘管這些輕微顫動就是宣告災難的開始。

此外，凱洛琳夫人還有另一個煩惱。就業慈善機構裡的人，終於對變得沉默陰險的維克多感到滿意；而假如她還沒全盤告訴薩卡，這是出於尷尬的奇特情感，她越來越不敢說，對於他可能產生的羞恥而感到痛苦。此外，這時候，她從自己的口袋掏出兩千法郎還給偶興，而偶興又對布希和辣媚千索取四千法郎的主題，感到興奮：這些人在詐騙她，他的父親將會很忿怒。因此，從今而後，她推卻布希再三要求曾應允款項的餘額。在手段達不到目的之後，布希最後大發雷霆，從前要勒索薩卡的意念再度復活，自從後者的新地位崛起，這高高在上的地位，在畏懼醜聞之前，他認為可任其操縱支配。於是，有一天，氣憤這麼一樁美好買賣竟抽取不到分文時，布希決定直接去找薩卡，布希寫信給他，請薩卡撥冗到他辦公室取回在豎琴街一間房裡找到的舊文件受理權。他給了門牌號碼，在這件陳年往事上做一個如此清楚的暗示，使得薩卡心生不安，不得不趕來。正巧，這封載著聖拉扎爾街的信落到凱洛琳夫人的手中，她認出筆跡。她發抖，瞬間自問，是否去一趟布希的家，打消布希的念頭。接著，她又自問，也許他寫信完全是為了別的事，總之，這是一種了結的方式，甚至欣喜在她的不安裡有另一種隱情尷尬。夜晚，薩卡回來時，在她面前拆信，她看到他的臉色變得沈重，她想是某個金錢糾紛。然而，他深深感到驚訝，他的喉頭緊縮，一想到掉進如此骯髒的手裡，就嗅到某種恥辱。他平靜地把信塞進他的口袋，決定去赴約。

過了幾天，是十一月份的後兩個禮拜，薩卡再恢復每天早上的拜訪，被席捲他的激流感到驚愕。股價剛超過兩千三百法郎，他為此狂喜，卻同時感覺到隨著上漲所出現的恐慌，證交所有一股抵抗的力量在形成和增強中：顯然，有一群以空頭方式進行投機的人掌握了形勢，著手進行抗爭，此時，在前哨的單純戰鬥裡，還畏畏縮縮。然而，再三地，他覺得必須給自己購買股票，藉人頭的名義，以防股價上漲受到挫折停頓下來。購買自個兒公司證券的系統，在這些證券上投機，開始自我吞噬。

一天晚上，因為擔憂，心神相當不寧，薩卡忍不住和凱洛琳夫人談起。

「我相信這將加速進行。哦！我們太強，我們太阻擾他們了……我嗅到昆德曼的味道，這是他的策略：他將進行規律性的出售，今天賣一點，明天賣一點，同時再多一點點，直到將咱們動搖……」

她以沈重的聲音打斷他。

「假如他擁有世通銀行，他有權出售。」

「什麼！他有理由出售？」

「無庸置疑，我哥哥告訴過您：股價從兩千法郎起，是絕對地瘋狂。」

他看著她，情不自禁，怒斥。

「那就賣吧，你們膽敢自個兒出售……是的，這就是跟我作對，既然你們想要我的失敗。」

她微微臉紅，因為前一天，聽從哥哥的指示，她正賣掉她的一千份股票，她也因為此次出售，心裡感到輕鬆了些，猶如出自一個遲來的正直行為。但既然他沒直接問，她就沒對他招認，所以更加感到不自在。他補充說：

「如此，昨天，我相信有些人背叛我賣掉股票。市場上出現一大包證券，如果我沒出面調停的話，股價確定將會下跌……這不是昆德曼做的手腳。他的手法較慢，緩緩地更使人束手無策……啊！親愛的，我很安心，但我依舊會發抖，因為捍衛自己並沒有什麼，最慘的是防衛他人和他人的金錢。」

事實上，從此刻起，薩卡不再無拘無束。他是靠戰勝而贏得百萬的富豪，但現在他不停地處於挨打狀態。他甚至再也抽不出時間去枸馬丹街的窄小一樓探望桑朵芙男爵夫人。事實上，他對她火焰般眼神的謊言，她無法振奮的冷感，已經覺得厭倦。而且有一次，他相當不愉快，類似他讓戴坎卜洱遭受的事一樣：一天晚上，任憑貼身女僕的愚弄，這一次，他在男爵夫人躺在薩巴坦尼懷中時進來。在緊接著的火爆激烈解釋裡，他在毫無隱諱的告解之後，才冷靜下來，一個簡單好奇的告解，無疑地有過錯，但可以獲得理解原諒。這女人們所議論紛紛的，如同奇葩的薩巴坦尼，人們在他那如此巨大的話兒上竊竊私語，以致她抵抗不住慾望，想親自一瞧。薩卡原諒她，當她回答了一個粗魯的問題，說：「天啊！總之，那東西也沒什麼好大驚小怪的。」之後，他不再每週都去看她，並非他仍心懷怨恨，而是因為她讓他厭煩，如此而已。

於是，感覺到他的疏遠，桑朵芙男爵夫人再度回到她從前對證券市場的無知和疑惑裡。自從她在親密時刻對他告解起，她幾乎每玩必贏，她有一半的機運都會贏。今日，她清楚看到他不再想回答，她甚至擔心他會對她說謊；可能是運氣改變，或可能是他故意捉弄，給她錯誤的線索，有一天聽從他的建議之後，竟然輸了。她對他的信賴因而開始動搖。假如他引她步入歧途的話，今日還有誰能來指導她呢？最糟糕的是，證交所對世通銀行產生的敵意，起初是輕微的，之後一天比一天更強烈。這還只是謠傳，什麼都還沒明確表現出來，沒有任何跡象顯示這間公司不穩。只是有人故意放出風聲，應該事出有端，否則蟲是不會跑到果子裡的。此外，這並不妨礙股票的暴漲。

接著，由於對義大利的錯誤操盤，男爵夫人明顯的焦慮不安，決定親自前往〈望報〉辦公室，盡力去套姜圖的話。

「瞧，怎麼了？您應該知道呀，您……世通銀行剛剛又上漲了二十法郎，然而有謠言流傳，沒人能告訴我究竟是什麼，總之是不好的某些事。」

姜圖也處於同樣的困惑裡。雖然自己被當成謠言的起源，必要時還得自己製作謠言，他開玩笑自我比喻為一個鐘錶匠，生活在一百多個從不知道確切時間的鐘擺之中。多虧他的廣告經紀人，假如他知悉所有祕密的話，對他而言，再也沒有唯一可靠的意見，因為他的情報互相抵制，且互相摧毀。

「我啥也不知道，一點也不知道。」

「哦！您不想告訴我。」

「不，我啥也不知道，我發誓！而我正打算去找您問呢！所以薩卡不再對您親切？」

她做了個手勢，確認他所猜想的事：由於雙方互相厭倦，一段男女私情的結束，女人乏味，情夫冷淡，再也聊不起來。他頓時後悔沒有扮演消息靈通男人的角色，這個曾經用腳踢過他的小拉提谷姑娘，要拿身體來作為他消息的回報呢。但他覺得時候未到；而他繼續望著她瞧，高高在上地思考著。

「是的，這很麻煩，我還打算靠您呢……因為，不是嗎？假如真的有災難，要事先有警告，以便能隨機應變……哦！我不相信這很急迫，這還很穩固。只是，人們看事情如此奇怪……」

隨著他如此看她，一個計謀在他腦袋裡萌芽。

「唉，」他突然又說：「既然薩卡甩掉您，您應該去和昆德曼相好。」

她驚訝了一會兒。

「昆德曼，為什麼？……我不太認識他，我曾在華維勒和凱勒的家見過他。」

「太好了，如果您認識他的話……找個藉口去看他，和他聊天，努力當他的朋友……設想：當昆德曼的好朋友，便可主宰世界！」

他冷笑著，用手勢比出令人意淫的下流幻想，因為猶太人的冷感眾所周知，沒有比誘惑他更複雜、更困難的事了。

男爵夫人了解，發出隱約的微笑，不氣怒。

「但，」她一再問：「為何是昆德曼？」

他於是解釋，昆德曼確定是以空頭方式進行投機、操縱人群來抗衡世通銀行的首腦。這，他知道，他有證據。而既然薩卡不親切，最簡單謹慎的狡猾方式不正是和他的敵手交好，卻同時不和他絕交嗎？我們將可腳踏兩條船，開戰那天，安心的確定與勝利的一方為伍。而這的背叛提議，他僅僅以好顧問的友好樣子建議她。假如一個女人為他工作的話，他將可高枕無憂。

「嗯？您願意嗎？讓我們結合在一起……我們互相事先告知，互通有無。」

由於他掌握著她的手，她本能一個動作抽回，相信他別有用心。

「哦不，我不再想這件事，既然我們是同志……日後，是您將酬謝我。」

談笑中，她將手給了他，他親吻起來。而她已經不鄙視，忘了他曾奴顏婢膝，不再視他為跌落在下流無恥宴會裡的人，破產的臉孔、擁有沾了苦艾酒的鬍鬚、受到玷污的新禮服，以及某頂沾染上淫邪地區樓梯的灰泥的發亮帽子，這些她都看不見了。

隔天，桑朵芙男爵夫人立即前往昆德曼的家。這一位，自從世通銀行的股價達到兩千法郎時，就開始實際操縱一整個跌價的策略活動，一切保持在最機密的狀態，絕不去證交所，甚至連官方代表都沒有。他的論證是：一個股票首先要等於其發行價格，其次要能獲得利息，和靠銀行的繁榮，及公司的成功。因此有一個它不應該合理超越的最大證券值；而一旦越線，引起大眾風靡，上漲則是虛假，明智之舉是著手進行跌價。在他的信念裡，他絕對相信邏輯，然而他仍被薩卡快速征服金融市場所驚訝，這突然成長的威力，讓猶太高層銀行開始感到驚恐。必須儘快打倒這位危險敵手，不只是為了追回薩度瓦事件隔天消失的八百萬，尤其是為了不和這位恐怖冒險家分享市場的王位，這個膽大妄為的敵人似乎成功地奪得寶座，對抗所有有見識的人，猶如得到神助一般。昆德曼對股票的狂熱充滿了蔑視，自誇他有數學投機者的冷靜，對數字有冷漠的固執，儘管股票持續在上漲，他依然會出售，不願意輸在每一次金額愈來愈可觀的清償金中，而只是一個把錢存在美好安全儲蓄銀行裡的智者。

當男爵夫人在擁擠的雇員和掮客之中，終於得以進入時，在大量落下的待簽名文件和待閱郵件中，她看到銀行家咳個不停、受嚴重感冒之苦。他從清晨六點鐘起就在那兒，咳嗽又吐痰，累到精疲力竭，卻還穩穩地撐住。這一天，在要處理外債的前夕，大廳被一群更急迫的訪客侵入，由他的兩個兒子和一個女婿一陣風似地接待；至於，地上，靠近他擺在底端的窄桌旁，一扇窗口下，他的三個小孫子，兩個女孩和一個男孩，以尖銳的叫聲，爭吵一個被扯斷臂腿、已經橫躺的娃娃。

男爵夫人立刻說出她的藉口。

「敬愛的先生，容我親自上門冒昧求見的勇氣……這是為了慈善彩券……」

他沒讓她說完，他很樂於佈施，總是拿取兩張票，尤其是他在社交界認識的女士，不辭辛勞地親自為他帶來時。

但他道歉，這會兒來了一個職員交給他一份交易文件。快速交換了一些巨大數目。

「貸方金額已達五千兩百萬，是嗎？」

「六千萬，先生。」

「那麼，提高到七千五百萬。」

他再回到男爵夫人的話題，而當他聽到女婿和掮客交談的一句話時，他驚訝地匆匆趕過去。

「但不，一點也不！牌價五百八十七法郎五十分，這麼一來每股將短少十蘇錢。」

「哦！先生，」掮客謙卑地說：「為了這四十三法郎，您將少賺更多！」

「什麼，四十三法郎！但這很多啊！您以為我偷錢呀？每個人有他自己的帳，我只知道這件事！」

終於，為了自在地聊天，他決定帶男爵夫人去餐廳，那兒刀叉已擺好。他沒被慈善彩券的藉口所騙，因為他知道她和薩卡的私情，多虧一整群奉承阿諛的密探提供情報給他，而他早料到她會來，被某個嚴重的利益所推促。他也老實不客氣地說：

「好了，現在，告訴我您所要告訴我的事。」

但她假裝驚訝。她沒什麼事要和他說，只是要感謝他的善心。

「那麼，沒人派您來傳話給我？」

他顯得失望，他剛剛還以為她帶來薩卡的祕密任務，這狂人的某個天才構想。

目前只有他倆，她微笑看著他，以熾熱和說謊的模樣，她徒勞無功地刺激這男人。

「不，不，我沒什麼要跟您說；而既然您人這麼好，我倒是有某件事想請教您。」

她俯身靠向他，戴手套的纖纖玉手輕觸男人的膝蓋。而她告白，敘述她和一個完全不了解她的性情，也不懂得她的需要的一個陌生人的可悲婚姻，解釋為了不降低身分地位，她如何尋求股票投機。最後，她談起她的孤單，被建議和指點的必要，在證交所這駭人的領域裡，每走錯一步路就要付出高額的代價。

「但，」他打斷話：「我以為您有高人指導。」

「哦！某個人，」她以深沈蔑視的手勢喃喃地說：「不，不，沒人，我沒人……是您，我想擁有的主宰神明。而這，真的，當我的朋友，告訴我一個字，一個字就好，久久一次，不會花費您很多錢。如果您知道，您使我有多幸福，我有多感激您，哦！以我整個人來回報！」

她靠得更近，以她溫熱的氣息、以她全身散發出的細緻和強烈味道包圍他。但他冷靜、鎮定自若，甚至沒後退，皮膚沒有任何反應，沒有任何東西可刺激他。當她說話的時候，這個胃已損壞、仰賴乳製品過活的人，開始從桌上高腳盤裡，拿起一個又一個葡萄，機械式地吃，有時他允許放蕩一下，是他最享受的時刻，之後便要用全天的痛苦來償付這點享受。

他發出詭詐的笑，自知所向無敵，當男爵夫人忘我地在她慾望的火裡，終於將她誘人的小手貼在他的膝上，用手指像游蛇般的柔軟滑入。他開玩笑地拾起這隻手，掰開它，點頭謝絕一個對他沒用的禮物。而且不多浪費時間，開門見山說：

「哦，您是個很好的女人，我很想對您親切……我美麗的朋友，哪天您帶給我一個好意見，我保證也回報您一個。請來告訴我人家在幹什麼，而我就告訴您我在做的事……一言為定，嗯？」

他起身，而她也和他回到隔壁大廳裡。她完全瞭解他所提的交易，偵探和背叛。但她不想回答，假裝再提及她的慈善彩券；至於他，嘲弄地點頭，似乎在補充就算他不堅持暗中協助，那合乎常理的致命結果，仍然會出現，也許稍晚些。而當她終於離開時，他已著手繼續做別的事，在這異常哄鬧的廳堂裡，在證交所絡繹不絕的來往人中，他的雇員們忙碌地奔走，他的孫子們剛在扯斷娃娃頭的遊戲中獲勝而大叫。他坐在他窄小的桌子上，專注研究著一個突然產生的想法，再也聽不見其它聲音。

桑朵芙男爵夫人曾兩次轉回〈望報〉辦公室，為了向姜圖報告她奔走所獲得的情報，但沒見到他。有一天，當他女兒娜妲莉和卓丹夫人在走廊長凳上閒聊時，德樂終於引見她。前夜裡，下起暴雨，在這潮濕灰暗的天氣，座落在院子污水塘後的老府邸，顯得非常憂鬱。煤氣燈在半昏半明裡燃燒。瑪協勒等待卓丹，他為了償還布希新的分期付款而到處奔波追錢。瑪協勒悲傷地聽娜妲莉用她乾澀的聲音，及巴黎女孩太早熟的說話態度，像隻愛虛榮鵲鳥似地呱噪。

「您瞭解，夫人，爸爸他不想賣……有個人一直推促他賣，並企圖讓他害怕。我不說這個人的名字，因為他的角色，當然也不怎麼驚人……現在是我阻止爸爸賣……當漲價時，我好幾次都想賣！難道該這樣笨嗎？」

「當然！」瑪協勒簡單回答。

「您知道我們的股價目前在兩千五百，」娜妲莉繼續說：「我有在記帳噢，因為爸爸不會寫字……以我們的八份股票，這已經價值兩萬法郎了。嗯？很漂亮吧！爸爸本來想在一萬八千時賣掉，因為這已達到他想要的數目：六千法郎當我的嫁資，而一萬兩千留給他，這會是一筆六百法郎的小定期收益，以現在這些股票的熱情，他應可賺到……但請問，這幸福嗎？於是，他沒賣掉，現在更多出了兩千法郎！……如今，我們想要更多，我們想要至少一千法郎的小定期收益。而薩卡先生明白告訴過我們，我們將會擁有……他人真是太好了，薩卡先生！」

瑪協勒忍不住微笑。

「那您就不再結婚了嗎？」

「當然，當然，當這一切停止上漲時……我們很急著要結婚，尤其戴歐度爾的父親，因為他做生意的關係。只是，您想怎樣？當金錢滾滾而來時，我們不能堵住源頭。哦！戴歐度爾非常清楚，等爸爸有更多的定期收益，那麼有一天將會使我們有更多的資金。天哪！這值得大大重視呀……就這樣，大家都在等。幾個月下來，我們已經有了六千法郎，我們應可以結婚；但我們寧願保留這些錢來生子息……您閱讀有關股票的文章嗎？您？」

而不等回答，她又說：

「晚上我會閱讀。爸爸把已經看過的報紙帶給我看，卻還要我再為他重讀一遍……我們孜孜不倦，報上所承諾的一切多美好呀。當我睡覺時，腦子裡充滿了股票的訊息，夜裡還會做夢。而爸爸也告訴我他預見某些很好的徵兆。前天我們做了同樣的夢，我們在街上拿鏟子積聚了一百蘇的錢幣。這很有趣。」

再一次，她打斷話題問：

「你們擁有多少股票啊，你們？」

「我們，一股也沒有！」瑪協勒回答。

娜妲莉的金髮小臉蛋，用她飛揚的蒼白髮綹，顯示出一個無限憐憫的神情。啊！沒股票的可憐人！她父親叫她，吩咐她去巴迪鈕拿一包校樣給一個編輯，於是她用一種自命不凡的資產持有者的態度離開了，而她，幾乎每一天的這個時候，都會來到報社，為了更早知道證交所的行情。

獨自坐在長凳上，瑪協勒再度陷入憂鬱的沉思裡，她通常是喜悅和勇敢的。天啊！為何現在會這麼黑暗、這麼悲傷！而她那在這暴雨中奔走街頭的可憐丈夫，對金錢是如此的輕視，而今，為了還債卻必須忙碌不安，費這麼大的勁去哀求借貸，甚至去求欠他錢的人！她沉思冥想，聽不見外在聲響，再清醒時，重新回想她這一天的生活，這糟透的一天；至於，她周遭，報社在門的拍打聲和鈴響之中，正狂熱地運作著，編輯們匆忙地奔走，來來回回的抄寫，

首先，從九點起，卓丹出門去彙報一件意外調查，瑪協勒剛洗完臉，還穿著短上衣，驚嚇看到布希進到他們家裡來，陪同兩位很髒的男人，也許是法政執達員，也許是惡棍，她無從判斷起。卑鄙無恥的布希，無疑地趁只有她一個女人在家時，宣告假如她不當場立刻付錢的話，要將他們的財產扣押。而對法律程序毫無常識的她，爭論不過布希：虎背熊腰的布希，要將判決書公告張貼出來，這使她感到相當昏亂，最終不知是真是假，就相信這些事的可能性。但她並沒有馬上順從對方，而是解釋她的丈夫中午不回家吃飯，在他回來之前，誰也不准碰他們的家。在這三位可疑人士和這位衣冠不整、披頭散髮的少婦之間，開始了最令人難以忍受的場面，他們已經開始盤點物品，她馬上關上櫃子、擋在門前，為了阻止他們帶走任何一件東西。她如此自豪的可憐小住

宅，她四件擦亮的家具，她親自釘牢的土耳其紅棉布帷幔！她以戰士的勇敢對他說，想帶走任何東西，必須從她身上踩過；她還使勁地罵布希是流氓和強盜：是的！一個無恥索取七百三十法郎十五分錢的強盜，還不算新的利息，就只為了一張他以一百蘇從一大堆舊碎布和破銅爛鐵中買下的三百法郎債券！她說他們已經以分期付款方式還了四百法郎，而這強盜竟還要再帶走他們的家具，當作他想強索的三百多法郎的餘款！他根本知道他們是誠實人，有錢的話，自會立刻付錢給他。而他趁她獨自一人，對法律程序無知，根本無法回答，故意把她嚇哭。流氓！無賴！強盜！布希被激怒，叫得比她還大聲，大力拍自己的胸膛說：難道他就不是一個誠實人？難道他沒花一大筆錢購買債券？他是合法的，必須就此做個了結。此時，由於兩個髒男人之一翻箱倒櫃，尋找布製品，她的態度變得非常強硬，威脅要聚集整棟屋子和整條街道的人，這個威脅促使猶太人和緩下來。終於，在半小時的低聲討價還價後，他同意等到隔天，並兇狠地發誓，假如她不遵守諾言的話，他將帶走一切。哦！多麼令她難以忍受的恥辱，來他們家的這些醜陋男人，傷害了她所有的溫柔，所有的廉恥心，他們翻箱倒櫃，甚至掀床，使得如此幸福的房間沾染了惡臭。他們離開之後，她就大開窗戶！

但這一天，還有另一個更深沈的悲傷等著瑪協勒。她產生立刻去她父母家借錢的念頭：如此，當她丈夫晚上回家時，就不會讓他絕望，可以拿早上的場景來讓他發笑。她已經看到她在對他敘述大戰場，他們的家居用品受到猛烈突襲，而她英勇地打退搶匪。她的心跳得很快，當她進入勒穹得街，她成長的小宅邸時，她以為找到的是陌生人，豪宅的氣氛讓她感覺冷冰冰地，和從前迥然不同。由於她的父母親正在用餐，她受邀一起吃飯，目的是為了更好說服他們。整個用餐時間，談話內容一直停留在世通銀行的股票上漲，而前一天的股價還上漲了二十法郎；她很訝異看到她的母親比父親更狂熱、更貪婪，而從前，她母親只要一想到投機就開始發抖：現在，卻以被征服烈女的姿態，嚴厲批評父親的膽怯，她熱衷於下大賭注。從前菜一上桌，她就震怒，他突然間提出要拋售其七十五份股票，每股兩千五百二十法郎，總金額達十八萬九千法郎，扣掉成本還剩十萬多法郎，一筆漂亮的淨利。當〈金融行情〉承諾三千法郎股價之際！卻說要賣掉！他是否瘋了？因為，〈金融行情〉是以正直著名的老牌報，他自己經常說，聽這家報社的投資分析，可以讓我們高枕無憂！啊！不，相反地，她不讓他賣掉！她寧願賣掉宅邸，只為了籌錢再買股票！而瑪協勒沈默不語，心頭緊縮，傾聽這些大數目熱切地在飛翔，尋求開口借五百法郎的機會，在這被投機侵襲的屋子裡，她看到金融報紙漸漸揚起的波濤，用令人陶醉的夢來淹沒她。終於，吃甜點時，她大膽開口說：他們急需五百法郎，否則將面臨家產被拍賣的災難，身為她的父母不能見死不救。父親立刻低頭，尷尬地看著他的妻子。母親已經用乾脆的聲音拒絕。五百法郎！她上哪兒去找？他們所有的資金都投注在股票裡；此外，她從前的抨擊又再嘮叨起來：嫁給一個餓死鬼，一個寫書的人，就得接受她的愚昧結果，不要試著變成家人的負擔。不！她不給假裝蔑視金錢，只夢想坐吃他人心血的怠惰者一毛錢。而她漠然地讓女兒離開，瑪協勒絕望、泣血的心，再也認不出她的母親，她曾是如此明理和善良。

瑪協勒無意識地走在街上，看能否在地上找到錢。然後，突然想到去找沙夫叔叔；她立刻來到諾壘街的一樓，因為要趕在他去證交所之前。那兒，曾有少女們的唧噥和笑聲，但門開著，她看到隊長獨自一人，抽著煙斗，一副自怨自艾、懊惱憤怒的樣子，大叫他從沒事先擁有一百法郎，總是一日又一日地吃他證交所的小盈利，猶如一隻骯髒的豬仔。接著，當知道莫冏特夫婦拒絕借錢給自己的女兒時，他更是對他們大發雷霆，又是這些醜陋傢伙，此外自從他們的四份股票上漲、使他們瘋狂後，他不再見他們。有一週，他姐姐譏諷他為吝嗇鬼，把他小心謹慎的投機視為荒謬，因為他好心勸她把股票賣掉。他告訴她，有一天破產時，最好不要抱怨！

瑪協勒兩手空空地重回街頭，並放棄前往報社、告知丈夫今早發生的事，務必要還錢給布希。卓丹的書尚未被任何出版商採用，他剛出門去籌錢，在這下雨的日子，穿越滿是泥濘的巴黎，不知上哪個朋友的家去敲門，還是在他寫稿的報社裡等待，或是希望能意外撿到錢。雖然他懇求她回家，但她是如此地焦慮，寧願留在那兒，在這長凳上等他。

德樂在他女兒走後，看她獨自一人，於是帶給她一份報紙。

「夫人請看報，好打發等待的時間。」

但她以手勢回絕，由於薩卡來到，她現出堅強的樣子，高興對他解釋派她丈夫上街採買，避免她會很無聊的購物。薩卡對這對小夫妻很有好感，堅決請她進辦公室等候。她竭力謝絕說她在那兒很好。薩卡不再堅持，當他驚然看到桑朵芙男爵夫人從姜圖辦公室出來，並與她迎面相遇時。此外，為了不惹人注目，他們理智友好地相互微笑，就像一般的點頭之交。

姜圖剛在他們的交談裡，告訴男爵夫人，他不敢再給她建議。面對世通銀行的穩固和空頭投機者的持續努力，他的困惑越來越多：無疑地，昆德曼將佔上風，但薩卡可以持續很久，因為也許他還有大利益可賺。姜圖決定要男爵夫人等待時機，謹慎對待昆德曼與薩卡。最好努力掌握其中一方的祕密，以便留下小辮子為她所用，或依據利益將之出賣給另一方。他開玩笑的說，這不是勾心鬥角的陰謀，至於男爵夫人本人則笑著承諾如果有利可圖會算他一份。

「怎麼，她不斷來您這兒接受指令，輪到您啦？」薩卡進入姜圖辦公室，粗暴說。

姜圖裝瘋賣傻。

「誰呀？……啊！男爵夫人！……但，我敬愛的先生，她崇拜您。她剛剛還對我談起您呢。」

他以男人心知肚明的手勢，老練的貪婪人，在他下流荒淫的失勢裡，打住他，並看著他，心想，假如她屈於好奇想知道薩巴坦尼那話兒長得如何的話，她大可也想品嚐這位破產者的邪惡根源。

「不要辯解，我敬愛的。當一個女人玩股票時，她將掉入帶給她指令的經紀人的懷抱。」姜圖感到很受傷，只是笑著，並固執地解釋男爵夫人來他辦公室的原因，只是為了一個廣告問題。

薩卡聳聳肩，已經把這女人的問題丟在一旁，對他而言，這毫無利益。他站著走來走去，最後佇立在窗前看灰色天空飄落的雨，他流露出神經質的喜悅。是的，前一天，世通銀行又上漲了二十法郎！但天殺的，為何賣股票的人會不斷增加呢？因為上漲將直達三十法郎，毫無理由會有一大堆的證券掉落市場上啊。一開始，他有所不知的是凱洛琳夫人又再賣出她的一千份股票，親自抗爭不合理的上漲，她哥哥也如此交代她。當然，在高漲成功前，薩卡不能抱怨，而此時他卻煩燥不安，這一天，顫抖的內心產生隱約的擔憂和忿怒。他叫罵骯髒猶太人，詛咒他的失敗，而昆德曼這流氓剛名列空頭投機者聯合公會之首。有人在證交所跟他確認此事，說聯合公會用一筆三億法郎在養空頭。啊！土匪！而他沒有如此大聲重複的是，這個傳聞一天比一天更加明確，謠言是在質疑世通銀行的穩固，且提出事實，指出它近期的困境徵兆，雖然尚未真正產生困境，但大眾的信心的確有一點被動搖。

門被推開，宇磊用一種單純男人的神態走進來。

「啊！您在這兒，猶大！」薩卡說。

宇磊知道盧貢將堅決放棄他的弟弟，於是他再跟部長重修舊好，因為他相信，當盧貢背棄薩卡的那天到來時，將是不可避免的災難，為了獲得他的寬恕，他再回到大人物身旁，像個僕役似地幫他跑腿，冒著被大罵髒話和背後被踢一腳的危險。

「猶大，」他有時用他鄉下佬肥厚臉的機靈微笑重複說：「總之，背叛過主人，大公無私的勇敢猶大。」

但薩卡不想聽他說話，他大叫只是為了顯示他的勝利：

「嗯？昨天，兩千五百二十；今天，兩千五百二十五。」

「我知道，我剛賣掉。」

結果，隱藏在薩卡開玩笑神情下的憤怒爆開。

「什麼，您賣掉？……啊！好，這下子可什麼都有了！您為了盧貢而甩掉我，如今您和昆德曼掛勾在一起！」

眾議員看著他，極為驚訝。

「和昆德曼，為什麼？……我和我的利益掛勾，哦！僅僅如此！您知道，我不是一個膽大妄為的人。不，我沒有這麼大的胃口，我寧願立刻貼現，一旦出現一筆漂亮的利潤。而也許就是因為這樣，我從沒損失過。」

他再次微笑，他不狂熱，他會用諾曼第人的深思熟慮將收成的糧食放入倉庫。

「身為公司的董事！」薩卡粗暴繼續說：「您想要誰對我們有信心？在持續上漲中，看到您賣出股票，人們會怎麼想？當然囉！假如有人硬說我們的興旺是造假，暴跌的日子即將來臨，我也不再感到驚訝……這些先生們都在賣，大家都在賣。這會造成恐慌呀！」

宇磊沈默不語，做了一個含糊的手勢。實際上，他才不在乎，他的交易已經完成。當前他唯一擔心的是，如何達成盧貢交待的任務，儘可能乾脆俐落，不讓自己為此受太多苦。

「所以我告訴您，敬愛的，我是來給您一個毫無利害關係的忠告……是這樣的，守規矩點，您哥哥很忿怒，假如您為所欲為的話，他將斷然放棄您。」

薩卡壓抑他的憤怒，保持鎮靜。

「是他派您來告訴我這話？」

眾議員猶豫了一下，當下認為最好承認。

「呃，是的，是他……哦！您別以為〈望報〉的攻擊是造成他激怒的原因，他不在乎這種自尊心的傷害……不！但事實上，請思考您報社替天主教的宣傳活動，對他現今的政策推動有諸多困擾。自從羅馬問題不斷時，所有神職人員都在反對他，他剛又不得不判決一個主教濫用職權……而您恰巧在此時攻擊他，從同意實施一月九日的改革後產生的自由主義運動，如同人們所說，改革是他同意實行的，只是他唯一目的就是希望改革有一定的範圍……瞧，您是他的弟弟，您想他會高興嗎？」

「確實，」薩卡嘲笑回答：「我真是卑鄙、醜陋呀……這可憐的兄長，活在他希望留任部長的狂熱裡，他根據自己昨日還在攻擊的原則來治理國家，他還敢指責我，因為他自己不再清楚如何在右派和渴望權力的第三黨之間保持平衡，他有遭受背叛的氣憤。昨天他還為了平息天主教徒，丟出他著名的話：絕不！他發誓法國絕不會讓義大利從教宗手上奪取羅馬。今日，他擔心自由主義者的行為，又很想給他們一個保證，想用扼殺我的報紙來取悅他們……前一星期，艾米爾．奧利維耶在議會即嚴厲攻擊他……」

「哦！」宇磊打斷說：「杜伊勒里宮對他一直有信心，皇帝還頒給他一個鑽石勳章。」

但薩卡堅決表示，說他不會受騙上當。

「世通銀行現今太強勢了，不是嗎？一個有入侵征服全世界的天主教銀行，如同從前用信仰來征服世界一樣，這是否能被容忍呢？所有的自由思想者，所有的共濟會會員，都變成和部長一樣想法，都會因為世通銀行的力量而感到毛骨悚然……也許他也和昆德曼有某種借貸牟利的關係。一個政府假如任憑被這些骯髒猶太人吃掉的話，將變成如何？……而這是我愚蠢的兄長，為了多保留六個月的權力，要把我像飼料一樣丟給骯髒的猶太人、自由黨人、所有下流社會的人，他希望當人們吞噬我時，他能得到一點安寧……那麼，回去告訴他，我才不在乎他……」

他挺起他的五短身材，他的狂怒終於在他的奚落中爆破，他的聲音如同戰場上的號角，大吹大擂。

「聽好，我不在乎他！這是我的答覆，我要他知道此事。」

宇磊忍受下來。一旦有人在談判時生氣，就與他無關。畢竟他在這件事情裡頭，只是替人跑腿而已。

「好，好！我會轉告他……您將來會吃虧的。但這是您個人的事。」

姜圖不吭聲，保持沉默，假裝在批改一疊卷宗，這時他才抬起頭，表示崇拜薩卡。在他的狂熱中，薩卡這個強盜真帥！當這些天才惡棍陶醉在他們的成就中時，有時會得意忘形。而姜圖此時挺他，因為相信薩卡的財富。

「啊！我差點兒忘了，」宇磊又說：「聽說戴坎卜洱，總檢察長，憎恨您……而，您還有所不知，皇帝今早已經任命他為司法部長。」

突然間，薩卡停頓下來。臉色陰暗，他最後說：

「又是個乾淨貨色！啊！選這等人當部長。您想要我如何瞧得起？」

「見鬼了！」宇磊一副老實人的樣子，又說：「假如，您在金融市場中的交易像其他人一樣遭遇到不幸的話，您兄長要您別指望他會為了保衛您而反對戴坎卜洱。」

「但，天殺的！」薩卡大聲嚷嚷：「我已經告訴過您，在這市場上，我才不在乎這一幫人：盧貢、戴坎卜洱、和您！」

幸好此時戴格蒙進來。他從不來報社，他的到來對大夥兒是個驚奇，所以中斷了這個火爆的場面。他很有禮貌地和眾人紛紛微笑握手，用一種上流社會善於交際的親切態度。因為他的妻子將開一場歌唱晚會，他親自來邀請姜圖，希望能獲得一篇好廣告宣傳。但薩卡的在場似乎讓他不敢說。

「近況如何，大人物？」

「說，您有沒有賣掉股票？」薩卡問，沒回答。

「賣掉，哦！不，還不是時候！」他放聲大笑，顯示出他很真誠，他實在是最牢靠的人。

「絕對不能賣呀，在我們目前的狀況！」薩卡大叫。

「絕不！這也是我想說的話。我們全都團結一致，各位知道，您們可以信任我。」

他眼皮跳動，眼睛望著別處，當他回說其他董事們，如塞迪爾、寇勒帛、勃恩侯爵、和他自已都這麼想時。世通銀行的事業進展得如此順利，眾心一致，真是件令人欣喜的事，這是證交所五十年來、最了不起的成功企業。戴格蒙離開時，再三邀請每個人，希望他們能蒞臨參加他的晚會。歌劇男高音慕尼耶還陪他的妻子排練唱腔。噢！這是一場極好的演出！

「那麼，」換宇磊要離開：「這是您回我所有的話？」

「正是！」薩卡生硬地宣稱。

薩卡並沒照平常的習慣和宇磊一起下樓。當薩卡和報社主任獨處時說：

「這是戰爭，我的朋友！沒什麼好再遷就的了，你幫我攻擊這些無賴！……啊！我終於可以照我的方式來指揮作戰！」

「這是很困難的事情！」姜圖下結論，又開始感到兩難。

瑪協勒仍在走廊的長凳上等待著。才剛四點鐘，德樂已經點起燈來，在微弱及執拗的雨滴淌流下時，夜晚已經快速地降臨。每一次德樂經過她身邊，就找一小句話來排解她。此外，編緝們來來回回地忙碌著，喧鬧聲從隔壁辦公室傳出來，所有這股上升的狂熱隨著報社工作的結束而更加興奮。

瑪協勒突然抬起眼，發現卓丹站在她面前。他全身濕淋淋，一副沮喪的樣子，嘴巴直打哆嗦，，他的眼神已經有點瘋狂，這是人們為某個希望奔走多時卻失敗的眼神。她明白了。

「什麼也沒有，是吧？」她蒼白地問。

「沒，親愛的，什麼也沒有……求救無門，不可能……」

於是，她只能低聲嗚咽，整顆心在泣血。

「哦！天啊！」

此時，薩卡從姜圖的辦公室出來，他很驚訝看到她仍在那兒。

「怎麼了，夫人，您這位奔走的丈夫不是剛回來嗎？我告訴過您進來我的辦公室等他。」

她注視著薩卡，突然在她悲傷的大眼睛裡產生一股勇氣，這是女人在熱情中會有的勇氣，她甚至不加考慮，便拿出這種豁出去的勇氣。

「薩卡先生，我有件事想請求您……如果您願意的話，現在，我們到您的辦公室……」

「當然，夫人。」

卓丹心裡猜想到她的意圖，想拉住她。他在她耳邊結結巴巴說：不！不！這些金錢問題已經把他陷入病態的憂鬱裡。她掙脫他，他只好跟隨她進入薩卡的辦公室。

「薩卡先生，」當門一關起時，她就說：「兩個小時以來，我丈夫奔走無效，只為了借五百法郎，而他不敢求您……於是，由我來跟您開口要求……」

她興奮地像個快樂和堅定小女子的模樣，敘述早晨發生的事，布希的突然闖入，她的房間被三個男人侵入，她如何承諾當天會付錢，而終於擊退突襲。啊！這些小世間裡錢的傷疤，這些以羞恥和無能為力而形成的大痛苦，只是因為缺少一百蘇錢，便把生命弄得不停地發出問題。

「布希，」薩卡又說：「就是布希這老騙子把你們握在他的爪子裡……」

然後，薩卡用一種迷人善良的態度，轉向沈默不語、一臉苦惱蒼白的卓丹：

「那麼，我將預付這筆錢給你們，哦，這五百法郎，你們應該立刻問我要啊。」

他坐在桌前準備開支票，又停下來思考。想起他收到的那封信，他必須去拜訪布希，而他卻一天天推延，因為他嗅到可疑的麻煩事。為什麼他不立刻去費埃街，趁此機會，有個藉口？

「聽著，你們的無賴，我徹底認識他……最好我親自去付他錢，好瞧瞧我是否能以半價索回你們的借據。」

瑪協勒的眼睛，現在因感激而閃亮著。

「哦！薩卡先生，您真好！」

並對丈夫說：

「你瞧，大笨蛋，薩卡先生不會吃掉我們的！」

他情不自禁地撲上去擁抱她，在這些讓他生活癱瘓的難題中，他感激她比他更有勇氣、機智。

「不！不客氣！」當年輕人最後握他的手時，薩卡說：「我很樂意，你們兩人這麼相愛真是美好……安心吧！」

他的馬車在等他，在泥濘的巴黎、雨傘的擁擠和水坑的濺潑裡，兩分鐘內他就到達費垛街。薩卡上樓，落漆的門上有塊銅版，用黑色大字母鋪著「訴訟事務所」的字樣，但他按了老半天的鈴，卻沒人來開門，裡頭一點兒動靜也沒有。當他非常不快想離去時，又用拳頭粗暴地敲著門；這時傳來一陣拖拖拉拉的腳步聲，出現的是席濟孟。

「啊！是您！……我還以為是我哥哥忘了帶鑰匙又再上來。我從不回應門鈴……哦！他快回來了，您可以等他，如果您堅持要見他的話。」

席濟孟用踉蹡的步伐轉身，後頭跟著薩卡，回到他面向證交所廣場的房間。房間所在的樓層很高，所以光線還很亮，輕霧中，雨水滴滴答答落在街面，房間空空冷冷地毫無裝潢，只有一張狹窄的鐵床、一張桌子、兩張椅子和幾塊塞滿書的板子，此外沒有其它家具。壁爐前有個小火爐，由於缺乏照料，忘了添火，火剛熄滅。

「請坐，先生。我哥哥告訴我他只是下樓一會，去去就回來。」

薩卡謝絕椅子，看著這蒼白大男孩受到肺癆的嚴重侵蝕而感到驚嚇，這孩子其剛毅執拗的前額下，有對充滿奇異夢想的眼睛，他的臉藏在捲曲長髮中，臉頰顯得出奇凹陷，像墓穴被拉長般。

「您身體不舒服？」他問，不知該說什麼。

席濟孟做出一副毫不在乎的表情。

「哦！老毛病。上禮拜因這鬼天氣，有點不舒服。但還行……我失眠，無法工作，有點發燒，這讓我感覺熱……啊！還有這麼多的事要做！」

他再度站回桌前，桌上有一本書，德文書，書本大開。他拿起書來：

「請原諒我坐下來，我一整夜沒睡，為了讀這本我昨天收到的著作……一本著作，是的！卡爾．馬克思大師的十年心血，他許久以來承諾過要做有關資本的研究！……這就是我們的聖經，如今，在這兒！」

薩卡好奇過來瞧一眼書本；但一看到哥德字母就立刻打退堂鼓。

「我等翻譯好再看，」他笑著說。

年輕人搖搖頭，似乎是說，即使經過翻譯，那也只有信仰馬克思的人才能深入理解這本書。這並非一本宣傳品，書裡充滿了邏輯推理，和有力的各種論證，欲說明我們當今建立在資本主義系統上的社會，將會毀滅！而被毀滅後的社會，人們可以進行重建。

「所以，這是大清掃囉？」薩卡問，用一種開玩笑的態度。

「理論上是這樣！」席濟孟答說：「即那天我跟您所解釋的一切，整個市場改革就在那兒，實際上只剩去執行……但假如你們看不見這種思想在每一個小時都促使社會進步的話，你們就是盲目的。因此，您和您的世通銀行，三年內炒作集中了上億法郎，您甚至絕對不會懷疑到，是您帶領我們直達共產主義……我用熱情關心您的事業，是的！從這失落、如此寧靜的房間，我日復一日地研究您銀行的發展，而我跟您一樣了解它，我說這是您給我們上了一堂了不起的課，因為共產主義國家所要做的就是您所做的事，當您零星徵購小散戶時，您也徵購了整體，實現您巨大夢想的野心，不是嗎？吸收世界所有的資金，當作唯一銀行，公共財富的總倉庫……哦！我非常崇拜您！假如我能做主的話，就會放任您前進，因為您以天才的先驅者，開始了我們的工作。」

他以病人的無力蒼白微笑著，因為他察覺出，對方很在意他的話；薩卡很驚訝看到他對當今之事如此清楚，也因為被他頌揚為明智者，感到很得意。

「只是，」他繼續說：「一個美好清晨，總有一天，我們會以國家的名義徵購你們，用大眾的利益代替私人的利益，要把你們這部吸吮他人黃金的大機器成為調控社會財富的一環，我們就是從廢除這個點，開始我們的工作。」

他從桌上一堆紙張中找到一蘇錢，他拿在空中，夾在兩指間，好像在對待一個受害者似地。

「錢！」薩卡大叫：「廢除錢！這好瘋狂！」

「我們將廢除錢幣……因為在共產主義國家裡，金屬貨幣沒任何地位和任何存在的理由。我們將用工作券來代替酬勞；假如您將金錢視為一種價值衡量的尺度的話，我們會另外有一種完美的替代方式，即在我們的工作場所裡，建立平均工作日……因為必須摧毀這偽裝和幫助剝削工人的金錢，金錢容許剝削工人，並縮減工人的薪資到其所需的最低金額，為了讓工人不至於餓死。這難道不恐怖嗎？金錢是替私人來積聚財富，它阻礙了財富流通的道路，形成可恥的君主政體、金融市場、並成為社會生產的至高主宰？我們所有的危機、所有的混亂都來自那兒……金錢，因此格殺勿論！」

薩卡聽了很生氣。沒錢、沒金、就沒這些照亮他生命的閃爍星辰！對他而言，在這新貨幣的讚嘆裡，財富是具體的，這些錢猶如像春天的驟雨，穿越太陽，落在覆滿一堆銀、一堆金的大地上，用鏟子翻攪，便可以尋找到它們的光芒和喜悅。而有人卻要消除這種快樂、這種競爭、和生存的理由！

「愚昧，哦！這，無知！……絕不，聽好！」

「為什麼絕不？為什麼愚昧無知？……難道，在共同的家庭經濟裡，我們還需要使用金錢嗎？在家庭裡，只需看到共同的努力和互相的幫助……那麼，當社會是一個自治的大家庭時，金錢有何用途？」

「我告訴您這是瘋狂的！……銷毀金錢，但這是生活存在的本質呀！沒了金錢，將什麼都沒有，什麼都沒有！」

他氣極敗壞，來來去去地走動著。激動中，他經過窗前，望一眼證交所，為了確保它還在，因為這可怕的男孩也許會擁有它，而它也可能會被一吹即散。證交所其實一直都在，但在模糊的夜落深處，彷彿變成消融在雨中的影子，證交所的一條蒼白幽靈幾乎可以像一縷灰煙似地消逝。

「此外，我居然笨到和您討論。這不可能……那你就消滅金錢吧，我倒是要瞧瞧。」

「唔！」席濟孟喃喃說：「一切都會自我消除、一切都會自我改造和消失……因此，當土地價值下降時，我們會清楚看到財富形式已經變動過一次，金融、產業、田野和林木等等財富來源，在動產、工業、定期收益和股票財富之前，就衰退了，而我們今日看到後者，因快速貶值而提早衰退，利率的確降低，連正常的百分之五也達不到……錢的價值自然也因而被貶低，金錢為什麼不能消失呢？為什麼不用新的財富形式來支配社會關係呢？而我們的工作券就是未來的財富形式。」

他全神貫注看著那枚銅板，猶如他夢見拿著古老年代的最後一枚銅板，一枚被遺落的銅板，這枚銅板是從古老社會那邊留下來的，這枚微不足道的金屬看過多少喜悅和淚水！他這時產生對人性墮落的一種悲傷情懷。

「是的，」他輕輕柔柔又說：「您有理，我們將看不到這些事，必須經過好幾年的歲月，人們甚至不知道，有一天，博愛會有足夠的力量來取代社會組織中的自私……而，我希望不久的將來就可以實現，我多希望能親眼看見這正義黎明的到來。」

瞬間，他承受的疾病辛酸突然中斷他的聲音。在死亡的威脅裡，他將死亡視為不存在一樣，揮一揮手，就想把它推開。可是，他現在必須順從。

「我做了我該做的事，假如我沒時間將我夢想的書籍完全吸收重整的話，我將留下我的筆記。明日社會必須是文明的成熟果子，因為，假如人們不將競爭和管制社會的好方法保留下來的話，一切終將坍塌……啊！如同我在此刻已經可以清晰見到，這樣的社會終於會被建立出來，就好像在這麼多日的熬夜之後，我成功地讓它豎立起來！一切都能預先考慮到、能獲得解決，終於，這將是至高的正義，是絕對的幸福。這些理論就在紙上，有精準的數字根據。」

他細長的手漫遊在散亂的筆記之間，他慷慨激昂，不顧自己的健康狀況，在這數十億財富的再征服夢裡，在所有人公平分享之中，在這喜悅和他用書寫給予受苦、受難的人，他再也吃不下，再也睡不著，他有可能在這毫無修飾的房間裡，無需任何東西而死亡。

但一個粗暴的聲音嚇了薩卡一跳。

「您在這兒幹啥？」

布希回來了，他用情夫嫉妒的目光，斜眼看著薩卡，他一直很擔心其他人跟他弟弟說太多話，而引起他的咳嗽發作。此外，他不等待回答，就像母親一樣地失望責罵。

「怎麼！你又讓你的火爐熄滅了！你真是一點都不理智，濕氣這麼重！」

儘管人高馬大，布希已經蹲下去，折斷細木柴，再點燃爐火。然後，找來一支掃把，做起家事，又操心病人每隔兩小時該服的藥。最後，直到把弟弟送上床躺下休息，他才顯得安心。

「薩卡先生，請隨我到我的辦公室來……」

辣媚千也在那兒，坐在唯一一張椅子上。她和布希剛在這附近做了一項重要考察，考察順利成功使他們異常高興。終於，在一個絕望等待之後，讓他們最掛心的一件業務有了進展。三年來，辣媚千走遍大街小巷，尋找蕾歐妮・柯容，這個被誘拐的女孩，博威立業伯爵簽下一張一萬法郎的票據給她，在她成年之日付款。辣媚千徒勞無功，於是去找她堂兄菲鄂幫忙，菲鄂是旺多姆省一個公債稅務員，他為布希在一批承購自夏丕冶先生，一個放高利貸種籽商人的舊債券裡，購買借據：一無所知的菲鄂，寫信回說蕾歐妮・柯容女孩應該在巴黎一個法政執達員家工作，她離開旺多姆已有十多年，之後再也沒回去，他甚至找不到一個親戚可問，所有家人都死了。辣媚千找到法政執達員，從那兒她追溯到蕾歐妮曾在一家肉商、一位妓女、和一個牙醫家工作，但線索到此突然中斷，行蹤不明，音訊渺茫，如同在稻草堆中尋找一根針，一位掉落在大巴黎污泥裡消失的女孩。她跑遍了職業介紹所、拜訪了惡名昭彰的出租旅館、搜索了荒淫的下流地方，只要她的耳朵一聽到蕾歐妮這名字，就窺伺、轉頭、詢問。這位踏破鐵鞋無覓處的女孩，就在這一天，偶然被她找到，靠近費垛街的一家私娼寮，那兒她再三糾纏拿波里老城一個欠她三法郎的舊房客，突然妓院老闆娘在客廳裡用尖銳的聲音呼喚蕾歐妮名字，讓她嗅到並認出她來。立刻趕去通知布希，再一起回到私娼寮，以便處理此事；而這位胖妞，粗硬的黑髮垂落在眉毛上，臉龐扁平又鬆垮，一副淫邪粗俗的樣子；起初這讓布希感到驚訝，然後，他發現她的特殊魅力，尤其在她十年前尚未開始賣春時，布希很慶幸她沈淪到如此卑微可憎的地步。他提議給她一千法郎，如果她在借據上放棄權利的話，而她愚蠢地以孩子般的喜悅，欣然接受這筆交易。終於，他們可以去圍捕博威立業伯爵夫人，他們找到了出乎意料之外的武器，甚至於出自如此醜陋和無恥的地方！

「我在等您，薩卡先生，我們可有得聊……您收到我的信了，不是嗎？」

在狹窄、塞滿文件、已經污黑的房間裡，一盞微薄的燈，以煙頭的微弱光線在照亮著，辣媚千不動也不說話，沒從唯一的椅子上移開。薩卡一直站著，不想收回他的威脅，以一種堅硬和蔑視的聲音，立刻切入卓丹的事。

「抱歉，我來此是為了解決我報社裡一個編輯的債務……小卓丹，一位很迷人的男孩，你們以實在令人憤慨的兇惡，對他糾纏、敲詐勒索。據說，今早你們還對他妻子做出令優雅男士都會覺得汗顏的事……」

當布希準備反擊時，卻遭到此般攻擊，便氣餒下來，差點就忘了另一件事，因此感到生氣。

「卓丹夫婦，您為卓丹夫婦而來……在商場上，沒有女人，也沒有優雅的男人。欠錢就得還錢，我只知如此……這些傢伙多年來都不把我放在眼裡，讓我費盡千辛萬苦，一毛一毛地抽取四百法郎……啊！天殺的，是的！我將讓他們變賣財產，假如今晚在我的辦公室，尚未拿到他們欠我的三百三十法郎十五分錢的話，明兒個一早，就將他們丟到街上。」

薩卡故意讓他氣極敗壞，說這債券他已經讓人付了四次，這一定沒花他十法郎，布希的確被激到氣極敗壞。

「又來了！你們這些人就只會說風涼話……還有利息啊，不是嗎？這筆三百法郎的債漲到七百多……干我何事呀？不還錢，我就討債，管它公不公道，這是他自己的錯！……那麼，如果我買一張十法郎的債券，我讓人還我十法郎，就打消啦。那麼我冒的險，我跑的腿，和我絞盡的腦汁，是的！我的聰明才智呢？正是，瞧！就拿卓丹這件事來說，您可以問問那位太太，就是她負責此事。啊！她可是步步為營，到處走動，磨損了鞋子，爬了所有報社的樓梯，那兒人們把她當作女乞丐似地趕出門，從不給她地址。然而這件事，我們醞釀了好幾個月，我們在上頭投注了希望，我們也在這裡邊投入了我們的心血，它可是花了我一大筆錢，每小時工資只算十蘇錢而已。」

他興奮激昂，大動作指著塞滿房間的文件。

「我這兒有超過兩千萬的債券，有各個年齡、各個社會階層、低微和龐大的……您想以一百萬買下嗎？我把它們給您……有些債務人，我可是追蹤了四分之一個世紀之久！為了從他們那兒獲得可憐兮兮的數百法郎，有時甚至還更少，我耐心等待幾年，等他們功成名就或繼承之日……其他查不出來的人，大多數躺在那兒睡著，瞧！在這角落裡，這麼一大堆。這都是毫無價值的東西，或應該是未經加工的材料，我必須從中抽取生命，我是說我的命，老天知道，在多麼複雜的搜索和困擾之後！……而您想在我終於抓住一個有能力清償的人時，卻不宰割嗎？啊！不，您把我想得太笨了，您不會這麼笨吧！」

不等他多囉嗦，薩卡拿出他的錢包。

「我給您兩百法郎，您還我卓丹的文件，和所有帳目的付訖收據。」

布希暴跳如雷。

「兩百法郎，絕不！……總共三百三十法郎十五分。我一分一毫都要。」

用勢均力敵的聲音，薩卡懂得展現有錢威力男人的安然鎮定，再三重複：

「我給您兩百法郎……」

猶太人的內心被說服，知道妥協才是理智，終於在忿怒大叫、淚水盈眶裡同意。

「我太軟弱了。多麼齷齪的職業！……發誓！我會被剝削、搶劫……來吧！趁您在的時候，別客氣，順便拿點別的文件，是的！從這一堆去找，為了您的兩百法郎！」

然後，布希簽了收據，並寫了張字條給法政執達員，因為文件不在他家，他在他的辦公桌前吹乾、搖晃了一會兒字條，而若非不動不語的辣媚千開口說話，他可能就任憑薩卡離去。

「買賣呢？」她說。

布希猛然想起，將採取報復。而他一切的準備，他的敘述，他的問題，熟練的談判，在他急忙切入的事實裡，突然占了上風。

「買賣，是呀……我曾寫過信給您，薩卡先生。我們現在有條老帳得一塊兒算一算……」

他伸出手去抓席卡度的文件，在他面前打開。

「一八五二年，您來到豎琴街一家附家具的旅館，您在那兒簽了十二張五十法郎的票據，給一位年僅十六歲的蘿莎莉．夏瓦怡姑娘，有天晚上，您在樓梯強暴了她……這些票據全在這兒。您一張也沒付，因為在第一張票據到期之前，您沒留下地址就離開。而最糟的是，它們都被用假名簽署，席卡度，您第一任妻子的姓……」

薩卡聽著、看著，臉色變得很蒼白。他震驚得說不出話來，過往的一切被召喚回來，他有一種被巨大和羞愧的鐵鎚打在身上而產生崩潰的感覺。第一時間薩卡感到畏懼，失去理智，結結巴巴地說：

「您怎麼會知道？……怎麼會有這個？」

接著，他以顫抖的雙手，急忙再抽出錢包，只想到要付錢，買下這令人惱怒的文件回家。

「沒費用，不是嗎？……這是六百法郎……哦！有很多事要說，但我寧願付錢了事，不討論。」

而他伸出六張銀行鈔票。

「等等！」布希把錢推回去，大叫：「我還沒說完……您所看到在那兒的太太，是蘿莎莉的小表姐，而這些紙張是她的，我是用她的名義來討債……可憐的蘿莎莉一輩子殘廢，在您強暴了她之後，她遭遇到很多的不幸，死於一樁恐怖的悲慘裡，在這位接待她的太太家……太太，如果她願意的話，由她來敘述這件事……」

「可怕的事！」辣媚千打破沉默，小聲強調。

薩卡驚惶失措地轉身朝向她，幾乎忘了她蜷縮在那兒，像一只半洩了氣的羊皮袋。她一直讓薩卡感到焦慮，她專門在沒有行情的證券上做些可疑的買賣；薩卡沒想到她也涉及到這令人厭惡的故事。

「無疑地，可憐的女孩，真是令人氣惱，」他喃喃說：「但如果她死了的話，我實在不明白……這裡就只有六百法郎。」

布希第二次拒絕接受他的錢。

「抱歉，您還有所不知，她生了一個孩子……是的，一個現今十四歲的孩子，他長得簡直跟您一模一樣，連您都無法否認他。」

相當震驚，薩卡一再重複說：

「一個孩子，一個孩子……」

然後，出其不意地，薩卡再把六張銀行鈔票放回他的錢包，突然厚顏無恥很高興地說：

「啊！這麼說，您是否在嘲弄我呀？假如有一個孩子的話，我不會給您一毛錢……小孩繼承他的母親，是小孩將有這筆錢，以及他所想要超越買賣的一切……一個孩子，這太好了，也很自然，有個孩子並沒有什麼不好的呀。相反地，這讓我感到非常喜悅，感到更年輕，發誓！……他在哪兒，我去看他？為什麼沒立刻帶他來見我？」

輪到布希驚嚇住，布希想起他自己長久以來的猶豫，凱洛琳夫人為了對薩卡揭露維克多的存在，採取無盡的迂迴婉轉。為了否認薩卡的指控，布希進行了最強烈、最複雜的解釋，一下子就把六千法郎的借據和辣媚千要求的撫養費，還有凱洛琳夫人分期付的兩千法郎，維克多惡劣的本能，進入就業慈善機構，通通說出來。而每個細節的敘述，都讓薩卡吃驚不已。什麼，六千法郎！相反地，誰能告訴他，男孩沒有遭到剝削呢？兩千法郎的分期付款！有人膽敢對他的女性朋友勒索敲榨兩千法郎！簡直是強盜行為，濫用信任！這小孩自然一定是教養不當，而現在有人想要讓他付錢給這些管教不當的監護人！簡直把他薩卡當做傻瓜在看待！

「我一毛錢也不給！」他大叫：「聽到嗎，別想讓我從口袋掏出一毛錢！」

布希臉色蒼白，站到他的桌前。

「咱們走著瞧。我將把您拖進官司裡。」

「別說傻話。您很清楚司法不管這些事……而且，假如您想勒索我，這又更愚蠢，因為，我，毫不在乎。一個孩子！但我告訴您這使我開心啊！」

辣媚千擋在門口，他推她、跨過她，只為了離去。辣媚千激動得說不出話來，跑到樓梯間，用她像笛子般的聲音罵道：

「流氓！沒良心的！」

「您將會有我們的消息！」布希大叫，再一甩，把門關上。

薩卡的心情是如此的激動，命令馬車伕直接回家，聖拉扎爾街。他迫切地想見凱洛琳夫人，不顧一切地上前和她說話，並立刻指責她給了兩千法郎。

「親愛的，絕對不可以如此給錢……為什麼，天殺的，不問我一聲就輕舉妄動呢？」

她明白，他終於知道事情的真相，因此一語不發。她的確認出這是布希的筆跡，如今再也沒什麼好隱瞞的了，既然另一個人剛免了她吐露隱情的困擾。此時，她猶豫不已，對這男人如此自在地詢問她而感到尷尬、羞愧。

「我想避免您悲傷……這不幸的孩子淪落至此！……好久以前，就想全部告訴您，但心軟……」

「什麼心軟？……我實在不懂。」

她不試著做更多的自我辯解，被悲傷所侵襲，整個人疲乏厭倦，她是如此勇敢地活著，而他卻繼續驚呼、開懷、真正地恢復青春。

「這可憐的孩子！我將會疼愛他，我向您保證……您做得很好，把他安頓在就業慈善機構，為了使他變得有教養。但我們將把他從那兒帶出來，給他聘請教師……明天我就去看他，是的！明天，如果我不太忙的話。」

隔天有會議要開，而過了兩天，然後一個禮拜，薩卡都抽不出一分鐘。他還常常提起孩子，又要安排見面，但都因為事情太多而作罷。十二月初，股價剛達到兩千七百法郎，證交所有著異常的狂熱。糟糕的是，在這股令人難以容忍的不安中，新的危機訊息越來越多，股票價值仍然繼續飆漲，這時人們已經開始預告世通銀行會出現致命的危機，只是似乎有一股力量，使行情仍然不停地上漲，拒絕那些很明顯的事實真相。薩卡不只是活在這種誇張虛擬的勝利裡，以為自己在巴黎可以呼風喚雨，被黃金雨的光芒給團團圍繞。薩卡其實還是相當敏銳，已經感受到腳底下的地雷，似乎威脅著要坍塌在他的下方。雖然每一次結算他都維持勝利，但他並沒擺脫損失慘重的空頭投機者的糾纏。這些骯髒猶太人在猛烈追擊什麼？他終將能摧毀他們嗎？而他更加生氣的是，他發現在昆德曼的身旁，還有其他的投機者，或者是世通銀行的人轉去投靠昆德曼，因為他們的信念動搖，急著套現，所以轉投敵營。

有一天，薩卡在凱洛琳夫人面前不滿地發洩情緒，而凱洛琳夫人覺得應該向他說實話。

「您知道，我的朋友，我賣掉了……我剛賣掉我們最後一千張，價值兩千七百法郎的股票。」

這是最可怕的背叛，薩卡整個人頹喪下來。

「您賣掉，您！您，我的天呀！」

她拾起他的雙手，緊緊握住，心裡實在很難受，提醒他，她和她哥哥曾警告過他。後者，一直在羅馬，寫信告知，他對這誇張的上漲充滿了致命的焦慮，他無法解釋，必須不惜所有代價來制止，否則會跌落深淵而破產。前一天，她還收到一封正式命令她拋售的信。於是她就賣了。

「您，您！」薩卡重複說：「原來暗地裡鬥我的人就是您！我應該買回您的股票！」

他沒像平常一樣生氣，而她對他的沮喪感到更難過，她很想勸他，放棄這只要一場屠殺即可結束一切的無情競爭。

「我的朋友，聽我說……想想我們的三千股票竟產生超過七百五十萬法郎，這出乎意料之外的收益，不奇怪嗎？這些錢讓我感到驚恐害怕，我無法相信它屬於我……此外，這不只關係到我們個人的利益，想想那些把他們所有財產交到我們手中的人的利益，這是一局您冒險下數百萬元的全盤賭注。為什麼要支持這種荒謬的上漲，為什麼還要刺激它呢？來自四面八方的人告訴我，致命的災難將要臨頭……股票不能老是上漲，若股價回歸實值基本面，並非可恥之事，相反地，這才是穩健成長的公司，值得致敬。」

薩卡猛地站起來。

「我要三千股價……我要一買再買，哪怕會破產……是的！所以只要我不去做，不把行情漲到三千元的話，若我破產，所有人會跟著我破產！」

十二月十五日的結算之後，股價升到兩千八百、兩千九百。到了二十一日，證交所在瘋狂激動的人群中宣布，出現了三千〇二十法郎的股價。不再有真相，也不再有邏輯，證券行情的觀念也變質了，而且失去所有的真實意義。謠傳昆德曼也可能改變他謹慎的習性，投入恐怖的投機冒險；數個月以來，他一直維持空頭跌價，他的損失每隔十五天就擴大一次，因為每一次交割行情都持續在漲價；人們開始議論他可能會自毀前程。所有人的腦筋都反常了，人們在期待奇蹟的出現。

在這最後時刻，站在頂峰的薩卡感覺到地面在動搖，他雖是主宰，卻有一種說不出對於行情會貶值的擔憂。當他的馬車到達倫敦街世通銀行的勝利宮殿前時，一個侍從迅速下來，鋪地毯，地毯從前廳階梯的走廊上展開，直到溪河；薩卡彎腰下馬車，如避免走在公共砌石街道上帝王般地進場。

第十章

金錢
L'Argent

到了年底，十二月結算日，證交所的大廳從中午十二點起，人滿為患，充滿著異常激動的聲音和手勢。此外，幾個禮拜以來，這種激動的氣氛已經不斷升高，導致在這戰鬥的最後一日，一些狂熱嘈雜的人群已經斥罵起將發生的決定性戰役。證交所外面，天氣寒冷非凡，但冬日的陽光用它斜照的光線，從高處的玻璃窗滲入，使得證交所不裝飾的大廳的一隅，氣氛整個愉悅起來，但悲傷的蒼穹，還是依然冰冷陰沉；至於暖氣設備，沿著拱廊，吹送溫和的氣息，在不斷開關的鐵門時吹進的冷風中，持續放送溫暖的空氣。

空頭投機的莫澤，比平常更加擔憂、臉色更加暗沉，他與狂妄自大的畢治侯起了衝突，畢治侯當時正像鷺鳥一般地站著，一動也不動。

「您知道人們在傳說啥嗎？……」

為了讓對方聽到他所說的話，他不得不提高音量，因為大廳內的交談聲音越來越大，那是一種單調而有規律的轉動聲響，如同流水不斷溢出來的聲音。

「聽說四月份就要打仗了……更何況有這些了不起的軍備，不開戰也別無其它終結的方式。德國不想給我們時間讓議會投票通過新軍事法……而，此外，俾斯麥……」

畢治侯爆出大笑。

「饒了我吧，您和您的俾斯麥！……告訴您，今年夏天，當他來時，我和他聊過五分鐘話，他看起來像個很好的男孩……若您不高興的話，在世界博覽會壓倒性的成功之後，您還要怎樣？呃！我敬愛的，整個歐洲屬於我們。」

莫澤絕望地搖頭。而他說話時的第一秒鐘往往被人群的推擠所打斷。他斷斷續續不停地訴說他的擔憂，市場狀況太繁榮，是一種毫無價值的資金過度膨脹，比使人發胖的脂肪也好不了多少。由於世界博覽會促成了太多的交易，人們太自我陶醉，其實這都只是一種瘋狂的投機罷了。難道這不瘋狂嗎？譬如，世通銀行的行情達到三千〇三十法郎？

「啊！又來了！」大叫。

畢治侯貼近對方，一個音節一個音節地強調：

「敬愛的，今晚將結束在三千〇六十法郎……您們所有人都將破產，這是我告訴您的。」

然而，這個容易受驚的空頭投機者莫澤，發出滿不在乎的噓聲。為了假裝他的靈魂是平靜的，他朝空望去，他看著樓上那幾個女人的腦袋，她們都站在電報局的長廊上，對著無法進入的大廳景象感到驚訝。很多盾形紋章上都記載著城市的名字，那些雕花的廊柱和柱楣伸延展開，似乎是一蒼白的遠景，只不過是被雨水給滲透出黃色的斑點。

「嗨！是您！」莫澤低下頭時，認出了沙勒盟，他用一種意味深長的微笑，站在莫澤的面前。

然後，莫澤從這微笑看到似乎默認畢治侯的見解，而有點困惑：

「最後，有事請儘管說……而我的想法是很簡單的。我選擇和昆德曼站在同一邊，因為昆德曼到底是昆德曼，不是嗎？和他同一邊，總是會有好結局。」

「但，」畢治侯冷笑說：「誰告訴您昆德曼是站在空頭這一邊呢？」

結果，莫澤睜大他驚愕的眼睛。很久以來，證交所大肆散播謠言，指出昆德曼在觀察薩卡，用股票醞釀貶值來對抗世通銀行，他要等待在某個月底，當市場在他的數百萬之下被壓垮時，再突然一擊，把這銀行擊垮；這一天的來臨是如此被熱烈預告著，那是因為大家都相信，並且一再流傳，決戰終將因為這一天而出現，這不是仁慈的戰役，兩軍必有一方將被摧毀得一敗塗地。但在這謊言和詭計多端的世界裡，人們從不確定這是否是件可靠的事情。因為最確定、最先被宣告的事，可能因為一些信息的改變，又成為令人不安的議題。

「您否認事實，」莫澤喃喃說：「毫無疑問地，沒看到下單，什麼也不能確定……嗯？沙勒盟，您覺得如何？昆德曼不能鬆手呀，天殺的！」

看著沙勒盟的沉默微笑，讓他覺得不知道該相信哪邊才好。

「喏！」他用下巴指著剛經過的一個胖男人，又說：「假如這一位願意說的話，我將不再擔憂。他看得一清二楚。」

這是著名的亞馬迪爾，他活在協勒矽礦場的成功交易上。在協勒矽礦場的買賣裡，愚蠢固執地以十五法郎買下股票，可是後來脫手轉賣，卻獲得一千五百萬的利益，他事前毫無預測、亦毫無算計，只憑偶然機運。但人們尊崇他的金融能力，一群真正的奉承者一直追隨著他，努力想騙取他的隻字片語，以便從他話中的暗示，找到下注的目標。

「唔！」畢治侯大聲說：「完全是他最愛的冒失鬼理論，就是隨心所欲、全靠運氣，不需思考。而我每一次思考，就差點兒死在那裡……喏！我只要看到那位先生穩穩地站在他的位子，一副他會通吃的樣子，我就會去買進。」

他用手指著拱廊靠左側第一根柱子，那是薩卡習慣站的位置。如同所有的重要公司主管，薩卡佔有眾所周知的位置，職員和客戶們只要在證交所開場的日子，都可在那兒找到他。只有昆德曼假裝從沒踏入大廳一腳，甚至沒派過一個正式代表，但人們感覺到有一團軍隊屬於他，他像個缺席的至高主宰在那兒指揮大眾，從不可勝數的掮客軍團，到帶來他的指令的經紀人，還不算他眾多的心腹，所有在場的人可能都是昆德曼的祕密衛兵。為了對抗這難以把握和到處行動的軍隊，薩卡親自出馬應戰對抗。在他身後，柱子的一角，有一張長凳，但他從不坐下來，開市的兩小時都全程站著，猶如不屑於疲憊一樣。有時候，站累了，薩卡只把手肘靠在柱石上，柱石因為碰觸，在人的高度地方，變得更黑和被磨得發光；而宏偉建築物裸露在外的部分，甚至會有些細微特徵，這長長的光亮汙垢帶，靠著門、靠著牆、在樓梯間、在廳堂裡，這是投機者一代代的汗水累積下來。薩卡和所有證交所的行家一樣，穿著細緻的呢絨及耀眼的布料，很優雅、很講究，薩卡在這些人們聚成一片烏黑的牆中，顯示出一種無所事事的親切和悠閒神色。

「您知道，」莫澤壓低聲音說：「有人指控他以一筆可觀的數目，購買支持股價的上漲。假如世通銀行在它自己的股票上投機的話，那它完了。」

但畢治侯反駁。

「又是一個流言蜚語！……人們可以確切說出是誰賣和誰買嗎？……薩卡為了他公司的客戶來這兒，這是很自然的事。而他在那兒也是為了他自己的帳戶，因為他必須下注。」

莫澤不再堅持自己的意見。在證交所，還沒有人敢確認由薩卡引導的可怕戰役，這些他在薩巴坦尼、姜圖、其他人，尤其是他所管理的職員們的人頭掩護下，為公司帳戶所做的認購。這只是一個被竊竊私議的謠言，有人承認、有人否認，儘管沒有任何可靠的證據。首先，薩卡只是小心翼翼地支持股價行情，一有機會就出售，為了不讓資金太固定，保險櫃中堆滿股票。但如今，他被迫不得不出來開戰，他已經想到會有這麼一天，如果他想要繼續主宰戰場的話，有可能需要大肆購買股票。他的指令已下達，但還是假裝平日一樣的冷靜微笑，投注在他知道愈來愈多驚恐的危險道路上。他不確定最終的結果，而且內心也感受到極度的不安。

莫澤突然不懷好意地晃到著名的亞馬迪爾背後，和一位面目奸詐的矮小男人大談特談，再很激動地回來，結結巴巴說：

「我親耳聽見他說……他說昆德曼的拋售指令超過一千萬……哦！我賣，我賣，我賣到只剩一條襯衫！」

「一千萬，唉喲！」聲音有點變調，喃喃說：「這是一場真正的刀鋒相見之戰。」

在不斷增強的喧譁聲裡，個別的交談都必須擴大聲量，因為這不再只是昆德曼和薩卡之間的決鬥。人們還聽不清楚彼此的談話內容，但謠言已經形成，高聲斥罵的是想要賣的一方，激情狂熱的是要買的另一方。相互矛盾的消息在場內流傳著，起初是被竊竊私議，最後在大聲喧譁中結束。他們一開口，有些人就會大叫，為了在嘈雜聲中讓對方聽到；至於其他人，充滿了神秘，俯身在與他們交談者的耳邊，甚至當他們無話可說時也喃喃低語。

「我始終維持上漲的立場！」已經變得更堅定的畢冶侯又說：「今天風和日麗，一切還會再上漲。」

「一切將暴跌，」莫澤悲痛地固執反駁：「風雨不遠，我昨夜又風濕發作。」

輪番聽他們說話的沙勒盟，他的微笑變得更加尖銳，以致他倆都不高興，沒有任何把握。難道這該死的人，如此能幹、深思熟慮和小心謹慎，再找第三種下注方式，使自己置身於既不上漲亦不下跌的狀態嗎？

靠著柱子的薩卡，看到他周遭的奉承者和他的客戶愈來愈嘈雜。他用輕鬆和藹的態度不斷和大家一一握手，當他的手指與對方緊握時，似乎就是勝利的承諾。有些人跑來打聲招呼，再很高興的離去。很多人固執地不想放開他，與有榮焉地和他並肩同站。他經常不記得和他說話的人的名字，卻還是表現得相當熟絡。因此，沙夫隊長必須提醒他名字，好讓他認得這一位是莫罔特。隊長和他的姐夫重修舊好後，曾催促他賣出；但和主任握手後，又重新燃起莫罔特的無限希望。接著是塞迪爾董事，一位大絲商，想徵詢他一會兒話：他的商業公司瀕於破產，而他所有的財產都被綁在世通銀行，世通銀行的股票只要下跌，就會使他完全崩潰；焦慮吞噬了他的激情，還有他的兒子古斯塔夫在馬佐那兒沒有任何成就，這種種煩惱使他須要被安慰和鼓勵。薩卡在他肩上一拍，送給他滿滿的信心和熱情。接著，一群人絡繹不絕地來：銀行家寇勒帛很久以前就把股票賣出，但還是來掌握市場狀況；勃恩侯爵用一種貴族的優越感，假裝出於好奇和閒著沒事出入證交所；宇磊為人太圓滑，無法生氣太久，可以與人做朋友直到對方垮台的時候，他來看看是否還有什麼可撈。但戴格蒙一出現，所有人都閃到一邊。他非常有權威，他會以友好信任的姿態來開玩笑，人們便會發覺他的親切，一個光芒四射的多頭投機者，他擁有正直男人的名譽，因為他懂得在危機的第一聲爆裂響時就脫離公司；而他應該確定世通銀行尚未爆裂。隨後有些人來來往往，只和薩卡互望一眼，那是他自己的人，負責下單的職員，也為他們自個兒買單，在投機的狂熱裡，流行病造成倫敦街工作人員的大量死亡，總是在窺伺、竊聽、獵逐訊息。以致於，薩巴坦尼以其東方混血義大利人的柔情優雅，來回經過兩次，甚至假裝不看老闆；至於姜圖，站在幾步遠的地方不動，背對著，似乎專注閱讀貼在鐵欄框裡的國外證交所快報。掮客麥西亞，總是在奔跑、撞擠人群，經過薩卡身邊時點了一下頭，無疑是對某件已迅速辦成的差事，給予答覆。而隨著開場時間的迫近，無止盡的來去腳步，人群的雙向潮流，在廳堂縱橫交錯著，用一種海浪巨大的波動和漲潮的迴響，充滿著大廳。

人們等待開盤的行情。

在證交所廣場，馬佐和賈格比從證券經紀人辦公室出來，又並肩進去，一副好同事的樣子。然而他們是敵對的，幾個禮拜以來，已經開始啟動會致使對方破產的最終殘酷競爭。馬佐矮個子，有一副美男子的細瘦身材，一種快活的機靈，他的運氣一直都很美好，三十二歲就繼承叔叔的職務；至於賈格比，多虧客戶們的推薦，從代理人變成資深經紀人，挺個肥胖肚子和他六十歲的沈重腳步，頭髮花白且禿頭，一個好追求玩樂的寬臉大傢伙。他倆手上都拿著小冊子，閒聊了好一會兒天氣，就好像他們手中沒握著這些將交換數百萬法郎的紙張，以及摻雜著供與求的致命損傷。

「嗯？天氣真是凍死人了！」

「哦！您可想像，我走路過來，這有多冰冷！」

他們來到證交所廣場前的圓形大池塘，人們將沒用到、還清晰的紙張和記錄卡丟入池子裡，他們停下來片刻，靠在圍繞著他們的紅色絲絨扶手，繼續聊些言不及義的事，並一直觀察著四周。四樑間距，以十字架的形狀，被柵欄圍起來，類似以證交所廣場為中心而延伸的四枝星星，這一帶是大眾被禁止進入的聖地；而，在分枝之間，向前，一邊有另一間包房，內有現金辦事員，三位開價員坐在高椅上，在其巨大登記簿前管轄；至於，另一邊，一間較小開放的包房，叫做「吉它」，無疑是因為它的形狀而得名，是一個讓職員和投機商能直接和經紀人接洽的地方。後面，由兩分枝形成的角隅，有群眾召開的法國定期收益市場，那兒以及現金市場，每個經紀人都由一個特別辦事員代理，有他不同的冊子；因為在證交所廣場的四周，證券經紀人只負責期貨交易，完全投入於毫無節制的投機大工程中。

在左邊的廊道樑柱間，馬佐看到他的代理人貝棣業朝他揮手，就過去和他低聲交談幾句，代理人只能待在樑柱之間，離紅色絲絨扶手相當距離的地方，那裡沒有任何一隻外行人的手可以觸及。每一天，馬佐和貝棣業及其兩位辦事員來到證交所，一位負責現金，另一位負責定期收益，他們最常和稅捐結算人會合；還不算一直是快報職員的小符洛立，他的臉愈來愈被他的厚鬍子埋藏起來，只現出他溫柔閃亮的雙眼。自從他在薩度瓦事件隔天，賺進一萬法郎後，符洛立被變得任性、貪婪的楚楚強求而感到慌亂，此外連想都沒想，就盲目的追隨薩卡的意向，狂熱地為他的帳戶下注。他知道的指令，他經手的電報，都足以引導他。正巧，他從設在二樓的電報處衝下來，雙手滿是快訊，他請一個守衛去叫馬佐，馬佐離開貝棣業，來到吉它。

「先生，今天必須分析和歸類它們嗎？」

「當然，如果有這麼多的下單……這都是些什麼？」

「哦！購買世通銀行的指令，幾乎全是。」

經紀人熟練地用手翻閱快訊，明顯很滿意的樣子。他和薩卡合作無間，很久以來已延期交割了一筆可觀的金額，當天早上，還有他自己的收據，龐大的購買指令，他終究成為世通銀行的證券經紀人。儘管股價行情誇張地上漲，大眾還是持續地風靡世通銀行的股票，目前還沒有什麼要令人擔憂的事，而這樣堅持的買進，使他覺得安心。在眾多電報簽名中，有個名字讓他很震驚，菲鄂，這旺多姆公債稅務員，應該聚集了極多數的小散戶，有佃農、篤信宗教的人、和外省的教士們，因為過去幾星期，他並沒有寄來一通又一通的電報。

「這給現金部，」馬佐告訴符洛立：「而且不要等人家把電報帶下來給您，知道嗎？您留在上頭，親自拿電報。」

符洛立把臂肘靠在現金部欄杆上，放聲大叫：

「馬佐！馬佐！」

古斯塔夫．塞迪爾靠過來；因為，在證交所的職員們沒有自己的名字，他們只代表經紀人的名字。符洛立，他也叫馬佐。古斯塔夫離職將近兩年，剛回來這兒，決定讓父親償還他的債；而這一天，首席辦事員不在，於是他負責現金，這讓他很開心。符洛立在他耳邊嘀咕，他倆商量好在收盤時才為菲鄂買，為他們自己下注之後，再在他的指令上，以他們習慣的人頭名義先買再賣，以領取差價，既然他們似乎確定行情會上漲。

此時，馬佐再回到證交所廣場。每走一步路，就有守衛交給他某些無法靠近的客戶的記錄卡，卡片上以鉛筆潦草寫著指令。每個經紀人都有他自己的記錄卡，特別以紅、黃、藍、綠，顏色來區分，以便輕易辨識。馬佐的記錄卡是綠色，希望之色；綠色小紙片在守衛來來回回的傳遞裡，繼續在他的指中聚集，守衛從樑柱間的一端、從職員和投機商的手裡收取它們，為了省時，所有人都備有這些記錄卡的預付款。由於他再次停在絲絨扶手前，他遇見賈格比，他也一手握著不停在增厚的記錄卡，紅色記錄卡，像血濺般的鮮紅：無庸置疑，那是昆德曼及其效忠者的指令，因為大家都知道，在籌備中的屠殺裡，賈格比是空頭投機者的經紀人，猶太銀行高層任務的執行長。他現在和另一位經紀人在聊天，德拉洛克，他的妻舅，一個娶了猶太妻子的天主教徒，紅髮、矮壯的胖男人，頭禿得很厲害，投入俱樂部世界裡，眾所周知他專門接收戴格蒙的指令，戴格蒙不久前和賈格比生氣，如同從前和馬佐鬧翻一樣。德拉洛克正在敘述一個故事，某個沒穿襯衣的女人回丈夫家的下流故事，點燃他閃爍的小眼睛，他在激情的摹仿裡，揮動他的小冊子，裡頭裝滿了一包他的記錄卡，藍色，四月天空的溫柔藍。

「麥西亞先生要見您，」一個守衛來告訴馬佐。

馬佐迅速回到樑柱間的一端。一個完全受僱於世通銀行的掮客，帶給他場外證券交易的消息，且已經在列柱廊下進行，儘管天氣冷得嚇人，某些投機客仍然在場外下注，但不時進來大廳取暖；場外證券經紀人，豎起厚厚短大衣下的毛衣領，如平常一樣圍成圓圈，在大鐘底下，準備好煽動、大叫、火辣辣地比手畫腳，而不感覺冷。人群中最賣力起勁的小納唐索，顯然正在轉變成大先生，受到幸運之神的眷顧，自從辭去有價證券銀行小雇員職位那天起，他租下一間房，開了一個營業窗口。

麥西亞快速解釋，股價有下降的趨勢，在空頭投機者壓倒市場的證券交易下，薩卡剛起了操縱場外交易市場的主意，為了影響場內交易的開盤股價。世通銀行在前一天以三千〇三十法郎收盤；而他曾下單向納唐索買一百份股票，另一位場外證券經紀人應該出價三千〇三十五法郎，上漲了五法郎。

「好！我們將達到市價，」馬佐說。

他再回到所有經紀人群中，六十位都在那兒，他們正等待著決定牌價的鐘響，但另一方面卻已經用平均市值來結算他們之間的交易。在預先規定的股價上所下的指令，是不會影響市場，因為必須等到這樣的市值出現後才會有效；至於最好的指令，就是下單的人們聽憑經紀人的嗅覺來自由執行。一個好的經紀人必須具備靈敏、預知、反應快、和手腳伶俐的條件，因為迅速經常確保交易的成功；還不算在高層銀行裡必須具備有用的人脈，到處收集資訊，趕在所有人之前，從法國和國外證交所收集快訊。而且還要有一個堅定的聲音，為了在場上大聲呼叫。

下午一點鐘響起，鐘聲如風吹一樣，飄越在如巨濤駭浪起伏的人頭上；最後鐘聲的波動還沒平息前，雙手倚在絲絨上的賈格比，丟出公司裡最大的咆哮聲：

「我有世通銀行……我有世通銀行……」

他沒定出價格，等待買方的詢問。六十位經紀人靠過來，圍繞著證交所廣場，那兒被丟棄的記錄卡變成顏色鮮艷的斑斑點點。他們面面相覷，猶豫不決，如同決鬥者在出手前，急迫想看第一個市價的制定。

「我有世通銀行，」賈格比的轟隆低音重複響著：「我有世通銀行。」

「什麼價格，世通銀行？」馬佐以尖細的聲音問，如此尖銳，超越了他同事的聲音，如笛音在大提琴伴奏的襯托下更凸顯。

德拉洛克提議前一天的市價。

「三千〇三十，我拿世通銀行。」

但，立刻，另一個經紀人再加價。

「三千〇三十五，世通銀行送過來。」

這是場外交易市價的出手，阻擾德拉洛克籌劃的套利：一次場內買進和場外迅速賣出，這只是為了將上漲的五法郎放入口袋。馬佐也下決定，確定薩卡會同意。

「三千〇四十，我買……世通銀行，三千〇四十，送過來。」

「多少張？」賈格比問。

「三百。」

他倆在他們的冊子上寫下一行字，買賣成交，第一個成交價，是依前一天股價上漲了十法郎。馬佐離開，將數字拿去給登記簿上有世通銀行的開價員。二十分鐘之內，就像船閘開啟：其它證券股價也一一確定，由經紀人帶來的一籃子交易，沒太大差異就成交。而此時，高高在上的開價員，在場地的喧譁和現金的嘈雜之間忙碌不已，他們也在狂熱操作，很吃力地登記所有經紀人和職員們丟給他們的新牌價。在後面，定期收益也在瘋狂交易著。從開市起，人群的聲音像大水般持續的作響；而在這鬧哄哄的聲響上，買方與賣方的不協調呼喊聲也多了起來，這是一種上上下下特有的疾聲尖叫，若偶有停頓，只是為了重整不平等且撕裂的音符，好像是在暴風雨中群鳥掠奪食物的呼嘯聲。

薩卡微笑，靠近他的柱子站著。他的股價又再上漲，世通銀行上漲的十法郎剛驚動了證交所，因為很久以來，有人預測結算那天，世通銀行的股價終會瓦解崩潰。宇磊陪同塞迪爾及寇勒帛靠過來，假裝高聲道歉他的太過謹慎，在股價兩千五百時，就賣掉他的股票；至於戴格蒙一副毫不在乎的樣子，挽著勃恩侯爵的手臂散步，開心地對他解釋，他的馬在秋季賽吃了敗仗。而莫冏特的得意讓沙夫隊長感到難堪，沙夫隊長仍然悲觀地固執著，認為必須要等待最後的結局。同樣的場景也發生在好誇口的畢冶侯和憂鬱的莫澤之間，其中一個對瘋狂上漲感到欣喜，另一個談及這固執愚蠢的上漲時，就緊握拳頭，猶如人們最終會打死這隻狂怒的野獸。

過了一個鐘頭，股價差不多維持原狀，證交所廣場內的買賣較不熱絡，經紀人不斷地獲得其他新指令和電報。因此，每個證交所約在中間時段，一般性的交易會慢下來，暫時平息，等待收盤時的股價才會出現決定性的行情。然而，人們一直在等待賈格比打斷馬佐尖銳的咆哮聲，他倆都投入證券的溢價交易操作。「我有十五張三千〇四十法郎世通銀行的股票……我買十張三千〇四十法郎世通銀行股票……多少？……二十五……送出！」這應該是菲鄂下的指令、由馬佐執行，因為有很多外省投機客，在他們冒昧投入市場前，為了降低損失，會先做一些限價買賣。接著，突然流傳一個謠言，風聲斷斷續續地升起：世通銀行剛剛跌了五法郎；然後，一個接一個，又跌了十法郎、十五法郎，而跌到三千〇二十五法郎。

恰巧此時剛剛離開的姜圖再度出現，他過來對薩卡附耳說：桑朵芙男爵夫人在布朗尼亞街，坐在她的馬車裡，她讓他來問是否該賣。在股價跌降的時候問這問題，令薩卡大為忿怒。他再看到馬車伕一動也不動地坐在他的位置上，男爵夫人關起馬車的窗子、檢查自己的筆記本，就好像在自己家一樣。因此薩卡回答說：

「去她的！假如她賣的話，我就掐了她！」

麥西亞一聽到宣布跌了十五法郎，便趕緊過來，覺得有拉警報的必要。事實上，薩卡為了奪取收盤價已經準備好一招，有人必須從里昂證交所寄來一封電報，確認里昂的股價上漲，然而卻始終見不到電報的來到，薩卡開始擔心；因為這十五法郎的意外暴跌，可能帶來破產。

麥西亞機靈地沒在薩卡面前停下來，只是用手肘撞了他一下，伸出耳朵，就收到他的指令了。

「快，給納唐索，四百、五百，他所需要的。」

這瞬間的指示，只有畢冶侯和莫澤發現到。為了打聽，他們跟蹤麥西亞。麥西亞自從為世通銀行效勞後，身分變得很重要，人們盡力套他祕密，想從他的態度上辨識他所接收的指令。而他自己現在已經賺了很多錢。他曾經在金錢上非常困窘，現在他卻可以帶著天真的微笑，覺得證交所這忙的像狗一樣的日子是可以承受的，他不再說為了成功必須當猶太人這類的話。

場外的交易在三點鐘的黯淡太陽下、列柱廊冰冷的穿堂風裡繼續進行著，場外的世通銀行行情與場內相比，跌損得較沒那麼快。而納唐索接到掮客的通知，趕快去進行原先已經收到的德拉洛克的套匯指令：廳內的買客喊到三千〇二十五，他在柱廊下再賣到三千〇三十五，不到三分鐘時間，轉手賺了六萬法郎。成交後，場內市值再升到三千〇三十，他就是利用這兩邊市場的互相制衡，一個接一個，合法且被容許地執行操縱。辦事員不停地在大廳和列柱廊之間奔走，排擠穿越嘈雜的人群。然而，當麥西亞帶給納唐索的指令支持股價到三千〇三十五時，它上漲到三千〇四十，場外的股價卻下跌了；至於，因為場內外互相制衡，市值在經紀人會議中也再回到它原先的第一個牌價。但要維持這價格實在很難，因為賈格比和其他為空頭投機者操盤的經紀人，顯然策劃要保留大量賣盤到交易的最後時刻，好趁證交所最後半小時的混亂，出手鎮壓市場，引起暴跌。薩卡很清楚情勢的危急，以約好的暗號，通知不遠處，以男人對女人漠不關心和疲憊的姿態抽菸的薩巴坦尼；他立刻以游蛇般的靈活溜進吉它，那兒，他竊聽追隨股價，不再停下來捎指令給馬佐，在他的綠色記錄卡上有一筆準備金。儘管如此，攻擊是如此的猛烈，以致世通銀行再次跌損五法郎。

三點一刻響起，離收盤結束鐘響，還剩一刻鐘。此時，人群在打轉、大叫，像受到地獄鞭笞折磨似地；在證交所廣場，人們的聲音就像狗群在大聲狂吠、咆哮，還有加上像是鍋子掉在地上的匡啷聲；而正是此時，薩卡一直焦慮等待的事情發生了。

小符洛立從一開始就不停地從電報室下來，每隔十分鐘，他的雙手總滿是電報，這時候他又再出現，衝開人群，這一次他似乎很高興收到這份電報。

「馬佐！馬佐！」有個聲音在呼喚。

符洛立自然地轉頭，如同回答對他名字的叫喚。因為姜圖想要知道這份電報的實情，但辦事員推擠著他，迫不及待，他欣喜若狂叫說，世通銀行在最後關鍵時刻上漲；因為電報的內容宣告里昂證交所市值上升，里昂那邊大量地買進，以致反衝到巴黎證交所。事實上，其它電報也已到達，一大票經紀人都收到指令。這件事情的效果快速又可觀。

「三千〇四十，我買世通銀行，」馬佐用他像生了氣的嗓音重複說。

而德拉洛克因為面對市場這樣的需求，也提高了五法郎的價格。

「三千〇四十五，我買進……」

「我有，三千〇四十五，」賈格比吼叫：「兩百張，三千〇四十五。」

「送出！」

於是，馬佐自己又加價。

「三千〇五十，我買。」

「多少？」

「五百……送出！」

在一陣狂亂的手語之中，叫嚷聲變得更加驚人，證券經紀人之間都互相聽不見了。他們完全陷入職業性的瘋狂中，他們繼續比手畫腳，有些人因為嗓音低沉早就無法突圍，另一些人的聲音像是尖銳的笛音，發出來後變得細弱、飄渺。人們只看到嘴巴張的很大，卻毫無一個清晰的聲音發出來，只好用手說話：從內到外的手勢代表供應，從外到內的手勢則代表接受；舉起的手指表示數量，頭的擺動則表示是或否。這些只有內行人才懂，看不懂得人會以為精神錯亂。樓上電報長廊上，女人的腦袋往前俯，在這種不尋常的景象之前，感到驚心惶恐。在定期交易部門，簡直像在叫罵打架一樣，甚至是要動起手來；至於大廳這邊的群眾，隨著人來人往的潮流，不斷改變自己的位置，分散、靠攏，持續不斷騷動著。而現金處和證交所廣場之間，在人頭浮動的浪潮上，只剩下三個開價員依然坐在他們高高的椅子上，左右搖擺著，手上拿著像似沉船後的漂浮物，就是人們丟給他們的股價登記簿。現金包廂間，尤其擁擠不堪到極點，密密麻麻的頭髮，甚至沒有臉孔，只有被小冊子的明淡小白點照亮的人頭，在那裡胡亂鑽溜著。而在證交所廣場，被揉皺的紙張像似各種顏色的盛開花朵；水池四周的人群，有的白髮蒼蒼，有的頭頂光光，有些人是因吃驚而變得臉色蒼白，雙手焦躁地伸直，一整個身體的舞動，好像在做模仿表演，假如扶手沒制止他們的話，又好像會互相吞噬。此外，這最後幾分鐘的慌亂傳染給群眾了，人們在大廳裡互相擠壓，狂亂踐踏，像是鬆散潰亂的大軍在太狹窄的走廊裡奔走；外套都因為擁擠而看不見了，玻璃窗外的光線只有透過帽子間隙才發出亮光。

突然地，一連串的鐘聲在這場喧囂紛亂中穿刺。一切平息下來，手勢停頓，聲音靜寂，在現金處，在定期收益處，在證交所廣場，只剩下群眾的隱約低嗥聲，好似持續回潮的激流在它河床裡，最後消聲匿跡。而在持久的騷動裡，收盤價到處流傳，世通銀行高達三千〇六十，比前一天的股價又上漲了三十法郎。這下子空頭投機者一敗塗地，對他們而言，這一次的結算將是再一次的破產，因為半個月的應付差額，數目將非常可觀。

薩卡離開大廳前的那一刻，伸直了腰，好像想一口氣擁抱他周圍的人群。他的身價的確水漲船高，被如此一個勝利抬高，一個小人物自我膨脹起來，變得超然巨大。他似乎在人頭上尋覓，但沒有看到昆德曼，他多麼想看到被打敗的昆德曼，裝腔作勢，要求優雅；在他成功的榮耀裡，他堅持至少所有的陌生猶太輕佻女郎，和所有的骯髒猶太人都要惱怒，看到他就變臉。這是他的大日子，人們將一再談起的日子，如同人們談及奧斯特里茲和馬倫哥①時的模樣。他的客戶和朋友們都趕過來和他握手，勃恩侯爵、塞迪爾、寇勒帛、宇磊，至於戴格蒙帶著他上流紳士親切的虛偽微笑來祝賀他，因為戴格蒙很清楚人們在證交所這樣的勝利，就是走向死亡的表現。莫冏特一看到沙夫隊長仍然聳著肩，就感到激忿惱怒，便跑去薩卡的雙頰上親吻。而德樂對薩卡是宗教式的全然崇拜，為了想立即知道收盤價格，他從報社跑來，他佇立在不遠處，用愛慕和崇拜看著薩卡，眼睛閃著淚水。姜圖消失不見，無疑是給桑朵芙男爵夫人捎信去。麥西亞和薩巴坦尼喜氣洋洋低聲說話，如同大戰勝利之夜。

「怎麼樣啊，我說過什麼呀？」畢治侯狂喜大叫。

莫澤伸長鼻子，以隱隱的威脅低聲埋怨。

「是，是，壕溝的深處就是破產……墨西哥的疆圖還是要付錢，自從孟達納戰役②後羅馬問題更不容易解決，在這四天之內的一個早上，德國將會進攻我們的國家……是，是，還再讓股價上漲的這些愚蠢的人，就好像是為了準備從高處摔下來一樣。啊！全完了，等著瞧！」

①奧斯特里茲和馬倫哥戰役：是拿破崙的兩次重要戰役，分別發生於一八〇五年十二月二日與一八〇〇年六月十四日，兩次戰役皆大勝而歸。
②孟達納戰役：Mentana，羅馬外省一城，一八六七年十一月發生一場戰爭，是拿破崙三世與義大利政治對立的結果。

然後，沙勒盟這一次神態嚴肅地看著他：

「您的意思是說，當一切太順利時，也就是一切將瀕於崩潰的時刻。」

此時，大廳空無一人，空氣中只剩下雪茄煙的一片青煙嬝嬝。在濃稠變黃的飛揚塵土中，馬佐和賈格比再度回歸到同僚的情誼，一道回去證券經紀人辦公室，賈格比對個人名下的損失比對他客戶的潰敗更感到難過；至於馬佐沒有下注，但對於收盤價如此英勇地被搶購，他也感到欣喜萬分。為了契約的簽訂，他們和德拉洛克聊了幾分鐘，手上拿著他們寫滿筆記的冊子，為了實踐已成交的買賣，他們的結算人當晚就得整理分析。此時，在辦事員廳裡，一間矮廳房，被大柱子切割，如同維護得很差的教室，有一排排的斜面課桌和在底端的衣帽間，符洛立和古斯塔夫・塞迪爾去拿他們的帽子，兩人高聲笑鬧，等待平均市值的公布；聯合公會的職員們在一張斜面課桌上，依據最高和最低市值訂立平均值。大約三點半，當布告招貼在一根柱子上時，他倆嘶叫、咕咕笑、學習公雞叫，很滿意他們漂亮的操控，以及在菲鄂的購買指令上動手腳。對楚楚而言，如今她正在貪得無厭地敲詐符洛立；古斯塔夫預付半年的包養費給吉兒嫚・可兒，最後乾脆把她從賈格比那兒搶走；而賈格比剛包下一位賽馬場上精通騎術的女人一個月。此外，喧譁聲繼續在職員辦公室裡大鬧，大夥兒嬉戲開玩笑、拋帽，像一群下課的學童在互相推撞著。在列柱廊下，場外交易結束收盤，納唐索決定走下階梯，對他的套利獲現感到欣喜，儘管天氣越來越冷，仍有些投機者遲遲不走。六點一到，所有這些投機者、證券經紀人、場外證券經紀人和掮客，有些人計算完他們的輸贏，另一些人結算了他們的佣金之後，就去穿衣服，帶著他們毫無道德的金錢觀念，流連在餐廳和劇院，社交晚會和風流密室裡，結束他們昏頭轉向的一天。

今夜，巴黎徹夜不眠且吃喝玩樂大開，只談論昆德曼和薩卡之間進行的精彩絕倫決鬥。女人們出於激情和時髦而投入股票市場的談論，對於結算、溢價、過帳、空頭賣方所付差價的專門名詞，卻不怎麼明瞭。人們尤其愛聊空頭投機者的危急處境，這麼多個月來，每次新結算，他們所付的差額愈來愈大，隨著世通銀行的上漲，已經超越所有合理的限度。當然，很多人買空、賣空，再過帳結轉，還是交付不出保證金；他們更是猛烈追擊，繼續進行空頭跌價的操縱，抱著下一回股票崩盤的希望；但假如股票繼續上漲的話，儘管試著增加過帳，虧損還是持續增加，被淘空壓扁的空頭投機者將會被殲滅。事實上，昆德曼被封為至高無上權力之首，其來有自，因為在他的地窖裡有取之不盡，用之不竭的巨大金錢軍隊，供他送去戰場上屠殺，即使戰役是如此的漫長和艱難。這是所向無敵的力量，可以確保透支的賣方，總是有錢付他的差價，直到股票致命暴跌，還給他勝利的那一天。

人們在討論、計算他已經耗費多少可觀的金額，每個月的十五和三十，如此預支，好似一排排衛兵揹著沈重的金袋拿去焚化爐一樣。他還沒在證交所遭受過對他強權如此嚴厲的攻擊，他想當那無可爭論的統治者；因為，如同他喜愛一再重複說，假如他只是一個簡單錢商，而不是一個投機者，他清晰意識到，為了讓這商人永保世界第一，支配公眾財富，他必須是市場的絕對主宰；而他戰鬥，並非為了立即獲勝，而是為了他自個兒的權勢和他的生命。從證交所的戰場上，他冷漠執拗，可以對抗交易的屠殺。人們在大道上遇見他，他沿著維威安街走，用蒼白和無表情的面孔，以及其衰竭老人的腳步，一點也看不出他有絲毫的焦慮。他只相信邏輯，超過兩千法郎以上的股價，對世通銀行股票而言是瘋狂的開始；到三千，則是十足的荒唐錯亂，股價應該會再下跌，如拋擲到空中的石頭必然會再落下一樣；而他靜待其變。他會把他的十億法郎都花光嗎？人們對昆德曼崇拜至極，也想要看到他最後會打敗薩卡；至於薩卡更引起一股洶湧澎湃的激情，他的群眾是女人、沙龍中的人，整個上流社會的投機者；自從他們用信仰來賺錢，在迦密山和耶路撒冷上做買賣，將如此美好的差價放入口袋。猶太最高銀行即將宣布破產，天主教在金錢上將擁有它自己的王國，如同它曾擁有心靈的王國一樣。只是，假如他的軍隊大賺的話，薩卡卻將陷入錢財喪失的處境，掏空他的錢櫃只為了持續購買股票。以兩億流動資產，將近有三分之二的資產如此被固定：這是過度的興旺，令人感到窒息的勝利。所有為了維持其股票市價，想成為證交所主宰的公司，都是一家會受到譴責的公司。而且公司剛成立的時候，薩卡只是謹慎地介入，但他一直是想像力豐富的人，視野太大，逐漸轉變為冒險家、進行可疑不正當的交易；這一次，薩卡的交易結果是真的非常龐大輝煌，他產生了征服的荒謬夢想，他有那麼瘋狂巨大的妄想，連他自己都無法清晰表達出來。啊！假如他像這些骯髒的猶太人一樣擁有數億資金的話！最慘的是他看到他的軍隊要耗盡了，只剩幾百萬資金可上場屠殺。然而，假使股票下跌，將輪到他來付差價；而當他無法抬高證券值後，將會被迫過帳結轉。在他的勝利之中，最小的砂礫就有可能將這台大機器徹底破壞殆盡。人們對此有隱約的感覺，甚至在忠實信徒之間，這些相信上漲如同相信好上帝的人也是。因此人們活在焦慮不安中，就是讓巴黎激動起來的原因，薩卡和昆德曼的決鬥，即使是戰勝者也會流光他自己的血。在這兩個傳奇妖魔的肉搏戰裡，處在他們之間的人必然會被壓輾得粉身碎骨，這些可憐人已經在他們積聚的一大堆破產危機上，威脅著要互相殘殺。

突然，一月三日，即帳戶總結算剛結清的隔一天，世通銀行下跌了五十法郎，因此造成大眾強烈的不安。事實上，所有市場上的股票全都下跌了；因為金融市場長久以來被過度操縱，毫無節制地膨脹，所以現在處處都有震盪的可能；兩、三件可疑交易都摻和著謠言而暴跌；此外，人們應該習慣了這些股價的遽變，有時候在同一證交所會產生好幾百法郎的變化，沒什麼理性可言，如暴風雨中錯亂的指南針。但經過這樣的戰慄考驗後，所有人都感覺到要開始崩潰。世通銀行下跌了，大家到處奔走相告，訊息在人群的叫囂聲裡蔓延，引起震駭、希望和恐慌。

隔一天，薩卡在他的崗位上很有把握地微笑著，又抬高了三十法郎的股價，多虧一大票的購買。只是，一月五日，儘管他很努力，還是下跌了四十法郎，世通銀行的股價只剩三千。而從那時起，每一天都是一場戰役。六日，世通銀行再上漲，七、八日，又再下跌，這是無法抗拒的起伏，逐漸把世通銀行拖入一場緩慢的貶值命運裡。人們拿世通銀行當作代罪羔羊，要讓這支股票為所有人的瘋狂付出代價，懺悔其它那些較不顯眼的交易。那些股票的公司完全是透過廣告來炒作，這種公司的數量像是土地中的蘑菇一樣多。但薩卡再也無法好好睡覺，每天下午再站回他戰鬥的崗位，靠著他的柱子，活在總是可能勝利的幻覺裡。身為軍隊首領被自我的優異戰略所說服，然而，他只是一步步地退讓戰場，犧牲他最後的衛兵，掏空公司錢櫃的最後金幣袋，只為了攔阻攻擊者的路。九日，他又扳回一個顯著的優勢：空頭投機者顫抖、退卻，十五日的結算是否又會再次剝光他們而自肥呢？而薩卡已經彈盡糧絕，縮減到必須發行匯票，如同在饑餓妄想裡看到盛大宴席的渴望者一樣，竟敢認為他可以達到不可能的目標，就是再買回世通銀行的所有這些股票，要讓那些出售者透支，任由他擺佈。這類似的事情是有一間很小、剛上市的鐵路公司，這間公司把它發行出去的股票，從市場上全部買回來；後來那些作空頭交易的人，到期後無法交付股票，像奴隸一樣地投降，被迫將他們的財產、甚至是他們的人都貢獻出來。啊！假如他追捕驚慌失措的昆德曼，直到逮住無能為力、透支的他！假如他可以看到如此情景就好了：一天早晨，昆德曼帶著他的十億，哀求他不要全拿走，留給他每天過活的十蘇牛奶錢！只是，要達到這個目標，必須要有七到八億的資本。他已經丟了兩億到深淵底處，所以還需要五、六億才能上戰場。用六億掃除猶太人，變成黃金國王，世界之主，多美好的夢想！其實這很簡單，在這種狂妄自大之下，金錢的價值概念已經不見了，只剩下人們在棋盤上推動的棋子。在薩卡失眠的夜裡，他就舉起六億大軍，讓它們為他的光榮而被屠殺，他就可以在這場最終災難中，在一切破產之上獲勝。

一月十日，薩卡不幸遇到最可怕的一天。在證交所，他總是特別的高興和平靜，然而戰爭從未如此的寧靜、兇猛，每一小時的宰殺，到處都是埋伏的陷阱。在這些金錢的交戰裡，暗潮洶湧，人們對弱者開膛剖腹，無聲無息，不再有關係，六親不認，友誼不再：這是為吃人而不被吃的強者設立的殘酷法令。他也感覺到絕對的孤單，沒有他人的支持，唯有他貪得無厭的胃口，支撐著他挺立，不停地吞噬。他尤其畏懼十四日會議的證券溢價答覆。但前三天他還找得到錢，以致十四日，不僅沒崩潰，世通銀行卻更鞏固，十五日，最後以兩千八百六十結算，十二月收盤只下跌一百法郎。他曾擔心破產，還假裝相信能夠勝利。事實上，有史以來第一次，空頭投機者獲勝，終於取得數月以來他們支付的差價，而情勢翻轉，他必須到馬佐那兒過帳結轉，馬佐從那時起變得非常積極，一月份的後兩週將是關鍵時刻。

自從薩卡這樣搏鬥以來，天天將他丟進無底洞、再拾回的震動裡，薩卡每天晚上有飄飄然無節制的需要。他無法獨處，上城用餐，掛在女人的頸上以消磨他的夜晚。他從沒如此燃燒他的生命，到處露面，奔波於可用餐的劇院和有歌舞表演的餐館，假裝錢太多的誇張揮霍。他迴避凱洛琳夫人，她的勸告讓他很不舒服，總是對他提起她收到她哥哥擔憂的信件，她自己對他冒著驚悚的危險操縱股票上漲，感到絕望。他更常去見桑朵芙男爵夫人，猶如這冷感性慾，在枸馬丹街陌生的小小底樓裡，使他脫離現實生活，得到片刻的遺忘，鬆弛他用腦過度疲勞的必要。有時候，他會在那兒檢視某些文件，思考某些交易，很高興告訴自己世上沒人會來此打擾他。在此躺平，他在那兒睡一、兩個小時，那是唯一全然放空的美妙時刻；桑朵芙男爵夫人趁此時毫無顧忌地翻尋他的口袋，看他錢包裡的信；因為他變得完全緘默，她再也抽不出一條有用的訊息，甚至相信他說謊，當她從他嘴裡拔出一個字時，直到她不敢再下注在他的指示上。就是如此竊密，她確定他手頭拮据，世通銀行開始陷入掙扎，一整個匯票的巨大系統，公司在國外小心翼翼貼現的通融票據。有個夜晚，薩卡太早醒來，看到她正在搜他的錢包，立刻賞了她一巴掌，像對待一個在男士背心裡釣錢的女孩一樣；而，從那時起，他打她，這惹得他們狂怒，然後雙雙精疲力竭，平靜下來。

十五日的結算，帶走了男爵夫人的一萬法郎，桑朵芙男爵夫人開始醞釀一個計畫，這計畫讓她心神不寧，終於去咨詢姜圖的意見。

「肯定的，」他回答她：「我想您是對的，該是通報昆德曼的時候……去找他吧，並告訴他事情的來龍去脈，既然他曾許諾您，帶給他好意見的那天，他會給您另一意見，當作交換。」

男爵夫人拜訪的那天早上，昆德曼心情惡劣至極。前一天，世通銀行又上漲，這隻貪婪野獸，沒完沒了，吃掉了他這麼多黃金，還不死心！當月三十一日，他竟能夠再度站起來，再次以上漲終結。昆德曼低聲埋怨投入這場破產敵對裡，他或許應該加入新公司。他在其慣常的策略裡動搖，在致命勝利的邏輯裡失去他的信念，此時此刻，他心甘情願打退堂鼓，假如可以求得生存的話。如此退縮的想法很少出現在他身上，這些最偉大的隊長曾體驗過的氣餒時刻，甚至在勝利的前一天，當人和事願意他們的成功時。而這外貌強勢的曖昧，平常如此清晰，竟來自長期產生的模糊不清，和證交所神秘的操縱，在這之下，從來不可能有把握地置入一個名字。當然，薩卡買進、下注，但這是為他可靠的客戶，還是為公司自己呢？在人們從各地彙報給他說長道短的紛亂訊息裡，他最後不想再知道。他巨大辦公室的門砰然作響，使得所有職員對他的震怒發抖，他如此粗暴接待捐客，以致他們慣常的絡繹不絕，變成逃之夭夭。

「啊！是您，」昆德曼毫不客氣地對男爵夫人說：「我今天沒時間和女人耗。」

她驚惶失措，取消所有原本準備要說的話，一下子就吐露她帶來的消息。

「如果有人跟您證明世通銀行的錢已到盡頭，在它大量買進之後，縮減為國外通融票據貼現，只為了繼續銀行的運作，您覺得如何？」

猶太人抑制住喜悅的哆嗦。他的眼神保持呆滯，以同樣斥責的語氣回說：

「這不是真的。」

「怎麼！不是真的？這是我親耳聽到，親眼看見的。」

為了說服他，她對他解釋，她的雙手曾握持由人頭簽署的票據。她說了人頭的名字，也說了貼現票據的銀行家的名字，在維也納、法蘭克福、和柏林。他的聯絡人大可去打聽，就知道她帶來的消息並非空穴來風。同樣地，她確認公司為自己買進，唯一目的就是支持行情漲價，而且已經耗盡兩億。

昆德曼用沮喪的神態聽著，卻已經算計好他隔一天的作戰策略，以迅雷不及掩耳的機智，他在幾秒鐘內分派他的指令，結算數字。現在，他確定勝利在望，透過給他的資訊，很清楚這是怎樣的一個下流胚，對這追求享樂的薩卡充滿蔑視，簡直愚蠢到自棄於一個女人，且任憑出賣。

當她結束時，他抬起頭，以他熄滅的大眼睛看著她：

「那麼，您告訴我所有這些，是要我做什麼？」

她呆住了，他表現得如此淡然和冷靜。

「但我認為您跌損的情勢……」

「我！誰告訴您我跌損來著？我從不去證交所，我不投機……這一切，我並不在乎！」

他的聲音是如此的天真，以致男爵夫人動搖、驚愕，最後沒太幼稚挖苦的某些轉變就相信了他。顯然，他嘲弄她，在他的絕對輕蔑裡，是一種枯木死灰、毫無任何慾望的男人。

「那麼，我的好朋友，我很忙，假如您沒什麼更有趣的事要告訴我的話……」

他送她到門口。她氣憤狂怒。

「我信任您，所以先來通報……這是真正的圈套……您承諾過，若我對您有用的話，您也將對我有所回報，給我建議……」

他不起身，打斷她的話。從不笑的他，發出輕微冷笑，粗暴愚弄一個年輕貌美女人是多麼逗他開心。

「要建議，但我不會拒絕您，我的好朋友……聽好，別玩股票，絕對不要玩股票。這會讓您變醜，一個投機的女人，真的很醜陋。」

當她氣沖沖走後，他關起門來給他兩個兒子和女婿分配差事，為了準備隔天的大反擊，立刻派去賈格比和其他證券經紀人那兒。他的計畫很簡單：去做直到現在因不了解世通銀行的真正底細，而謹慎不敢輕舉妄動的事；如今他知道世通銀行已面臨資源耗盡之際，他將大量傾售以壓垮市場，使其無法支持市價。他打算先運用他的十億巨大準備金，用來打擊他的密探打聽到的敵人弱點。理智將戰勝，一切超越它所代表的真正市值的活動將被制止。

正巧，這一天，約五點鐘時，薩卡嗅聞到危險，而趕到戴格蒙的家。他很焦躁，感覺時間變得緊迫，如果不想任憑被他們消滅的話，該是對空頭投機者給予當頭棒喝的時候了。而為了打下江山，他的巨大構想使他積極行動，還有六億大軍要舉起。戴格蒙以平常的親切接待他，在他的豪宅裡，在其價值昂貴的圖畫中，所有這輝煌豪華，每十五天，以證交所的差價來支付，人們不知道在這燦爛裝潢背後，到底有什麼是穩固的，在反覆無常的機運裡總是有被隨時席捲的威脅。直到那時，他沒背叛世通銀行，拒絕賣出，假裝表現出絕對的信任，很欣喜這位做多頭投機者的美好態度，他抽取其大利益的剩餘部分；甚至他很樂意不表示反對，在十五日的惡劣結算之後，他被說服到處去宣傳，不久之後股價將會再上漲；然而他眼睛戒備觀望，一旦出現第一個嚴重徵兆時，便準備隨時投敵。薩卡拜訪時，表現出極大的毅力，對他詳述渴望聚攏市場上的一切巨大構想，戴格蒙大為震驚崇拜。這真是瘋狂，但戰場和金融界的大人物不經常都是成功的瘋子嗎？於是，他明確承諾助他一臂之力，從明天的證交所起：他已經擁有強大的地位，他將去他的經紀人德拉洛克家打聽消息；還不算他將去看的朋友，一整團他引導增援的聯合公會。依他所見，這立即派上場的新大軍估計一億就夠了。薩卡容光煥發，確信會戰勝，以最傑出的隊長姿態，當場裁定作戰計畫，以罕見的大膽迂迴策略來誘敵：首先，在交易之初，小突襲誘引空頭投機者，詐輸給他們信心；接著，當他們獲得第一個成功，股價下跌時，戴格蒙和他的朋友帶來重炮轟擊，以所有這些出乎意料的數百萬，十拿九穩地疏通戰場，再乘勝追擊空頭投機者，重重擊潰他們。這將是一場覆滅大屠殺，兩人握手言定，在勝利大笑中分開。

一個小時後，戴格蒙要到城裡吃晚餐，穿衣時，來了一位訪客，即桑朵芙男爵夫人。在男爵夫人的驚慌失措裡，心生向戴格蒙求教的靈感。有人曾一度謠傳她是他的情婦；但實際上，他倆之間只存在一種很自由的男女同志之情。他倆都太黠狡，太互相了解，因而不可能產生私情。她敘訴她的擔憂、試著去請教昆德曼的答覆、同時對促使她背叛的狂熱撒謊。而戴格蒙的取笑捉弄使她更驚慌，神情更動搖，幾乎相信昆德曼所言屬實，當他發誓他不是空頭投機者時；因為從來沒有人知道？證交所是座真正的樹林，一座步步驚心的幽暗黑夜樹林。在這幽暗詭異裡，若不幸聽到所有人們虛構的荒謬和矛盾，那準會大跌一跤。

「那麼，」她焦慮問：「我不該賣？」

「賣，為什麼？又是一個瘋狂的想法！明天我們將是主宰，世通銀行將再升到三千一百。好好挺住，不管發生什麼事：您將會滿意收盤價……我無法對您多說。」

男爵夫人離去，戴格蒙終於穿好衣服，當鈴響宣告第三位訪客時。啊！又一位，不！他不接待。但當侍從遞給他德拉洛克名片時，他立刻大叫請他進來；神情激動的經紀人，等待要開口說話，他遣走隨身侍從，在一面大鏡子前，自己打好白領帶。

「敬愛的，我來啦！」德拉洛克以同社交圈男人的親熱說：「我信任您的友誼，不是嗎？因為這有點棘手……您想想看賈格比，我的妻舅，剛好心來通知我，明天證交所將發生的事。昆德曼和其他人決定要對世通銀行斷然採取行動。他們將在市場上丟出一籃子交易……賈格比已經收到指令，他趕來……」

「啊唷！」戴格蒙只是驚嘆，臉色變得蒼白。

「您了解，在我的事務所，有很強的買進上漲狀況，是的！有一千五百萬，足夠砍掉手腳……那麼，不是嗎？我搭車，到可靠客戶那兒轉一圈。這不正確，但心意是好的……」

「啊唷！」另一位又說。

「我的好朋友，您終於玩空頭投機，我來請您掩護我或改變您的立場。」

戴格蒙大叫：

「改變，改變，我敬愛的……啊！不，哦！我可不待在垮台的公司，這是沒用的英雄氣概……別買進，賣出！我在您那兒有將近三百萬，賣，全賣掉。」

於是德拉洛克告辭，說他還有其他客戶要拜訪，他抓起他的手，使勁地緊握。

「謝謝，我絕不會忘記。賣，全賣掉！」

剩下他獨自一人，再叫來他的侍僕，為他剪頭髮和修鬍子。啊！搞什麼鬼！他這一次差點兒被當成孩子般耍，這就是和一個狂人為伍的下場！

晚上在八點的小證交所，恐慌開始。這證交所設在義大利大道的人行道上，歌劇院巷弄的入口；那兒只有後台，一群可疑嘈雜的經紀人、掮客、和不正當投機者在裡頭操縱。流動的小販、撿拾雪茄煙蒂的人，四肢趴在地上，在人群的踐踏之中。那兒，大道攔阻，擁擠的人群固執聚集，散步的人潮襲來，把他們沖散，又再復合。這一晚，有將近兩千人停滯在那兒，幸虧嚴寒之後，天空清涼，煙雲濛濛，有下雨的預兆。市場很熱絡，來自各地的人們出售世通銀行，股價迅速暴跌。而很快地，謠言流竄，產生一股焦慮。究竟發生了什麼事？人們低聲自稱是可能的賣者，根據下指令的掮客，或執行指令的場外證券經紀人。既然大人物們這麼地賣，肯定正在醞釀某件重大的事。而從八點到十點，擁擠不堪，所有嗅覺靈敏的投機客都改變他們的立場，甚至有買方及時轉為賣方。人們將在狂熱不安裡睡覺，如同大災難的前夕。

隔日，天氣惡劣。整夜雨下個不停，一場小小冰冷的雨淹沒城市，解凍化為黃色液狀的泥濘污水坑。證交所，從十二點半起，在這淌流裡淅瀝嘩啦。一大群人躲在列柱廊下和大廳裡；頃刻間，大廳被濕嗒嗒的雨傘滴成巨大的濁水窪。牆上的黑色積垢在滲漏，從玻璃屋頂上只落下低矮橙黃的日光，一種憂鬱的絕望。

在流傳的惡謠中，離奇的故事錯亂了人們的腦袋，所有人的眼光，一進門，就尋找薩卡，盯著他看。他站在老位子，靠近習慣的柱子；神情跟平常勝利的日子一樣，快樂勇敢和絕對自信的神態。他沒忽略世通銀行在前一天的夜間小證交所下跌三百法郎；他嗅到極大的危險，預料到空頭投機者的狂怒攻擊；但他覺得他的戰役策略無懈可擊，戴格蒙的迂迴作戰，數百萬新軍出其不意來到，應該會殲滅敵軍，再次確保他的勝利。他從今而後，彈盡糧絕，世通銀行的金庫蕩然無存，被搜刮到最後一分一毫；然而他卻不絕望，他讓馬佐過帳結轉，為了說服他，而對他吐露戴格蒙聯合公會的支持，以致經紀人在沒保證金的情況下，接受了好幾百萬的買進指令。他們之間商定的策略是，交易之初，不讓市價跌得太大，支持它們，等待援軍作戰。當下眾人對真正情勢說三道四，情緒是如此高昂，以致麥西亞和薩巴坦尼放棄沒用的詭詐，公開來和薩卡聊話，然後帶著他的最後推薦跑掉，一個給在列柱廊下的納唐索，另一個給還在證券經紀人辦公室的馬佐。

時間是十二點五十分，莫澤來到，因肝病發作而臉色蒼白，那痛楚使他前兒個夜裡無法闔眼，畢治侯發現所有人這一天都面色蒼黃，病態懨懨。災難的瀕臨在流浪騎士的自吹自擂裡挺起，畢治侯爆笑。

「怎麼，是您，敬愛的，腹瀉啊。所有人都興高采烈，我們將甩給您永生難忘的挫敗。」

事實是，在橙黃光線下，大廳籠罩著沮喪焦慮的氣氛，尤其在這消弱低嗥聲中讓人感覺深刻。這不再是上漲大日子的哄堂大鬧，到處一片征服漫溢的激動吵嚷。人們不再奔跑大叫，他們鑽溜，輕聲說話，好像在病患的家。雖然人群可觀，人們為了走動而窒息，只有竊竊私議升起，痛心畏懼的交頭接耳，流傳那些壞透了的消息。很多人住口，一臉青灰，神色緊張，圓睜的眼睛絕望地詢問他人的臉龐。

「沙勒盟，您怎麼不說話？」畢治侯問，充滿了諷刺的攻擊。

「見鬼！」莫澤喃喃說：「他和其他人一樣，沒什麼好說的了，他害怕。」

實際上，這一天，在深沉的等待和所有人的靜寂裡，沙勒盟的沉默不再令人擔憂。

尤其一大群客戶緊緊挨著薩卡四周，猶豫戰慄，渴望一句好話。稍後人們發覺戴格蒙沒出現，宇磊眾議員也一樣，無疑地被通知，再度成為盧貢的忠狗。寇勒帛混在一群銀行家之中，假裝忙碌著一樁套匯大買賣。勃恩侯爵在命運更迭下，平靜地散步著他蒼白及貴族氣派的小頭，仍然確定會贏，下指令給賈格比買進等量他交付馬佐賣出的世通銀行股票。而被信徒、幼稚者、及其它人群所包圍的薩卡，表現得特別親切，並安撫塞迪爾和莫冏特的心，他們的嘴唇在發抖，潤濕的眼睛在哀求，祈求勝利的希望。他使勁握著他們的手，在他的緊握裡輸入戰勝的絕對承諾。接著，以總是樂觀，大無畏男子的氣概，悲傷哀嘆：

「您們瞧我灰心喪氣。在這酷寒裡，人們忘了我庭院裡死去的山茶花。」

這句話被到處流傳，人們為山茶花感動，多了不起的人呀，這薩卡！以沈著的肯定，總是面帶微笑，讓人摸不清，這是否只是一張可能折磨所有其他人的恐怖憂慮面具！

「畜生！可真美呀！」姜圖在回來的麥西亞耳邊竊竊私語。

正巧，薩卡叫喚姜圖，在這關鍵時刻，突然想起下午和姜圖在一起時，看到桑朵芙男爵夫人的馬車，停在布朗尼亞街。在這恐慌的日子裡，馬車是否還在那兒？馬車伕，居高臨下，在傾盆大雨中保持他如石般的靜坐，當男爵夫人，在關閉的玻璃窗後，等待市價。

「她肯定在那兒。」姜圖低聲回說：「而且一心一意與您同在，下決心寸步不退……我們全在那兒，堅守崗位。」

雖然薩卡懷疑男爵夫人和其他人的冷淡態度，但他對這份忠貞感到很欣慰。此外，在他狂熱的盲目裡，他還相信自己可以帶著他身後的一群股東們走向勝利，這群股東們，有些來自狂熱的上流社會，還有美麗女士摻混在女僕當中，都一起懷有共同的信仰。

終於，鐘聲再敲響，有一種哀嘆的意外，在驚慌失措的人頭浪潮上掠過。馬佐下指令給符洛立，再急速回到證交所廣場，當年輕雇員匆匆趕去電報局時，為自己感到很激動；因為，自從數日來的跌損，他固執追隨世通銀行的財富，這一天他冒著決定性一舉的危險，在戴格蒙介入事件上，他在門後無意中發現交待差使。證交所廣場和大廳也完全同樣焦躁，經紀人清楚感覺到，從上一次結算起，地面在他們腳下開始抖動，在如此嚴重徵兆中，導致他們的經驗為此拉起警報。部分崩盤已經產生，筋疲力竭的金融市場，載荷太重，從各個地方開始裂起縫隙。這是否會醞釀成大動亂，如每隔十至十五年，在尖銳狂熱情況裡，會突然發生投機恐慌，而造成證交所的大量死亡，猶如死亡之風吹掃過一般？在定期收益處和現金處，危機似乎更粗暴地在互扼及擁擠中推撞，被等待在一旁、一筆在手，高大黑輪廓的開價員所支配。而雙手緊握著紅色絲絨扶手的馬佐，看到賈格比在圓形水池的另一端，以深沈的嗓子大叫：

「我有世通銀行……市價兩千八百，我有世通銀行……」

這是前天小證交所的收盤價；而為了立即制止下跌，他認為拿下這價錢是謹慎的，於是他以高出所有其他人的尖銳聲音大喊：

「兩千八百，我買……三百張世通銀行，送出！」

開盤價因此而制訂，但他維持不住它，叫賣從四面八方大量湧來，他絕望地奮鬥半個小時，毫無其它可緩和暴跌的結果。他很驚訝場外交易不再支持，納唐索究竟在做什麼，他等待的購買指令呢？他稍後才知道納唐索的詭計，他為薩卡買進的同時，又轉賣給他個人帳戶，被他猶太人的嗅覺告知實際情況。麥西亞自己是非常投入的購買者，氣喘吁吁趕來對馬佐說場外交易的崩潰，馬佐失去冷靜，燒盡他最後彈藥，突然撒手放掉他分期保留給自己的指令，直到救援來到。這讓股價稍微上升了一些：從兩千五再回到兩千六百五十，價格十分慌亂，像暴風雨般的突然驟跳；瞬間，在馬佐、薩卡和所有那些參與戰役策略機密的人，他們的希望再變得無限大。既然從現在起這又再上升，這一天的仗打贏了，勝利將是壓倒性的，當準備金在空頭投機者的側翼上打開通路，並將他們的潰敗轉變成恐怖的垮台時。有一深刻喜悅的反應，塞迪爾和莫罔特親吻薩卡的雙手，寇勒帛靠近，至於姜圖消失，跑去給桑朵芙男爵夫人帶好消息。人們此時看到小符洛立，容光煥發，四處找薩巴坦尼，現在是他的中間人，為了給他下購買新指令。

兩點鐘剛響，馬佐背負的竭力攻擊，再次衰竭。他很驚訝為何援金遲遲不上場，此刻正是時候，他們究竟在等什麼，難道要置他於衰竭守不住的死地嗎？雖然，出於職業驕傲，他展現一張鎮定自若的臉，但他感覺到一股強烈冷漂冒上他的雙頰，他擔心臉色會變蒼白。賈格比，雷鳴似的，繼續有條不紊地丟給他一條條他停止抄錄的賣出。他不再看他，他的眼睛轉向德拉洛克，戴格蒙的經紀人，實在不懂他的沉默。粗壯矮胖，一臉紅棕色鬍鬚、心滿意足的樣子、和帶著前夕婚禮的微笑，這一位保持安詳，在他無法解釋的等待裡。他為何不去收買所有這些售賣，以他手中握有應該漫溢而出的購買指令記錄卡，來拯救一切呢？

突然，從他輕微捲舌的喉音，德拉洛克加入鬥爭，大叫：

「我有世通銀行……我有世通銀行……」

而短短幾分鐘，他賣出了好幾百萬。有聲音回答他，股價暴跌。

「我有兩千四百……我有兩千三百……多少？五百，六百……送出！」

他說什麼來著？發生了什麼事？非但不是等待的救援，反而是疏通鄰近樹林的新敵軍？如同在滑鐵盧之戰，格魯希 不來，而這是導致垮台的背叛。在這一大群深沈和新鮮的賣軍之下，以差使的腳步奔跑，爆發一個令人心驚膽戰的恐慌。

在這一秒鐘，馬佐感覺到死亡掠過他的臉上，他為薩卡結轉了太可觀的金額，他清晰感覺到世通銀行將崩盤並毀了他前途。但他漂亮的褐色臉孔，細小鬍鬚，保持著難以識透的英勇。他還買，以他小公雞的迷人聲音，如在成功裡的尖銳耗盡他所收到的指令。而對面，他的對立者，儘管他們毫不在乎的努力，讓更多的焦慮穿刺而出，賈格比咆哮，德拉洛克中風；因為他們今後將視他為大危險，如果他破產，還要付他們錢嗎？他們的手緊壓在絲絨的扶把上，他們的聲音繼續機械性地尖聲大叫，出於職業習慣，在他們互相凝視的眼神裡，交換金錢悲劇的所有可怕焦慮。

最後半小時，完全崩盤，垮台惡化，雜亂迅速地席捲人群。在極度信任，盲目風靡之後，產生恐懼的反應，所有人蜂擁而來爭先恐後要賣，假如時間還來得及的話。出售指令如冰雹般紛紛擊落在證交所廣場上，人們只看到記錄卡如雨紛飛灑下；而一大堆被如此不審慎拋售的證券值，加速下跌，一個真正的暴跌。股價，跌了又跌，落到一千五百、一千兩百到九百。不再有買者，高原被剷平，遍野橫屍。在男子禮服的黝暗竄動下，三位開價員猶如喪葬書記官在登記死亡。被災難之風穿梭經過的大廳產生奇異效應，凍結了那兒的騷動，消滅了那兒的喧譁，如受到大災禍的驚嚇似地。當收盤鐘響後，一陣可怕的沉默延伸，收盤價已知是八百三十法郎。固執的雨一直淌流在不讓可疑黃昏滲進來的玻璃上；大廳變成污水窪，在雨傘的滴嗒瀝水和人群的踐踏下，好似滿地污泥照料不周的馬廄，那兒各式各樣被撕毀的紙張散亂成一片；至於，證交所廣場，爆落五顏六色的記錄卡，綠色、紅色、藍色，被人滿手拋擲，這一天丟了這麼多，而溢滿了整個巨大池塘。

馬佐和賈格比及德拉洛克，同時回到證券經紀人辦公室。他走向酒菜檯子，喝一杯啤酒，飢渴難當地狂飲。他看著龐大的廳堂、它的衣帽間、及被六十位經紀人的沙發椅圍繞的中央長桌，紅色天鵝絨帷幔，全然平庸的老舊豪華，使它看似大車站裡的頭等候車室；他以一個好像平生第一次見到它的驚訝神態看它，然後一言不發地離開，他握了賈格比及德拉洛克的手，一如平常地擁抱他們，三人都臉色蒼白，在他們每天的正確態度下。他曾叫符洛立在門口等他，他在那兒找到他，身旁有辭職一週的古斯塔夫為伴，他出於好奇而來，總是微笑，過著花天酒地的生活，從不問隔天他的父親是否還能再償付他的債；至於符洛立，一臉蒼白，以愚蠢的小冷笑，竭力在聊天，在他剛輸掉的十萬法郎可怕損失下，不知該上哪兒去找第一蘇錢。馬佐和他的雇員消失在驟雨中。

大廳裡，恐慌尤其在薩卡的四周掀起，而就在那兒，戰爭造成了極大的破壞。第一時刻無法掌握，他面對危險，參與了這場潰敗。為什麼有這謠言？戴格蒙的大軍不是應該來到？而當他聽到股市崩盤時，完全解釋不出災難的起因，僵直地站著死亡。一股冰涼從地面竄上他的頭顱，他有無法修復的感覺，這是他的失敗，徹底永遠的失敗；金錢的懊悔，失去享樂的憤怒並非造成他痛苦的原因；他只是為被打敗的羞辱、及昆德曼發起的決定性勝利而流血，這黃金國王再次鞏固他的極權強勢。此刻，他實在狼狽不堪，一整個細微人物對抗命運，眼不眨，一臉固執，獨自抵擋一股他感覺到已經上升對他怨恨絕望的人潮。整個大廳沸騰，朝他的柱子洶湧而來；拳頭緊握，嘴裡唸著惡毒的話；而他的唇角仍保持無意識的微笑，讓人誤以為是挑釁。

首先，在類似濃霧之中，他認出莫罔特，以致命的慘白，讓沙夫隊長攙扶著他的臂過來，一再說他早就告訴過他，以一個低微投機者的殘忍，興高采烈看到大玩家破產。接著，是塞迪爾，繃緊臉，帶著破產生意人的瘋狂神態，以顫抖的手狠狠揍他一拳，就好像要告訴他，他完全不恨他。當第一聲爆裂響起，勃恩侯爵就撤開，轉為空頭投機者的勝利軍，告訴也小心翼翼轉移陣地的寇勒帛說，這薩卡從上一次全體大會起，就讓他感到疑惑陣陣。姜圖，狂亂，再次消失，飛奔帶最新股價給桑朵芙男爵夫人，確定她會在馬車裡歇斯底裡發作，猶如在損失慘重日子裡發生的事一樣。

還有，在沙勒盟對面，總是不說話，莫測高深，空頭投機者莫澤和多頭投機者畢冶侯，這一位儘管破產，卻驕傲挑釁，另一位，賺大錢，卻為遠景焦慮而對勝利感到敗興。

「等著瞧，春天我們將和德國開戰。這一切很不妙，而俾斯麥在窺伺我們。」

「呃！饒了我們吧！我又錯了，這一次，想太多……算了！再重來，一切都會好轉。」

直到那時，薩卡尚未衰竭。有人在他背後提菲鄂的名字，這旺多姆公債稅務員，他和他有生意上的往來，只是為了所有低微小散戶來和他聊一件不安的事，讓他想到有一大群卑微可憐資產人，將在世通銀行的瓦礫下被輾碎。但突然地，德樂空洞、變樣的眼神，將這不安帶向尖銳，並在這他認識的可憐人裡，化身為所有卑賤和悽慘的破產。同時，透過想像，憶起博威立業伯爵夫人和她女兒的蒼白悲傷臉龐，以充滿淚水的黑色大眼睛狂亂地望著他。此刻，薩卡的心被二十年來的掠奪生活所罏罩，而對這群貪婪的人感到厭煩，高傲的薩卡從不感覺腿在顫抖，從不坐在長凳上，他就在那兒，靠著柱子，如今他起了動搖，頓時想自我放棄。一直迴流的嘈雜人群讓他窒息。他抬起頭，需要呼吸新鮮空氣，他立刻站好，認出上頭，電報局長廊處，在大廳的上方，辣媚千以她龐大油膩身軀俯身支配戰場。她的黑色舊皮袋放在她身旁的石製樓梯階上。等待貶值股票堆積之中，她窺伺亡者，如同追隨軍隊，直到屠殺日的貪婪烏鴉。

薩卡於是以堅定的腳步離開。他覺得整個人空空洞洞，但仍以超強的意志力，堅毅筆直前往，只是意識變得遲鈍，不再有地面的感覺，好像走在長羊毛的地毯上。霧水同樣地淹沒他的眼睛，叫囂喧譁使得他的耳朵嗡嗡作響。當他從證交所離開，走下台階時，再也認不出人們來，圍繞著他的是飄魂浮鬼，身影模糊，聲音消渺。他沒看到布希的大鬼臉經過？他沒停下來片刻和很安逸的納唐索聊天，而他衰竭的聲音讓他覺得來自遠方？在普遍沮喪中，薩巴坦尼和麥西亞沒陪伴他？他再看到自己，被一大群人包圍，也許又是塞迪爾和莫罔特，所有抹滅、轉變的各種臉孔。而由於他走遠了，消失在雨中，在淹沒巴黎的泥漿中，他以尖銳的聲音對所有這幽靈世界，以他過去的光榮來展示他精神的自由，一再重複說：

「啊！我是多麼地挫折，被這人們遺忘在庭園中，像死在嚴寒裡的山茶花！」

第十一章

凱洛琳夫人受到驚嚇，當晚立刻寄電報給她哥哥；而本來還要在羅馬待一個禮拜的哈莫嵐，因事態危急，立刻趕回巴黎。

在聖拉扎爾街的圖樣室裡，昔日熱情洋溢討論和解決事情的地方，薩卡和工程師正相當嚴厲地在對質。三天之間，證交所可怕地在崩潰惡化，世通銀行的股票接連跌損到它原始的發行價以下，四百三十法郎；而且還持續在下跌，它的結構一小時接一小時不斷地在瓦解崩盤。

凱洛琳夫人默默聽著，避免介入。她感到非常內疚，自責是共犯，因為她在承諾監督之後，卻任憑為所欲為。她只滿足於賣她的股票，以阻擋股價上漲，卻沒尋求其它方法通知人們，總之，未積極訴諸行動。在她對哥哥的崇敬裡，她的心在泣血，看到他受到如此的牽累，那被動搖的大工程，他一生的所有傑作將受到質疑；而她更痛苦未曾自由批判薩卡：她不愛他嗎？她不屬於他嗎？她為這祕密私情感到更羞愧嗎？她如此存在於這兩個男人之中，雙方的所有爭吵讓她心碎。災難當晚，她大加指責薩卡，在非常坦誠的激動裡，掏空她內心積鬱已久的責備和擔憂。然後，看到他微笑，仍然執拗不敗，一想到他為了挺立而把持的力氣時，她告訴自己她沒這權力，在他衰竭之後，再給他致命一擊，將他打倒在地。然而，逃避在沉默裡，僅僅帶著她的指責態度，她不想只當一個見證人。

但哈莫嵐這一次發怒了，他平常是如此包容，對所有與他工作不相干的事漠不關心。他極端強烈指責投機，世通銀行瘋狂屈服於投機，一個絕對荒唐的危機。無庸置疑，他不是那些聲稱銀行可以任憑股票降價的人，好比一家鐵路公司有其巨大設備來產生收入；而銀行的真正設備則是它的信用，一旦信用動搖，就瀕於死亡。只是，這裡頭有尺度問題，明智地將股價維持在兩千法郎是必要的，而他卻荒謬、全然罪過地推促它，想強制上漲到三千法郎，甚至更多。他一抵達即要求真相，所有的真相。當今人們不能再欺騙他，告訴他公司沒擁有自己的股票，如同最近一次會議，他容忍人們當他的面如此宣告。帳冊就在那兒，他輕鬆容易就可刺穿謊言。薩巴坦尼的帳戶，他知道這被公司隱藏已久的人頭操作；而且他可依此追溯，一個月接一個月，兩年以來，薩卡對於上增的狂熱，剛開始畏縮，只謹慎購買，接著被推向愈來愈可觀的認購，為了達到兩萬七千張股票的巨大數字，花費將近四千八百萬法郎。這難道不瘋狂嗎？一個厚顏無恥嘲弄人們的瘋狂，如此營業額居然登記在薩巴坦尼的名下！而這薩巴坦尼並非單只一人，還有其他的人頭、銀行雇員、甚至股東們，他們的買進被登記到結轉的帳戶，超過兩萬張股票，相當於將近四千八百萬法郎。最後，所有這些還只是確定認購，這上面還必須加入期貨認購，一月份的最後結算所得；總共超過兩萬股，相當於六千七百五十萬法郎，世通銀行得履行交付；另外，里昂證交所的一萬股，又是兩千四百萬。總總加起來，顯示公司握有將近四分之一由它發行的股票，而它以兩億的驚人金額支付這些股票，那裡頭是它被貪婪吞沒的深淵。

痛苦和忿怒的淚水湧上哈莫嵐的眼睛。他剛在羅馬如此欣喜地奠定其天主教大銀行的基礎——聖墓金庫，為了在未來迫害的日子裡，在聖地的傳奇榮耀裡，使教宗在耶路撒冷隆重就職：一家註定讓巴勒斯坦新王國獲得政治騷動庇護的銀行，建立預算基礎，以國家資源為擔保，全世界天主教徒將爭奪其所有系列的發行股票！而這一切在愚蠢荒謬的投機裡突然崩潰！他離開時留下一個令人讚嘆的資產負債表，數百萬大金額，一家讓全世界驚訝，如此快速興旺的傑出公司；而短短不到一個月，當他再回來時，數百萬消溶不見，公司一敗塗地，消失殆盡，只剩一個似乎被火燒掠過的黑洞。他的驚愕大增，他激烈要求解釋，想了解是什麼神秘力量促使薩卡如此頑固對抗他築起的巨大架構，再一石一石地從旁毀壞，另一方面卻又宣稱要完成它。

薩卡不生氣，很清晰地回答。在第一時間的激動和頹喪之後，他以其不屈不撓的希望再挺立堅定。背叛造成可怕的災難，但毫無損失，他將東山再起。此外，如果世通銀行能如此迅速茁壯興旺，不正是由於它使用了人們所指責的手段？聯合公會的創立，資金相繼的增加，最後一年度的倉促資產負債表，被公司保留的股票，和稍後被大量瘋狂認購的股票，所有這一切都息息相關。如果人們接受成功，就必得接受風險，當一個機器加得太熱，就會爆炸。除此以外，他不承認有任何錯誤，他只是以更寬闊的智慧做所有銀行主任該做的事；而他不會鬆懈他的天才巨大主意，他會再買回全部股票，打敗昆德曼。他缺錢，僅僅如此。如今，從頭再來。臨時全體會議剛被傳喚將在下禮拜一召開，他自信絕對可以從股東們那兒獲得必要的犧牲，他相信，以他的一句話，所有人將帶來他們的財產。等待中，我們須要活下去，幸虧有其它信貸銀行的小金額，每天早上預支給大銀行，以應付當日緊急之需，防範可能動搖的遽然暴跌。危機過去，一切將重來，並再次大放光芒。

「但，」受到平靜微笑安撫的哈莫嵐，反駁說：「難道您沒看到，在我們對手提供的這些援助裡，先是避開風險，再以遲緩的救援，讓我們跌得更深的策略嗎？……我擔憂的是，這裡頭有昆德曼。」

事實上，昆德曼為避免立即宣告破產，以卓越的實際見識，自我貢獻，他被迫在鄰家放火，為了不要全盤皆輸，接著急忙帶來水桶滅火。他在仇恨之上，除了當世界第一，最富有和最被看重的錢商之外，別無其它榮耀，他犧牲所有的熱情，只為了讓他的財富持續增加。

薩卡做了一個很不耐煩的手勢，被這勝利者所付出的聰明才智感到相當激怒。

「哦！昆德曼，故作大人物姿態，自以為他的慷慨可以殺了我。」

一片沉寂，保持緘默的凱洛琳夫人，終於開口說話：

「我的朋友，我讓我哥哥和您說話，如同他該做的事一樣，當他得知所有這些不幸的事實時，他感受到可理解的痛苦……但我們的情勢，對所有人而言，是很清楚的，不是嗎？假如交易明確惡化的話，我覺得這不可能妥協。您知道我是在哪個股價賣出，人們不能說它向上推漲，是為了獲取股票的更大利益。此外，假如災難降臨的話，我們知道我們所該做的事……我承認，我沒有您的固執希望。只是，您說得對，必須戰鬥到最後一分鐘，而這不是我哥哥在洩您的氣，請確定這一點。」

她曾經緘默，如今對這如此執拗男人的容忍再開口，是因為不想在此時現出軟弱，不能再對他所做的可憎工作視而不見，以其貪婪掠取肆無忌憚的熱情，他鐵定會再犯。

「當然，」哈莫嵐，疲憊且無力對抗，輪到他表態：「我不會讓您陷入癱瘓，當您為了救我們大家而打拚時。信賴我，假如我對您有用的話。」

而，又一次，在這最後時刻，在最驚駭的威脅下，薩卡再讓他們安心，征服他們，說完這些充滿承諾和神秘的話後，離開他們：

「安心睡覺吧……我不能再多說，但我絕對確信在下週末前，將擺脫一切困境。」

這句話，他不解釋，卻一再說給公司所有朋友、驚慌失措前來諮詢他意見的所有客戶聽。三天以來，在倫敦街和他的辦公室之間，人來人往，絡繹不絕，奔走不停。博威立業母女、莫冏特夫婦、塞迪爾、德樂，一個緊接著一個跑來。他很平和地接待他們，一副軍人的神態，以動人的言語重整他們內心的勇氣；而當他們提出要賣，以貼現損失時，他生氣，對他們大叫別做蠢事，人格擔保會追回兩千甚至三千法郎的股價。儘管錯誤已犯，所有人對他仍保留盲目的信心，任憑他再自由地竊取他們。而他澄清一切，並對眾人發誓，假如禮拜一前沒發生任何意外的話，假如人們給他時間召集臨時全體會議的話，最後一定會讓大家致富，沒有人懷疑他將從瓦礫中安然無恙地救出世通銀行。

薩卡想到他哥哥盧貢，而他不想多加解釋的極權強勢，就是指這援助。當他面對叛徒戴格蒙時，薩卡挖苦指責他，而戴格蒙只這麼回答：「但，敬愛的，這並不是我拋棄您，而是您哥哥！」這人顯然站在他的法理上：他和他交易的唯一條件就是盧貢也參一腳，人們對他肯定盧貢的承諾，如今部長離去，和世通銀行及其主任對立，一點也不訝異他會抽身而出。這至少是一個無可反駁的理由，薩卡受到嚴重打擊，剛感覺到他的天大錯誤，只有這失和的哥哥能保衛他，使他恢復神聖地步，當他背後有個大人物撐腰時，沒人敢毀滅他。而為了他的自尊，這是最艱難的時刻，他決定請眾議員宇磊去幫他說情。此外，他保留威脅的態度，為了避免鬧出醜聞，要求這是盧貢欠他的援助。隔天，他等待宇磊承諾的來訪，但他只收到一張短箋，上頭寫得很含糊，有人讓他說不要沒耐心，之後如果時機沒阻擾的話，要相信會有一條好出路。他滿足於這幾行字，視它為中立的承諾。

事實上是，盧貢打定主意要和這敗家子做個了斷。薩卡數年來，用這些骯髒事件為難他，他寧願和他斷絕來往。若災難降臨，他堅決任憑事情自然發展，放手不管。既然他得不到薩卡的自我放逐，最簡單的方法，就是迫使他自個兒移居國外，先給他判刑，再找機會方便他逃亡，而如此一樁突發醜聞，掃把一揮，將全部清除掉。此外，部長的處境變得很艱難，自從他在一場紀念活動辯論裡，對立法議會宣布，法國絕不容許義大利強佔羅馬後，受到天主教徒的熱烈讚同，卻受到愈來愈強勢的第三黨的大力攻擊，他看到受波拿巴自由主義者幫助的第三黨，除非他也給他們一個擔保，不然他們便將顛覆政權。而擔保就是，假如時機必要的話，他將遺棄這個獲得羅馬贊助、成為令人擔憂的世通銀行的力量。最後，既成之事讓他下決定，這是與他財政同僚的祕密通聯，這一位正推出一個公債，找了昆德曼和所有很保守的猶太銀行家，他們放話說，只要市場對他們而言仍不明確的話，拒絕將資金交給冒險者。昆德曼勝利，猶太人寧可接受他們的黃金王國，而不願放任世界之主，天主教徒的絕對權力教宗，成為證交所之王！

稍後據說掌璽大臣戴坎卜洱，因懷恨而激烈反對薩卡，倘若司法介入的話，曾命人刺探盧貢要他多注意他弟弟的行為。而盧貢發自內心的呼叫，回應戴坎卜洱的刺探說：「啊！誰幫我擺脫他，我會大大感謝他！」於是，從盧貢放棄他的那一刻起，薩卡失敗了。戴坎卜洱自他掌權後就監視他，慾望在法規的邊緣逮到他，甚至在法網恢恢裡，只要找到藉口即發動他的警力和法力。

一天早上，布希對自己遲遲未行動而感到狂怒，於是前往法院；若他現在不加緊腳步，就甭想從薩卡那兒抽取還欠辣媚千的四千法郎，著名的小維克多撫養費。他只是計畫掀起一件令人憎惡的醜聞，先以監禁孩子的罪名控告他，繼而揭露他強暴母親和拋棄孩子的淫邪細節；而如此一件針對世通銀行主任的訴訟案，在這家銀行歷經危機而掀起的激動情緒裡，將大大震憾整個巴黎。布希還希望薩卡在第一威脅下立即付錢；但負責接見他的代理檢察長，戴坎卜洱的親姪子，以不耐和無聊的態度聽他講，拒絕受理說：「不！不！這般瞎說亂講，一點也不可靠，這無法落在任何法規條款下。」得不到協調，布希很火大，說起他的長久等待；當法官聽到他說薩卡推除善良，直到將世通銀行資金過帳結轉時，突然打斷他的話，說：「什麼！他在這被裁定破產的公司裡還有剩餘資金，而他不起訴！再也沒有比這更簡單的了，他只要控告他詐欺罪，因為從現在起，司法處於被告知詐欺弊案，足以把他拖垮到破產。就是要用這條可怕罪名讓他扛，而不是女孩酗酒死亡和孩子在墮落場所成長的劇情。」布希聽著，一臉專注嚴肅，被改弦易轍，捲入不是他原先訴求的事件，而他已猜出訴訟的裁定結果：薩卡將被依法扣押，世通銀行將被打到死。唯一擔心的是金錢上的損失，使他難以立刻下決定，此外他只要求製造災難，為了趁機渾水摸魚。於是，他猶豫，說要考慮一下再回來。最後是代理檢察長將筆塞在他指間，甚至讓他在辦公室裡的辦公桌上，寫下欺詐的申訴，才把人立刻打發走，然後熱切地帶著申訴狀給他掌璽大臣叔叔，事情就此草率行事。

隔天，在倫敦街，公司總行，薩卡為了結算他想呈給全體會議的資產負債表，和監察委員及法定管理人長談。其它金融行號的貸款金額，在不斷增加，要求結算的客戶之前，他們只得關閉營業窗口，中止付款。這銀行，一個月前，在它的金庫裡，擁有將近兩億法郎，如今只剩幾十萬法郎，而無法償還給它的恐慌客戶。前一天，繼負責檢查帳冊鑑定人的迅決報告呈庭之後，商業法庭宣判公司破產。儘管如此，無意識的薩卡，以盲目的希望和超勇的執拗，還承諾要挽救情勢。確切地，這一天，為了市價固定的賠償，他等待一群證券經紀人的回覆；當法政執達員進來告訴他有三位先生在隔壁客廳求見時，他認為這可能只是來打聲招呼，就很愉快趕去；但他卻看到警察分局局長，陪同兩位警員輔助，對他進行立即逮捕。發出傳票，宣讀鑑定人的報告，檢舉帳目的不合法，尤其在布希的背信罪控訴上，藉口他委託的資金被過帳結轉，移到另外用途。同一時間，哈莫嵐在他的住宅，聖拉扎爾街，也被逮捕。這一次，真的完了，就好像所有的怨恨和噩運也猛烈追擊而來。臨時全體會議無法召開，世通銀行成為過往的歷史。

哈莫嵐被捕的時候，凱洛琳夫人不在家，倉猝中他只留了幾行字給她。當她回來時，受到驚嚇。她從不相信他會被人逮捕，她覺得在這些有問題的交易中，他是最清白的，而因為他長期在國外，最後該會被宣判無罪。從破產的隔天起，兄妹倆就拋掉他們所擁有的一切，處於資產負債受損狀況，好從這個意外事件脫身，如同他們當初赤裸裸地來；而且金額非常大，將近八百萬，這裡頭還包括他們繼承自一位姑媽的三十萬法郎，全部都被吞沒。她立即開始奔走求救，她活著不再只是為了改善命運，她得為可憐的喬治準備作辯護；儘管她很有勇氣，但一想到他無罪入獄，被這可怕的醜聞玷污，生命遭受蹂躪，一輩子抬不起頭，就好幾次淚流不止。他如此溫和、如此柔弱、如孩子般的純真，一如她所說，除了他本行技術的工程外，是個無知的「大蠢蛋」！而首先她很氣薩卡，他是這場災難的起源，他們不幸的始作俑者，她再次清晰重組批判他可惡的傑作，從第一天開始，當他取笑她如此欣喜閱讀法規時，直到最後這些日子，在不成功的嚴厲裡，必須為她預測到卻任憑胡作非為而付出代價。接著，她深受共犯內疚感的糾纏折磨，她不再作聲，避免公開關心他，以意志力行動，猶如他不存在似地。當她必須說出他的名字時，就像在談一個陌生人，與她利益不同的訴訟對方。她，幾乎天天去巴黎裁判所附屬監獄探望她哥哥，卻從不申請去探望薩卡。而她很勇敢，打算一直在他們聖拉扎爾街的公寓，接待所有那些到來的人，甚至那些來辱罵她的人，她盡其所能地轉變為堅強的商場女子，以挽救他們的正直和幸福。

她就這樣度過漫長的白天：在樓上的圖樣室裡，她持續工作並拖持希望，一場景象尤其使她痛心。當她靠近一扇窗時，她看一眼隔壁的府邸，每次目睹此景，她的心頭無法不緊縮，玻璃窗後的窄室，兩個可憐女人相依為命，博威立業伯爵夫人和她女兒愛麗絲的蒼白側面。二月的這些日子，天氣很溫和，她看到她們也經常緩緩散步，頭低垂，沿著長滿青苔，遭寒冬摧殘的庭園小徑。銀行破產剛造成這倆人的恐慌。不幸的人，十五天前，以她們的六百張股票，擁有一百八十萬法郎，今天股價從三千跌到三十法郎，只抽回一萬八千。她們的全部財產消失，一下子被捲走：

伯爵夫人千辛萬苦積攢下來的兩萬法郎嫁資，先是在歐布列農場上借貸的七萬法郎，接著是當歐布列農場價值四十萬時，以二十四萬法郎賤賣掉。今後的日子該怎麼過？府邸的抵押貸款，每年已經吃掉八千法郎，儘管她們節儉，但她們無法將家用支出縮減到低於七千以下，她們利慾熏心想賺筆大錢，是為了挽回面子及保存她們的身分嗎？即使賣掉她們的股票，今後又將如何過活，以這沉船後的最後殘骸一萬八千法郎，面對一切的需要？迫不得已的事實擺在眼前，伯爵夫人還不想果斷面對：放棄離開府邸，抵押給債權人，既然利息付不出來，不要等到被拍賣下場，立刻隱居到某個小住宅，過著平凡的生活，直到剩下最後一塊麵包。而假如伯爵夫人抗拒，那是因為這會讓她整個人心碎，甚至她曾以為無法維持貴族血統而將邁向死亡。幾年來，她以顫抖的手，英雄式的固執，努力支撐著。租屋而居的博威立業家人，不再有祖先的屋頂，住在他人屋簷下，在戰敗者承認的悲慘裡：難道，真的，這將不是受到羞辱而死嗎？而她一直在奮鬥。

一天早上，凱洛琳夫人看到兩位女士，在庭院的小棚子下洗她們的衣服。老廚娘的身體已經不太靈光，不再是她們的大幫手；在最近天寒期間，她們照料她，而她的老伴也如此，身兼門房、馬車伕及侍從，他很吃力地打掃房子，並讓和他一樣踉蹌憔悴的老馬站立著。這些女士們也毅然決然動手做家事，女兒有時會放下水彩，拮据地去煮養活四個人的素餐，母親以盡量少耗損羽毛的撢子，撢去家具上的灰塵，用針、線親自縫衣補鞋。只是，一旦有人突然造訪，就會看到她倆跑掉，快速丟掉圍裙，用力洗臉，再以家庭女主人，一雙白皙慵懶、纖纖玉手的樣子出現。向著街道的大門，為保全面子，生活排場沒變：雙座四輪轎式馬車總是合宜地套上挽具，載著伯爵夫人和她的女兒去採買，每個冬天的十五日還是邀集賓客、舉辦晚宴，桌上絕不會少一盤菜，枝形大燭台也不會少一根蠟燭。而必須像凱洛琳夫人一樣俯視庭園，才知道這是財富消失的表面謊言，為了這所有的裝飾，隔天須付出多麼可怕的禁食代價。當她看到她們在隔壁潮溼的井底被窒息，帶著她們致命的憂鬱散步，在百年老樹的暗綠輪廓下，她產生無限的同情，她離開窗戶，內心被悔恨所撕裂，自覺在這悲慘裡，她是薩卡的同謀共犯。

然後，另一天早上，凱洛琳夫人產生一種更直接、更痛苦的悲傷。有人通知她德樂來訪，她堅持勇敢接待他。

「唉，我可憐的德樂……」

但，當她發現前辦公室伙計的蒼白時，她嚇住了。他的眼睛在他變樣的臉上，似乎顯得呆滯死沈；而原本很高的他，變矮了，好似折成兩半。

「唉，千萬不要被打倒，要想著所有人的錢都一樣消失了。」

於是，他以緩慢的聲音訴說。

「哦！夫人，不是這樣……無疑地，在第一時間裡，我受到了嚴厲打擊，因為我習慣相信我們是富有的。當贏錢時，這讓人沖昏了頭，好像喝了酒似地……我的天啊！我已經屈從再回去工作，我這麼努力工作，將可重新再賺到錢……只是，您有所不知……」

大滴眼淚在他的臉頰上滾動。

「您不知道……她走了。」

「走了，誰來著？」凱洛琳夫人驚訝地問。

「娜妲莉，我女兒……當戴歐度爾的父親來告訴我們，說他兒子等太久，而將另娶縫紉用品店的閨秀，陪嫁將近八千法郎時，她錯過了婚姻，很忿怒。我了解娜妲莉的忿怒，一想到她自己身無分文，還是個嫁不出去的姑娘……但我這麼愛她！去年冬天，我還夜裡起床，為了給她的被單鑲邊。我也戒掉菸草，為了讓她有頂更漂亮的帽子，我是她真正的娘，把她撫養成人，我活著只為了看到她的喜悅，在我們窄小的住屋。」

他被淚水哽住，抽噎哭泣。

「此外，這都是我的錯，我利慾薰心……假如我賣掉的話，當我的八張股票給了我六千法郎嫁資時，她這時候早就嫁了。不是嗎？股票一直在上漲，我只想到我自己，一開始想要六千，接著是八千，然後是一千法郎的定期收益；況且女兒以後可以繼承這筆錢……當股價升到三千時，我手裡已握有兩萬四千法郎，足夠給她籌備六千法郎的嫁資，並給我自己九百法郎的收益退休。

不！我想要一千定期收益，這實在有夠愚蠢！而如今只剩下兩百法郎……啊！全是我的錯，我最好跳水自盡去死好了！」

凱洛琳夫人對他的痛苦感到很激動，也只能讓他自我抒解。然而她很想知道：

「娜妲莉離開了，我可憐的德樂，她怎麼離開的？」

而他有些尷尬，慘白的臉微紅起來。

「是的，離開，失蹤，三天前……她認識一位先生，住在我家對面，哦！一位很好的先生，四十歲的男人……終於，她離家出走。」

當他敘述細節，找詞兒，舌頭打結時，凱洛琳夫人似乎再看到娜妲莉，纖細的金髮，有著巴黎砌石路上美麗姑娘的柔弱優雅。尤其她那雙大眼睛，如此安詳、如此冷靜的眼神，有著極端自私的清澈。孩子享受父親的寵愛，像個快樂的娃娃，長久為了自身利益而當個乖巧的女孩，只要她希望一筆嫁資、一樁婚事、一個她掌管小商鋪的櫃檯時，就不會做出一件墮落蠢事。但持續身無分文的日子，和她的好老爹過著邋遢的生活，必須被迫重回工作，啊！不，她受夠了這種沒趣、從今而後沒希望的生存！於是她逃之夭夭，冷冷地穿鞋戴帽，離家出走到它方。

「天啊！」德樂繼續口吃說：「她在我們家沒享樂，這千真萬確；然而，當我們過的很好，卻失去青春，變得很無聊，是很令人懊惱的事……但她的心未免太硬了。想想看！不跟我說一聲再見，不留隻字片語，更沒有以後再回來看我的小小承諾……關上門，就想了結一切。您瞧，我的手在發抖，我像個傻瓜似地愣住。我抑制不住，一直在我們家附近尋找她。這麼多年之後，我的天啊！我怎能失去她，永永遠遠地失去她，我可憐的小孩！」

他不停地哭泣，他的痛苦是如此的傷悲，凱洛琳夫人握住他的雙手，找不到一句安慰的話，只一再說：

「我可憐的德樂，我可憐的德樂……」

然後，為了排解他的憂愁，她再回到世通銀行破產的話題。她很抱歉讓他買了股票，並嚴厲評判薩卡，卻不提他的名字。這立刻讓前辦公室伙計恢復生氣。投機上癮，他還熱衷於此。

「薩卡先生，呃！他阻止我賣是對的。極好的交易，我們可以通吃他們，如果不是叛徒背棄我們的話……啊！夫人，假如薩卡先生在的話，將會有不同的運轉。他被人逮捕下獄，這是我們的死亡，只有他可以再次拯救我們……我告訴法官：『先生，把他還給我們，我會把我的財產以及我的生命再委託給他，因為這個人是個好神，您瞧！他神通廣大。』」

凱洛琳夫人驚嚇地看著他。什麼！沒有一字氣話、一句指責？這是一個狂熱崇拜的信徒。薩卡在人群中到底何德何能，竟讓人在如此悲慘桎梏下還能對他信服？

「最後，夫人，我只是來告訴您，請務必原諒我，假如我對您說起個人的悲傷，那是因為我的腦袋瓜子不再很清醒……當您再見到薩卡先生時，請轉告他，我們永遠與他同在。」

他用一搖一擺的腳步離開。當凱洛琳夫人獨處時，瞬間產生對生存的恐懼。這不幸的人溶化了她的心，她反對一個人，一個她不願說出他名字的人，而這更加強了她內心爆發出的雙倍忿怒。此外，還有人來訪，她今早忙得不可開交。

人來人往裡，卓丹夫婦尤其讓她深受感動。保羅和瑪協勒是一對總為錢而煩惱奔波的恩愛夫妻，他們來問她是否他們的父母，莫冏特夫婦，真的無法再從他們世通銀行的股票抽回任何東西。他們這一家庭，也是一個無可挽回的災難；在最近兩次結算大仗前，昔日的篷布製造商花了大約八萬法郎，買了七十五張股票：極好的交易，因為有一陣子，股價達到三千法郎，使得這些證券值相當於二十二萬五千法郎。可怕的是，在逐錢的激情裡，他相信薩卡的天才，透支下注，一直買進，導致現在有超過二十萬法郎的可怕差價要支付，這席捲了他剩餘的財產。三十年來汲汲取取、辛苦工作賺到的一萬五千法郎定期收益，完全泡湯。即使賣掉座落在勒穹得街，引以為傲的小宅邸，也只夠清償全部債務。在此災難裡，莫冏特太太的確比他更應受到譴責。

「啊！夫人，」瑪協勒一臉和氣地解釋，她也身陷其害，卻能保持清心和微笑：「您無法想像媽媽變成什麼樣子！她如此謹慎、如此節儉，女傭們都怕她，她總是跟在她們後頭，挑剔她們的帳。如今她一開口就是數十萬法郎，是她慫恿爸爸的，他內心沒那麼勇敢，正打算聽沙夫舅舅的話，若不是她以中百萬大獎夢想使得他瘋狂的話……剛開始，他們閱讀金融報紙；最先是爸爸沉迷，偷偷摸摸地玩；然後，當媽媽說清楚反對投機的壞處後，不久也置身其中，大賭起來。贏錢的狂熱把一個正直的人改變到這種地步！」

卓丹插嘴，透過沙夫舅舅的臉也開起玩笑，在他妻子剛提及的一句話說：

「在這些災難中，如果您看到舅舅的冷靜！他預言過此事，他勝利了，緊縮在他的馬鬃頸裡……他沒有一天不到證交所，沒有一天停下來玩他卑微的現金投機，每天晚上滿意地帶走他十五到二十法郎硬幣，猶如一個正直、填滿他白天時間的好職員。在他的周遭，數百萬從四面八方坍塌，巨大財富以兩小時積聚或分散，滿桶的金子在電閃雷霹之中，猶如大雨灑下，而他繼續不發燒狂熱，為了他的小墮落，賺取他的小生活、他的小贏……他是狡猾中的狡猾，諾壘街的漂亮姑娘都從他那兒得過她們的蛋糕和糖果。」

這般好興致，卓丹拿隊長開玩笑而產生的諷喻，取悅了兩位女士。但立刻地，她們對情勢的悲傷，立刻又難過起來。

「唉！不，」凱洛琳夫人宣稱：「我認為，你們父母的股票已一無可取，全完了。它們已跌到三十法郎，將繼續再跌到二十法郎，一百蘇……天啊！可憐人，一大把年紀，舒適慣了，下場將變得如何？」

「當然！」卓丹僅僅回答：「將來必須照顧他們……我們還不是很有錢，但終於開始步上軌道，而我們絕不會讓他們流落街頭。」

經歷了這麼多年徒勞無益的寫作之後，他的好運剛來到，他的第一本小說先在報章上刊載，再由出版社發行，突然掀起了成功的大迴響，讓他賺到數千法郎。從現在起，所有的門將為他大開，迎來榮耀的財富，他激動地重回工作崗位。

「假如我們無法接待他們的話，我們將為他們租間小房子。問題總是可以解決的，自然囉！」

瑪協勒用狂熱的溫柔望著他，輕微顫抖，激動說：

「哦！保羅，保羅，你真好！」

說著，就嗚咽啜泣起來。

「孩子，請您，鎮靜點，」凱洛琳夫人，驚訝，急忙一再安撫：「別擔憂。」

「不，別管我，這不是擔憂……事實上，這一切的一切真蠢！請問，當我嫁給保羅時，媽媽和爸爸藉口說保羅身無分文，而我仍愚昧地堅持承諾，至於嫁資，他們一毛錢也不給！……啊！這下可好！他們今天又找回我的嫁資，總是這樣啊，至少沒被證交所給吃掉！」

凱洛琳夫人和卓丹忍不住大笑。但這安慰不了瑪協勒，她哭得更傷心。

「而且，還不止如此……我，當保羅窮困時，我做了一個夢。是的！像在童話故事裡的夢，我夢見我是一位公主，有一天將帶給我破產的王子很多、很多的錢，為了幫助他成為一個大詩人……而他根本不需要我，我和我的家庭一無所用，只是個累贅！是他將為這一切操心，是他將付出一切……啊！我的心都窒息了！」

他急切地把她擁入懷裡，說：

「妳在對我們胡說些什麼呀，大蠢蛋。女人哪須要帶什麼東西來！妳帶來了妳的青春、妳的溫柔、妳的好心情，世界上沒有一位公主能比妳帶給我更多！」

她立刻平靜下來，如此被愛感到很幸福，覺得她哭得很愚蠢。而他繼續說：

「假如妳父母願意的話，我們可將他們安頓在克立喜，那兒我看到一棟不貴有庭院的房子……而我們被四件家具佔滿的家，實在太窄了；況且我們將需要更大的空間……」

她轉身對目睹這一幕家庭親情，深受感動的凱洛琳夫人微笑說：

「嗯！是的，我們將成為三人，而我們可以承認，現在我是一個能養家糊口的丈夫了！……不是嗎？夫人，她哭著說沒帶給我任何東西，但她將再給我製造一個禮物！」

在她難治不育症的絕望裡，凱洛琳夫人看著有點臉紅的瑪協勒，沒發現她的身材已經變得圓滾。輪到凱洛琳夫人熱淚盈眶說：

「啊！我親愛的孩子們，好好相愛，你們是唯一有理智和幸福的人！」

然後，卓丹在離開之前，告知了〈望報〉的近況。以他對買賣的本能恐懼，他愉快地將報社說得好像是最奇特的匪窟，充滿了投機的大錘響。那兒，全體職員，從主任到辦公室伙計，都在玩股票，他笑著說，只有他不玩，所以一直深受異樣的眼光，難堪地遭到大家的輕蔑。此外，世通銀行的垮台，尤其薩卡的拘捕，明顯地讓報社整個瓦解。編輯們做鳥獸散，至於姜圖還在絕境裡執拗，緊緊抓住這殘骸，為了和遇難船隻再繼續生存下去。姜圖完了，這三年的繁榮毀了他，在有錢能使鬼推磨的畸形濫權下，猶如這些在餐桌上大吃大喝，因而消化不良，最後餓死的人一樣。而在剩餘的邏輯裡，奇怪的是，桑朵芙男爵夫人在這兵荒馬亂之中，瘋狂地想追回她的錢，最後失勢，落到這個人的手裡。

聽到男爵夫人的名字，凱洛琳夫人臉色變得輕微蒼白，卓丹不知道倆位女人之間的過節，繼續補充說：

「我不知道她為什麼會委身於他。也許她認為他掌有情資，多虧他廣告經紀人的關係。也許她投靠他，只是出於每況愈下的墮落定律。在股票投機的激情裡，我經常觀察到一個造成混亂的因素，它啃蝕腐敗一切，使最有教養的貴族女人和最驕傲的人類癱軟，淪落為被掃到溪裡的垃圾……總之，假如姜圖這無賴心存當年乞討指令時，被男爵夫人的父親在他屁股上狠狠踢了一腳的怨恨，他今日一定會加倍奉還；因為我告訴您，上次我回報社時，為了設法預支薪水，我們開的太急，正巧撞上他倆在爭吵，我親眼看見姜圖使勁地摑桑朵芙一耳光……哦！這爛醉男人，一個掉進酒精和邪惡裡的人，以馬車伕的粗暴打在這位上流社會的女士身上！」

凱洛琳夫人痛苦地擺一擺手，要他住口。他使她覺得這放縱的屈辱，玷污到她自己。

瑪協勒很溫柔地抓起她的手，準備離開。

「親愛的夫人，千萬別以為我們來是為了打擾您。相反地，保羅非常維護薩卡先生。」

「這，一定的！」年輕人大叫：「他待我一直很好。我絕不會忘記他幫我們擺脫可怕的布希。而且，薩卡先生仍是一個強人……當您見到他時，夫人，請轉告我們小夫婦倆對他心存熱烈的感激。」

當卓丹夫婦離開時，凱洛琳夫人做出隱約氣怒的手勢。感激，為什麼？為了莫冏特夫婦的破產！卓丹夫婦就像德樂，臨走前給予同樣感謝的話和美好的祝福。但這位穿越金融世界的作家，並非一個無知者，他對金錢充滿了如此的不屑。而她繼續擴大反抗。不！不可能原諒，淤泥太深。而姜圖賞給男爵夫人的耳光，沒給她絲毫報復感，是薩卡親手造成這一切腐敗。

這一天，凱洛琳夫人必須去馬佐家，索取某些她想附在她哥哥案卷的證件。她也想知道，若他被傳告當證人的話，他將抱持何種態度。他們約在四點鐘，證交所結束後見面；而她花了超過一個半小時，終於獨自將她獲得的資料歸納出來。在一大堆破產文件裡，她開始看清楚，就好像火災隔天，當煙消霧散時，人們撲滅熾熱火炭，清除材料，熱切希望從熔化的珠寶中找到黃金。

首先，她自問錢流到哪兒去了？這兒有兩億法郎被吞沒，如果這邊的口袋被掏空的話，錢一定流到某個地方填補起來。此時，似乎確定空頭投機者並沒有把錢全部拿走，至少流失掉三分之一的錢財。在證交所的連日災難裡，可以說連地面都會吸錢，以至於錢都分散消失，每一根手指縫只剩下一點點錢。昆德曼應該獨得五千萬；之後是戴格蒙拿了一千兩百或一千五百萬。有人還指出，勃恩侯爵的經典之舉又再次成功：他拒絕付給馬佐多頭投機的跌損，卻在賈格比那兒領到將近兩百萬的空頭盈利；只是，這一次，所有人都知道侯爵以他妻子的名義押注他的家具，像個單純騙子。馬佐因他的損失而恐慌，說要寄印花票據給他。此外，幾乎所有世通銀行的董事們冠冕堂皇地割取他們的份，有些人如宇磊和寇勒帛，在崩盤前，已經用最高股價賣出；其他人如侯爵和戴格蒙，以叛徒策略轉為空頭投機；還不算在最近一次會議裡，公司已經陷入絕境，董事會還讓每個會員記貸數十萬法郎。最後，在證交所廣場，德拉洛克和賈格比，尤其被公認大賺特賺；然而錢已經被吞沒在兩個總是大開、填不滿的深淵裡，一個是對女人的胃口，另一個則是對投機的熱情。相同地，謠傳納唐索變成場外交易王，多虧他拿帳戶押注空頭而套現了三百萬盈利，但他卻為薩卡押注多頭，運氣奇佳的是，他確定將可平安度過這次危機，他以無法再兌現的世通銀行名義買下一筆可觀的交易，假使人們沒被迫榨乾的話，世通銀行將欠下一億多的債務，這在整個場外交易，被公認為一筆呆帳。而小納唐索簡直是個幸運和機靈的人！多漂亮的賭注，人們對此微笑，賺的放進口袋，輸的拒付！

但數目仍是模糊不清，凱洛琳夫人無法獲得盈利的確切估計，因為證交所的操作充滿神秘，而證券經紀人嚴守職業道德。即使整理分析冊子，也一無所知，因為上頭不登記名字，以致她無法查證，在最近一次結算後消失不見的薩巴坦尼，帶走了多少金額？這又是一次無情擊中馬佐的破產事件。這是共同的故事：剛開始不被信任的可疑客戶，存放一筆兩或三千法郎的小保證金，頭幾個月理智地玩，直到微薄保證金被遺忘，變成證券經紀人的朋友，行使搶匪詭計後的隔一天，就逃之夭夭。馬佐說要處決薩巴坦尼，如同昔日他處決史羅則一樣，這一幫騙子，剝削市場的一貫幫派，像從前的森林大盜。而這地中海東岸，東方混血的媚眼義大利人，好奇的女人們竊竊私議他天賦的傳奇巨大，據說去了某個國外首都，應該是柏林的證交所找甜頭，等待巴黎人們遺忘他後再回來，再獲得大家的原諒後行禮致儀，即可準備好重新出擊。

然而，凱洛琳夫人還是列出一張破產清單。世通銀行的災禍成為動搖整個城市的可怕震撼。沒有一樣平穩紮實地留下來，裂隙蔓延到鄰家的房子，每一天有新的崩潰發生。一家家銀行連環垮台，好比大火燒後仍屹立的牆面突然轟隆爆裂。聽這些墜落的聲音，人們隱約沮喪，自問破產將止於何時。讓凱洛琳夫人椎心泣血的是，在這場風暴席捲中，較少銀行家、公司、和金融界的人受到摧毀；只有可憐人、股東、她認識和喜愛的投機客受害。失敗之後，她計算死亡的隊伍，並不只有她可憐的德樂、愚蠢悲慘的莫阳特、和如此令人感傷的博威立業女士們。另一個讓她不安的悲劇是，絲織造商塞迪爾，前一天被宣布破產倒閉；見過這一位董事的處事作為，唯一真正的董事，她說，她願意交給他十蘇錢，宣稱他是世上最正直的人。令人驚恐的是，他對股票投機的熱情！一個辛勤工作三十年，在巴黎以廉潔建立最穩固的公司，短短不到三年的時間，就被他敗壞腐蝕掉，直到突然落為塵埃！從前的辛勤勞苦，多麼令人苦澀惋惜，之前他還相信以緩慢勞力賺取財富，但在第一個偶然盈利後，對此等小錢心生輕蔑，被征服證交所的夢想所吞噬，一小時內就賺到正直生意人一輩子的一百萬！而證交所將全部席捲帶走，不幸的人驚恐、墮落、無能，也沒資格再重振買賣。他兒子也許將因此等悲慘而淪為詐欺騙子，古斯塔夫，這個好逸惡勞的靈魂，一隻腳活在四萬到五萬法郎的債務上，已經在簽給吉兒嫚·可兒的票據醜聞裡受到仲裁。然後，麥西亞，又一個讓凱洛琳夫人難過的可憐蟲，而天知道，她是否會對這些謊言和竊盜掮客如往常一樣給予溫和的顏色！只是，她也認識他，這一位以他愛笑的大眼睛，一副被打好狗的姿態，苦哈哈跑遍巴黎，只為了博得幾件微薄的委託。有一瞬間，他自認為，終於輪到他來當市場的主宰，而在薩卡的腳跟褻瀆機會，多麼可憎的墮落、搖醒了他的夢，他一敗塗地，前途毀滅！他積欠七萬法郎；而他付清了，像這麼多其他人一樣，他援引股票投機抗辯；他向朋友們借貸，以整條命抵押，這極端無益付出的愚蠢，因為沒人知道他的想法，有人甚至在他背後微微聳肩。他對證交所心懷怨恨，再落回他所從事的骯髒職業憎惡裡，大呼，必須是猶太人才能在那兒成功立業，然而卻又順從地留下來，既然如此，只要他眼還尖、腿還勤，便一味固執地希望在那兒中頭彩。對那些陌生的死者，默默無聞的受害者，凱洛琳夫人心中尤其充滿了無止境的憐憫。這些人成群遍布在偏僻的荊叢、長滿草的裂谷裡，所以屍首下落不明：每根樹幹後，都有不安的傷者在呻吟。多少無聲的可怕悲劇，一群靠定期小收益維生的可憐人、將所有積蓄押在同一證券的小散戶、退休的門房、和貓相依為命的蒼白姑娘、生活調節成怪癖的外省退休佬、因施捨而身無分文的鄉下傳教士，所有這些微不足道的人，他們的預算只是幾蘇錢，這麼點買牛奶，那麼些買麵包，如此精打細算的緊縮預算，以致缺兩蘇錢都會帶來災難！而瞬間什麼都沒了，生活被打斷、席捲，一雙哆嗦狂亂、無法工作的老手在黑暗中摸索，所有這些低微不鬧事的人，因可怕的投機需求而被摒棄如屣！一百封絕望的信從旺多姆來到，公債稅務員菲鄂先生捲款逃走，使得災情更慘重。身為客戶的錢和證券託管人，他幫客戶在證交所操作，自己也開始玩起可怕的股票投機；然而，輸了，不想付錢，就捲起手中數十萬法郎逃走，讓住在旺多姆附近，最偏僻農場裡的小散戶們，徒然悲傷和淚流。到處動盪不安，延燒到茅草屋。如流行大傳染病之後，可憐的傷亡者不正是這些中等階級人民、小積蓄戶，唯有兒子們在數年的艱苦工作之後，才能再重建家園。

凱洛琳夫人終於出門去馬佐家；當她下樓走向銀行街時，她想到十五天以來，馬佐一而再受到的打擊傷害，這包括菲鄂偷了他三十萬法郎、薩巴坦尼留給他將近雙倍未付的呆帳，勃恩侯爵和桑朵芙男爵夫人拒絕繳納他倆所欠超過一百萬的差價，塞迪爾的破產帶走了他大約同等金額，還不算世通銀行欠他的八百萬，他為薩卡過帳結轉的這八百萬，令人驚嚇的損失，他焦慮不安，時時刻刻都看到自己沉落在證交所的深淵。已經有兩次，謠言流傳他破產。而在這命運的糾纏裡，最後一滴水泛濫了整盆水，剛發生一件不幸的事：兩天前被逮捕的雇員符洛立，被證實挪用了十八萬法郎。逐漸地，從前的小配角，巴黎人行道上的乾癟清瘦人兒，楚楚小姐的要求增加：起初是不貴的快樂舞會，接著是康度協街的公寓，然後是珠寶、花邊；而這讓不幸溫柔的男孩迷失，在薩度瓦事件後，他第一次賺到一萬法郎，這速賺速花的喜悅，還有其它的必要消費，如此昂貴地購買一個女人的狂熱激情。但事情很古怪，符洛立偷老闆的錢，實際上，只是為了支付他在另一位經紀人那兒玩股票欠的債：古怪的正直，在立即執行前的驚慌失措，無疑想要隱藏竊盜，用某個奇蹟操作來填補破洞。他在獄中常哭泣，睡夢中常因羞愧和絕望而驚醒；據說他那借住在朋友家、臥病在床的母親，甚至一大早從聖德來看他。

運氣是件多麼奇特的事！凱洛琳夫人邊思考、邊穿越證交所廣場。世通銀行的卓越成功，不到四年的時間，在勝利中迅速攀升，達到征服和統治的地位，繼而突然坍塌崩潰，短短一個月就足以讓這麼龐大的組織化為灰塵，如此人情世故的變化一直讓她感到很驚惶。而這不正也是馬佐的故事嗎？的確，從未見過幸運之神對人微笑到此地步。由於叔叔之死，三十二歲就繼承為證券經紀人，而擁有相當的財富；還有個愛慕他，並給他生了兩個漂亮孩子的迷人妻子；此外，這位幸福丈夫也是個美男子。他在證交所廣場每天占有一席之地，以他的關係、他的活動、和他令人驚訝的嗅覺、甚至他尖銳如短笛的聲音，與賈格比的雷鳴同享盛名。驟然間，大勢已去，瀕於崩潰，處於毀滅的邊緣，如今一吹氣就足以把他擲下深淵。然而，他並沒有投機，他受到工作熱情和不安青春的保護，正直的合法競爭，他因為經驗不足，太過激情，及輕信他人而受到衝擊。此外，有人熱切同情他，認為他可以平穩、鎮定地脫身而出。

當凱洛琳夫人上樓求見時，在變得沮喪的辦公室裡，她聞到深深的破產味道，及隱藏起來的焦慮、哆嗦。穿越收納處時，她看到二十多個一整群人在等待，現金和證券收納員還在為公司履行承諾，但掏空最後抽屜的那個人的一隻手已緩慢下來。從一扇半掩的門望進去，她看到七個職員在看報，結算辦公室給人的感覺好像在沉睡，自從證交所停止運轉以來，只剩寥寥幾件交易可做。唯有會計辦公室還有點人氣，代理人貝棣業來接待她，面對公司的不幸，他很激動，一臉蒼白。

「夫人，我不知道馬佐先生是否可以接見您……他有點不舒服，昨兒個一整夜，他沒燒壁爐，執意工作，所以著涼了，他剛下樓回家休息，在二樓。」

然而，凱洛琳夫人堅持。

「先生，請讓我和他說幾句話……他也許願意救我哥哥。馬佐先生很清楚我哥哥從來不管證交所的操作，而他的作證將很重要……此外，我有些數字要請教他，某些文件只有他才能提供我資料。」

貝榡業很猶豫，最後請她進去證券經紀人辦公室。

「您稍等一會兒，夫人，我去看看。」

在這間辦公室裡，凱洛琳夫人確實感到冰冷。壁爐的火應該從前一天起就熄滅掉，沒人想到再點燃它。但讓她更驚訝的是，這完美的井然有序，如同有人用了一整夜和一整個早上搬空家具、銷燬沒用的紙張、歸類該保存的文件。沒有一份文件，甚至沒有一封信亂擺。辦公桌上整理得井井有條，只有墨水瓶、文具盒、夾有吸墨紙的大墊板，中間只留下一疊公司的記錄卡，綠色記錄卡，代表希望的顏色。在這赤裸裸的無裝飾裡，一個無盡的悲哀以沉重的靜寂落下。

幾分鐘過後，貝榡業再次出現。

「夫人！我著著實實按了兩次鈴，而我不敢再堅持……下樓時，您要不要親自按門鈴看看，但我還是建議您改天再來。」

凱洛琳夫人聽從建議。然而，來到二樓樓台時，她又再猶豫，甚至對著門鈴伸出手，但最後，她還是決定離開。此時，從公寓的底端，突然發出尖叫嗚咽聲，傳來一整個暗啞的嘈雜，而使她停下來。忽地，門被打開，一個僕人衝出來，驚慌失措，消失在樓梯裡，結結巴巴說：

「天啊！天啊！先生他……」

在這大開的門前，她佇立不動，此時清晰聽到，從門裡傳出恐怖痛苦的哀嚎。她全身冰冷，腦海侵入清楚景象，猜出了發生的不幸意外。起初她想逃，但做不到，因憐憫而狂亂，受到意識招引，產生帶著眼淚去探望，看有何需要。她走進屋內，看到所有的門大開，來到客廳。

兩位女僕，無疑是廚娘和貼身侍女，在那兒伸長脖子張望，以驚嚇的面孔，結結巴巴說：

「哦！先生，哦！天哪！我的天哪！」

冬日灰暗的死亡光線，透過沉厚的絲絨簾，衰竭地照射進來。屋內很熱，大木柴在壁爐裡燃燒成火炭，將牆面映照成一片大紅光。桌上，一束玫瑰花，當季最美的花，還是前一天證券經紀人送給他妻子的花，在這溫和的暖房裡綻放，滿室生香，猶如室內豪華精緻陳設的香味，摻和著幸運、財富、愛的幸福，四年之中在那兒開花的好味道。而在火紅映照下，馬佐仰臥在長沙發椅邊緣，頭被一顆子彈擊碎，手在轉輪手槍槍托上捲縮；至於他的年輕妻子，趕了過來，站在他面前，放聲痛嚎，這原始持續的哀叫在樓梯都聽得到。槍響時，她懷裡抱著四歲半的小兒子，驚嚇中，他的小手牢牢扣住她的脖子；而她已經六歲的女兒，跟隨其後，吊在她的裙襬，緊緊挨著她；兩個孩子聽到媽媽呼喊，也狂亂地大哭大叫。

立刻，凱洛琳夫人想帶走他們。

「夫人，求求您……夫人，別留在這兒……」

她自己也在發抖，感到支撐不住。從馬佐開了洞的頭，她看到血還在流，一滴一滴落在長沙發椅絨布上，再從那兒流淌在地毯。地上灘開一大片污跡，她覺得這血蔓延到她身上，濺滿了她的腳和手。

「夫人，請跟我來……」

但脖子上吊著兒子，腰間被女兒緊抓，不幸的女人聽不見，動不了，僵直，站立不動，直到世界上沒有任何強大力量能夠將她連根拔起的地步。他們三人全是金髮，如奶般新鮮，母親和孩子們一樣嬌嫩天真。而在他們對死亡極度的驚愕裡，在永恆的幸福中突然毀滅，他們繼續極悲慟、放聲嚎啕大哭。

於是，凱洛琳夫人雙腿跪下。她嗚咽，結結巴巴哀求：

「哦！夫人，您撕裂了我的心……發點慈悲，夫人，離開這兒，跟我到隔壁房，讓我盡力為您稍為解除人們施加給您的痛苦……」

而一直受驚嚇，悲淒的母親和兩個小孩，三人如一體，在他們鬆綁的慘白長髮裡不動。當獵人們殺了父親時，這恐怖的嚎啕，這血般的泣訴，從森林一直竄上。

凱洛琳夫人重新站起來，頭低垂，聽到腳步聲和說話聲，無疑，醫生來了，來做死亡的驗證。她無法再多留，於是告辭，被可憎和無止盡的嗚咽追隨著，甚至在人行道上，在馬車的滾動裡，她覺得還一直聽到。

天空變得蒼白，天冷了，她緩緩步行，以其精神恍惚的神態，害怕被人攔下，當她是謀殺犯。一切的一切，再度湧上她的心頭，兩億法郎殘酷崩盤的事件，積聚了這麼多的破產，輾壓了這麼多的受害人。多麼神秘的力量，如此迅速架構起的黃金塔，卻如此快速地毀滅掉，如同一雙建築它的手，似乎熱衷發奮，瘋狂起來，不讓一塊石頭挺起。到處升起一片痛苦哀嚎，財富在拆毀的兩輪推車聲中倒塌，人們將破敗瓦礫傾倒在公共垃圾坑下。這裡頭有屬於博威立業家族的最後產業、德樂一分一毫省吃儉用刮下的積蓄、塞迪爾在大工業裡賺到的利潤、莫冏特從商業界退休的定期收益，亂七八糟，嘩啦轟隆地被丟到同一處最悲慘的垃圾坑底。這裡頭還有姜圖被淹沒在酒精裡，桑朵芙被陷入污泥裡，麥西亞再掉回他掮客的悲慘狗日子，一輩子被債務牢牢地釘在證交所裡；而犯竊盜罪的符洛立，下監坐牢，為溫和人的弱點付出代價；薩巴坦尼和菲鄂害怕被憲警追捕到，苦於奔波逃命；而最令人痛心和值得憐憫的是，一大群受到災難波及的不知名貧窮者，因被拋棄而哆嗦著，因饑餓而吶喊著。然後，是死亡，從巴黎四面八方發出的自殺槍響，馬佐被擊碎的頭，馬佐的血，在豪華細膩和玫瑰香裡，一滴滴地濺污他痛苦嘶喊的妻子和兒女。

幾個禮拜以來，凱洛琳夫人所看到和所聽到的一切，令她憔悴的心散發成對薩卡的詛咒。她不能再保持緘默，為了避免審判及定罪他，而將此事置之一旁，猶如不存在似地。他是唯一的罪人，他罪孽深重累積了一大堆讓她驚恐的災難。她詛咒他，那克制已久的怒氣和憤慨，以報復的仇恨，甚至是罪惡的仇恨泛濫出來。她難道不再愛她哥哥，為什麼等到此時才恨這個造成他們不幸的唯一可怕人物呢？她可憐的哥哥，這個如此天真、如此勤奮的工作者，如此公道和如此正直，如今被無法抹拭的監獄瑕疵所玷污，她遺忘的受害者，比所有其他人更親愛及更痛苦！啊！但願薩卡得不到原諒，但願沒有人敢再為他辯護，甚至那些繼續相信他，只知道他好心的人，而且但願有一天，他獨自死在蔑視裡！

凱洛琳夫人來到廣場，她抬起眼睛，看見她面前的證交所。落暮黃昏，冬天的蒼穹承載著霧氣，使得身後的宏偉建築物好似火燒煙霧，暗紅烏雲瀰漫，讓人誤以為城市遭到突襲而化為火燄和灰塵。而證交所灰暗憂鬱，在憂愁和災難裡凸顯而出。一個月以來，它任其荒蕪，開放給天空四面的風，猶如被掏空缺貨的商場。這是致命的週期性傳染病，每隔十到十五年，災害會橫掃市場，在地面撒播殘瓦剩礫，人們稱之為黑色的星期五。這必須要好幾年的時間才能讓信心重生，大銀行重建，直到股票激情逐漸復甦，投機熱情重新燃燒，再帶來新危機，全部垮台，陷入周而復始的新災難裡。但這一次，在地平線的紅棕色煙火後，在城市的遙遠混亂裡，有如暗啞的大爆裂聲，世界的下一次末日。

第十二章

自從薩卡和哈莫嵐被逮捕入獄後，時間過了七個月，訴訟預審進行得很緩慢，至今案子還沒被排上出庭時程。當下已是九月中旬，凱洛琳夫人每週兩次去巴黎判裁所附屬監獄探望哥哥，而這個禮拜一，必須在三點鐘到達。她從不提薩卡的名字，對於薩卡託人請她前來探望的急切要求，她十次斷然拒絕。對她而言，他不再存在，僅持在她的司法意願裡。她一直希望挽救哥哥，探監的日子，她總是歡欣告訴他最近的奔走，並帶給他一大束他喜愛的花。

這個星期一早上，當老蘇菲，歐威鐸公主的女傭，下樓來告訴她夫人想立刻和她談話時，她正在準備一盒紅色康乃馨，她懷著忐忑不安的心情，趕緊上樓去。她已經好幾個月沒見到公主，自從世通銀行出事後，她就辭去慈善就業機構的秘書職務，她離碧諾大道愈來愈遠，只有去探望維克多時才前往。嚴厲的紀律似乎馴服了他，他的眼睛朝下，左頰比右頰腫脹，把嘴拉成挖苦兇惡的不滿模樣。她馬上預感到公主召見她和維克多有關。

歐威鐸公主終於破產。才十年工夫就將王子從輕信股東口袋裡偷來的三億遺產全還給窮人。她先在瘋狂的慈善事業上，以五年時間花費一億法郎，再以四年半時間，在更闊綽、豪華的基金會裡，揮霍掉另外兩億法郎。就業慈善機構、聖瑪麗托兒所、聖約翰孤兒院、夏帝永收容所、和聖馬索醫院，今日再加入埃夫勒①附近的一家模範農場、英吉利海峽邊上的兩處兒童康復之家、

① 埃夫勒：Evreux，諾曼第高地厄爾省的省會。

尼斯的另一家養老院、及散布在法國各地的濟貧院、勞工城邦、圖書館、和學校，還不算已經存在的慈善機構的可觀捐贈。此外，總是用同樣宏偉皇室的氣派來重建，並非只是出於可憐而丟出幾塊麵包，或害怕悲慘的人過著多餘享樂奢侈的生活，所有好吃和漂亮的東西，全部贈予一無所有的卑微人，還給弱者那些強者竊走他們喜悅的部分，有錢人的皇宮終於大開給路上的乞丐，讓他們也睡在絲絨被裡，吃在金製的餐盤裡。十年之中，數百萬的金雨灑落個不停，大理石製的食堂，讓宿舍充滿愉悅的明亮彩繪，如羅浮宮宏偉建築的門面，庭園開滿了奇花異草，在工頭和建築師不可思議的砂漿裡，十年的了不起工程；而她非常快樂，被從今而後擁有清清白白雙手的大幸福托起。她身無分文，甚至剛達到負債的可怕下場，為了數十萬法郎的結欠，她被起訴，她的訴訟代理人和公證人卻無能補足虧空，在巨大財富的最後碎屑裡，被如此拋向施捨的東西南北風。而一張告示牌，釘在馬車伕門上，通告府邸出售，最後掃把一揮，直到掃走聚積在污泥和金融掠奪血裡，被詛咒的金錢的殘渣餘孽。

樓上，老蘇菲等著帶領凱洛琳夫人去見公主時，大發雷霆，罵了一整天。啊！她曾說過夫人最後會死在稻草上！既然夫人內心只喜愛小孩，她實在應該再婚，和另一位先生有小孩不是嗎？她並非為自己抱怨和擔心，很久以來她就收到兩千法郎的定期收益，她將帶回老家昂古列姆（Angoulême）那兒使用。但當她想到夫人甚至沒儲存一點必要的錢時，就一腔怒火。如今每天早上，她只靠麵包和牛奶生活，她們之間不斷爆發爭吵，公主以神聖的希望微笑，回說到了月底，當她回到長久以來標記了的位置，在與世隔絕的加爾默羅會修女院時，她只需要一條裹屍布，安息，永恆的安息！

凱洛琳夫人再見到公主，如同她四年來所見的她一樣，穿著一身永恆的黑衣裳，頭髮藏在難看的花邊下，三十九歲的她依然很美，圓臉貝齒，但面黃肌瘦，像歷經十年的隱修生活。而狹窄的廳室，如同外省法政執達員的辦公室，雜亂無章，充塞了一堆沒用的地圖、論文集、文件，糟蹋了三億法郎的所有紙張。

「夫人，」公主以任何激動再也不會讓她發抖的溫婉和緩聲音說：「我想告訴您一件今早有人帶給我的消息……這涉及維克多，您安頓在就業慈善機構的男孩……」

凱洛琳夫人的心開始痛苦顫動起來。啊！可憐的孩子，他的父親甚至還沒去看他，儘管他的肯定承諾，在得悉他存在的幾個月裡，被關到巴黎判裁所附屬監獄之前！從今而後他將何所適從？她抑制不去想薩卡，卻持續為他牽掛，在她養母的心性裡感到驚慌。

「昨天發生了一件可怕的事，」公主繼續說：「一件無可彌補的罪行。」

她以冰冷的神情敘述一樁驚人事件。三天前，維克多藉口難以忍受的頭疼，讓人送他到醫務室，醫生清楚嗅出那是怠惰懶病，但孩子真的為經常性的頭疼所苦。然而，這天下午，博威立業。愛麗絲沒母親的陪伴，一個人來到就業慈善機構，幫忙值勤修女做櫃子裡藥物的季度盤點。這櫃子擺在隔開男女兩間宿舍的廳室裡，當時男生宿舍只有維克多一人躺在床上；修女離開了幾分鐘，再回來時驚訝發覺愛麗絲不見，等待了一會兒後，開始找起她來。當修女發現男生宿舍的門被從裡頭反鎖時，大為驚訝，不知究竟發生了什麼事？她繞過走廊去看，被眼前的景象嚇到目瞪口呆：少女的臉被綁著一條毛巾，為了制止她尖叫，而半窒息；她的裙子被凌亂掀起，展現萎黃處女的可憐裸體，被下流、粗魯地強暴和玷污；地上，橫躺著一只空錢包，維克多消失不見。人們猜想：可能是愛麗絲被要求進去給這十五歲男孩一碗牛奶，如男人般毛茸茸的維克多，突然獸性大發，對這柔弱的肌膚，太長的頸子，饑餓難忍，而穿著睡衣的男性物種，讓女孩喘不過氣，撕裂她的衣衫，將她丟到床上，加以強暴和偷竊，再趕緊穿上衣服，逃之夭夭。但仍有隱晦不明的疑點，叫人驚愕和難以解釋的問題！為何人們什麼也聽不見，沒有半點搏鬥的聲音，沒有一絲的呻吟？這麼恐怖的事如何發生得這麼快，幾乎不到十分鐘？尤其，維克多如何能夠不落痕跡地蒸發逃走？因為，在最精密的搜索後，人們確定他已經不在機構裡。他應該是從通向走廊的浴室逃跑，那兒有扇窗開在層層疊起的屋頂上，再直通大道；然而那是一條極危險的路，以致很多人拒絕相信有人能由此逃脫。愛麗絲被帶回她母親那兒，躺在床上被照料，她面容憔悴、慌亂、啜泣，因高度發燒而哆嗦。

凱洛琳夫人異常激動地聽這敘述，覺得心中所有的血在凍結。突然喚醒一個回憶，一個讓她恐懼的可怕對照：薩卡，從前在階梯上侵犯悲慘的蘿莎莉，使得她的肩膀脫臼，而在受孕時，這孩子保留了如同被壓扁臉頰的印記；今日，換成維克多把強暴的命運交給第一個來臨的女孩。多麼無意義的殘酷！這如此溫柔的少女，一個貴族血統的最後遺憾，無法像別的女孩一樣擁有丈夫，正在獻身給上帝！這愚蠢可憎的機緣，是否有意義？為什麼要打碎這一位、來反對那一位呢？

「我不想給您任何指責，夫人，」公主總結說：「因為要求您負些微責任是不公平的。只是，您確實有一個非常可怕的被保護者。」

如同心中產生一個無法表達的聯想，公主又說：

「人們在某些地方，無法活著而不受到制裁……，當最近銀行倒閉時，拖垮了這麼多的破產和不安，我覺得我是幫兇，我的良心受到最大的譴責。是的，我不應該同意我的家變成如此可憎的搖籃……然而，罪惡已經形成，家將被洗滌，而我，哦！我不再是從前的我，神將原諒我。」

她慘白的希望微笑，終於又重新綻放，她以離開人間的手勢說，她將如善良的隱形女神般永遠消失。

凱洛琳夫人拾起公主的雙手，緊緊握住並親吻它們，因內疚和憐憫而感到如此驚慌，她口吃說著斷斷續續的話。

「請原諒我，我錯了。我有罪……這不幸的女孩，我想去看她，我立刻跑去看她……」

她離去後，留下公主和她的老傭人蘇菲開始打包，為共同生活四十年後的必須分離道別。

前兩天，禮拜六，博威立業伯爵夫人委屈求全地放棄她的府邸給債權人。六個月以來，她再也付不出抵押的利息，被迫於各種開銷費用，及法院拍賣的持續威脅，情勢變得忍無可忍。她的訴訟代理人建議她放棄一切，退隱到一間小宅房，過著沒支出的生活，至於他則盡力去結清債務。若不是新的不幸事件將她擊倒，她不會輕易退讓，也許還執拗地要保存她的地位，繼續編織她完美無缺的財富謊言，直到貴族身分在天花板的坍塌下全然滅絕。她兒子費迪南，博威立業家族的最後傳人，沒用的年輕人，摒棄所有的工作，為了逃避他的無能和遊手好閒，當了教宗侍衛，竟然不光榮、貧血地死在羅馬，沒在孟達納②交戰，只是因為沉重的太陽而感到極端的痛苦，最後發燒，心胸不舒服而死。她的內心突然落空，這麼多年來，精打細算，逐步勤勉建立，如此驕傲地支撐家族姓氏的榮譽，如今她所有的意志力坍塌崩潰。二十四小時就足以讓家宅起了裂隙，出現悲淒，在殘瓦餘礫之中，傷心悲慟。她賣掉老馬，只留下廚娘，戴著髒圍裙上街買菜，兩蘇錢的奶油和一升的乾扁四季豆，有人在人行道上，在進了水的短靴腳前，看到伯爵夫人穿著被泥漿濺污的衣裳。這是一夕之間的貧困，災難甚至帶走了這教徒昔日的驕傲，並奪去了她敢與時間對抗的勇氣。她和她的女兒搬到仕女塔街（Rue de la Tour-des-Dames）避難，在從前賣服飾用品，如今變成虔誠教徒，分租附家具房間給傳教士的女店家。那兒，她倆住在一間毫無裝飾、高雅又哀傷的悲慘大房間，房底有一間關閉的密室，密室裡塞滿了兩張小床，有一扇紙門當隔間，當紙門關起時，房間即變為客廳，這令人欣喜的布置帶給她們些許安慰。但某個禮拜六，博威立業伯爵夫人還安頓不到兩個鐘頭，突然意外、奇特地有人來造訪，這讓她又跌入新的焦慮裡，幸好愛麗絲剛下樓去買東西。那是布希，以他扁平骯髒的臉、油膩膩的禮服、捲如繩索的白領帶，無疑警覺嗅出對他有利的時刻來到，終於決定出面追討伯爵簽給蕾歐妮·柯容女孩一萬法郎債券的老買賣。他瞧一眼陋室，判斷寡婦的處境：心想他是否耽擱太久了？然而，什麼事都幹得出來的人，卻文質彬彬且耐心十足地對驚愕的伯爵夫人，緩緩解釋事情的來龍去脈。這是她丈夫的筆跡，沒錯吧？由此清晰地演繹出故事：伯爵對少女產生激情，先佔有，再拋棄她。布希甚至不隱瞞，依據法律，事隔將近十五年，他不認為她會被迫付錢。但，他只是他客戶的委託人，而他知道假如協調不成的話，當事人堅決要訴求法院審理，煽動最可怕的醜聞。伯爵夫人臉色翻白，心中被這過逝卻又復甦，令人憎惡的往事受到衝擊，驚訝怎會有人等這麼久才找上門來；他捏造說：債券

② 孟達納：Mentana，羅馬外省一城市，一八六七年十一月加里波底率起義軍一萬人與坎澤爾（Kanzier）率領的法國和教皇區聯軍五千人曾在孟達納進行過一場戰鬥。

丟了，又在一只箱底找到。由於她斷然拒絕檢視債券，他就告辭，依然彬彬有禮，並說他還會再和他的客戶回來，不是明天，因為這一位禮拜天因有工作而走不開，但應該會是禮拜一或禮拜二。

禮拜一，女兒恐怖遇害，胡言囈語地被帶回家來，她淚眼模糊地忙著照顧她，博威立業伯爵夫人不再去想這行跡可疑的男人和他殘酷的故事。愛麗絲終於睡著，母親坐下，疲憊不堪，被頑強的命運壓垮，當布希再次登門造訪，這一回陪伴著蕾歐妮。

「夫人，這位就是我的客戶，事情必須做個了斷。」

女孩出現之前，伯爵夫人曾哆嗦。她看著她，穿著一身鮮艷色彩，堅硬黑髮垂在她的眉毛上，她的臉大又鬆垮，整個人就是低級淫邪，被十年的賣春所糟蹋。歷經這麼多年的原諒和遺忘之後，她的心受到折磨，在女人的驕傲裡淌血。天呀！就為了這被註定如此墮落的女人，伯爵背叛她！

「必須儘快做個了結，」布希堅持說：「我的客戶，在費垛街，忙得很。」

「費垛街，」伯爵夫人不明就裡地重複唸。

「是的，她在那兒……總之，她是那兒的妓女。」

慌亂，雙手顫抖，伯爵夫人趕緊去推那扇紙門扉，把密室緊緊地封閉起來。發著高燒的愛麗絲在棉被下不安騷動。但願她睡著，沒看到，也沒聽見！

布希又說將起來：

「得啦！夫人，請了解……姑娘把她的事託給我，而我代表她，僅僅如此。這也是為什麼我想要她親自來申訴……就這樣。蕾歐妮，您自個兒解釋吧。」

她在他教唆扮演的角色裡感到不安而手足無措，她抬起她那雙好似狗被打的慌亂大眼睛看著他，但希望獲得他承諾的一千法郎，於是她下定決心，以她被酒精磨得嘶啞的嗓音訴說。而他，再次攤開伯爵的債券。

「沒錯，就是這，這是察爾簽給我的紙張……我是趕大車馬伕的女兒，人稱戴綠帽的柯容，這您應該很清楚，夫人！……而當年，察爾先生老是吊在我的裙襬下，要求我和他幹些骯髒下流事。我呢，這讓我感到相當的不耐，唉，當我們年輕時，不是嗎？啥也不懂，對老人家不親切……所以嘛，察爾先生就簽給我一張紙，在把我帶到馬廄裡的那個晚上……」

伯爵夫人受折磨地站著讓她說，當她似乎聽到從密室裡傳來呻吟聲時，她焦慮地比了個手勢。

「住口！」

但蕾歐妮話說出口，就想說完。

「這一點也不道德，不想付錢時，就去誘拐聽話的小女孩……是的，夫人，您的察爾先生是個竊賊。這是所有聽過我敘述這事兒的女人的想法……而我回答您，這可是要付出相當代價的。」

「住口！住口！」伯爵夫人瘋狂大叫，高舉兩臂，就像是若她繼續說的話，就要揍扁她。

蕾歐妮嚇到，抬起肘護臉，一種經常被打耳光女孩的本能動作。在一片可怕的靜寂延伸裡，似乎聽到一聲新的呻吟，從密室傳來被淚水哽咽的窸窣聲。

「您究竟想要怎樣？」伯爵夫人壓低聲音，又說。

這時，布希介入。

「但，夫人，這女孩想要人家付錢給她。而她有理，不幸的女孩，說博威立業伯爵對她的行為非常惡劣。簡直就是詐欺。」

「我絕不付這筆債。」

「那麼，我們將從這兒離開，搭車前往法院，投遞預先擬好的訴訟狀，喏，通通在這上頭……所有剛剛姑娘對您陳訴的相關事件。」

「先生，這是可憎的勒索，您不會這麼做。」

「抱歉，夫人，我正要這麼做。生意歸生意。」

疲憊不堪，伯爵夫人感到極端的氣餒，支撐她站立的最後驕傲剛被摧毀；而她所有的強勁和力氣驟然坍塌。她雙手合十，結結巴巴口吃說：

「您看看我們今天的處境，瞧這房間……我們一無所有了，明天也許連吃的東西都沒著落……您要我從哪兒生出一萬法郎，天呀！」

習慣從這些破產打撈的布希微笑說：

「哦！像您這樣的女士總是有資源的。好好找，就有了。」

壁爐上有一只舊珠寶盒，他窺伺了好一會兒。那是今早伯爵夫人從大箱子裡掏出來後，放在那兒。他本能確定嗅到寶石的存在，眼光閃爍出火焰，她追隨他的視線，立刻明白。

「不，不！」她大叫：「珠寶，絕不！」

她抓住珠寶盒，像要護衛它。長久以來，即使歷經極大拮据，仍保存在家族裡的最後珠寶，是她女兒的唯一嫁妝，而此時此刻是她最大的財源！

「絕不，我寧死不給！」

但此時，凱洛琳夫人敲門進入，撞見此景此情，而震驚愣住。她請求伯爵夫人別忙，她將離開，但不等這一位懇求的手勢，她認為了解，就閃到一旁，待在房底不動。

布希戴上他的帽子，至於走到門口的蕾歐妮，愈來愈不自在。

「那麼，夫人，我們只好告辭了……」

然而，他卻賴著不走，以更下流的不堪字眼再重述一遍整個故事，好像故意要在這位剛到來的夫人面前羞辱伯爵夫人似地。他按照他談生意時的習慣，假裝不認識凱洛琳夫人。

「再見，夫人，我們將前往檢察院。細節三天後將在報章上刊出，如您所願。」

報章上刊出！加諸在她家庭破產上的這可惡醜聞！難道看到古老財富破滅成灰還不夠，一切還要坍陷到污泥裡！啊！但願至少可以挽救名譽！於是，她機械式地打開珠寶盒，現出耳環、手鐲、三只戒指、閃閃發亮的飾物、紅寶石、和其古老鑲嵌。

布希，立刻湊上前看。他的眼睛，以婉約的愛撫，變得非常溫柔。

「哦！這不值一萬法郎……讓我瞧瞧。」

他已經一一拿起珠寶，以哆嗦著愛的粗手指，和他對寶石的感性激情，舉在空中，翻來覆去檢視。尤其紅寶石的純淨似乎讓他心醉魂迷，而這些古老閃爍，假如雕琢有些笨拙，但多麼晶瑩剔透呀！

「六千法郎！」他以拍賣估價員的聲音說，而在這估價總數下隱藏著他的激動：「我只算寶石，鑲嵌只能拿去熔化，我們只能出價六千法郎。」

對伯爵夫人而言，這犧牲實在太殘酷，她猛然覺醒，從他手中搶回珠寶，將它們緊緊抓在痙攣的雙手。不，不！太過份了，要求她將這些她母親曾經戴過，她女兒大喜之日要佩戴的寶石丟進深淵裡。滾燙的淚水湧上她的眼睛，淌流在她的臉頰上，在如此悲劇痛苦裡，蕾歐妮的心被觸動，因憐憫而狂亂，抓著布希的禮服，要強拉他離開。她想走掉，對這看似如此善良的可憐老太太造成那麼大的痛苦，最終使她陷於紊亂。布希很冷漠，繼續角力推戰，確定現在可以全部帶走，從他老練的經驗知道，當女人淚流不止時，表示意志力崩潰；而他好整以暇。或許可怕的場景將自行延長，若不是此時，從密室之底傳來愛麗絲那遙遠、哽噎、未爆發的啜泣聲的話：

「哦！媽媽，他們會殺了我！……全給他們，讓他們帶走一切！……哦！媽媽，叫他們走！他們會殺了我，他們會殺了我！」

於是，伯爵夫人做出絕望放棄的手勢，一個付出她生命的手勢。她的女兒聽見了，她的女兒將羞愧而死，她把珠寶丟向布希，只給他將伯爵的債券放在桌上作為交換的時間，就把他推出門外，而他身後的蕾歐妮早已消失不見。然後，她再打開密室，突然倒在愛麗絲的枕頭上，兩人受致命的一擊，頹喪，交織著她們的淚水。

凱洛琳夫人很氣憤，有時很想介入干涉。難道她就這樣讓悲慘剝奪這兩位可憐的女子嗎？但她剛聽到的卑鄙無恥故事，又該如何避免醜聞呢？她知道這個惡人說到做到，她自己在他面前也感到羞愧，存在他倆之間的祕密同謀。啊！只有痛苦，只有惡人當道！她突然覺得不自在，既然她找不到話好安慰，也找不到事可幫忙，她趕來這兒做什麼？所有冒上嘴唇的句子、問題、有關前一天悲劇的簡單暗示，對她而言似乎是刺傷、玷污人。對精神渙散、在恥辱中垂死掙扎的受害人面前，千萬不能輕舉妄動。她可給予什麼樣的援助，而不至落於菲薄的施捨，她自個兒不也已經破產，正尷尬等待訴訟結案嗎？終於，她向前邁一步，眼中充滿淚水，雙臂張開，使她整個人都擁抱在強烈同情和無盡憐憫裡。

在擺設著府邸家具的平庸密室之底，兩位悲慘女子處於崩潰、山窮水盡的地步，這是博威立業古老貴族僅存的一切。昔日它是如此的強盛，曾擁有如王國般的龐大土地，羅亞爾河二十海哩之內的城堡、草原、耕地、森林都屬於它。如今，這巨大產業財富隨著世紀的前進而漸漸離去，在現代投機的風暴裡，伯爵夫人什麼也沒聽見地剛淹沒最後一塊沉船殘骸：起初，她為女兒一分一毫積蓄下來的兩萬法郎；接著，抵押歐布列而借來的六萬法郎；最後，輸掉一整個農場，即使賣了聖拉扎爾街的府邸，仍償還不了債務。她兒子離她遠遠的、也沒帶著光榮死去，人們給她帶回來被惡棍傷害、玷污的女兒，就好像抬著剛被馬車輾過流血、滿身污泥的孩子一般。而伯爵夫人不久前還是如此的高貴、纖細、高挑、白皙，表現她古老的貴族氣派，如今只是一個慘遭劫掠、蹂躪、粉碎的窮困老婦人；至於愛麗絲，眼神瘋狂，沒有美貌、沒有青春，沒有風韻，在她的衣衫不整裡，流露出最後驕傲的致命痛苦，她被強暴的童貞。她倆一直哭泣，無止無盡地哭泣。

凱洛琳夫人一言不發，只是緊緊抱著她倆，貼在她的心上。她不知如何是好，只能陪著她們一起哭泣。而兩位不幸的人了解，加倍流下更溫柔的淚水。假如沒有可能的安慰，還須再生存、活下去嗎？

當凱洛琳夫人再回到街頭，她發現布希正和辣媚千在交頭接耳。他攔下一輛馬車，將蕾歐妮推上車後就消失了。但由於凱洛琳夫人匆匆忙忙，只見辣媚千朝她筆直走來。辣媚千無疑地在窺伺她，因為辣媚千開門見山立刻對她提起維克多，說她已親自查問過前一天在就業慈善機構裡所發生的事。自從薩卡拒絕付四千法郎以來，她死賴活纏，絞盡腦汁尋求手段再做買賣；她在常去的碧諾大道剛得知這起意外事件，而燃起了可資利用的希望。她的計畫已定，對凱洛琳夫人宣稱將立刻著手追查維克多，這不幸的孩子，太可怕了，就這樣棄他於不良本能裡，必須再找回他，若我們不想看到他在美好的一天早上被逮到重罪法庭上的話。而當她說話時，消失在她臉上肥脂裡的小眼睛，一直在搜索好夫人，欣喜感覺到夫人被震驚，自忖有一天再找到男孩，她將可繼續從她身上敲詐幾塊銀兩。

「那麼，夫人，就這麼辦，一切包在我身上⋯⋯如果您想探聽消息的話，別費力跑去麻喀垤街，只要去布希先生費垛街的家，就可確定找到我，每天約下午四點鐘時。」

凱洛琳夫人回去聖拉扎爾街，被令人不安的消息所折磨。這小惡魔的確為世界所拋棄，為了逃避追捕、將到處流浪，多麼邪惡的遺傳，而穿越人群時，他是否會像隻貪婪的狼大肆飽食一番？她快速吃完中餐，搭乘一輛馬車，到巴黎判裁所附屬監獄之前，還有時間去趟碧諾大道，焦急想要立刻有消息。然而，半路上，在她紊亂的渴望裡，有個想法占領、控制著她：先去傌興家，帶他去就業慈善機構，強迫他照顧維克多，終究他是哥哥。如今只剩他還有錢，唯有他能以有效的方法介入留意此事。

但一到皇后大道上的豪華小府邸前庭，凱洛琳夫人的心就感到冰涼。掛毯商拿掉帷幔和地毯，僕人在座椅和分枝吊燈上鋪蓋布罩，至於所有在家具和架子上被翻動的漂亮物品，散發出瀕死的香味，如舞會後隔天被丟棄的花束。她在臥室的底端找到傌興，他在侍僕裝滿所有美好、富麗和精緻行頭，猶如準備給新娘的兩只巨大箱子之間。

看到她，他第一個先開口說話，聲音冷淡又生硬。

「啊！是您！來得正好，省得我還要寫信通知您……我受夠了，要走了。」

「什麼，您要走了？」

「是的，我今晚就走，我要到拿波里安居過冬。」

然後，他揮揮手，遣走侍僕，說：

「六個月以來，假如您覺得我很高興有個被關在巴黎判裁所附屬監獄的父親的話！我確定不會留下來看他上輕罪法庭……我是個痛恨旅行的人！但至少那兒天氣好，我帶了一些必要的物品，也許不會太無聊。」

她看他，如此端正，如此優雅；她看滿溢而出的大箱子，裡頭沒拖拉著妻子和情婦的服飾，只有他自己的物品；而她竟然大膽提說：

「但我，還有事要再請您幫忙……」

然後，她敘述事件，惡棍維克多，強暴又偷竊，逃亡期間，很可能犯下所有罪行。

「我們不能放棄他。團結我們的力量，陪我……」

他沒讓她說完，一臉慘白，畏懼得哆嗦起來，猶如他感覺到某隻謀殺骯髒的手按在他的肩上。

「啊！很好，這下什麼都齊啦！……一個竊盜父親，一個兇手弟弟……我耽擱太久了，我應該上個禮拜就離開。這實在太可惡、太可惡了，把像我這樣的人置於這般情況中！」

而由於她的堅持，使他變得蠻橫無理。

「讓我清靜，您！既然這悲傷的生活讓您開心，那就留下來吧。我警告過您，幹得好，假如您哭的話……您瞧，與其給予我的一根頭髮，我寧可到溪水裡掃除這一整個醜陋的世界。」

她起身。

「那麼永別！」

「永別！」

離去時，她看到他在提醒幫他細心打包必要行頭的侍僕，所有鍍金廳房最優雅的必需品，尤其是雕著愛之圓的盥洗盆。當這一位先生離去，將在拿波里的明亮陽光下，過著忘卻煩惱和慵懶的生活時，她突然產生另一條遊蕩的幻影，在融冰的黑夜裡、饑餓中，手握把刀，在維萊特或沙崙區某條偏僻街道上。這問題的回答是要知道，難道錢不是教育、健康、和智慧嗎？既然基本上我們全生為血肉之軀的人類，那麼整個文化只是縮減為這聞起來香美和活得舒適的優勢嗎？

當她來到就業慈善機構時，凱洛琳夫人突然對機構的巨大豪華起了奇異的反感。這由宏偉行政大樓串聯起來，兩邊男女宿舍的壯麗側翼建築，有何用？寬敞得像公園的大院子，廚房的彩釉陶器，食堂的大理石，樓梯，走廊，大到像一個皇宮，有何用？所有這宏偉佈施有何用，假如人們無法在這寬敞且有益健康的地方，調教一個不受歡迎的人，讓一個墮落的孩子變成品行端正的男人，而只是擁有健康的話，又有何用？她立刻前往主任辦公室，催問他事情的枝微末節，但悲劇仍舊晦暗，他只是重述她已從公主那兒知悉的事。從前一天起，繼續搜索屋子及其周遭，然而毫無結果。維克多已經遠離，可能已經逃到陌生的地方。他應該沒有錢，因為他所掏空的愛麗絲的錢包，只裝有三法郎四蘇。此外，為了讓可憐的博威立業女士們免除醜聞被公開，主任避免讓警察介入此案；凱洛琳夫人為此向他致謝，承諾她本人不會到警署採取任何行動，儘管她極渴望知道維克多的下落。然後，她一無所獲地絕望離開，她想到樓上醫務室詢問修女，但她也問不出個所以然。而樓上，在隔離女宿舍和男宿舍的寧靜小房裡，她只品嚐到幾分鐘深深的安息。一陣喜悅吵嚷聲衝上來，這是自由活動時間，她覺得悠然自在的呼吸和工作，對這些幸福的康復者而言不公平，那兒一定有神聖和強力的人士在推進，平均四或五個正直人中，出現一個歹徒，這還是好的！

值勤修女離去，凱洛琳夫人單獨留下來一會兒，她走向窗戶，看下面的孩子們玩耍。此時，隔壁醫務室傳來小女孩清脆晶瑩的聲音，吸引了她。門半開，她得以悄悄不被察覺地看此場景。這是一間很令人欣悅的房間，白色的醫務室，白色的牆，以及四張掛著白色帷幔的床，一片流暢的陽光將這白皙染成金黃，溫和氣息中盛開著一束百合花。在第一張床上，她清楚認出是瑪德蓮，她帶維克多來的那一天，已經在那兒度過康復期，一個吃塗果醬麵包的小女孩。受到家族酒精中毒的蹂躪，她總是一再生病，如此貧瘠的血，卻有個成熟女人的大眼睛、纖瘦又白皙，好似玻璃彩繪上的聖女。她十三歲，從今而後必須獨自一人活在世上，她的母親在一個酩酊大醉的夜晚，有個男人一腳踢在她肚子上，為了不付給她談好的六蘇錢而死去。而這是瑪德蓮，在她白色的長襯衣裡，跪在床中央，以披在肩上鬆開的金髮，教導占著其它三張床的三個小女孩做禱告。

「像這樣，合起妳們的雙手，敞開妳們的心……」

三個小女孩也跪在她們的床單中央。兩位小女孩八到十歲，最小的那一位還不到五歲。她們在白色的長襯衣裡，以合十的柔弱雙手，鄭重和神迷的臉龐，活像小天使一般。

「接下來，妳們跟著我唸。聽好……神啊！請保祐薩卡先生，好心有好報，願他長壽和喜樂。」

於是，用天使的聲音，可愛孩童笨拙的仄昃音，四個小女孩，在她們小小純潔人兒的信仰奔放裡，齊聲覆誦：

「神啊！請保祐薩卡先生，好心有好報，願他長壽和喜樂。」

凱洛琳夫人聽著氣極敗壞，想進入房內，叫這些孩子們住口，禁止她們看到這個殘忍的事件。不，不！薩卡沒有權利被愛，讓孩童為他的幸福祈禱是玷污了她們的童年！接著，她顫抖停住，淚水湧上眼睛。為什麼她要將她經歷的糾紛和忿怒，轉嫁給這些天真、對生命尚一無所知的人兒呢？難道薩卡對她們不好？他有點是這個家的創始人，他每個月寄玩具給她們？一個深沉的不安攫住她，她再找回這沒人該受譴責的證明，在他可能做盡的壞事中，也做了很多好事。她在小女孩重覆她們的禱告中離去，在她的耳朵裡帶走這些天使之音，呼叫上蒼降福給無意識和禍首的薩卡，薩卡瘋狂的雙手剛使一個世界破產。

她終於在皇宮大道，巴黎判裁所附屬監獄前下馬車，她發現，因為過於激動，而將今早準備送給她哥哥的一束康乃馨，放在家裡。在那兒，有個花商賣一小束兩蘇錢的玫瑰花，她買了一束，當她敘述她丟三落四的遺忘時，這讓愛花的哈莫嵐微笑。然而這一天，她感覺他好像很悲傷。首先，在他入獄的前幾個禮拜，他不相信他會因為嚴重的罪名而被起訴，辯護對他而言是如此簡單：人們違反他的意願提名他當主席，他一直置身於所有的金融操縱之外，幾乎長年不在巴黎，無法執行任何控管。但和律師交談，凱洛琳夫人告訴他奔走無效時，讓他隱約看見壓在他身上的驚恐責任。他有連帶犯罪責任，人們絕不接納他一無所知的說詞，薩卡把他拖進可恥的同謀共犯裡。而這歸功於他有點單純，逆來順受的虔誠天主教徒信仰，一種使他妹妹驚訝的平靜靈魂。當她在外頭為如此混亂艱難的自由人道而焦慮奔波時，她驚愕看到他在四壁皆空，黑色木頭小十字架四周，釘上四個被強烈著色的宗教圖像的牢房裡，以虔誠大孩子的姿態平靜微笑。一旦將自己交在上帝的手中，再也沒有反抗，所有不該承受的痛苦都是為了永福的救贖。有時候，他唯一的悲傷是來自他大工程的悲慘停擺。誰將接續他的傑作？誰將繼續從事，由聯合郵輪總公司和迦密山銀礦公司成功啟動的東方復甦？誰將建築鐵路網，從布爾薩到貝魯特及大馬士革，從士麥拿到特拉布宗，所有這流在古老世界血管裡的新血循環呢？此外，他相信，他說已著手的使命不能死去，他只痛苦感受到不再是上蒼選擇去執行的人。尤其是當他聲音破碎的詢問究竟犯了什麼罪，以致神不允許他去實現註定要轉變現代社會的天主教大銀行，這聖墓的寶庫將王國還給整合所有人民為單一民族的教宗，同時拿走猶太人以錢為至上的強權時。他也預言這所向無敵的銀行是無可避免的；他宣告有一天要以純淨雙手合法公平地建立它。而今天下午，假使他似乎擔憂，這僅僅是在刑事被告客觀裡，人們將入他於罪；他思考過出獄後，他絕不會有相當純淨的手來重拾大工程。

他漫不經心地以一隻耳朵聽妹妹的解釋，報紙上似乎再稍微回到對他較有利的意見。然後，毫不相干地，他以大夢初醒的眼睛看著她問：

「妳為什麼拒絕去看他？」

她輕微發抖，很清楚他指的是薩卡。她搖頭說不，還是不。於是，他決定，侷促不安，壓低聲音說：

「以妳和他的關係，妳不能拒絕，去看他吧！」

天啊！他知道，她的臉泛起熾熱紅潮，她投入他的懷裡為了埋藏她的臉；她結結巴巴問，是誰告訴他，他如何知道這件她以為沒人知曉的事，尤其是他。

「我可憐的凱洛琳，很久了……一些匿名信，忌妒我們的醜陋人……我從不和妳談，妳是自由的，我們的想法不再一樣……我知道妳是這世界上最好的女人。去看他吧。」

他愉快地再找回他的微笑，拿起他塞到十字架後的小束玫瑰花，把它交在她的手上，又說：

「喏！把這帶給他，並告訴他我也不恨他。」

凱洛琳夫人被哥哥如此仁慈的溫柔所震驚，同時體驗到可怕的羞怯和美妙的寬慰，她不再多做抵抗。此外，從今早起，有種隱約強制她必須去看薩卡。她能不通知維克多的逃跑，這件此刻依然讓她哆嗦的惡劣意外事件嗎？從第一天起，他就登記她為想接見的人之一；她只須報上她的名字，警衛就會立刻帶她去犯人的牢房。

當她進入時，薩卡背向著門，坐在一張小桌子上，在一張紙上寫滿數字。

他趕緊站起來，驚喜大叫。

「您！……哦！您真好，我太高興了！」

他抓起她的一隻手握在他的雙手裡，她尷尬地微笑，很感動，不知道該說什麼話。然後，以另一隻自由的手，她將兩蘇錢的小花束放在刻劃著數字，堆得滿桌的紙張中間。

「您是個天使！」他歡欣親吻她的手指，喃喃說。

終於，她開口。

「這是真的，我們之間完了，我在內心裡譴責您。但我哥哥要我來……」

「不，不，別說這個！您太聰慧，人太好，又善解人意，而您原諒了我……」

她以手勢打斷他的話。

「求求您，別對我要求這麼多。我不知道我自己……我來了還不夠嗎？……而且，我有一件相當悲傷的事要讓您知道。」

於是，低聲地，她一口氣告訴他維克多的野性甦醒，強姦博威立業小姐，難以解釋的臨時逃亡，至今搜索無效，找到他的希望渺茫。他震驚地聽她說，不問也不動；而當她不作聲時，兩滴大眼淚腫脹了他的眼睛，淌流在他的臉頰上，當他結結巴巴說：

「不幸的孩子……不幸的孩子……」

她從沒看過他哭泣，深深地被感動楞住，薩卡的這些淚水是如此的奇特，灰暗沉重，來自遠方，一顆心被歷年來的掠奪、沾污變得堅硬。此外，他立刻絕望大叫：

「但這太可怕了，我不只還沒擁抱過他，我，這男孩……因為您知道我還沒見過他。天啊！是的，我曾信誓旦旦要去看他，而我沒時間，沒一小時的空閒，被這些神聖的交易給吃掉……啊！事情總是這樣：一件事若沒立刻去做，就確定永遠做不了……而如今，您確信我無法見到他？把他帶來這裡給我。」

她搖搖頭。

「誰知道他在哪兒，此時此刻，在這恐怖陌生的巴黎裡！」

又一會兒，他粗暴地踱來踱去，脫口而出片斷句子：

「找回我這個孩子，唉呀！我丟了他……我再也見不到他……唉！我真不幸！不幸至極！……哦！天哪！與世通銀行同樣的下場。」

他重新坐回桌前，凱洛琳夫人搬來一張椅子，在他對面坐下。他的手已經在幾個月以來，他所準備的龐大文件上游移，著手進行訴訟和辯護的攻防報告，猶如他必須在她身邊被宣告無罪一般。

他被指控：不停增漲資金，為了炒熱股價並讓人相信公司擁有其全部資金；偽造認購且未履行繳款，假帳支付薩巴坦尼和其他人頭帳戶；以釋放舊股的形式，達到股息虛擬分配的目的；最後，銀行自我認購公司股票，造假產生無節制、離奇上漲的投機，使得世通銀行停滯不動，耗盡黃金。對此，他激動充分解釋：他做的是所有銀行主任都該做的事，只是他做的太大。如果只為一點邏輯而自耀的話，那麼巴黎那些最穩固的銀行沒有一個主管不用來分擔他的牢房，人們只是拿他當所有違法的代罪羔羊。此外，這是多麼奇怪的裁判責任法！為何沒起訴股東，如戴格蒙、宇磊、勃恩之輩，他們除了五萬法郎的出席籌碼外，還舞弊、詐騙領取百分之十的紅利？為何監察委員，拉維尼耶一幫人，以其濫權瀆職，卻完全不受處分，享有罪刑的豁免？這訴訟顯然是最殘酷的極不公正，因為人們排除了布希的詐欺控告，由於援引事實未經證明，以及在第一次帳簿審查之後，鑑定人呈交報告、確認錯誤百出。那麼，繼這兩項證件之後，營業所為何被宣布破產？當股東寄存的錢，一分一毫沒被挪移，而所有的客戶應該回到他們的資金裡時？因此，是否有人存心想讓他們的股東破產？依此情況，人們成功了，災難更加嚴重，無盡延燒。而該受到控告的並不是他，而是法官、政府、和所有這些為了想毀滅世通銀行而密謀要除掉他的人。

「啊！卑鄙無恥小人，假如放我自由的話，你們等著瞧，你們等著瞧！」

凱洛琳夫人看著他，對他強烈的無知感到震驚。她想起他從前的論調，一個大公司必須要投機，所有的公平報酬是不可能的，投機被視為人類貪得無厭的基礎，促進社會進步的基本要素。所以並不是他用肆無忌憚的雙手，瘋狂燒熱這部巨大機器，直到爆破、炸成碎片，並讓所有受到衝擊的人受傷嗎？這荒謬、愚昧、誇張的三千法郎股價，不正是他所想要的嗎？一家一億五千萬資金的公司，其三十萬股票，市價三千法郎，相當於九億：這可以被證實，以百分之五的簡單利率，如此一筆巨大金額，在紅利分配裡不會發生問題？

但他站起來，在斗大的囚室裡來來回回地走，用一種被關在牢裡，卻還是大征服者模樣的腳步。

「啊！卑鄙無恥小人，他們清楚他們的作為，還把我鎖在這兒……我將戰勝、壓垮眾人。」

她驚嚇抗議。

「什麼，戰勝？但您連一毛錢也沒有，您被打敗了！」

「顯然，」他苦澀地說：「我敗了，敗者為寇……正直、光榮，只是留給成功的人。不要束手就擒，否則我們明日只是一個愚昧和詐欺的騙子……哦！我猜人們會說，您不須要一再對我說。

不是嗎？人們經常視我為竊賊，指控我將數百萬的錢財納入自己的口袋，若逮到我，定將我割喉宰殺；然而，糟糕的是，人們聳肩，憐憫我是個瘋子，可憐我的智慧……但，假使我成功的話，您能想像嗎？是的，假使我打敗昆德曼、征服市場，假使，此時此刻，我是無可爭辯的黃金之王的話，嗯？什麼樣的勝利呀！我將是英雄，巴黎將在我的腳下。」

她直截了當頂嘴：

「您既無司法、也沒理性，您成功不了。」

他突然停在她面前，生氣說：

「不成功，走著瞧！我缺錢，僅僅如此。假使拿破崙在滑鐵盧那日，尚有十萬大兵的話，他就成功了，世界將會改觀。而我，假使我曾擁有可拋下深淵的必要數億法郎的話，我就是世界的主宰。」

「哦，這太可怕了！」她氣憤叫說：「您覺得這麼多的破產、這麼多的眼淚、這麼多的血還不夠呀！您還要更多的災難，更多被剝奪的家庭，更多被化為在街頭行乞的不幸人啊！」

他激動地再踏起步來，揮出傲慢冷漠的手勢，喊說：

「難道人的生命只須在意這些！我們踏出的每一步，都踩在成千上萬的生命上。」

此時一片肅靜，她跟在他的步伐裡，心都冰冷了。他究竟是個無賴，或是英雄？她哆嗦自問，這萎縮無力、戰敗大隊長的思維，多麼令人驚訝啊，六個月來被關在這牢房裡，竟還能夠運籌帷幄。於是，她看了她周遭一眼：四壁裸露，小鐵床，白木桌，兩張草編椅子。而他曾在豪華揮霍中，光彩活過！

他突然回來坐下，雙腿好似疲乏無力。然後長長地、不由自主低聲告解說：

「昆德曼顯然有理：將激情灑在證交所上，毫無價值……啊！卑鄙無恥的小人，他幸福嗎？他不再有血和神經、不能再和女人上床、也不能再喝一瓶勃艮第酒！此外，我想，他一向總是如此，血管裡沖流著冰塊……我顯然太激情，這就是為什麼我會自毀前途、失敗的原因。然而必須補充的是，假如我的激情殺了我，但也是我的激情支撐著我活下去。是的，它衝擊我，讓我成長，把我推得很高，再把我重重摔下，盡所能地毀滅我，而我或許還很享受這被吞噬的樂趣……自然，當我想到這四年的奮鬥，清楚看到背叛我的一切，正是我所想要的一切，我曾擁有的一切……我無可救藥地完了。」

於是，他又激起對戰勝敵手的忿怒。

「啊！昆德曼這骯髒的猶太人，他之所以獲勝是因為他沒有慾望！……這個全然執拗、冰冷的猶太征服者，在一個個被黃金權勢收買的人民之中，有一個邁向世界至尊的王國。數世紀以來，儘管受人拳打腳踢和屈辱，這被侵害的民族戰勝我們。他已經擁有十億，將有二十億，一百億，一千億，有朝一日他將是地球的主宰……多年來我執拗大聲疾呼，但沒人聽我說，大家認為這純粹是證交圈裡人的怨恨，然而這甚至是我的血液在吶喊。是的，對猶太人的怨恨，根深蒂固，哦！來自古老遙遠、甚至是我存在的根基！」

「多奇怪的想法！」凱洛琳夫人以她博大精深的知識，對宇宙的包容，喃喃平靜說：「對我而言，猶太人和其他人一樣。假使他們自成一格的話，那是因為人們讓他們變成如此。」

薩卡沒聽見，繼續更激烈地說：

「而讓我更氣怒的是，我看到政府是這些無賴的幫兇。皇帝實在給昆德曼吃得太夠了！就好像沒昆德曼的錢就無法統治似地！當然，盧貢，我的大人物哥哥，以令人相當厭惡的方式對待我；因為，我沒告訴您，災難發生前，我曾經有點懦弱而尋求與他和解，今天如果我走到這地步，那是他想要的。既然我礙著他，不打緊，他就擺脫我！儘管他和這些骯髒猶太人聯盟，我仍然不怨他……您能想像嗎？扼死世通銀行、好讓昆德曼繼續他的買賣！因太強勢而被壓垮的天主教銀行，如同一個社會危機，為了確保猶太人的最終勝利，不久將吞噬我們！啊！但願盧貢當心點！他將第一個被吃掉，而他牢牢抱住的權勢將被一掃而空，對此他卻完全否認。他見風轉舵的把戲很狡猾，一天質押給自由黨人，另一天跟執政黨人交好；但在這遊戲裡，人民被摔成重傷而致命死亡……全部瀕臨崩潰，只有昆德曼的慾望實現，他曾預言假如我們和德國交戰的話，法國將被打敗！我們準備好了，普魯士人只管進來，拿走我們的外省。」

她用受到驚嚇和祈求的手勢，打斷他的話，讓他住口，就像他將遭到天打雷劈一樣。

「不，不！別這麼說，您沒權利這麼說他們……此外，令兄在您的拘捕裡沒任何關係。我有可靠來源，這一切都是掌璽大臣戴坎卜洱做的。」

薩卡突然放下怒氣，微笑說：

「哦！這一位的報仇啊。」

她不解地看著他，而他補充說：

「這是存在我們之間的陳年往事……我早就知道將被判刑。」

她當然懷疑這故事，但她不堅持。一陣短暫沈默，他再看桌上的紙張，整個人又投入他既定的意念裡。

「親愛的朋友，您來看我，真令人欣喜。必須答應我再回來，因為您是個好顧問，而我想對您呈報一些計畫……啊！假如我有錢的話！」

很快地，她打斷他，抓住機會想澄清幾個月來困擾她的疑點。他對他份內擁有的數百萬做了什麼處置？全寄到國外了嗎？或埋在某棵只有他知道的樹下？

「但您有錢啊！假如您在股價三千時賣出的話，您會擁有薩度瓦事件時取得的兩百萬，三千個股東的九百萬！」

「我，親愛的，」他叫說：「我身無分文！」

他的聲音是如此的乾脆和絕望，他看她的神情是如此的驚訝和頹喪，她被說服了。

「在崩盤的交易裡，我從來就沒有一毛錢……請了解，我和其他人一樣破產了……當然，我賣出，但我也再買進；而它們究竟哪兒去了，我的九百萬，還有上漲的另外兩百萬？我很尷尬，難以對您解釋清楚……我想我在可憐馬佐營業所的帳，是以三到四萬法郎的債務結算……再也沒有一毛錢，一掃而光，總是如此！」

她鬆了一大口氣，愉快地開她自己和哥哥破產的玩笑：

「我們也是，當一切快結束時，我不知道我們是否還有一個月的糧食可吃……啊！這您對我們承諾的九百萬，您記得曾讓我有多害怕！我從沒活得如此不自在，而當天晚上我用資產利益全還回去時，我有多寬慰呀！……甚至，連我們姑媽的三十萬遺產也送出去。這不很公平，但我曾告訴過您，撿到的錢而不是賺來的錢，不要太在意……您瞧，我很快樂，我如今還會笑！」

他以焦躁不安的手勢打住她，拾起桌上的紙張，搖晃說：

「也罷！我們將很有錢……」

「如何？」

「您認為我會放棄我的理想嗎？……六個月以來，我在這兒通宵熬夜工作，就是為了重建一切。尤其那些對我造了這預先資產負債表罪行的蠢蛋，針對三大事件：聯合郵輪、迦密山、和土耳其國家銀行，第一項只是給了預估的紅利！自然囉！假使另外兩項瀕於破產的話，那是因為我不在那兒。而當他們放了我時，是的！當我再成為主宰時，等著瞧，等著瞧……」

她哀求他別再繼續下去。他站起來，挺直他的短腿，用尖銳的聲音叫嚷：

「都計算好了，數字就在那兒，瞧！……迦密山和土耳其國家銀行只是小玩意兒！我們必須有龐大的東方鐵路網：耶路撒冷、巴格達、全面被征服的小亞細亞，和其它一切，拿破崙用他的軍刀辦不到的事，我們其他人將用十字鍬和黃金做到……您怎麼能以為我會放棄共同的計畫呢？拿破崙從厄爾巴島再回來，我也是，只要我再出現，巴黎所有的錢將會起而追隨我；而這一次，我告訴您，將不會再有滑鐵盧，因為我的計畫是以數學的嚴謹，預估到最後的一分一毫……我們終將打敗他，這不祥的昆德曼！我只要四億、或五億，世界就是我的！」

她拾起他的雙手，緊緊靠著他。

「不，不！住口，您讓我害怕！」

儘管恐懼，凱洛琳夫人對薩卡心生一股崇拜。而突然，在這與活人分隔的悲慘、毫無修飾、封閉的牢房裡，她剛產生活力充沛，生命燦爛、煥發的感覺：希望的永恆幻覺，不願就死的人的執拗。她想尋找內心的憤怒、犯錯的詛咒，卻再也找不到。在這以他為首、無法彌補的不幸之後，她不是已判了他的刑嗎？在蔑視裡，她沒有召喚懲罰和孤獨死亡嗎？她只保留她邪惡的恨和痛苦的憐憫。她再次受到他這不自覺和熱情的衝擊，無疑地像大自然的必要暴力之一。而如果這只是女人的一個弱點，她會美妙地沈溺其中，在痛苦的全然母性裡，在溫柔的全然無盡需求裡，從經驗中遭受蹂躪的高度理由裡，不計一切地讓自己被他愛。

「完了，」她一再重複，不停地緊緊握住他的手：「您難道不能冷靜下來，好好休息嗎！」他踮高腳尖，為了輕吻她太陽穴上、活力充沛的捲捲白髮，她抓住他，以堅決的神態和深沈的悲傷，字字珠璣補充說：

「不，不！這結束了，永遠結束了……我很高興見您最後一次面，消弭我倆之間的怨恨……永別！」

當她離開時，她看到他站起來，靠近桌子，因分離而傷感，但一隻手已本能地在他的狂熱裡重新整理雜亂的紙張；而兩蘇錢的小花束在紙頁間凋謝，他一瓣瓣地搖落，再以手指掃除玫瑰花瓣。

三個月過後，大約十二月中旬，世通銀行案件終於上了法庭。因為群眾的強烈好奇，這個案件佔了輕罪審判的五大法庭。報刊以災難為題、大做特做文章，離奇的故事在緩緩的訴訟上流傳著。人們注意到檢察院擬定的很多事實陳述，殘酷邏輯的大傑作，巨細靡遺地被收集、援用，並被用嚴謹的態度詮釋著。此外，到處有人說判決早就事先被呈交。即使，哈莫嵐的明顯誠意，薩卡在這五天中辯駁控訴的英雄姿態，優秀的辯護和轟動的攻防，但法官還是對兩位被告處以五年徒刑和三千法郎罰款。只是，訴訟前一個月可以交保假釋，在法院開庭時是以假釋被告身分出庭，並可在二十四小時上訴期間內離開法國。這是盧貢要求的解決之道，不想揹上有一個弟弟坐牢的困擾。警察親自監督薩卡的離去，他搭乘當天夜車，溜到比利時；哈莫嵐則離開去羅馬。

又過了三個月，時至四月初，凱洛琳夫人還待在巴黎，處理錯綜複雜的事情。她一直住在歐威鐸府邸貼著出售告示的小公寓。此外，她終於處理完最後一件糾紛，可以離去了，當然，口袋裡一文不名，但身後也沒留下任何債務；她隔天必須離開巴黎，到羅馬與她哥哥會合，他運氣很好，在那兒獲得一個工程師的小職位，他寫信告訴她，那兒有課程在等待她，這將是他們整個人生的重新開始。

起床時，住在巴黎的最後一天早上，她產生如果不去找維克多，就不離開的想法。直到那時，所有的搜尋都徒勞無功，但她記起辣媚千的承諾，她告訴自己，也許這女人知道一些事；而找她問很簡單，只要大約四點鐘時，前往布希的家。首先，她排開這念頭：又有何用，經過了這一切，他沒死嗎？然後，她痛楚的心真正為此而受苦，猶如她失去一個孩子，而她沒有帶花到墳上，就走了。四點，她去費垛街。

樓梯平台上的兩扇門開著，幽暗廚房裡有水在沸騰，至於另一邊，窄小的辦公室裡，辣媚千佔著布希的沙發椅，似乎被淹沒在一堆她從老舊皮袋中拉出來的巨大束札紙張。

「啊！是您，我的好夫人！您來的真不是時候，席濟孟先生正奄奄一息，而可憐的布希先生昏了頭，他是多麼地愛他的弟弟呀。他像個瘋子似地到處奔波，他又出門去找醫生了……您瞧，我必須照料他的業務，因為八天以來，他非但沒買進一張證券，也不去管討債的事。幸好，我剛剛出擊了一件事，哦！真正一擊，當他再恢復理智時，將可稍微安慰他的悲傷，敬愛的人。」

凱洛琳夫人的心被揪住，忘了她來是為了維克多，因為她認出在辣媚千一手從她的袋子裡抓出來的紙張裡，有世通銀行不再有行情的證券。袋子的老皮快爆裂，而她還一直從裡頭抽出，在她的喜悅之中，她變得很饒舌。

「瞧！所有這些才花了我兩百五十法郎，這裡頭足足有五千張，平均下來每張才一蘇……嗯？一蘇，從前行情叫到三千法郎的股票！如今幾乎跌落到紙張的價錢，是的！論斤秤兩賣的紙張……但仍然比紙張更值錢，我們至少可以十蘇再轉賣，因為有破產的人要買。您了解，他們曾有如此好的名聲，還可以再充實在負債裡，很有用的，這些災難受害者，曾經如此出眾……總之，我的運氣極好，我嗅到墓穴，那兒從戰役以來，所有這商品睡在屠宰場的古老深處裡，一個蠢蛋，消息不靈光，低價拋售脫手。而您想我不會降落其上！啊！事不延遲，我給您快速擦拭這！」

她快樂地像隻金融屠殺戰場上的噬肉鳥，她巨大的身體滲出她自我滋肥的污穢邪惡食物，再以她短而鉤的手，翻動屍體，這些不再有行情的股票，已經變黃並散發出腐肉的味道。

一個熾熱和低沉的聲音升起，從隔壁房間傳來，房門大開，如同樓梯台階的兩扇門一樣。

「嗯，這是席濟孟先生，他又開始說話了。從今早起他就一直這樣……天啊！水滾了！我忘了在燒水！為了泡一杯草茶……我的好夫人，既然您來了，去看看他要什麼。」

辣媚千溜進廚房裡，而凱洛琳夫人受到苦難的吸引，進入席濟孟先生的房間。在四月份明亮的光線照射下，毫無裝飾的房間變得輕鬆愉快，陽光直直落在白色小木桌上，桌上塞滿了筆記，十年的工作文件，泛濫滿桌；而除了兩張草編椅子和地板上一大堆東西外，毫無它物。在窄小的鐵床裡，席濟孟靠著三個枕頭坐下，穿著直到上半身的紅色法蘭絨短罩衫，在大腦的胡思亂想中，他正自言自語，說個不停，有時在肺結核病患者死前，在某些特別清醒的時刻，他會胡言亂語；而在他瘦削的臉中，被長長捲捲的頭髮框住，他的眼睛，無限制地擴大，神情呆滯。

當凱洛琳夫人出現時，他似乎立刻認出她，雖然他們從未見過面。

「啊！是您，夫人……我見過您，我盡全力呼叫您……來，請再靠近些，我要低聲告訴您……」

儘管她心生畏懼而哆嗦，她還是靠近，坐在一張椅子上，甚至靠著床。

「我從前不知道，但如今我知道，我哥哥在賣紙張，而我聽到有人在他的辦公室裡哭泣……我哥哥，啊！我的心好像被火紅的鐵條穿透。是的，這鐵條一直留在我的胸膛裡，燃燒著我，因為這很可憎，錢，可憐的世界在受苦……於是，待會兒，當我死時，我哥哥將出售我的紙張，而我不願意，我不願意！」

他的聲音漸漸高揚起來，哀求說：

「哦！夫人，它們在那兒，在桌上。拿過來給我，我們來打包，讓您帶走，全部帶走。哦！我呼叫您，我等待您！我失去的紙張！我一生的研究和化為烏有的力氣！」

而，由於她猶豫傳給他所要求的東西，他合掌為十說：

「求求您，我要確認它們全在，在我死前……我哥哥不在，我哥哥不會說我是自殺的……我求求您……」

於是，被他祈求的熾熱所震驚，她退讓。

「您瞧，我錯了，既然您哥哥說這會讓您難過。」

「難過，哦！不。這有什麼關係！……終於，在熬了這麼多夜之後，這未來的社會，我成功地讓它豎立起來！一切準備就緒，果斷解決，這是所有的司法和所有可能的幸福……多遺憾沒時間撰寫著作，以及做必要的註述！但這是我完整歸類的筆記。不是嗎？您將保全它們，有一天，交付給另一個人，讓它們最後以書的型式，被人們推廣……」

他以脆弱修長的手，拾起紙張，愛慕地翻閱它們，而在他已經模糊的大眼睛裡，再燃起一道火焰。他說得很快，以破碎和單調的語氣，以嘀嗒帶著重量的鐘鏈子；而這甚至是不停運轉的機械大腦，在瀕死的進展裡。

「啊！如同我所見到的它，挺立在那兒，清清楚楚地，正義和幸福的城邦！……所有人在此工作，以個人強制和自由的工作。國家只是一個龐大的合作會社，工具變成所有人的財產，產品被集中在巨大的總倉儲裡。人們執行了這麼多有益的艱苦勞動，人們有權利享受這麼多的社會消費。這是公共尺度衡量的勞動時間，一個只以它所花費的時間而產生價值的物品，不再有交易，在所有的生產者之間，藉著工作券，在這共同體的領導之下，沒有任何其它徵收剝削，而唯一課稅是為了育幼和養老，更新工具，支付免費公共勤務……而從那時起，不再有錢，不再有投機，不再有偷竊，不再有可憎的走私，不再有這些惱人的貪婪罪惡，女孩為了嫁妝被迎娶，年老雙親為了遺產被掐死，路人為了錢包被殺害！……再也沒有對立的階級，老闆和工人，無產者和資產者；而從那時起，再也沒有約束性的法律，也不再有法院，以軍隊武力控制某些人的抵抗，另一些人喪失理智的饑餓，及非常不公道的囤積居奇！……從那時起，不再有任何一種遊手好閒，不再有被租金餵養的房東，由別人供養的食利息者，如同好運的女孩；不再有奢華，最後，不再有悲慘！……啊！不是嗎？理想的均等，至上的睿智，沒有特權，沒有悲慘，每個人以其勞力創造他的幸福，人類幸福的平均值！」

他處於狂熱的狀態，然而他的聲音卻變得溫和、遙遠，猶如它將遠離，消失到很高的地方，在他宣告將到的未來。

「而我也詳述細節……您瞧，這個別的一頁，所有這些欄外的筆記：這是家庭組織，自由合同，由共同體負責的孩童教育和撫養……然而這並非無政府狀態。看這其它筆記：在每個生產分支我安排一位委員會主任，負責在消費和生產上規劃比例，制定真正的需要……但這兒還有一個組織細節：在城裡和鄉村裡，在一大批的工業和農業裡，在由他們選出的首腦領導下操作，服從他們所表決的規章……瞧！我也用可靠的方法計算出來了，多虧大多數的新手，尤其多虧機器，二十年後人們將可縮減到每日只要工作四小時，也許三小時；而人們將有時間來享受生命！因為這不是軍營，這是一個自由和快活的城邦，這兒每個人處於喜悅的自由，以所有時間滿足其正當的娛樂胃口，愛的喜樂，強身，健美，增智，從事其本身源源不絕的活力。」

他的手勢，在悲慘房間的周遭，擁有世界。在這他生活的毫無修飾裡，這他將垂死無所需的貧困裡，他以友愛的手平分大地的資源。這是宇宙的至福極樂，所有的美好，而他享受不到，他這樣的安排，但他知道他絕對享受不到。為了給受苦人類這至高的禮物，他加速死亡。但他的手失去理智，摸索，在散亂的筆記之中，至於他已經再也看不見的眼睛，裝滿了死亡的奇妙讚嘆，似乎瞥見無盡的完美，超越生命，在他整個臉龐顯出光彩恍惚的出神陶醉。

「啊！但願新的活動，整個人性運作，所有活人的手能夠改善世界！……再也沒有荒野，再也沒有沼澤，再也沒有不耕種的土地。海灣被填滿，阻礙的山消失，沙漠變成肥沃的河谷，在四面八方湧出的水源之下。沒有任何奇蹟能實現，昔日的大工程讓人發笑，它們似乎多麼畏縮和幼稚。大地終於適宜居住……而這完全發展、成長的人，享受其滿滿的胃口，變成真正的主宰。學校和工作坊是開放的，孩子自由選擇他的職業，依他的能力傾向決定。過去幾年，孩子已經因為嚴厲的考試，已經完成淘汰。可以利用它支付不足的教育。每個處於被停滯和被使用的人，依其才智的合理程度，公平地分攤公眾職務，依照每個人的特質。每個人依其力量，為大眾服務……啊！積極和快樂的城邦，人性健全利用的理想城邦，不再存在對抗體力和勞動力的古老偏見，那兒人們可以看到一個大詩人是木匠，一個鎖匠是大博學者！啊！非常幸福的城邦，這麼多世紀以來，人類走向勝利的城邦，白牆發出光輝的城邦，那兒……那兒，在幸福裡，在使人眼花撩亂的陽光裡……」

他的眼睛變得黯淡，最後發出的話，模模糊糊地，變成一縷小氣息；而他的頭再落下，保持他嘴唇恍惚的微笑。他死了。

被憐憫和溫柔所震驚，凱洛琳夫人看著他。此時，在她背後，產生暴風雨進來的感覺。這是布希氣喘吁吁地回來，沒有醫生陪同，他被焦慮所折磨。至於辣媚千緊緊地跟著他，告訴他為什麼她還沒煮草茶，因為水被打翻。當他發現他弟弟，他的小孩，如同他的稱呼，背躺著不動，嘴張開，眼睛凝視時；他了解，因而發出一聲野獸被割喉的呼嘯。一躍，撲向軀體，他將他舉在他的兩隻大手臂裡，如同要為他吹進生命的氣息。這恐怖的黃金噬食者，他可能為了十蘇錢而殺死一個人，如此長久撈取巴黎的邪惡浮渣。他的小孩，天啊！他讓他睡覺，像個母親似地寵愛他！他不再擁有他，他的小孩！而在一個絕望的瘋狂發作裡，他聚集床上散亂的紙張，他撕裂、揉碎它們，猶如想將這一切殺死他弟弟的愚蠢和妒嫉工作化為烏有。

凱洛琳夫人感覺到她的心在融化。不幸的人！他佔據了她神聖的憐憫。但在哪兒她曾聽過這樣的吶喊？唯一一次，人間痛苦的吶喊，曾以如此的戰慄滲入她的內心。她記起來，那是在馬佐家，在父親的屍體前，母親和孩子們嚎啕大叫。由於無法逃避這痛苦，她再留下來幫忙一會兒。然後，離開時，她和辣媚千獨處，在狹窄的業務辦公室裡，她記起此行是為了打聽維克多的下落。於是她問她。啊！好，維克多，他在很遙遠的地方，假如他還一直在逃亡的話！三個月以來，她跑遍巴黎，下落不明啊。她放棄了，有一天終將在斷頭台上找到這土匪。凱洛琳夫人聽她說著，冷冰冰且沈默不語。是的，結束了，魔鬼被世界拋棄，在未來，在未知，如此一隻野獸帶著遺傳的病毒掠奪，將用牠的利齒把禍害擴得更大。

外頭，在維威安街的人行道上，凱洛琳夫人對溫和的天氣感到驚訝。此時下午五點鐘，日落在溫柔的紫霞天空裡，在遠方大道的高高招牌上染成金黃。這四月天，以如此迷人的新青春，猶如撫摸她整個身體，直到她的心底。她大力呼吸，鬆口氣，已經變得比較快樂，感受到回轉和成長的無敵希望。確定地，這沉思者的死亡是如此的美好，在他愛的正義幻想裡給予他最後一口氣，使她深為感動，在她也做過一種金錢可憎、被淨化人性的思考裡；而這又是另一個人的吶喊，被激怒的溫柔，和被她認為沒心肝、沒淚水的可怕貪婪金融資本家的流血。然而卻不！她沒在這麼多的苦痛之中，這麼多印象深刻的人性善良安慰下離開；相反地，她帶走逃亡、奔馳、沿路撒下大地的失望，絕對無法自我痊癒的腐敗酵素。那麼，為何這侵襲她全身的再生快樂呢？

當她來到大道上，凱洛琳夫人左轉，放慢腳步，在活躍的人群之中。瞬間，她停在一輛小馬車之前，載滿一束束的丁香和羅蘭，其濃烈的芳香以春天的陣陣氣味籠罩她。而現在，在她內心，當她再踏出她的腳步時，喜悅的浪潮高漲，猶如沸騰的泉源，她徒然嘗試停止，以她的雙手堵住。

她了解，她不想。不，不！可怕的災難還記憶猶新，她無法快樂，自我放棄在這支撐她的永恆生命的泉湧裡。而她致力於保存她的哀悼，她從這麼多的殘酷記憶撩想起的絕望。什麼？她還在笑，在一切崩潰之後，一個如此悲慘駭人的數字！她忘了她是同謀共犯嗎？而她自述事項，這一件，那一件，這其它，她應該將她整個餘生用來哭泣。但在她心上緊緊扣住的手指之間，元氣活力的沸騰變得更有衝勁，生命的泉源更湧動，排除障礙為了自由地流暢，將遇難船隻殘骸抛擲到，陽光下清澈和勝利的兩岸。

從這時候起，凱洛琳夫人被打敗了，她放棄持續恢復青春那種不可抵抗的力量。如同她從前笑著說，她悲傷不起來。經歷了這些考驗，她剛觸及到絕望之底，而此刻希望再度復甦，雖然這希望曾經破碎、曾經流血，但仍然富有生命力，分分秒秒地生長著。當然，她不抱存任何幻想，生命是如此不公平和卑鄙無恥，就像大自然一樣。為什麼人類這麼熱愛生命、需要生命，這不是毫不理智，正如我們承諾給孩子一個永遠延遲的喜悅，朝向遙遠和未知的目的上，沒有盡頭，任由生命指引我們嗎？然後，當她轉入安坦堤道街時，她甚至不再理智；在她內心的哲學家、博學者和文人都讓位了，她疲憊於研究這些沒用意義的東西；她不再是一個美好天空下、溫和氣候中的快樂女子，她聽到她結實的小腳踩在人行道上，享受著身心健康的快樂。啊！實際上，是否存在著另一種喜悅？如此這般的生命，在它的威力裡，是如此地可怕，也有永恆的希望！

當她回到隔天將離開的聖拉扎爾街的公寓後，凱洛琳夫人完成裝箱；她環繞著已經空無一物的圖樣室一圈，她瞧見牆上的地圖和水彩畫，她決定在最後一刻，將它們打包捆綁成一個圓筒。但某個遐思打斷她，在拔除每一頁紙張的四個點的角落之前，她重溫其遙遠的東方日子，在這麼喜愛的國家中，她似乎保存了她內心的燦爛光亮；她回味著在巴黎剛度過的五年，這每一天的危機，這瘋狂的操作，穿越她生命的百萬恐怖暴風雨，蹂躪她；而從這些還熱呼呼的破產事件中，她已經感覺到生命在重新萌芽，在陽光下綻放一整個花期。假如土耳其國家銀行繼世通銀行之後倒塌，聯合郵輪總公司仍然屹立和繁榮。她再見到貝魯特迷人的海濱，從那兒建立起。在巨大百貨商店、行政大樓之中，她正在撣地圖的灰塵：馬賽成為通往小亞細亞的門戶，地中海被征服，種族依靠、也許和平安定。而這迦密山峽谷，這她拔下釘子的水彩畫，難道她不知道，最近一封信中說道，一整群人民在那兒擴展嗎？五百個居民的村莊，起先在礦藏開採的四周誕生，目前是一處好幾千人的城市，一整個文化、道路、工廠、學校，讓這死沉和荒涼的角落肥沃。接著，這是路線、整平、和剖面圖，為了從布爾薩到貝魯特經由安哥拉和阿勒頗的鐵路線，一系列的大紙張，她一一捲起：無疑地，過去幾年來，在托羅斯脈山口被快速穿越之前；但生命已經從各個地方匯集而來，古老搖籃的地面剛被人類的新收獲播種，明日的進步在那兒成長，以優良植物的茁壯，在大太陽下的美好氣候裡。那兒沒有世界的覺醒、人道的拓寬和更幸福嗎？

現在，凱洛琳夫人用一條粗繩，打包地圖。她的哥哥在羅馬等她，他們兩人將在那兒重新開始生活，特別交待她謹慎包裝；當她在打結的時候，突然想起薩卡，她知道薩卡在荷蘭，正在推展一個龐大的事業，就是重新把遼闊的沼澤地吸乾，然後利用複雜的運河系統，把一片海變成一個小王國。薩卡是對的：直到今天，金錢仍舊是社會發展的酵素，毒害和毀滅者的金錢，是推動生存大工程的必要鬆軟沃土。這次，她終於看清楚，她不屈不撓的希望，不就是來自她對人類努力的信仰嗎？天啊！在這麼多翻動的污泥之上，在這麼多被壓榨的受害人之上，這整個可憎的痛苦換取人類每一步向前的代價，難道沒有一個黑暗和遙遠的目的，某些優越、良好、公正、決定性的事物，鼓舞我們，並以生存和希望，來要求我們呢？

儘管如此，凱洛琳夫人是快樂的，她那始終年輕的臉龐，在她白色的髮冠下，如同每年四月因為春耕，又會再度恢復青春一樣。而她一想到和薩卡的私情，便感到羞恥，她也覺得這玷污了愛情。那為什麼要讓金錢來承擔因為金錢所造成的罪惡呢？那創造生命的愛情不也一樣被玷污了嗎？

——《金錢》全書完

Golden Age 1015　金錢

作者　埃米爾・左拉
譯者　李雪玲

總編輯　張瑩瑩
主編　黃煜智
責任編輯　簡欣彥
協力編輯　翁淑玲
校對　八＊
行銷企劃　黃怡婷

美術設計　井十二設計研究室
內頁排版　綠貝殼資訊有限公司

社長　郭重興
發行人兼出版總監　曾大福
印務主任　黃禮賢

出版　野人文化股份有限公司
地址　新北市（231）新店區民權路 108-2 號 9 樓
信箱　yeren@yeren.com.tw

發行　遠足文化事業股份有限公司
地址　新北市（231）新店區民權路 108-2 號 9 樓
電話　02-2218-1417
傳真　02-8667-1065
信箱　service@bookrep.com.tw
網址　www.bookrep.com.tw
郵撥帳號　19504465 遠足文化事業股份有限公司
客服專線　0800-221-029

法律顧問　華洋法律事務所・蘇文生律師
印製　凱林彩印股份有限公司

初版　2014 年 7 月
定價　NT$500
ISBN　978-986-5723-44-6

國家圖書館出版品預行編目（CIP）資料

金錢
埃米爾・左拉著；李雪玲譯
初版——新北市
野人文化出版：遠足文化發行
2014.07
面：　公分——（Golden age：1015）
ISBN 978-986-5723-44-6
876.57　103008496

廣 告 回 函
板橋郵政管理局登記證
板 橋 廣 字 第 143 號

郵資已付 免貼郵票

野人

231
新北市新店區民權路108-2號9樓
野人文化股份有限公司 收

請沿線撕下對折寄回

野人

書名：金錢 書號：0NGA1015

姓　名　　　　　　　　　　　□女　□男　生日

地　址

電　話 公　　　　　宅　　　　　手機

Email

學　歷 □國中（含以下）□高中職　□大專　□研究所以上

職　業 □生產/製造 □金融/商業 □傳播/廣告 □軍警/公務員
□教育/文化 □旅遊/運輸 □醫療/保健 □仲介/服務
□學生 □自由/家管 □其他

◆你從何處知道此書？

□書店 □書訊 □書評 □報紙 □廣播 □電視 □網路
□廣告DM □親友介紹 □其他

◆你通常以何種方式購書？

□逛書店 □網路 □郵購 □劃撥 □信用卡傳真 □其他

◆你的閱讀習慣：

□百科 □生態 □文學 □藝術 □社會科學 □地理地圖
□民俗采風 □休閒生活 □圖鑑 □歷史 □建築 □傳記
□自然科學 □戲劇舞蹈 □宗教哲學 □其他

◆你對本書的評價：（請填代號，1. 非常滿意　2. 滿意　3. 尚可　4. 待改進）

書名_____封面設計_____版面編排_____印刷_____內容_____
整體評價_____

◆你對本書的建議：